소설가소설 연구

한혜선 오경복 김현실 박혜주 한혜경 황도경

국학자료원

책머리에

우리에게 문학은 과연 무엇일까? 컴퓨터로 온세상 사람들이 만나고, 갖가지 물건들이 행복을 보장한다고 우리를 유혹하고, 과학이 인간도 복제해 낼 수 있다는 이 시대에 과연 문학은 무엇을 할 수 있을까? 작가들은 무엇 때문에 여전히 글쓰기에 매달리고, 우리는 어쩌자고 작품을 읽는 일을 평생의 일로 삼게 되었을까? 이번 책을 준비하는 동안 우리 마음 속에는 내내 이런 질문들이 떠나지 않았다. 90년대 들어 양산되기 시작한 소설가소설들이 바로 이런 질문에서 비롯되거니와, 그 소설들은 모두가 우리에겐 일종의 거울처럼 다가왔다. 그 속에서 우리는 때로는 절망과 좌절의 비통함을, 타협과 순종의 비겁함을, 때로는 반성과 모색의 치열함을 보았다. 이 책은 작가들의 그런 흔적들을 통해 우리 자신을 되돌아보고자 하는 하나의 작은 시도이다.

주지하다시피 소설가소설은 90년대 우리 문학의 한 징후로서 주목되어 왔다. 이념적 대립이나 정치적·사회적 억압 속에서 오히려 굳건했던 역사와 사회에 대한 믿음, 뜨거웠던 연대감, 그리고 확고해 보였던 문학의 역할. 그러나 이것은 모두 지나간 이야기가 되어 버렸고, 모두가 뿔뿔이 흩어져버린 텅 빈 거리에서 이제 작가들은 자신들이 가야할 길을 찾아 나선다. 그 헤매임, 흔들림은 때로 나약한 엄살로 다가오기도 하고 때론 유아적 자아도취로 여겨지기도 하는 게 사실이다. 그러나 이런 비판에 앞서 우리는 작가들의 흔들리는 내면과 그 원인과 나름대로의 몸부림에 더 주목하였다. 그리고 그 과정에서 우리가 확인하게 된 것은 그 흔들림과 헤매임이 다시 서고자 하는 진지한 모색의 과정이었는 사실이었다. 소설가소설은 흔들리는 소설가의 내면을 통해 오히려 흔들림없는 소설의 위상을 확인하게 하는, 그러기에 혼란스러운 이 시대에 더더욱 주목해야 할 소설일 지 모른다.

우리는 이 진지한 반성과 믿음이 우리 자신의 것이 되기를 바라는 마음으로 이 책을 내놓는다. 이 책은 <한국 패러디 소설 연구>에 이은 두 번 째의 작은 결실이다. 살아가는 일이나 글을 읽고 쓰는 일이 모두 갈수록 어렵기만 하고 그래서 그냥 주저앉고 싶을 때, 우리는 소설가들의 변명과 절망과 반성을 떠올리게 될 것이다. 문학은 무엇인가, 그리고 삶은 무엇인가. 이제 이 질문은 우리들 자신의 몫으로 남는다. 그러나 언제나 그렇듯이 중요한 것은 답이 아니라 그것을 찾아가는 과정이며, 그 안에서의 쉼없는 도전이다.

갈수록 우리가 혼자 살아가는 것이 아님을 강하게 느낀다. 때로는 따뜻한 웃음으로, 때로는 날카로운 눈길로, 우리들을 지켜보아주신 모교의 선생님들, 우리는 그분들을 자양삼아 지금 이 자리에 서 있다. 열심히 읽고 쓰겠다는 것으로 감사의 마음을 대신한다. 더불어 갈수록 어려워지는 출판계 사정에도 불구하고 지난 번에 이어 이번 책을 기꺼이 맡아 출판해주신 국학자료원에 진심으로 감사드린다. 이 모든 분들이 우리에게 얼마나 힘과 격려가 되고 있는지 달리 표현할 방법이 없다.

목차

Ⅲ. 공동체적 전망 상실과 길찾기

진정한 삶을 위한 소설적 탐색 —공지영의 소설가소설 ——— 한혜경

Ⅳ. 전업 소설가의 고뇌와 현실

배꼽 위에 걸려 있는 우리 시대의 소설가 ———— 김현실
　—조성기의 「우리시대의 소설가」

우리 시대의 직업 소설가 —구효서의 소설가소설 —————— 박혜주

V. 흔들리는 자아, 탐색하는 소설

소설의 존재방식 —현실과 대결하는 두 가지 방식 ————— 황도경

VI. 메타픽션형 글쓰기

Ⅰ. 우리 시대 소설가소설의 지형도

I. 우리 시대 소설가소설의 지형도

김 현 실

소설가소설이란 소설가가 자신을 주인공이나 화자로 내세워 소설가의 사회경제적, 문화적 고민, 소설쓰기 자체에 대한 고뇌등을 솔직하게 드러내는 소설이다. 그것을 흔히 예술가 소설의 하위범주로 보아 "시인이나 작가를 포함한 예술가의 내면풍경과 존재방식 그리고 그 드러냄의 양식까지도 포괄하는"[1] 것이라 본다면, 그 역사와 범위는 매우 오래고 넓다 할 것이다.[2] 그러나 "화가 음악가 시인이 되려는 젊은이들의 생애와 그 발전과정을" 다루었던 교양소설의 일종으로서의[3] 독일 예술가 소설(Künstlerroman)과 비교해 본다면, 우리의 소설가소설은 일반적인 예술가 소설과는 그 내용이나 범위가 매우 다르다는 것을 알 수 있다.

작가가 문학, 소설이라는 특정양식보다는 음악이나 미술같은 유사 예

---

1) 우찬제(1990), "세계를 불지르는 예술혼의 대장간" 『여린잠, 깊은꿈; 예술가소설선』, 태성출판사, 311쪽
2) 박희병(1992), "조선후기 예술가의 문학적 초상" 『한국고전인물전연구』, 한길사, 338쪽에서는 우리의 예술가 소설의 기원을 고려시대와 조선전기 문헌에서 발견되는 예인전에서 찾고 있다.
3) 『브리태니커 세계대백과사전』, 16권, 브리태니커, 동아일보 공동출판, 60쪽

술에 빗대어 자신의 내면과 예술의 존재방식을 탐구하는 포괄적인 예술가 소설은 보다 넓은 시공간에 걸쳐 소설가들을 사로잡았던 보편적 양식이었던 반면, 소설가 자신이 작중 주인공이거나 화자인 소설가소설의 경우는 "근대시민사회의 성립과 연결된 근대적 소설형식의 발전"4)에 보다 밀접히 연계되어 좀더 그 범위가 한정되고 그 시대 사회적 의미나 양식의 측면에서 독자적인 의의를 지닌다. 무엇보다 전통적인 예술가 소설은 주인공이나 작중화자가 대체로 소설가 자신은 아니라는 점에서 그 허구성과 서사성의 틀이 매우 확고한 반면, 소설가가 주인공인 소설가소설의 경우는 자칫 허구적 현실과 실제 현실 사이의 경계가 모호해지거나 소설 일반론 및 소설의 존재의의라는 관념적 주제에 접근하기 쉽다는 점에서 소설의 자기반영적 특성, 메타픽션적 특성으로 나아갈 가능성이 열려 있다는 것이 가장 큰 차이점이다.

우리나라의 경우, 전통서사에서부터 그 연원을 찾을 수 없는 것은 아니지만 바로 그와 같은 의미의 소설가소설이 등장하기 시작한 것은 근대소설로부터 비롯된다고 할 것이다. 1910년대 이후 우리의 근대소설은 전통서사의 계승적 양상이 뚜렷한 서사적 소설과 더불어 서정적 소설이라는 새로운 갈래가 단편의 한 양식을 이루면서 출발하는데, 특히 서사성이 약화되는 후자계열의 소설 중에 소설가나 문필가가 주인공으로 등장하는 소설가소설의 단초적 양상을 발견할 수 있다. 가령 10년대 소설인 양건식의 「슬픈모순」(1918, 『반도시론』 2권 2호)은 본격적 소설가소설이라 할 수는 없으나, 이후 염상섭의 「암야」나 박태원의 「소설가 구보씨의 일일」과 유사한 주인공의 궤적을 그리고 있다는 점에서5) 우리 소설가소

---

4) 염무웅(1995), "글쓰기의 정체성을 찾아서", 『창작과 비평』 1995, 겨울. 279쪽.
5) 김현실(1995), "근대지식인의 고백체 내면지향 소설에 관한 연구" 『현대소설연구』2, 121쪽에서 그러한 연관성을 기술하였는데, 거기에서 다룬 현상윤의 「핍박」이나 이광수의 「방황」, 진학문의 「부르짖음」처럼 「슬픈 모순」도 소설가라기 보다 일반적인 지식인의 고뇌를 내용으로 하고 있는 것이지만, '외출, 어머

설의 초기적 양상을 드러내 주고 있다. 그리고 같은 작가의 「귀거래」
(1915, 불교진흥회 월보 6호)는6) 비록 미완형이긴 하지만 소설의 소통구
조라 할 수 있는 작가, 독자, 비평가, 출판사의 입장을 개개의 입장에서
기술하여 소설가소설 중에서도 매우 첨단적인 자기반영적 특성을 드러내
고 있다는 점에서 이러한 소설양식의 최초의 시도를 보여주고 있다. 그
후 염상섭의 「암야」, 현진건의 「빈처」, 박태원의 「소설가 구보씨의 일일」
을 거쳐 이청준, 최인훈의 소설가소설들이 꾸준히 소설가들의 예술적 지
향과 삶의 문제들을 소설 속에 끌어들임으로써 우리에게 소설가소설에
대한 익숙한 기대지평을 형성하게 하였으나, 무엇보다 이러한 유형의 소
설이 하나의 유행현상을 보이면서 우리 소설계를 지배한 것은 90년대라
는 특수한 시기, 더 정확하게 말하자면 90년대 전반부였다고 할 수 있다.

90년대는 이른바 문학의 위기, 소설의 죽음에 대한 우려가 문단을 지
배했던 시기이다. 그것은 무엇보다 사회와 역사에 대한 믿음이나 공동체
의식, 이념적 논쟁의 열기로 달아올랐던 80년대적 전망이, 동구권의 몰락

니와의 갈등, 경성거리에서의 비애' 등의 구조와 공간이동이 이후의 구보형
소설의 단초적 양상을 보이고 있다는 점에서 주목할 만한 것이다.

6) 이 작품은 불교진흥회 월보 6호에 양건식이 菊如라는 필명으로 실었는데, 큰
장르의식은 '小說'이라는 제목 속에 포괄되어 있으면서도 '歸去來'라는 제목
앞에 '實地描寫'라는 장르명이 붙어 있는 것으로 보아 허구라기 보다 양건식
자신의 소설쓰기에 얽힌 문제를 그대로 고백한 양식임을 짐작할 수 있다. 무
엇보다 '1.작자, 2.편집장, 3.활판직공, 4.비평가' 라는 소제목을 붙여, 한 작가
의 勞作이 각각의 입장에서 얼마나 다르게 받아들여지는가를 풍자적으로 그
려내고 있다는 것이 특이하다. 특히 편집장은 '내용이엇더흔것을보지도안
코'(56쪽), 활판직공의 경우는 '어려온글자만키로는第一'인(57쪽) 이 월보와 소
설에 대해 투덜거리며 8월 망간에 죽을 지경으로 고생하는 모습을, 비평가의
경우는 문학에 대한 소양도 없는 3면 기자가 주마간산식으로 생각나는대로
아무렇게나 써놓는(57쪽) 현상에 대해 서술함으로써, 요즘도 찾아보기 힘든
소설가소설의 첨단적인 출발양상을 보여주고 있다.
이는 양건식 자신의 중국 번역소설인 「小說의 結局」(水心 작)에서 그 형식을
취한 듯하지만 내용은 전혀 다르다.

이라는 거대한 정치적 변화와 맞물려, 단자화된 개인주의로의 침잠, 정보화, 영상문화의 범람, 자본주의적 상업화 전략이라는 폭풍에 밀리면서 갑자기 그 방향을 잃게 된 결과이다. 이제 90년대 문학은 자체의 존립근거를 다시금 확인하고 정립해야 하는 과제에 맞닥뜨리게 되었다. 급속도로 변모하는 사회, 문화적 환경들은 문학이 기대고 있던 인간정신의 가치나 힘에 대한 확신을 무너뜨리면서, 이런 시대에 문학은 무엇을 할 수 있는가 하는 회의와 자성 섞인 질문을 하게 하였던 것이다. 이로 인해 후일담 소설과 소설가소설이라는 90년대 특유의 소설형식이 범람하게 되었는데, 전자가 90년대적 환멸의 표현이라면 후자는 그 환멸 속에서 새로운 가능성을 열고자 하는 모색의 표현이라고 볼 수 있다.[7] 그러나 두 경우 모두 그 이면에는 작가가 소설에 대하여 품고 있거나 소설을 통해 이루고자 했던 욕망의 좌절[8]이 자리잡고 있다. 그 욕망의 좌절은 때로 출구가 보이지 않는 미로 속에 갇힌 자의 분노와 우울과 절망을 표출하는 형태로 이어짐으로써 감상적 나르시시즘이나 폐쇄적이고 극단적인 퇴폐주의로 이어지기도 했지만 오랫동안 한국문학의 자기 정체성을 지탱해 주던 현실에 대한 총체적인 재현의 욕망이나 문학이 지닌 계몽적 권능에 대한 믿음을[9]전면적으로 재고하게 하는 계기가 되기도 하였다. 특히 단순한 후일담 문학이 변화된 현실에 대한 자각보다 80년대에 대한 회고지향적인 감상에 머무른 반면, 그를 포괄하는 소설가소설은 더불어 다음 시대에 대한 탐색의 촉수를 드리우고 있다는 점에서 보다 많은 작가들에게 한번쯤 거쳐가는 자기모색의 장으로 선택되었다. 작가들은 이제 문학 자체, 글쓰기 자체에 대한 근원적인 질문을 통해, 중심을 잃고 부유하는 세

---

7) 서영채(1996), "소설, 모색과 모험의 도정", 『소설의 운명』(문학동네), 275쪽
8) 손경목(1993), "원한을 넘어서—꿈깨기와 다시 꿈꾸기"『오늘의 소설』1993 하반기, 352쪽
9) 박혜경(1998), "소설이 주체의 위기를 살아내는 방식 — 90년대의 소설을 위한 밑그림",『문학과 사회』(1998,봄), 155쪽

기말의 사회 속에서 소설가로서의 삶을 어떻게 영위해 나가고 또 어떻게 글을 써나갈 것인가에 대해 고민하게 된 것이다.

이 책에서는 바로 그러한 소설가들의 고민을 담은 일련의 소설들을 중심으로 90년대적 징후의 하나인 소설가소설들의 여러 가지 면모를 살펴보고자 했다.

90년대에 이르러 양산된 소설가소설들은, 대체로 자기 우물에 갇혀, 변화되는 현실을 제대로 포착해내지 못한 채, 자기 퇴행적 나르시시즘적인 성격이나 자기변명에 그쳐버리는 경향이 있다는 비판을 받아왔다. 심지어 이런 유형의 소설이란 '소설가들이 소설이 쓰여지지 않아 헤매는 것의 기록에 불과'하다거나 '죄송합니다'소설일 뿐이라고[10] 비난받았던 것의 타당성을 생각해 볼 때, 소설가소설의 문학적 성과 여부나 진정성의 문제는 다시 고려되어야 할 문제로 보인다. 그러나 그것이 전망 잃은 세대의 자기모색이며, 급변하는 사회 속에서 문학의 정체성을 확인하고 재정립하려는 탐색 도중에 어쩔 수 없이 겪을 수밖에 없는 방황의 한 과정이라고 볼 때, 나름대로의 제한적인 의의는 충분히 인정받을 수 있을 것이다. 더욱이 90년대 후반에 이르러 이러한 소설가소설은 점차 약화되고, 이제 방향을 바꾸어 신세대 소설이니, 다매체 시대의 소설이니 하면서 새로운 서사 양식이 형성되어가고 있거니와, 이들 소설가소설은 바로 그러한 새 양식으로 이동하는 과정으로서의 90년대라는 특수상황에 잠깐 멈춰서서, 소설이란 무엇이고 무엇이어야 하며, 소설가란 어떤 존재여야 하는가에 대한 소설가들의 자기 돌아보기라는 점에서 그 의미를 지니는 것이다. 따라서 본 책에서 다루는 여러 소설가소설론은 90년대 들어 대체로 비판의 대상이 되거나 논의의 대상이 되었던 작품들을 하나하나 정밀 분석하면서 그들이 보여주는 소설가의 고민과 사회적 의미의 개별적

---

10) 장정일(1995), 『장정일의 독서일기 2』, 미학사, 220쪽

특성 및 차이들을 살펴 그들이 보이는 공통점 외에도 그들 각자의 시대적 절망과 새로운 세기에 대한 비전을 조심스럽게 읽어보려는 시도이다.

90년대 들어 소설가소설을 발표하지 않은 작가는 거의 없다고 할 정도로 90년대의 소설가소설은 그 양이 매우 많다. 우선 그 선두에 서 있다고 보이는 조성기의 「우리시대의 소설가」를 비롯하여 양귀자, 구효서, 하창수, 박상우, 정찬, 이승우, 최수철 등에 이르기까지 그 목록을 나열하자면 엄청난 양에 이른다. 그러나 모든 작품을 다 다루지 않더라도 본 논의에서 언급된 열다섯 작가의 작품만으로도 이 시대 소설가소설의 지형도와 그 의미는 대체로 밝혀질 수 있으리라고 본다.

대상작가는 박태원, 최인훈, 주인석, 조성기, 양귀자, 구효서, 김영현, 공지영, 신경숙, 함정임, 이남희, 박범신, 최수철, 이인성으로서, 이들의 작품을 다시 5개의 유형으로 나누었다. 물론 반드시 모든 소설가소설이 이 유형에 속한다는 의미가 아니라 개별작품들의 공통적인 특성을 모으다 보니 대체로 그렇게 나뉘어진 것이다. 30년대의 박태원과 70년대의 최인훈 소설도 그 대상으로 함께 논의한 것은 그들 구보형 소설이 사실은 가장 본격적인 소설가소설의 원조라 할 수 있고, 그것의 90년대 판인 주인석의 구보와 밀접하게 연계되어 있기 때문이다.

먼저 '구보형 글쓰기'로 묶여진 첫 논문 둘은 가장 인지도가 높고 또 소설가소설의 원형이라 할 수 있는 것이기에 세 작품을 따로 논하거나 셋을 묶어 비교하는 것이 순서이겠으나 본 책의 중심이 90년대 전후의 소설가소설의 양상을 논의하는 데에 놓여 있기에 전사(前史)적인 의미의 구보형 소설들을 앞에 놓고 90년대 소설인 주인석의 것을 뒤에 따로 논의한 것이다. 같은 연구자의 논의이다 보니 다소 반복되는 부분도 있으나 늘 구보시리즈의 패러디 양상에만 초점을 맞춰왔던 기존연구에서 한 발 나아가 구보형 소설의 반복적 의의와 소설가소설로서의 의미 및 한계들을 좀더 깊이 천착한 연구이다.

　다음으로는 '공동체적 전망상실과 길찾기'인데, 제목만으로도 이것이 90년대 전반의 분위기를 가장 잘 반영하는 테마라는 것을 알 수 있다. 양귀자의 「숨은꽃」, 김영현의 소설들, 공지영의 작품들이 그것인데, 이들 외에도 많은 작가들이 80년대적 전망상실의 문제를 소설가소설의 형식에 담아 나름대로의 고뇌와 절망을 표명하고 있으나, 우리는 이들만으로도 동구권 붕괴와 정치 사회적 변화에 따라 '쓸 것'과 '희망'을 잃어버린 80년대 작가의 방황과 고뇌를 충분히 읽을 수 있다. 이들의 절망과 좌절의 양상, 그리고 새로운 길찾기의 방향은 각각 다르게 나타나는데, 개별 작품 분석에 의해 그 차이점이 확인될 것이다.

　90년대 소설가들의 또 하나의 고민은 이 시기에 들어 부쩍 늘어난 직업소설가, 전업소설가로서의 현실적 삶이다. 원고지나 A4 용지 한 장당 가격을 계산하면서 작품창작에 임해야 하고, 독자나 출판사의 요구에 의연하지 못한 채 자본주의적 상품화 시스템으로부터 자유롭지 못한 소설가들의 현실이, 독자의 환불요구라는 사건을 축으로 소설가의 자잘한 일상 속에 드러나 있는 조성기의 작품, 그리고 그러한 현실을 90년대 전업작가의 삶으로 그리고 있는 구효서의 소설들에서 자세히 논의되고 있다. 이들을 통해 우리는 그들의 고뇌가 자본주의 시대 소설적 위기의 구체적 양상과 어떻게 관련되어 있는지 보다 확실하게 알 수 있을 것이다.

　이들 뚜렷한 두 테마와는 달리 소설 쓰기의 괴로움을 개인적인 차원에서 밝히고자 한 소설들을 '혼들리는 자아, 탐색하는 소설'이라는 항목으로 묶어 논의했다. 사실 이 제목은 소설가소설 전체에 해당하는 것이지만 특히 어떤 시대적 전망상실이나 전업작가의 외적 현실에서 소설쓰기의 어려움을 발견하는 것이 아니라 각각 자기 내면의 문제로부터 그것을 발견하여 깊이 천착해 간다는 점에서 따로 묶은 것이다. 함정임은 소설을 타락시키는 현실적 힘에 주목하면서도 소설가란 어둠을 응시하며 '혼자' 그 길을 가야 한다는 믿음으로, 이남희는 자신이 가야 할 길을 세상과 부딪치며 희망을 찾아 움직여 가는 모습으로 그림으로써, 치열한 자기반성을 보여주고 있다는 점에서 이 유형에 묶인다. 신경숙의 「모여있는 불빛」 또한 밖의 세계와 담쌓은 채 상상력에만 의존하던 글쓰기, 구체적 삶의 현장으로부터 도망하는 것으로 시작된 자신의 글쓰기가 얼마나 허위적인가에 대한 자기반성의 목소리이다. 박범신의 「흰소가 끄는 수레」 역시 시대적 현실에 대한 천착보다는 작가 개인에게 문학은 어떤 의미를 가지며, 삶의 방식과 어떤 연관을 맺고 있는지를 보여줌으로써 문학의 본질, 소설가소설의 근원적인 존재의의롤 개인적 차원에서 드러내고 있는 위의 작품들과 동궤에 설 수 있으리라 생각한다.

한편 '메타픽션형 소설'이라 묶은 최수철과 이인성의 작품은 이 시대 또 하나의 소설가소설의 방향을 보여주는 것이다. 기본적으로 소설가소설은 소설 자체에 대한 물음을 전제로 하고 있다는 점에서 자기반영성과 '현실, 허구의 경계 무너뜨리기'라는 메타픽션적 가능성을 늘 열어놓고 있다. 그러나 다른 소설가소설들이 전통적 서사구조를 깨뜨리지 않는 데 비해 이들은 기존 서사의 틀을 완전히 전복시키고 있다는 점에서 사실상 소설가소설의 범주를 넘어서는 것이라 할 것이다. "90년대 들어 소설가소설의 집단적 대두는 80년대의 정치적 억압과 후기 자본주의의 혼돈이라는 두 축을 기반으로 형성된 것이"[11]라는 지적에 의한다면, 이 유형의 소설은 결국 정치 사회적으로 밀착된 전자의 요인보다는 후자의 요인이 만들어낸 새로운 형식적 실험인 것이다. 따라서 이들은 딱히 90년대적 정치적 후유증과는 큰 관계가 없다. 실제로 최수철의 「화두, 기록, 화석」은 1987년 작품이고, 이인성의 「당신에 대하여」는 1985년에 발표된 것이다. 그러나 이들의 실험은 소설에 대한 우리의 기존 관념을 뒤집어 엎을 뿐 아니라, 소설의 새로운 지평을 열어놓고 있다는 점에서, 90년대 이후

---

11) 정찬영(1996), "소설가소설의 존재방식-김수경의 '자유종'을 중심으로" 『부산대 인문논총』49, 197쪽

의 다른 소설가소설이 내포하고 있는, 소설에 대한 물음, 소설외적 현실의 참여, 전통적 작가의 역할 변화라는 특유한 내용들이 보다 극한으로 확장된 모습을 보여주고 있기에 오히려 90년대적 현상에 앞서 있다 할 것이다. 이들은 작가, 작품, 독자의 관계 뒤집기, 독자의 참여로 완성되는 글쓰기, 열린 글쓰기를 지향한다는 점에서 새로운 글쓰기 방향을 보여준다. 물론 모든 소설가소설의 미래형이 메타픽션인 것은 아니며, 서사적 틀을 유지한 채 소설가가 소설쓰기에 대한 문제에 집착하고 있는 전통적 소설들은 여전히 계속 창작될 것이다. 그러나 다른 양식에 비해 일반 소설가소설은 소재와 범위가 제한적이어서 새로운 양식적 실험이 시도되지 않는 한 그 생명이 짧을 수밖에 없다. 그런 의미에서 메타픽션형 소설들은 소설가가 자신의 존재의의와 소설의 정체성을 확인하며 독자들의 소설적 기대지평을 변화시킬 수 있도록 유도하는 소설가소설의 새로운 양식적 모색이자 새로운 방향의 하나를 제시해주는 것으로 논의될 수 있을 것이다.

이들 외에도 많은 소설가소설들이 90년대를 장식했으나 그들 또한 위의 다섯 범주에서 그리 크게 벗어나지 않으며, 대체로 소설가소설이라는 것 자체가 한정적 테마를 지닐 수밖에 없기에 위의 작품들만으로도 우리 시대 소설가소설의 의미는 충분히 짚어질 수 있으리라고 본다.

90년대 뿐 아니라 한 세기가 가고 새 천년이 시작되려는 이 시점, 이제 단순한 대중매체 뿐 아니라, 영상문화 혹은 사이버문화가 지배하는 새로운 문화충격의 물결 속에서 여전히 종이매체에 의존하고 있는 소설가들의 자기정체성에 대한 전통적 물음은, 매우 시대착오적인 듯하면서도 문학에 종사하는 이 시대의 모든 이들에게 가장 처절하고 근본적인 테마라 할 것이다. 이제 문학은, 소설은, 어떤 방향으로 가야 할 것인가?

90년대 초반과는 달리 지금, 소설의 위기에 대한 담론은 그리 무성하지 않다. 그러나 그것은 역으로 그 당시보다 오히려 소설에 대한 관심 자체가 희박해졌다는 것을 의미하는지도 모른다. 위기론이나 비판론조차 사라져버린 현재의 소설의 위상을 생각해 볼 때 그래도 소설에 대한 진지한 반성과 자기비판, 모색의 과정을 보여준 위의 소설가소설들은 여전히 소설의 본질적인 존재의의를 되새기게 해준다는 점에서 의미를 갖는다 할 것이다.

앞으로 소설이 어떠한 변화를 겪으며 존재해 나갈지 섣불리 진단할 수도 없는 이 격변의 시대에, 우리의 작업은 한 시대의 소설가들이 자신의 시대와 소설에 대한 고민과 성찰을 가장 솔직하게 고백하고 있는 소설가소설들의 위상을 본격적으로 짚어 보았다는 점에서 의의를 지니는 것이다. 물론 직접적 고백의 양식이 지니는 형상성 부족의 문제, 자기변명적 요소, 대안모색의 부재 등, 벗어날 수 없는 양식적 한계가 노정되고 있기는 하지만 이들을 통해 우리는 적어도 이 시대의 소설을 둘러싼 소설 내외적 현실과 문제들을 진지하게 생각해 볼 수 있을 것이다.

Ⅱ. 구보형 글쓰기

구보형 소설의 구조미학

오 경 복

1. 들어가는 말

소설가가 주인공으로 등장하여 자신들의 소설쓰기 과정을 보여주는 '소설가소설'의 대표적 작품으로 단연 1930년대 박태원의 「小說家仇甫氏의 一日」을 들 수 있다. 이 작품은 패러디되어 일련의 '구보형 소설'을 이루고 있는데, 15편의 연작으로 이루어진 1970년대의 최인훈의 『小說家 丘甫씨의 一日』과 5편의 연작으로 이루어진 90년대의 주인석의 『검은 상처의 블루스:소설가 구보씨의 하루』가 그것이다. 이 작품들은 개인적, 사회·문화적 여건에 의해 소설쓰기의 어려움을 소설의 형식으로 구현하거나, 변화하는 사회적 여건 속에서 소설가의 역할 탐색을 통해 자기 반성과 정체성 확인이라는 소설쓰기의 본질적 문제를 그 근간으로 한다.

이 작품들을 '구보형 소설'로 묶을 수 있다는 것은 그들간에 공통점이 있다는 것을 전제한다. 그런데 자세히 보면 3대에 걸친 '구보형 소설'의 표제부터 각기 다름을 확인할 수 있다. 이같은 인명과 표제의 차이는 사소한 것 같지만, 각각의 주인공 구보의 성격과 기질이 다름을 의미하고,

궁극적으로는 시대적·상황적으로 다른 위치에 있는 주인공 '구보'들이 겪는 사회·문화적 의미가 다르며, 이를 통해 각 작가가 구현하고자 하는 작품세계, 작가의식이 다르다는 점을 시사한다.

이같이 각기 다른 시대적·사회적·문화적 배경 속에서 작품화된 '구보형 소설'은 원작의 동질성과 함께 이질성을 함유하고 있다. 그런데 '구보형 소설'에 대한 기존의 논의는 대부분 패러디 양상을 주로 다루고 있다. 또한 주로 박태원과 최인훈의 작품을 중심[1]으로 이루어지고 있으며, 세 작품을 분석적으로 다룬 논의[2]는 드물다.

이에 본고에서는 위의 작품을 '구보형 소설'이라 일컬을 수 있는 공통적 구조가 무엇인지를 밝히고, 시대와 작가에 따라 그 동질적 구조가 변주되어 어떠한 차별성을 갖는가를 밝힘으로써 각각의 작품의 독자성을 아울러 점검하고자 한다. 또한 '구보형 소설'의 존재 이유와 의의, 즉 왜 계속해서 다양하게 '구보형 소설'이 패러디되고 있는가 하는 점과 함께 그 한계를 아울러 살펴보고자 한다.

---

1) 김신운(1991), "박태원과 최인훈의 「소설가 구보씨의 일일」 비교 고찰," 조선대 교육대학원 석사논문.
   윤정헌(1992.12), "「소설가 구보씨의 일일」에 나타난 패로디적 양상고,"『영남어문학』제22호.
   김미영(1994), "최인훈의 「小說家 丘甫氏의 一日」 연구," 한양대 석사논문.
   박신(1995), "최인훈의 「小說家 丘甫氏의 一日」 연구:패로디 양상을 중심으로," 고려대 석사논문.
   윤미선(1996), "박태원과 최인훈의 「소설가 구보씨의 일일」 비교 연구," 연대 교육대학원 석사논문.
2) 김외곤(1992.9), "소설가에 의한 소설, 소설가의 존재방식에 대한 탐색—최인훈의 「소설가 구보씨의 일일」을 중심으로,"『문학정신』70호.
   신철하(1995), "소설과 사회사—「구보씨」 소설의 사회·문화적 의미,"『푸른대지의 희망:신철하 평론집』(세계사).
   노상래(1997.6), "「소설가 구보씨의 일일」들 연구,『현대소설연구』제6호.

2. 구보형 소설의 공통적 구조

박태원, 최인훈, 주인석의 소설들을 '구보형 소설'로 유형화할 수 있는 것은 단순히 '구보'라는 인명을 가진 소설가 주인공이 등장하고 있어서만이 아니다. 위의 세 작품은 인물·시간·공간·행위의 구조면에서 다음과 같은 공통적 특질을 갖고 있기 때문이다.

첫째, 인물의 공통적 특성은 주인공들이 '소설가'이며 '독신'이라는 점이다. 또한 그들은 학력이 높은 지식인이며, 자각과 반성을 게을리 하지 않는 자의식이 강한 자성적 인물들로 당대 사회의 주변인으로 존재한다는 공통점을 지닌다. 즉, 그들은 생활과 아내를 갖지 않은, 삶에서 일탈된 인물들이다.

둘째, 허구의 시간이 표제에서도 드러나듯이 '하루'로 상정되어 있다는 점이다. 허구의 시간이 짧다는 것은 '구보형 소설'이 전통적인 소설에 비해 서사성이 훨씬 약화되었다는 것을 의미한다. 약화된 서사성을 '구보형 소설'에서는 다양한 실험적 기법을 수용하여 새로운 소설세계를 보여주는 것으로 대신하고 있다. 서술 기법의 공통점으로는, 자유연상법과 자유간접화법 등을 사용하여 언술 시간을 확장함으로써 구보들의 내면 의식 세계를 강조하고 있다는 점을 우선 들 수 있다. 또한 패러디 했다는 점 자체뿐만 아니라 '구보형 소설'들은 여러 문학작품 등을 인용함으로써 상호텍스트성을 내재하고 있으며, 그외에도 자의식적 서술자를 등장시켜 소설쓰기 과정을 그대로 보여주는 자기반영성, 구보에게 다양한 역할을 부여하는 자기증식성, 시·작품평·신문기사 등을 삽입함으로써 소설과 다른 장르와의 경계허물기 등의 실험적 기법들을 적극 수용하여 새로운 소설 세계를 선보이고 있다. 이러한 점들은 메타픽션적인 특성과도 연관된다 할 수 있다.

셋째, 경성(서울)이라는 한정된 공간을 배경으로 하고 있다는 점이다. '구보형 소설'의 본격적인 시작은 구보가 집을 나와 경성(서울) 지역을 돌아다니는 것에서 비롯한다. 그러나 경성(서울)이라는 공간은 단순히 지정학적인 공간으로서 의미를 갖기보다는 각 작가의 소설관과 연관하여 그 공간이 함축하는 상징성으로 인해 의미를 갖는다.

넷째, '구보형 소설'은 외출하여 다시 집으로 돌아오는 회귀형 구조를 행위의 근간으로 삼고 있으며, '구보형 소설'의 본격적인 내용은 '외출'이라는 행위에서 비롯된다는 점이다. 그런데 '구보형 소설'에서는 '구보'가 소설의 주인공이자 작가(소설가)라는 두 역할을 동시에 하고 있다는 점 또한 특이하다. 이러한 서술 장치로 '구보형 소설'에서는 자신들의 소설 쓰기 과정을 드러내고 있을 뿐만 아니라, 박태원, 최인훈, 주인석은 자신들이 창조한 인물인 구보들을 통하여 각각 자신들의 소설관을 자연스럽게 형상화하는 효과를 얻고 있다.

이와 같이 '소설가'라는 한정된 인물의 특성, '하루'라는 짧은 허구의 시간, '서울(동경)'로 제한된 공간, '외출'이라는 행위는 여타의 '소설가 소설'과 변별되는 '구보형 소설'의 독특한 공통적인 구조라 할 수 있다. 그러나 30년대 박태원, 70년대 최인훈, 90년대 주인석의 작품들은 이러한 공통적 구조를 근간으로 하고 있음에도 불구하고 각기 독자성과 변별성을 갖고 있다. 그들은 각기 다른 기질의 인물과 외출의 패턴, 시간과 공간의 의미 변주를 통하여 독자적인 작품세계를 구축하고 있다. 이러한 점은 각 작품이 발표된 시대적 배경과 작가의식과 유관하며, 원작에 대한 존중과 함께 비판적 시각도 내재하고 있다는 점을 시사하고 있다. 따라서 위의 네 가지 축을 중심으로 박태원, 최인훈, 주인석의 3대 구보의 독자성을 살펴보고자 한다.

3. 박태원 ―仇甫 · 근대화된 경성 공간 · 반복적 순환성 · 병리 현상 제시

박태원의 「小說家仇甫氏의 一日」은 일제 강점기인 1934년 8월 1일부터 9월 19일까지 조선중앙일보에 연재되었으나, 연작이 아닌 한 편으로 완결된 작품3)이다. 우선 인물의 특성부터 살펴보면 박태원은 자신의 필명 가운데 하나인 '仇甫'를 주인공 이름으로 명명하여 자전적인 특성을 부각시켜 실제작가 박태원과 작중인물 仇甫의 거리를 밀착시키고 있다. 仇甫는 고등학교를 졸업하고 동경유학까지 한 인물이다. 그러나 발표연도가 말해주듯이 그는 식민지시대의 닫힌 사회 구조 속에서, 직업과 아내를 갖지 못해 홀어머니와 형수에 얹혀 사는 26세의 소설가이며, 그로 인해 어머니에게 온갖 종류의, 근심거리인 존재이다. 또한 9살 때부터 독서에 빠져, 밤을 새워 읽던 소설책들로 소년시절 건강에 결정적인 손상을 입었으며, 2주간의 열병을 앓은 끝에 시력이 약해지고, 신경쇠약과 중이질환, 변비, 뇨의빈수, 피로, 권태, 두통 등으로 시달리는 병약한 인물이기도 하다.

仇甫는 문학소년이었던 15살에 친구 누이를 짝사랑한 적이 있고, 선

---

3) 본고에서는 박태원(1938), 『小說家仇甫氏의 一日』(문장사)의 작품을 텍스트로 삼고, 이후 인용시 인용된 쪽수만 기입하고자 한다.
　박태원 소설의 미학 구조와 관련된 논의로는 다음과 같은 것이 있다.
　김윤식(1989), "고현학의 방법론―박태원을 중심으로," 『한국문학의 리얼리즘과 모더니즘』(민음사).
　명형대(1990.봄), "朴泰遠小說의 空簡詩學," 『겨레문학』.
　최혜실(1988), "소설가 구보씨의 일일에 나타나는 산책자―모더니즘 소설의 전형에 대한 일고찰," 『관악어문연구』 제13집.
　오경복(1993), "박태원 소설의 서술기법 연구," 이대 박사학위논문.
　강진호(외)(1995), 『박태원 소설 연구』(깊은샘).

본 적이 있는 여인을 전차에서 만나고도 인사도 못하고 굳이 피하기만 하는 소심한 인물이다. 그러나 다양한 친구나 상황에 접할 때마다 각기 다른 반응을 보이며, 영락한 벗을 보면 가슴 아파하며, 벗의 가엾은 조카들에게까지 애정을 보이는 섬세하고 다정다감한 성격을 갖고 있다. 반면에 '다섯잎의 동전'의 의미찾기와 '다섯개의 林檎 먹는 법'에서 보여주듯이, 한 문제나 사건을 다양한 각도에서 접근하여 다양한 사고를 한다. 그러나 그것에 그칠 뿐, 仇甫는 그 문제에 대한 자신의 확고한 신념이나 결론을 표명하지 못하는 자의식 과잉의 우유부단하고 무기력한 인물이다.

 이러한 仇甫의 일상은 외출하면서 시작된다. 仇甫는 집을 나와서 걷거나, 전차를 타고 경성 시내를 거의 빠짐없이 한바퀴 돈다. 청계천변 다옥정 집에서 나와 광교를 지나 종로 네거리의 화신백화점을 들르고, 그곳에서 전차를 타고 대학병원, 동대문, 경성 운동장을 지나 훈련원, 약초정을 거쳐 본전통으로 들어와 조선은행에 이른다. 그곳에서 다시 걸어 다방 낙랑, 남대문 역, 다방 낙랑, 다방 제비, 대창옥, 다방 낙랑을 거쳐 낙원정에 이르고 그곳에서 새벽 두 시가 되어서야 집으로 향한다.4)

 위와 같이 경성 시내를 배회하면서 仇甫가 관심을 갖고 바라보는 대상과 머무르는 공간들을 살펴보면 근대화·서구화되고 상업성을 띤 것들이 지배적이다. 화신상회와 승강기, 전차, 대학병원과 정신병 전공의 벗과 다양한 현대병, 다방(카페)과 가배차·칼피스·담배·아이스크림·소오다스이, 모데로노로지오, 경성역과 개찰구, 조선은행, 전당포, 황금만능주의, 금광 브로커, 종로서·도청·체신국과 신문사 사회부 기자, 제임스 조이스의 「율리시즈」, 탁목의 단가, 간다(神田)에서 구입한 네일 크립퍼, 캡과 린네르즈메에리양복, 영화 '러브파레드', 대청옥, 스키파의 '아이 아이 아이', 에만의 '발스·세티멘탈', 낙원정과 여급 등이 그것이다.

---

4) 오경복(1993), 70쪽 참조.

서구적인 문물 가운데 부정적으로 바라보는 것들도 있으나, 仇甫는 근대화된 산물을 향유하고 즐기는 감각적이며 서구지향적 성향이 강하다. 仇甫는 담배와 가배차를 즐기고, 고궁을 찾기보다는 다방이나 카페를 찾으며, 고인이 된 서해에게서 받은 「홍염」은 한 페이지도 들춰보지 않았다고 자책하면서도, 제임스 조이스의 「율리시즈」나 개화된 일본의 문학을 즐기고, 동경행을 꿈꾸며, 서양 음악을 즐긴다.

> 구보는 한길우에 서서, 넓은마당 건너 大漢門을 발아본다.…(중략)…그러나 그 貧弱한, 넘우나, 貧弱한 옛宮殿은, 亦是 사람의 마음을 憂鬱하게 하여주는것임에 틀림없었다.(245)

> …보잘것없는, 아니, 그 殺風景하고 또 어수선한 太平通의 거리는 구보의 마음을 어둡게 한다. 그는 저, 不潔한 古物商들을 어떻게 이 거리에서 쫓아 낼것인가를 생각하며, 문득, 반자의 문의가 눈에 시끄럽다고, 洋紙로 반자를 발라 버렸던 曙海도 역시 신경쇠약이었음에…(247)

> 그러나 옛동무는 넘우나 零落하였다. 모시두루마기에 흰고무신, 오직 새로운 麥藁子를 쓴 그의 行色은 너무나 초라하다.(248)

서구지향적이라는 사실은, 위와 같이 仇甫가 한국적인, 우리 고유의 것은 초라하고 빈약하여 마음을 우울하게 해주는 대상으로 바라보는 태도에서도 재확인할 수 있다. 이러한 점은 최인훈의 丘甫와는 대조되는 성향이라 할 수 있다.

그러나 30년대 '경성'이라는 공간은 식민지 시대의 지배층에 의해 정책적으로 근대화되었기에, 겉으로는 서구화되고 화려한 반면 경성시내에 거주하는 사람들은 그 그늘 아래 하나같이 병들어 가고 있다. 가난 때문에 여염집 여자가 여급이 되려고 하고, 시인이 먹고살기 위해 사회부 기자를 해야 하고, 돈을 벌기 위해서 문인까지도 금광에 뛰어들고, 구보를 포함하여 그나마도 여력이 없는 사람들은 정신적 피로감과 소외감, 무기력증에서 헤어나지 못하고, 육체적인 병으로 시달리기까지 하는 것이 1930년대의 경성 시민들의 주변화된 모습이다. 이러한 왜곡된 근대화로 인해 실업·소외·배금주의·향락주의·물신주의·상업주의로 병들어 가는 경성의 공간을 박태원 仇甫는 중점적으로 다루고 있다. 그러나 仇甫는 근대화에 대한 양가적인 태도를 보이며, 경성의 병든 현상 자체만을 보여줄 뿐 그 원인을 탐색하는 데까지 이르지는 않는다.

또한 이 작품의 허구의 시간은, 구보가 일어나는 '열한 점이나 오정'에서 밥을 먹고 집을 나서서 경성 시내를 배회하다가 새벽 두시 경에 집으로 돌아와 책을 읽거나 원고를 쓰다 잠이 들 때까지의, 15시간 정도로 만 하루도 되지 않는다.

> 어머니는 다시 바누질을 하며, 대체, 그애는, 매일, 어딜, 그렇게, 가는, 겐가, 하고 그런것을 생각하여 본다.…(중략)… 우선, 낮에 한 번 집을 나서면, 아들은 밤늦게나 되어 돌아왔다.…그가 두번째 잠을 깨는것은 새로 한점반이나, 두점, 그러한 시각이다.…(중략)…아들은 그러나, 돌아와, 채 어머니가 무어라고 말 할수 있기 전에, 입 때 안주무셨세요, 어서 주무세요, 그리고 자리옷으로 갈아 입고는 책상 앞에 앉아, 원고지를 펴놓는다.
>
> 그런 때 옆에서 무슨 말이든하면, 아들은 언제든 불쾌한 표정을 지었다. 그것은 어머니의 마음을 아프게 한다.…(중략)…그러나 열한점이나 오정에야 일어나는 아들은, 그대로 소리없이 밥을 떠먹고는 나가버렸다.(222-224)

「小說家仇甫氏의 一日」은 전부 31개로 분절되어 있는데, 1·2는 어머니 시점에서, 3-31까지는 구보의 시점에서 기술되고 있다. 위의 인용은

1·2에 해당하는 것으로 어머니의 시점에서 '구보'에 대해 기술된 것이다. 즉 3-31까지는 '구보'가 집을 나서서 경성 시내를 산책하는 과정이고, 1·2는 산책하고 돌아와 다시 나가기까지 집에 머무는 행위의 반복을 다루고 있다. 따라서 이같이 낮에 나가면 밤늦게나 돌아오는 구보의 하루의 역정은, 그날만의 특수한 체험의 의미를 갖는 것이 아니라, 똑같은 나날의 반복을 의미하는 순환성을 갖는다. 즉 이러한 행위는 과거에도 그랬고, 또 미래에도 계속될 것임을 암시하고 있다. 그와 같은 사실은 '대체, 그애는, **매일**, 어딜, 그렇게, 가는, 겐가'하는 어머니의 근심스런 넋두리와 '그런 때 옆에서 무슨 말이든 하면, **언제**든 불쾌한 표정'을 지어 어머니를 섭섭하게 하는 구보의 태도에서 명백해진다. 1930년대라는 시대적·상황적 한계 속에서 仇甫는 변화를 시도해보려 하지만, 결과적으로 仇甫에게 있어서 이러한 하루의 반복은 과거와 현재에도 그랬듯이 미래에도 반복될 '닫힌 사회 속의 순환성'의 의미를 갖는다.

'구보형 소설'의 본격적인 소설쓰기는 '외출'이라는 행위를 통해 시작되는데, 仇甫의 외출목적은 '행복'을 찾기 위해서이다. 그는 다양한 인물들을 접하면서 그들의 행복과 자신의 행복과를 비교·대조하면서 진정한 자신의 행복을 어디서 찾을 것인지를 고민한다. 즉, 물질적인 행복이나 육욕적·찰라적 행복을 추구하는 인물들을 제시하면서, 그들과 대조되는 자신의 정신적 행복이나 소설 창작을 통해 얻을 수 있는 행복을 제시한다. 또한 '벗'의 경우에도 자신의 진정한 벗―다료를 경영하는 벗, 원래는 소설가이나 생활을 위해 어쩔 수 없이 사회부 기자로 있는 벗, 영락한 옛 동무, 대학병원에서 정신병을 연구하는 벗, 골동품점을 하는 벗―과, 벗을 가장한 벗―중학교 때 열등생이었던 전당포 집 둘째 아들, 仇甫를 구포라고 발음하는 이, 육욕에 눈이 멀어 원치 않은 애를 낳은 불행한 벗―의 대립된 제시를 통해 진정한 우정이 주는 행복을 독자로 하여금 생각하게 한다.5) 즉 이 작품에서는 진정한 행복에 관해서 대비·대조를 축으로 하는 구체적 예증들만을 다양하게 보여주고 있다. 仇甫의 경우, 벗, 여자(결혼), 금전과 시간이 주는 행복, 소설쓰기 등이 그것으로, 결국 그의 고민은 '생활'과 '예술' 중 어디에서 행복을 찾을 것인가로 귀결된다.

이에 대한 답으로, 외출하여 새벽녘에 집으로 돌아올 무렵, 내일 밤 또 만나자는 벗의 인사말에 주저하며, '來日, 來日부터, 나 집에 있겠오, 創作하겠오─'(295)라고 대답하면서, 어머니에게 편안한 잠을 줄 수 있게 '이제 나는 생활을 가지리라'(295) 다짐하고, '어머니가 이제 혼인얘기를 끄내더라도, 구보는 쉽게 어머니의 욕망을 물리치지는 않을지도 모른다'(296)는 변화와 발전의 가능성을 조심스럽게 내비친다. 이러한 다짐속에는 행복을 찾기 위해 우선 '예술'을 선택하나, '생활'도 저버리지 않으려는, 두 가지를 다 추구하고자 하는 의지가 엿보인다. 실제로 박태원은 그 후 고현학의 진수인 『川邊風景』을 발표하고, 결혼하여 가정을 꾸리게 된다. 그러나 결혼 후 생활을 선택한 그의 작품은 신변적인 사소설, 번역소설, 역사소설에 그치고 만다. 이러한 개인적인 변화에도 불구하고, 당대 식민지 상황이라는 시대성과 연관해 볼 때, 그것은 진정한 행복을 위한 본질적인 변화로 보기에는 미흡하다.

요컨대 「小說家仇甫氏의 一日」에서 仇甫는 단장과 노트를 들고 다니면서 고현학(모데로노로지오)에 근거하여, 경성의 곳곳의 근대화의 허구성과 그로 인해 파생되는 병리적 현상에 대해 탐구하는 한편 자신이 소설가가 되어 소설쓰기의 과정을 그대로 보여주고 있다. 박태원은 고현학을 통해 식민지 시대의 근대화된 경성의 문제점과 그 속에서 일탈된 경성시민들의 고단한 삶의 현상적인 모습들을 모더니즘 기법을 통해, 구체화·시각화하여 극명하게 보여주고 있다. 또한 이 작품은 당대의 경성이라는 공간 속에서 살아갈 수밖에 없는 소설가 仇甫의 내면의식 세계를─내부

---

5) 앞글, 83쪽.

초점화 · 자유연상법 · 자유간접화법 · 몽타주 기법 등을 적극 수용하여ー
집중적으로 조명하고 있다. 이로써 그가 찾을 수 있는 행복이 무엇인가
에 대해 진지하게 탐구하고 있다.

4. 최인훈 ー丘甫 · 전통적 문화공간 · 확대된 시간성 · 세상살이의 어질머리 풀기

　최인훈의 『小說家 丘甫氏의 一日』[6]은 15편의 연작으로 이루어져 있다.
이 작품의 주인공은 고향의 언덕을 그리워한다는 의미에서 丘甫라고 이
름지어져, 인명에서도 실향의식을 부각시키고 있다. 丘甫는 원산이 고향
이며 고등학교 시절 홀로 월남한 후, 홀몸으로 20여 년을 서울에서 피난
살이를 해온 인물이다. 부모님과 형님 한 분을 고향에 두고 온 그는, 조
그만 텃밭이 딸린 옥순이네 '한옥'에서 하숙을 하고 있다. 丘甫는 한적하
고 토속적인 곳을 좋아하기에 그러한 곳에서 살기 위해 서울 중심지에서
조금 벗어난 곳도 마다하지 않는다. 丘甫는 까치소리를 듣고 좋은 소식
을 기다리는 민속적 신앙에 대한 믿음 또한 잃지 않고 있다. 그리고 문명
의 손길이 비교적 덜 미치고, 마음의 평정을 찾을 수 있는 공간으로서
'삼등사'와 같은 불교적 공간을 선호한다. '팔만대장경'을 '나일론 팬티
한 장'과 바꿔버릴 정도로 우리 것에 대한 전통성을 상실하고 있는 현세
태를 통렬하게 비판하는 등, 과거지향적인 성향이 강한 그는 복고적이며
상고적인 것에서 행복감과 안정감을 느낀다.

---

6) 본고에서는 위의 연작을 단행본으로 묶은 최인훈(1991), 『小說家 丘甫氏의 一
　日』(재판;문학과 지성사)를 텍스트로 하고자 한다. 이후 인용시 인용된 쪽 수
　만 기입하고자 한다. 그리고 인용의 굵은 활자는 필자에 의한 것임을 밝힌다.
　위의 작품의 대표적인 논의로는 김우창(1991), "南北朝時代의 예술가의 肖像,"
　『小說家 丘甫氏의 一日』(재판;문학과 지성사)를 들 수 있다.

　이러한 성향은 전쟁으로 인해 행복했던 삶의 터전을 일순간 한꺼번에 잃어버린 상실감과 무분별한 경제개발정책으로 무작정 산업화·도시화로 치달았던 70년대 시대상과 밀접한 관계가 있다고 여겨진다. 또한 이점은 30년대와 다른 70년대의 시대상의 반영인 동시에 丘甫가 仇甫와 변별되는 요소임을 감안할 때, 仇甫의 서구지향적인 점에 대한 간접적인 비판으로도 볼 수 있다.

　丘甫는 식민지 시대를 거쳐, 6·25, 4·19, 5·16을 체험하고, 70년대 유신정권 시절을 살아가고 있는 인물이다. 그는 60·70년대의 남·북 대치의 불안한 정치 상황, 그로 인한 통행금지로 인생의 3분의 1을 유보당한 채, 청·장년기에 혼란한 정치·사회의 격변을 몸소 겪은 인물이다. 그러한 丘甫는 스스로를 '예술가'가 아닌 '남북조 시대의 예술노동자'라고 칭하고 있다. 이 말은 남·북 분단 시대에 생활을 영위하기 위해서 끊임없이 글도 쓰고 문단활동·문학강연·작품심사 등을 게을리하지 않으나, 결국 생계를 유지하기도 힘든 당대 예술가들의 노동자 같은 삶의 질을 의미한다. 그러나 그는 이같이 삭막할 정도로 단조로운 생활을 하고 있으면서도 다른 구보들보다 성실하고 진지하며, 모범적이기까지 한 인물이다. 이러한 丘甫로 하여금 세상살이에서 소외감과 주변성을 환기시키며 가장 무력감을 느끼게 하는 것은, 바로 무책임하고 일관성이 없는 변화무쌍한 정치·사회의 논리이다.

　　'세상이치'로 말하면 구보씨는 어릴 때만 해도 햇바퀴처럼 환한 것인 줄 알았다. 해방이 될 때까지만 해도 구보씨는 **천황 폐하**에 충성하고 싸움터에 나가서 천황 폐하 만세 하고 죽는 것이 사람의 도리인 줄 알았다. 그런데 어느 해 여름 난데없이 러시아 군대가 들어온 다음부터는 일본은 한국의 원수고 **스탈린 대원수**(大元帥)를 위해 죽는 것이 사람의 도리라, 이렇게 되었다. 영문을 알 수 없는 일이었다. 다음에 남한에 와서 본즉 이도저도 다 거짓말이고 **미국**

이 우리의 친구요, 미국 친구들과 친구인 **이승만 박사**가 우리나라
아버지다, 이렇다는 것이었다. 불쌍한 구보씨에게는 너무한 일이었
다.(262)

이와 같은 정치 논리의 희생자가 바로 丘甫인 것이다. 그 직접적인 피
해로 자신의 의지와는 상관없이 실향민이 되었으며, 남북통일의 전망이
밝지 않은 것도 그 때문임을 丘甫는 분명히 인식하고 있다. 더욱이 정
치·사회의 논리의 파장은 한 개인의 삶과 한 국가의 사회·정치, 더 나
아가 세계의 흐름을 송두리째 흔들어놓는데도 불구하고, 자신의 능력 밖
에서 자신이 관여할 수 없는 손들에 의해 정치계는 좌지우지되고 있으며,
더구나 자신으로서는 속수무책이라는 점을 丘甫는 절감하고 있다. 이러
한 설정은 그가 처한 비극적 상황을 강화할 뿐만 아니라, 주변인으로 살
아가는 丘甫의 삶의 양태를 선명하게 부각시키는 효과 또한 내고 있다.
이와 같이 주변인의 삶을 부각시킴으로써 최인훈은 당대 정치 현실의 모
순을 비판적 시각으로 예리하게 드러내고 있다.

그러나 이러한 정치 논리에 절망하면서도, 丘甫는 남북통일에 관련된
적십자 회의나 국제정세에 꾸준한 관심을 보이며, 통일에 대한 희망을
저버리지 않은 채, 사회와의 관계망 속에서 자신의 위치를 지키며 살아
가는 것을 중요하게 여기며, 서울에서의 피난살이를 계속해나가고 있다.
이러한 태도는 철저히 개인적인 삶을 유지하는 데 그치는 仇甫와 구별되
는 점이다.

『小說家 丘甫氏의 一日』역시 서울을 공간 배경으로 하고 있다. 그러
나 최인훈이 다루고 있는 공간(서울)은 박태원의 그것과는 근본적으로 다
르다. 우선 실향민인 최인훈의 丘甫에게는 서울은 그리 정이 가지 않는,
소외감과 단절감을 불러일으키는 타향살이의 공간이다. 서울은 통일되어
고향으로 돌아갈 때까지 일시적으로 머무는 공간이기 때문이며, 무엇보

다도 70년대 개발을 우선하는 정책으로 무작정 도시화로 치달아 전통적인 삶의 토대를 상실해가고 있는 공간이기 때문이다. 즉 丘甫가 바라보는 서울은 외래문화가 여과없이 들어와 모조품과 가짜 박래품이 범람하는 곳, 문화적 주체성을 상실하고 무국적화, 주변화되어 가고 있는 공간인 것이다.

이에 丘甫는 70년대 서울의 도시적 삶의 양태를 도시화의 병폐에서 찾고 있다. 무관심, 교통혼잡, 공해문제, 양심부재, 복잡하고 분주한 삶, 물질숭배가 그것이며 이러한 것들을 부추기는 공간으로 서울은 방치되어 있다고 분석하고 있다.[7]

> 문명에는 반드시 반(反)문명이 따른다. 기계문명 속에 반(反)문명에 대한 완화 장치가 없으면 그보다 못한 문명이라도 그 수준에서는 그러한 완화장치를 가진 문명보다 못할 것은 사실이다.(272-273)

도시화에 따른 문제의 심각성을 제시하면서 무분별한 도시화에 대한 비판과 경계와 함께, 문명 자체의 통찰을 통해 丘甫는 반도시적 성향을 강하게 드러내고 있다. 그러나 丘甫는 도시화 자체를 반대하는 것은 아니다. 바람직한 도시화가 이루어지기 위해서 중요한 것은 전통문화와 조화를 이룰 수 있는 완화장치[8]가 있어야 한다는 점을 역설하면서, 그것의 필요성을 강조하고 있다는 점을 주목할 필요가 있다. 즉 '전통문화의 상실이 단지 문화재적 손실만을 의미하는 것이 아니라 삶의 근거, 존재 기반 그 자체의 상실을 의미'[9]하기에, 전통문화와 조화를 이루고 전통문화의 맥을 이어가는 문명화·도시화를 추구하는 것이 바람직하다는 의식을 최인훈은 丘甫를 통해서 강하게 드러내고 있다.

---

7) 박신(1995), 59-63쪽 참조
8) 작품 내에서 완화장치에 대한 구체적 제시가 없는 점이 아쉽다.
9) 박신(1995), 63쪽

이러한 의식을 갖고 있는 丘甫가 서울에서 주로 가는 공간은 강연을 하기 위한 대학, 원고나 출판일 때문에 방문하는 출판사, 종로·광화문·인사동·청진동·관훈동·안국동 등 옛 흔적이 남아 있는 공간이다. 또한 창경원이나 경복궁 등의 고궁, 인적이 드물고 고요하고 맑은 공간으로 '삼등사' 등 절을 주로 찾는다. 결국 丘甫가 즐겨 찾는 공간은 우리의 문화를 간직하고 있거나 만들어 가고 있는 공간이며, 세상살이의 어질머리에서 벗어나 심리적 안정과 위안을 얻을 수 있고, 삶에 대해 성찰할 수 있는 종교적인 공간인 '절' 같은 곳이다.

이와 같이 공간의 의미 분석을 통해서도, 丘甫는 한국의 얼을 간직한 전통적인 공간에 애정을 갖고 있음을 확인할 수 있다. 이러한 토속적·전통성에 대한 최인훈의 애착은 춘향전·놀부전·구운몽 등의 고대소설을 패러디한 일련의 소설들과 설화를 패러디한 『옛날 옛적에 훠어이 훠이』의 희곡 등 실제 작품을 통해서도 입증되고 있다.

이 작품에서도 허구의 시간은 아침에 일어나서 잠자리에 들 때까지의 '하루'이다. 이 연작들은 소설을 쓰고, 대학에서 강연회를 하고, 출판관계의 일을 하며, 신인 작가의 작품선정 등의 공식적인 일과 친구들을 만나고 전람회 창경원이나 고궁이나 절 등을 찾는 사적인 일들의 반복으로 채워져 있다. 15편 각 편이 이같은 한정된 '하루'라는 테두리에서의 순환성을 갖고 있을 뿐만 아니라 15편 안에서도 순환 구조를 이룬다는 점에서 박태원의 순환성과 변별된다. 즉 1장과 11장에서는 평론가 이홍철씨와 신인작품 심사하는 일을 반복하는데 이를 병아리 감별사의 일에 비유하고 있으며, 창경원을 방문하는 것은 2장과 12장에서 반복되고, 전람회 관람은 7장의 샤갈의 작품전과 12장의 이중섭 작품전으로 이어진다. 또한 법정스님을 만나는 3장의 삼등사 절터는 15장의 꿈 속에서 젊은 스님을 만나는 고요한 옛 절터와 겹쳐진다.[10]

또한 『小說家 丘甫氏의 一日』은 1969년 동짓달에서 1972년 5월에 걸쳐

사계절의 순환을 시간적 배경으로 함으로써 하루하루의 순환이 계절의 순환과 이어지고, 사계절의 순환은 다시 1년, 그리고, 생애와 역사라는 더 큰 순환의 단위로 확장되고 있다. '오늘이 어제같은 보통 나날의 그 시간'(207)은 '해를 넘기고 맞는 생활이고 보면 유별나게 올해라고 다를 것'(218)이 없으며 '이런 시간이 쌓여져 生涯를 이루고 歷史를 이룬다'11)는 것, '生涯이든 歷史든 하루의 삶이든…사람의 삶은 無限 혹은 全體이라는 입장에서 보면 「部分的」인 것'12)이라는 확대된 시간의식의 통찰로까지 이어지고 있다.

위와 같이 최인훈 작품의 '하루'의 의미는 단순한 순환성에 그치는 것이 아니라, 시간성의 탐구로까지 이어지고 있음을 알 수 있다. 이러한 확장된 시간 의식 속에는 얼어붙었던 미국과 중공이 화해의 몸짓을 보이고 남북 적십자 회담이 성사되어 남북통일과 동서화합으로 이어지는 미래에 대한 희망을 간직하고 있다.

이 작품에서 丘甫는 '시간성의 탐구' 외에도 '문화·예술의 본질 탐색'과 외출 과정에서 부딪치는 현상들의 의미 탐색을 통하여 관념적 사유의 진면목을 보여주고 있다. 그러한 면에서 최인훈의 『小說家 丘甫氏의 一日』은 여타의 최인훈의 작품과 마찬가지로 관념적이며 추상적이다. 이 작품을 통해 드러난 관념적 사고는 도시화와 문명화에 대한 비판적 사고, 아울러 우리 문화 뿌리에 해당하는 전통문화 계승과 발전의 필요성, 우리의 순수한 얼·혼을 지켜야 하는 의미에 대한 통찰, 정치·사회의 부당한 논리에 대한 비판, 문학과 예술에 대한 비평적 발언 등을 포함한다. 이 가운데 문학에 대한 논의—다른 예술 장르의 특성과 변별되는 문학의 독자성에 대한 논의, 문학의 효용론, 소설이란 장르의 본질 탐구, 한국

---

10) 김우창(1991), 330-331쪽 참조
11) 최인훈(1979), 『문학과 이데올로기』(문학과 지성사), 421쪽
12) 앞글, 421쪽

문학사의 비판적 고찰, 한국이라는 특정한 상황하에서 바람직한 시인(문학인)의 역할에 관한 성찰 등—가 가장 큰 비중을 차지하고 있다. 이외에도 시·소설·미술·희곡·영화 등 다양한 장르에 관한 작품평, 남북통일에 관련된 정치·사회면 신문기사, 꿈의 장면 등을 작품 속에 과감히 삽입하고 있다. 이러한 장치로 최인훈의 구보씨 연작에서는 허구와 현실, 꿈과 현실, 장르 사이의 '경계허물기'를 시도하고 있으며 아울러 '상호텍스트성'도 도모하여 새로운 소설세계를 선보이고 있다. 이 점은 시·공간 몽타주 기법을 강조한 박태원과 패스티시와 언어유희를 주된 기법으로 쓰고 있는 주인석과 변별되는 최인훈 작품의 독특한 기법적 특징이다.

그러면 최인훈이 丘甫를 통해 형상화하여 드러내고자 한 소설관은 무엇인가?

> 피난. 월남. 이십 년의 세월. 그 십년은 구보에게 있어서 그 어질머리의 실마리를 풀어가는 일이었다. 어질머리. **삶은 어질머리를** 가만히 앉아서 풀어가는 가내수공업 센터 같은 것이 아닌 것도 사실이긴 하였다. 풀어간다는 것도 살면서 풀어가는 것이고, 산다는 일는 어질머리를 보태는 일이었다.…(중략)…사람들은 그래서 사노라면 어느덧 누에처럼 그 어질머리 속에 들어앉아버린다. 그러나 불행하게도 구보의 경우에는 그럴 수가 없었다. 그는 **어질머리라는 누에집을 풀어서 그것이 대체 어떤 까닭으로 그렇게 얽혔는가를 알아보아야 했다. 그것이 소설이라고 그는 생각했**으므로. 그는 자기 집을 헐고 자기 껍질을 벗겨서 따져보는 그러한 누에였다.(19-20)

> 소설이라면 알다시피 세상살이의 이야기를 밝혀내고 인물마다 옳고 그름을 가리는 일이다.(262)

최인훈은 소설이란 세상살이의 어질머리를 풀어, 세상이치와 시비곡직을 환히 꿰뚫어 보아 바람직한 인생이 무엇인지를 생각하고 제시하는 일13)이라 보고 있다. 그리고 '인간의 행복을 가장 촉진한다고 하는 생활원리를 작품을 통해 보급'(252)해야 한다는 점을 소설의 효용론으로 내세우고 있다. 丘甫가 생각하는 '인간의 행복의 원리는 ① 자연을 알라 ② 사회를 알라 ③ 혼자만 잘 살자고 말아라 하는 것'(252)이다.

이러한 소설관을 통해서 丘甫는 개인과 사회와의 연관성을 강조하면서, 자연과 조화를 이루며, 사회와의 관계망 속에 인간이 존재할 때 진정한 행복을 누릴 수 있다는 '사회의식'을 중요시하고 있다. 또한 인간과 자연, 인간과 사회, 개인과 개인, 그리고 문명과 반문명(전통)의 자연스런 융합을 가능케하는 '조화감'을 강조하고 있다. 이러한 점은 특정한 개인의 개별성과 현상 그 자체를 강조하는 박태원의 仇甫와는 근본적으로 변별되는 의식 태도이다. 최인훈은 문학 분야 외에 시, 연극, 영화, 미술 등 다양한 장르의 상관성과 차이점을 밝히는, 문화·예술의 본질에 대한 다각적인 탐색에서도 이와 같은 태도를 드러내고 있다.

5. 주인석 ―구보·서울 변두리 공간·급변하는 시간성·과거의 반성과 기억

주인석은 구보 연작을 묶어 『검은 상처의 블루스:소설가 구보씨의 하루』14)로 발표하였다. 인명뿐 아니라 표제 전체를 한글로 바꾸어 한글세

---

13) 박해현(1999.3.15), "그렇게 이명준은 갔어도 문학이란 話頭는 영원," 『조선일보』. 이 글에서도 등단한 지 40년이 되었어도 이 점이 변함없는 최인훈 소설(문학)의 화두임을 재확인할 수 있다.

14) 주인석(1995), 『검은 상처의 블루스:소설가 구보씨의 하루』(문학과 지성사)를 텍스트로 하고, 인용시에는 인용 쪽수만 기입하고자 한다. 인용의 굵은 활자는 필자에 의한 것임을 밝힌다.

대임을 드러내면서, 표제에서도 간접적으로 박태원와 최인훈과 세대차를 시사하고 있다. 주인석의 구보는 대졸 학력에 미혼이며, 30세 전후(29-32세)의 살찐 체격의 소유자로, 소설가를 자처하며, 홀어머니와 함께 불광동의 허름한 집 이층에 세들어 살고 있다.

그러한 그는 2대－아버지와 구보 자신의 세대－에 걸친 정치·사회의 희생자이다. 실향민이 된 아버지에 의해서 그리고 군부독재에 의해서가 그것이다. 고향에 대한 병적인 집착으로 실향민의식을 제대로 극복하지 못한 아버지의 범죄행위 때문에, 구보는 더럽고 불결하다고만 여겨졌던, 지긋지긋하던 고향인, 미군 기지촌 파주에서조차 삶의 터전을 버리고 도망쳐 나와야 했다. 아버지의 수감과 기지촌 파주가 준 정신적 상처는 그 후 구보로 하여금 '아버지와 고향이 없는 사람'으로 살게 만들었다.

주인석의 구보는 '식민지 반봉건 사회에서 태어나, 제3세계적 개발 독재형 사회에서 교육받았으며, 예속적 국가독점 자본주의 사회에서 젊은 날을 보내고, 이제 포스트모던의 나라로 이민 가고 있다.'(288) 다시 말해서 60년대 5·16의 공포와 함께 태어났고, 70년대 유신의 기만 속에 교육받았으며, 80년대 광주의 비극을 보고 자랐으며, 이념이 해체된 탈냉전시대의 90년대를 살아가는 인물이다. 이러한 모순과 부패를 경제개발 정책이 가져온 물질적인 풍요 속에 위장한 정치·사회의 구조는 구보로 하여금 반미구국운동과 군부독재 타도에 적극 참여하게 만들었으며, 이로 인해 구보는 대학시절 국가보안법 위반자로 3년간 수감생활까지 하게 되었다. 결국 시대적 상황을 자각하고 반성하여 행동을 한 결과, 좌절의 아픔

주인석에 관한 논의로는 다음과 같은 것이 있다.
우찬제(1994), "자유로운 정신의 비상을 위하여," 『상처와 상징』(민음사).
______(1996), "아우라의 상실, 그 음울한 우물:90년대 '소설가소설'의 니르시시즘 비판," 『타자의 목소리:우찬제 평론집』(문학동네).
이광호(1995), "그대 아직 복수를 꿈꾸는가:우리 세대의 구보를 위하여," 『검은 상처의 블루스:소설가 구보씨의 하루』(문학과 지성사).

을 안고 구보는 주변인·사잇길에 선 인물로 살아온 것이다.

이러한 구보는 겉으로는 자유분방하고, 엄살과 과장이 심하고, 너스레도 잘 늘어놓아 진지하지 못한 듯하다. 그러나 의미 바꾸기, 깨기, 왜곡하기, 뒤집기 등을 통하여 어떤 사실이나 현상의 이면, 배후에 대한 탐색과 성찰을 게을리하지 않는, 본래적 기질은 위악적이고 자조적이며 냉소적인 인물이다.

그러면 주인석의 구보가 외출하여 찾아가는 서울의 공간은 仇甫나 丘甫의 경우와 어떻게 다른가?

이 작품에서는 중심에서 벗어난 90년대의 서울의 외곽 지역을 주로 다루고 있다. 구보의 집인 불광동의 전셋집, 고향인 경기도 파주, 허름한 극장, 독립문, 경복궁, 출판사─창작과 비평사, 문학과 지성사 등이 그것이다. 위의 공간들의 공통점은, '구보'라는 인물 못지 않게 '주변성'이 강조되고 있다는 점이다. 주변적 공간은 방치되어 있기에, 중심부보다 훨씬 쉽게 잊혀지고 변질될 수 있다는 점에서 상실감과 소외감이 응집된 공간이다.

불광동은 서울의 중심부와는 거리가 있는 곳이며, 이데올로기가 붕괴되고 실천·민중문학이 퇴조하고 있는 90년대의 '창작과 비평사'나, 문학성 자체의 상실이라는 위기를 맞고 있는 90년대에, 지성적 반성을 촉구하면서 문학성과 예술성을 강조하던 '문학과 지성사'는 이미 70·80년대 출판업계의 주도권을 잃은 지 오래다. 즉 창비사와 문지사는 과거의 실세를 잃고 중심부에서 밀려나 주변화된 출판사라는 의미를 갖는다. 그런데 주인석의 경우, 보다 관심을 갖는 공간은 미국의 저질문화로 오염된 공간이다. 우선 경기도 파주의 미군기지촌이 그것이다. '이태원이나 동두천같이 번듯한' 이름도 없는 기지촌, '아무데나 사정해버린 정액같이 불결한 동네'가 바로 고향인 파주이다. 서울에서 50분이면 갈 수 있는 거리에 있는데도, 경기도 파주는 아직도 구보에게는 먼 변방에 있는 버려진 공간으로 '소외감과 상실감'을 불러일으키는 곳이다. 미국의 저질문화로 오염된 또다른 공간으로 영화관을 들 수 있는데, 주인석은 그곳을 '동성연애자와 마약중독자가 우글거리는 몹시 지저분한 영화관'으로 다루고 있다. 주인석의 이러한 시각은 영화관을 바라보는 최인훈의 시각과는 근본적으로 다르다.

> 극장 언저리는 늘 이국(異國)적이다. 서양영화 간판. 커다란 배우의 사진. 그 밑에서 황색인들이 표를 사느라고 바글바글 끓는다. 조계(租界)라는 느낌이다. 옛날 상하이나 홍콩 같은 데 변두리 극장의 모습 같다.(최인훈, 79)

최인훈은 산업화·도시화라는 명분하에 맹목적·무비판적으로 서구문물을 수용하고 뒤쫓아가는데 급급한 70년대 현실을 극장의 예를 들어 비판하고 있다. 이러한 비판은 주체성을 상실하면 문화의 주변성에 머무를 수밖에 없다는 인식을 강조하고 있다. 이에 비해 주인석은 우리의 성문화를 변질시키고 심각한 사회문제를 불러일으키는 동성연애자 마약 중독자들이 우글거리는 부정적인 공간으로 영화관을 바라본다. 이러한 시각을 통해 미국의 저질문화가 우리 문화를 얼마나 심각하게 훼손하고 있는가를 단적으로 보여주고 있으며, 미국이 우리의 우방이지만은 않다는 반미의식도 함께 드러내고 있다.

주인석이 다루고 있는 또 다른 공간으로는 독립문과 경복궁이 있다. 이들 공간 또한 우리의 전통이 간직된 문화 공간으로 다루지 않는다. 오히려 군부독재에 의해 그러한 전통적 의미가 훼손된 공간으로 그곳들을 다루고 있다. 주인석의 구보가 찾아간 '독립문 공원'은 해방을 기념하기 위한 '문화적 유적지'가 아니라, 군부 독재에 대항하여 구국운동을 하다 수감된 적이 있는 '서대문 구치소'가 있는 곳이다. 그곳은 일제시대부터

사상범을 수감했던 구치소였으나, 그러한 과거의 부끄럽고 어두운 흔적을 가능한 없애버리려고, 독립문 공원으로 탈바꿈시킨 곳이다. 또한 경복궁도 고궁의 의미를 간직한 곳이 아니라, 12·12 사건의 주모자들이 모의를 하던 곳이며, 공소시효 만료 후 재기를 위해 또 다시 모임을 갖는 장소로 설정되어 있다. 이렇게 전통적 의미가 변질된 공간을 통하여 표면적인 풍요 속에서, 우리의 정신적·문화적인 것이 군부 독재에 얼마나 파괴되고 훼손되었는가를 여실히 보여주고 있다.

이 작품의 허구의 시간을 살펴보면, 5편의 연작 중 허구의 시간이 이틀[15]인 것이 있으나, 근본적으로는 하루나 다름이 없다. 시간성과 연관하여 이 작품의 특징을 살펴보면 우선, 외출의 목적이 비교적 뚜렷하며, 외출해서 각기 다른 체험을 하고 있으며, 등장인물들의 현재상황은 과거의 그들이 처해있던 과거상황과 전혀 다른 시간성을 갖고 있다는 점을 들 수 있다. 우선 주인석의 구보가 외출하는 목적을 살펴보면, 잊고만 싶었던 자신의 고향 방문, 동고동락했던 친구 H의 결혼식 참석, 친숙했던 선배 시인 도형기의 장례식 참석과 그리고 문학적 긴장이 생기지 않아 절필을 하고자 마음먹고 자신과 관계를 맺었던 출판사를 마지막으로 들러보기 위해서임이 드러난다. 5번째 연작에서는 예외적으로, 1994년 12월 12일로 12·12 사건이 공소시효 만료된 사실에 충격을 받고 무작정 외출을 하게 된다. 위의 간략한 소개에서도 짐작할 수 있듯이 주인석의 연작들은, 최인훈의 15편 연작들이 거의 비슷한 일과를 반복하는 것과는 달리, 각 편이 전혀 다른 내용을 기술하고 있음을 확인할 수 있다.

또한 이 작품들은 과거의 상황과 정반대에 놓여 있는 현재 상황을 반영하고 있다는 점도 주목할 만하다. 실향의식에서 헤어나지 못했던 구보의 아버지는 언젠가는 쉽게 고향에 되돌아가기 위해, 그리고 고향을 바

---

15) 연작 가운데 「그때 시라노는 달나라로 떠나가고」와 「지옥의 복수가 내 마음을 불타게 한다」가 그것이다.

라보기만이라도 하기 위해, 고향과 가까운 거리에 있는 '파주라는 미군 기지촌'에 정착한다. 그러나 그곳은 아버지의 부도덕한 행위와 살인미수가 자행되었던 공간이며, 온갖 한국인의 수치심을 자극하는 추잡하고 불결한 공간인 것이다. 그곳이 바로 구보의 고향인 것이다. 따라서 구보는 이러한 아버지와 고향을 거부하면서 '고향이 없는 고아'로서 현재까지 살아온 인물이다. 그러나 우연히 아버지 장례식 사진을 보다가 상처만을 주었던 잊고 싶었던 고향을 방문하게 되고, 자신의 정체성을 확인하고 과거를 인정하게 되는 과정을 연작1[16)]에서 그리고 있다. 즉 고향 방문 후의 구보는 방문 전의 구보보다 정신적·인식적인 면에서 성숙된 상태로 변화된 것이다.

H 또한 현재 출판사를 경영하며 한창 지가를 올리는 책으로, 세속적인 성공을 거두며 결혼까지 하는 인물이다. 그러나 과거의 그는 구보와 동고동락하면서 문학에 심취하고, 미군정과 군부독재를 반대하며 열렬히 구국운동에 참여하며 국가보안법 위반자로 서대문구치소에 수감된 적이 있던 인물이다. 시인 도형기도 생존에는 무명시인으로서 생계가 어려워 기질에 맞지도 않는 기자생활을 하던, 너무나도 순수했기에 불우한 인물이었다. 그러던 그가 사망한 곳이 '동성연애자와 마약중독자들이 우글거리는 지저분한 영화관이었다'는 신문 보도 때문에, 그는 죽음과 더불어 일약 유명시인으로 탈바꿈한다. 또한 이데올로기가 붕괴되고, 상업성이 난무하며, 영상매체가 선호되는 90년대 '한국 문학의 현단계'는 활자매체의 위기를 대변하고 있다. 이같은 사실은 문자매체가 주도권을 잡고 있었던 과거에는 생각지도 못한 일이다. 12·12사건도 마찬가지다. 군사반란으로 규정되어 세상을 떠들썩하게 했던 이 사건도 15년이 지난 현재에는 기억에서 희미해진 사건으로 치부될 뿐이다.

---

16) 연작1은 「옛날이야기를 좋아하면 가난하게 산단다」이다.

위에서 살펴본 바와 같이, 1991년 3월에서 1994년 12월12일까지의 3년 9개월간을 시간적 배경으로 하고 있는 주인석의 구보 연작들은 과거와 현재가 같은 연장선상에 있는 순환성을 가진 이야기들이 아니다. 각 편에서 각기 다른 소재를 다루고 있으며, 현재와의 괴리를 갖고 있는 과거를 다룸으로써, 하루하루의 시간의 흐름은 엄청난 상황의 변화를 가져온다는 것을 시사하고 있다. 따라서 주인석의 구보 연작의 '하루하루'는 일상성의 반복이 아닌 그 하루의 특수성으로 인식되며, 예측할 수 없는 급변하는 미래의 상황과 시대성을 의미한다고 할 수 있다.

그러면 구보를 통해 드러내고자 하는 주인석의 소설관은 무엇인가?

> 과거를 이야기한다는 것은, **옛날이야기를 한다는 것은 과연 무얼까? 반성한다는 것이 아닐까. 정직하게. 사소한 죄책감까지.** 그러나 반성은 실패한 사람들이나 한다.…(중략)…잘살기 위해 사람들은 부끄러운 과거에 빗장을 건다. 옛날이야기는 그 빗장을 풀어내는 일이다. 그래서 **사람들이 숨겨놓고는 나몰라라 하는 과거를 폭로한다. 반성한다.**(50)

> 구보씨는 자기가 쓰는 **소설이란 남들이 잊으려 하는 혹은 잊고 있는 어떤 것을 기억시키고 반성시키는 그리고 그 반성을 다시금 반성시키는 운명적인 작업**이라고 생각하였다.(148)

주인석은 소설이란 변장시켰거나 숨겨놓은 부끄러운 과거를 이야기함으로써, 고통스럽지만 독자들로 하여금 그 문제에 직면하게 하여, 과거의 반성과 시대적 반성을 하게 촉구하는 것으로 보고 있다. 또한 쉽게 잊고 또한 쉽게 용서하는 사람들에게 잊어서는 안될 과거의 사실들을 환기시켜 다시금 반성하게 만드는 것이 소설이라고 보고 있다. 그런데 소설가들은 이러한 자각과 반성을 하는 사람들로 현실과의 대응에서 좌절하거나, 실패하기 쉽기에, 소설은 '좌절한 의식의 소산'(64)이며, '부적응자들이 부적응 방식으로 적응하는 또 하나의 제도'(64)이며, '좌절한 의식이 세계에 대해 복수하는 것'(64)이라 보고 있다.

주인석의 구보 연작들은 이를 대변하듯이 부끄러운 이야기들을 다루고 있다. 구보 자신의 감춰두었던 아버지와 고향에 관한 과거, 대학시절 실천적 구국운동으로 동고동락하던 H의 변절, 순수했던 도형기의 죽음을 상업적으로 이용하는 언론풍토, 또한 영상매체에 밀려 책(문학)도 초콜릿이나 아이스크림 같은 자본주의 상품으로 전락해가고 있는 문학풍토 등이 그렇다. 더욱이 물질적 풍요를 앞세운 군부독재시절의 경제논리와 군사반란으로 규정되었던 12·12 사건의 기소 유예와 공소 시효 만료 사건을 통해본 사회·정치풍토는 여러 면에서 반성을 촉구한다. 즉 이러한 반성에는 문제의 정치인에 대한 비판과 함께, 너무 쉽게 분노하는 반면, 홍분했던 사실까지도 너무 쉽게 잊어버리고, 쉽게 용서하는 우리들(국민들)에 대한 질타를 포함한다. 또한 특정한 사건에 적절히 대처하지도 못하면서 국민들의 냄비근성을 악용이나 하는 부도덕한 정치논리에 대한 풍자와 함께 국민적 반성을 촉구하고 있다.

이같이 시대적 자각을 하고 더욱이 실천적 행위를 통해 좌절을 체험한 구보이기에 그는 주변인의 일탈된 시각으로 현실을 부정적으로 바라본다. 이로써 일상적 시각으로는 보이지 않는 왜곡된 세상과 정치·사회의 이면들을 읽고 있는 것이다. 현실은 본래의 모습을 감춘 채 그럴듯하게 위장되어 왜곡되어 있다고 생각하기 때문이다. 따라서 주인석의 구보는, 사회의 관계망 속에서 사는 것을 중요시하는 丘甫와는 달리, 정치·사회의 비리나 부조리 등을 희화화─패러디, 언어유희, 패스티시 등을 통해─하여 풍자하는 것을 우선으로 하고 있다. 따라서 좌절된 삶의 원인을 개인(내면의식)의 반성적 자아에서 찾기보다는 정치·사회 구조의 모순에서 찾고 있다. 이러한 태도를 견지하면서 주인석은 주변성으로 인해 변

질되지 않는 '변화없음을 추구'(298)하고 있으며, 소설이란 '아무도 경험
하지 못한 새로운 세계를 보여주고자'(298)하는 것이라 말하고 있다.

6. 구보형 소설의 의의와 한계

구보형 소설은 '소설가소설'이면서 또한 '소설가소설'의 독자적인 유형
인 '구보형 소설'을 형성하고 있다는 면에서 주목을 받을 만하다. 90년대
는 이념의 붕괴와 문학성보다 우선하는 상업성과 활자매체를 무력화시키
는 영상매체로 인해 문학(소설)은 심각한 위기에 처해 있는 듯하다.

이러한 위기의식을 대변하듯, 소설가란 무엇이며 소설과 소설쓰기란
무엇인가 하는 본질적인 물음을 하는 고백적이고 반성적인 일련의 소설
들이 발표되고 있다. 특히 위의 90년대 시대적 징표들로 인해 실천·민
중문학은 쇠퇴를 거듭하다가 결국 '후일담 소설'이나 '소설가소설'에 머
물게 되어 90년대에는 주인석의 구보형 소설을 위시하여 '소설가소설'이
우후죽순처럼 발표되고 있는 실정이다. 이러한 '소설가소설'은 기존 소설
관에 대한 반성과 함께 새로운 가능성을 탐색하고자 하는 노력의 산물이
라는 점에서 나름대로의 의의를 갖고 있다고 할 수 있다. 그러나 '소설가
소설'이 범람하고 있는 90년대의 문학현상은 다변화되지 못한 우리 문학
풍토의 문제점을 반영하는 것이며, 한편으로는 90년대는 소설쓰기의 어
려움에 대한 자기변명과 엄살뿐만 아니라, 그와 연관된 사회·정치·경
제적인 문제들을 상대적으로 자유롭게 표현할 수 있는 언론풍토가 마련
된 시기임을 입증하는 것이 아닌가 한다.

그러나 문학의 위기는 90년대에 국한된 현상이 아니다. 오히려 검열
강화와 한글 말살 정책을 강압적으로 실시한 일제 강점기, 언론통폐합으
로 자유로운 언로를 차단했던 유신정권 시대는 문자를 매체로 하는 문학

(소설)의 절대 절명의 위기였다고 할 수 있다. 그러한 시기에도 '소설가 소설'로서 박태원과 최인훈의 '구보형 소설'이 존재하고 있었다는 사실은 자못 의의가 크다. 그들은 문학의 위기에 대한 과장된 몸짓이나 자기변명이 없이 自省的·反省的 자아의식을 바탕으로 소설가로서의 자기 정체성을 확인하는 동시에 독자적이며 새로운 소설세계를 모색하여 문학성과 예술성을 간직한 작품으로 형상화했다는 점에서 주목할 만하다. 또한 '구보형 소설'은 본격적인 의미에서 '소설가소설'의 원형에 해당할 뿐 아니라, 이에 그치지 않고 공통적인 유형을 간직하면서도 다양하고 독자적인 작품세계로 발전 계승되고 있다는 점도 간과할 수 없는 의의를 갖는다. 더욱이 '구보형 소설'이 이와 같은 특정한 서사구조 속에서 다양한 실험적 기법을 적극 수용하여 새로운 소설작법으로 낯설은 작품세계를 선보임으로써 소설세계의 변화를 주도하고 지평을 넓히는데 기여했다는 점도 큰 의미를 갖는다.

이에 본고에서는 '구보형 소설'의 원형인 30년대 박태원의 「小說家仇甫氏의 一日」, 이를 패러디한 70년대 최인훈의 『小說家 丘甫氏의 一日』, 90년대 주인석의 『검은 상처의 블루스:소설가 구보씨의 하루』를 중심으로, '구보형 소설'이 가지고 있는 '소설가소설'로서의 독자적인 특징을 인물·시간·공간·행위의 네 가지 축을 공통으로 하는 구조를 추출해 봄으로써 밝혀보았다. 요컨대 인물의 공통적 특성은 주인공들이 '소설가'이며 '독신'이며, 학력이 높은 '반성적 자아'를 가진 주변인이라는 점이다. 허구의 시간은 '하루'이며, 경성(서울)이라는 한정된 공간을 배경으로 하고 있으며, 회귀형 구조를 행위의 근간으로 삼고 있는 '구보형 소설'의 소설쓰기는 '외출'이라는 행위에서 비롯된다는 점이 그것이다.

이 네 가지 공통적 구조는 여타의 '소설가소설'과 구별되는 '구보형 소설'의 존재 미학이자 근거이다. 우선 독신이라는 인물 설정—생활과 아내를 갖지 않은 소설가 구보—은 사회의 주변인으로서의 성격도 부각시키지만, 가족을 부양해야 하고 가정을 지켜야 하는 책임에서 벗어나 있다는 점도 부각시킨다. 여타의 가정을 부양해야 하는 가장의 위치에 있는 '소설가소설'의 주인공들은 '생활'과 '예술'의 갈등 속에서 결국은 '생활'로 되돌아올 수밖에 없는 상황과 관련된 문제의식을 제기한다.[17) 즉 소설가 개인의 사회·경제적 상황과 연관된 문학적 고민이나 그로 인한 소설다운 소설쓰기의 어려움 등이 그것이다. 그러나 구보형 소설에서는 이러한 인물 설정을 통해, 주인공으로 하여금 소설의 본질 탐색과 사회의 주변에 머무르고 있는 소설의 위치에 관한 원인 규명, 새로운 소설쓰기 방식에 대한 탐색을 포함하는 소설쓰기 자체에 대한 고민 등에 보다 관심을 기울릴 수 있는 여건을 마련해준다.

그리고 한정된 공간과 시간, 회귀형 구조를 근간으로 한다는 것은 결국 짧은 서사구조 속에서 일정한 틀에 의해 소설이 전개된다는 것을 의미한다. 따라서 새로운 플롯에 대한 특별한 고려없이도 짧은 형식으로 비교적 쉽게 소설을 쓸 수 있다는 이점이 있으며, 이러한 점이 바로 연작을 가능케하는 구조적인 장치라 할 수 있다. 아울러 이 유형의 소설들은 소설의 주인공이자 작가(소설가)로 '구보'를 등장시킴으로써 소설쓰기 과정과 자신들의 소설관을 자연스럽게 드러낼 수 있는 장점을 가진다. 더욱이 이러한 공통 구조를 근간으로 하면서도 그 안에서 다양한 변주를 통해 독자적인 구보의 세계를 형상화할 수 있다는 점은 '구보형 소설'만의 매력이라 아니할 수 없다.

네 가지 공통된 축을 근간으로 하면서도 박태원, 최인훈, 주인석의 3대 구보의 변주된 작품세계의 독자성은 다음과 같다. 30년대 박태원의 「小說家仇甫氏의 一日」은 식민지 시대라는 폐쇄된 시·공간을 살아가는 仇甫를 통하여 지배세력에 의해 왜곡되게 근대화된 경성의 병리현상을 고

---

17) 조성기 「우리시대의 소설가」, 구효서 「깡통따개가 없는 마을」 등

현학의 소설쓰기 방식으로 구체화한 작품이다. 仇甫가 주로 다루고 있는 공간은 근대화·서구화된 공간으로 이는 그의 서구지향적인 면모를 드러내는 데 한몫을 하고 있다. 仇甫는 당대의 시대적 상황하에서 조심스런 변화의 조짐을 보이기는 하지만, 이 작품에서 하루의 의미는 폐쇄된 반복성이 강조되는 단순한 순환성의 의미가 짙다.

반면에 민속적·토속적인 것에 애착을 갖고 있는 70년대 최인훈의 丘甫는 주로 전통적 문화 공간에 관심을 갖고 있으며, 이를 파괴하는 맹목적 서구화·도시화를 통렬히 비판한다. 이는 삶의 터전을 한순간에 잃어버린 실향민 의식과 70년대 개발과 산업화·도시화를 우선하는 정책으로 야기된 우리 것(전통)에 대한 상실감에서 비롯한다고 볼 수 있다. 관념적 사유를 통한 시간성에 대한 통찰을 바탕으로, 이 작품에서는 누적된 하루가 역사로 이어지는 확대된 시간의식을 보여주고 있으며, 아울러 세상살이의 어지러움을 풀어 그 이치를 밝혀 인간의 행복에 기여하는 것이 소설이라는 등의 문학(소설)의 본질적 탐구를 진지하게 하고 있다.

90년대 주인석의 구보는 2대에 걸친 정치·사회의 희생자로, 소외감과 상실감이 응집되어 있는 변두리 공간에 관심을 보인다. 그리고 시간에 따라 변화하는 다양한 사건을 다룸으로써 예측할 수 없는 미래에 대한 변화를 대변하고 있다. 그는 소설이란 부끄러운 과거를 반성하고 잊지 않도록 기억하게 하는 운명적 작업으로, 이를 통해 아무도 경험하지 못한 새로운 세계를 보여주고자 하고 있다.

그러나 이러한 독자성에도 불구하고 박태원의 작품에서는 근대화에 대한 양가적 태도와 그 병리현상 자체만을 제시할 뿐, 이에 대한 비판이나 그것이 인간에 미치는 영향 등에 관해서는 철저히 함구하고 있다는 한계를 지니며, 최인훈의 연작들 중에는 사유 과정이 지나치게 추상화·관념화되어 오히려 리얼리티가 약화된 점 등이 아쉽다. 또한 주인석의 경우는 실천적 행위의 좌절로 인한 현실부정적인 태도는 사회·정치적인 모순을 지적하기 급급하여, 진지한 자기성찰과 반성으로까지 이어지지 못한 점 등이 문제점으로 지적된다.

또한 '구보형 소설'의 공통적 구조 역시 이 유형의 소설을 여타의 '소설가소설'과 구별하는 독자성 부여하는 동시에 한계를 드러내는 요인이 된다. 즉 한정된 시간과 공간을 근간으로 하는 회귀형 구조는 이 유형의 소설의 서사구조 자체의 빈약함과 단순함을 대변하고 있다. 이에 서사성을 대신하는 다양한 실험적 기법들이 새로운 소설세계에 대한 탐구라는 면에서 의의가 있지만, 실험성 자체에 그치지 않고 그것이 작품의 문학성과 완성도에 얼마만큼 긍정적으로 작용하는가에 대한 검토도 뒤따라야 한다고 본다. 그리고 주인공들이 독신이며 소설가로 반성적 자아가 강한 인물이라는 점은 '구보형 소설'이 특정한 지식인들의 내부의식을 주로 강조함으로써 일상적인 생활(현실)과 유리된 작가들의 자족적인 문학에 그칠 우려가 있다는 점도 배제할 수 없다.

그러나 그렇다고 해서 '구보형 소설'의 존재 기반이 흔들리지는 않는다. '구보형 소설'은 그 독특한 구조로 인해 이미 독자성을 확보하고 있기 때문이다. 이러한 '구보형 소설'의 미학은 구조적 특질 외에도, 박태원, 최인훈, 주인석이 독자적인 구보의 세계를 형상화하는 데 주로 사용한 기법들이 있음을 앞에서 간략히 언급한 바 있듯이, 다양한 실험적 기법에서도 찾아볼 수 있다. 앞으로 이에 대한 본격적인 규명이 뒤따라야 한다고 본다.

주인석 '구보'의 세상 읽기와 소설 쓰기

오경복

1. 들어가는 말

주인석의 작품으로는 희곡집 『통일밥』[1](1990년, 제3문학사), 장편소설 『희극적인, 너무나 희극적인』(1992년, 열음사), 중·단편 연작집인 『검은 상처의 블루스:소설가 구보씨의 하루』(1995년, 문학과 지성사)와 영화 단평집인 『소설가 구보씨의 영화구경』(1997년, 리뷰앤리뷰) 등이 있다. 이러한 작품집을 살펴볼 때 주인석은 다양한 문학 장르에 관심[2]을 가지고 있음을 알 수 있다. 아울러 작품집의 발표 연도로 볼 때, 희곡에서 출발하여 소설에서 영화 쪽으로 관심의 방향이 바뀌고 있음도 엿볼 수 있다. 그

---

[1] 위의 희곡집에는 황지우의 시를 희곡화한 「새들도 세상을 뜨는구나」 외에 「불감증」, 「통일밥」, 「통일연습」 등의 작품이 수록되어 있다. 그의 희곡작품은 작품표제에서 드러나듯이 통일을 향한 적극적 의지를 보여주고 있으며, 정치극의 색채가 강하다.

[2] 연극 「살찐 소파에 대한 일기」(1994)는 그가 직접 대본을 쓰고 연출하였다. 그는 희곡 창작뿐 아니라 연출활동도 하고 있으며, 계간 『리뷰』의 편집위원과 『이매진』의 주간으로 활동한 바 있다.

러나 영화평 등을 묶어『소설가 구보씨의 영화구경』이라 했듯이, 그의 문학의 본령은 '소설'에 두고 있음을 확인할 수 있다.

주인석은 중편「그날 그는」을 계간『문학과 사회』(1990년, 여름호)에 발표하면서부터 소설가로서 작품활동을 시작하였다. 그는 '소설과 소설가 란 무엇인가', '왜 소설을 쓰는가'라는 글쓰기의 본질적인 문제에 유난히 관심이 많은 작가로, 허구화한 구체적인 사건을 다루는 일련의 소설로써 이에 답하고 있다. 이것은 그의 표현을 빌리자면 '소설쓰기에 대한 소설 쓰기'라 할 수 있으며, 이같은 사실을 통해 주인석은 '글쓰기보다 글쓰기 에 대한 생각'3)(287)을 더욱 중요시하고 있음을 확인할 수 있다. 이러한 작가의식을 구체화한 작품이 다섯 편의 연작으로 발표한『소설가 구보씨 의 하루』라 할 수 있다.

이 연작은 주지하다시피 30년대 박태원의「小說家 仇甫氏의 一日」과 70년대의 최인훈의『小說家 丘甫氏의 一日』를 패러디한 작품이다. 이 연 작들의 설정들, 즉 홀어머니와 함께 사는 뚜렷한 생활과 직업을 가지지 못한 소설가 구보를 주인공으로 등장시킨 점, 각 편의 허구의 시간을 하 루로 설정한 점, 소설을 쓰느라 밤을 설치고 정오가 거의 다 되어서야 일 어나 늦은 아침을 먹고, 집을 나서 서울(경성)의 공간을 배회하다 귀가하 는, 공간 이동을 바탕으로 하는 회귀의 구조를 근간으로 한 점 등은 박태 원의「小說家仇甫氏의 一日」을 원형적인 틀로 삼고 있다. 여기에 박태원 과는 달리 최인훈의『小說家 丘甫氏의 一日』에서는 예술 작품—플란다스 의 개, 단테의 작품, 이중섭과 샤갈의 작품세계 등—에 대한 감상이나 비 평을 군데군데 상세히 삽입하고, 신문기사의 인용을 통한 정치·사회적 인 관심을 표명하고 있다. 주인석의 연작들에서도 영화나 문학작품의 평

---

3) 주인석(1995),『검은 상처의 블루스:소설가 구보씨의 하루』(문학과 지성사), 287쪽. 이후 인용시에는 쪽수만 기입하고자 한다. 또한 인용문의 굵은 활자는 필자에 의한 것임을 밝힌다.

이 간간이 삽입되고, 정치·사회의 관심이 신문기사와 함께 강화되어 드러나는데 이는 최인훈의 작품을 패러디한 것이라 할 수 있다.

패러디한 작품은 원작을 그대로 복사한 것이 아니다. 원작을 "재문맥화하고, 통합하고, 재구성"[4]한 재창작물이라 할 수 있다. 즉 패러디한 작품이 의미를 갖기 위해서는 원작에 대해 존경심을 갖고 치밀한 분석으로 원작을 충분히 이해해야 하며, 이와 함께 독자적인 목소리를 갖고 있어야 한다. 따라서 패러디 한 작품은 원작과의 동질성과 함께 이질성을 분석함으로써, 그 재창작의 의미, 패러디한 의미를 밝힐 수 있다. 이에 본고에서는 주인석의 『소설가 구보씨의 하루』의 연작을 중심으로 주인석 '구보의 인물 특성'과 '소설관'과 '소설쓰기의 특성' 등을 밝혀보고자 한다.[5] 위의 연작들은 주인석 중·단편을 묶은 연작소설집 『검은 상처의 블루스:소설가 구보씨의 하루』[6]에 수록되어 있다. 본고에서는 이 작품집을 연구자료로 삼고자 한다.

---

4) 린다 허치언(1993), 『패러디 이론』, 김상구·윤여옥(역)(문예출판사), 57쪽.

5) 주인석 작품에 대한 논의로는 다음과 같은 것이 있다.
   우찬제(1994), "자유로운 정신의 비상을 위하여," 『상처와 상징』(민음사).
   신철하(1995), "소설과 사회사:「구보씨」 소설의 사회·문화적 의미," 『푸른 대지의 희망』(세계사).
   노상래(1997.6), "「소설가 구보씨의 일일」들 연구," 『현대소설연구』(한국현대소설학회).

6) 연작의 다섯 편의 표제와 발표 시기, 게재지는 다음과 같다.
   1. 「옛날이야기를 좋아하면 가난하게 산단다」(1991년, 여름호), 『문학과 사회』.
   2. 「사잇길로 접어든 역사」(1992년, 1월호), 『문학정신』.
   3. 「그때 시라노는 달나라로 떠나가고」(1992년, 봄호), 『현대소설』.
   4. 「한국 문학의 현단계, 1992년 겨울」(1993년), 『비평의 시대』 2호.
   5. 「지옥의 복수가 내 마음을 불타게 한다」
   이후 작품 인용시에는 「옛날이야기를-」, 「사잇길로-」, 「그때 시라노는-」, 「한국 문학의-」, 「지옥의 복수가-」로 축약하고자 한다.

2. 주인석 '구보'의 인물 특성

주인석은 한글세대답게 표제를 전부 한글로 바꾸어 『소설가 구보씨의
하루』로 칭하고 있다. 주인석의 '구보'는 성격이나 기질 면에서, 병약하고
우유부단하지만 섬세하고 다정다감한 30년대의 박태원의 '仇甫'와 다르
며, 또한 뼈저리게 실향의식을 느끼면서도 끊임없이 문학·문단·문화활
동을 해나가는 진지하고 성실한 70년대의 최인훈의 '丘甫'와도 다르다.

'구보'는, 미혼으로 나이는 30세 전후7)이다. 학력은 대졸이다. 그러나
'어릴 적 남보다 공부를 잘했던, 그리고 좋은 대학에 들어갔던'(19) 구보
는 대학을 마칠 무렵 학생운동에 깊숙이 관여하여 3년간 수감생활을 하
고 나온 국가보안법 위반자이기도 하다. 그 후 소설가로 자처하는 구보
의 현재 거주지는 어머니와 함께 사는 불광동의 좁고 허름한 전셋집—방
이 두 개, 화장실, 부엌, 조그만 마루가 있는 열서너 평쯤 되는(18)—이층
이다. 이렇게 생활과 아내를 갖지 못한 가난한 구보의 몸집은 오히려 살
이 쪘다. 살이 찐 이유에 대해 구보는 가난하고 슬픔을 간직했기 때문이
라고 답하고 있다.

구보가 간직한 슬픔은, 어릴 적 성장 과정에 결정적으로 악 영향을 준
'아버지'와 그의 성장배경이 되었던 고향인 '경기도 파주 기지촌'과 깊은
관계가 있다. 구보의 아버지의 고향은 '황해도 연백군 홍현'(36)이다. 실
향민인 그는 고향으로 언젠가는 돌아갈 수 있을 것이라 기대하고 그곳과
가까운 '경기도 파주 기지촌'에 머무르게 된다. 그의 부친에게는 자식의
성장환경에 대한 배려보다는 고향으로의 복귀가 우선하기 때문이다. 반
면에 그의 부친은 그 외의 것에는 비도덕적·비윤리적 행위도 서슴지 않

---

7) 허구의 시간을 살펴보면, 연작 첫 작품의 「옛날이야기를—」이 1991년 3월(29
   세)이며 마지막 작품인 「지옥의 복수가—」가 1994년 12월 12일(32세)이다.

았다. 파주로 온 아버지는 미군 보급 장교와 짜고 군수품을 몰래 **빼다** 파는 양키 물건 장사를 시작했다. 이 장사는 실향민으로서 단순히 생계를 유지하기 위한 것이 아니라, 부정한 방법으로 부를 축적하는 계기가 되었다. 덕분에 구보는 당시로선 꽤 호사스러운 한옥집에 텔레비전까지 갖추고 살 수 있었다.(36) 그러나 그러한 비리는 결국 밝혀지게 되고, 그 결과 그의 가족 특히 구보는 여섯 살 난 어린 나이에 엄청난 상처를 입게 된다.

> 그러다 구보씨가 여섯 살 되던 해 사고가 터졌다. 구보씨의 아버지와 내통하던 **보급 장교가 배신**한 것이다. 구보씨의 아버지는 그 동안 번 돈을 다 날리고 감옥으로 끌려갈 신세가 되어 버렸다. 그렇게 되자 **구보씨의 아버지는 그 미군 장교를 칼로 찔렀다.** 다행인지 불행인지 살인은 면했지만 그의 **아버지는 감옥에서 5년**을 썩지 않으면 안 되었다. 그 사건이 벌어지고 나서 구보씨 가족은 부랴부랴 서울로 이사했다. 진눈깨비가 날리던 겨울에 말이다.(36-37)

부정한 치부 행위나 살인미수의 범죄자를 아버지로 둔 사실, 그로 인해 서울로 도주했던 일 등은, 구보에게 뼈아픈 상처가 아닐 수 없다. 대학시절 반미운동에 적극 참여했던 구보는 아버지가 분단 때문에 고향을 잃어버린 실향민이라는 사실을 구국투쟁의 그럴듯한 명분으로 삼을 수 있었다.(29) 그럼에도 불구하고, 어린 시절 미군이 흘려준 빵부스러기를 먹고 자랐다는 사실은 구보에게는 지울 수 없는 치욕이며 자괴감의 근원이라고 할 수 있다. 따라서 과거를 잊어버리려고만 한 것이다.

이러한 치욕적인 빵부스러기를 제공했던 구보의 고향 '파주'는 어떤 곳인가?

> 파주는 서울에서 서북쪽으로 대략 50km쯤 떨어진 경기도의 조그

만 읍이다. …(중략)… **파주는 휴전선 근방, 서부 전선에 위치한 기지촌**이라고. 기지촌이라면 군사 기지가 있는 마을을 일컫는 말일 텐데, 한국에서는 이 말이 통상 미군 기지촌의 줄임말처럼 쓰이는 경향이 있다. 한국 군대가 주둔하고 있는 마을도 기지촌임에는 틀림이 없지만, 또 그렇게 부르겠지만, 항상 문제가 되는 건 **미군 기지촌**이었다. 양키·코쟁이·깜둥이·지아이·양공주·씨레이션·혼혈아, 더 거창하게 나갈 필요도 없이 뭐 이런 것들, **한국인의 수치심을 자극하는 모든 단어들과 끈적끈적하게 달라붙은 동네. 마치 씹다 버린 껌 혹은 아무데나 사정해버린 정액같이 불결한 동네.** 그게 한국의 기지촌이다. 그것도 이태원이나, 동두천같이 번듯한 기지촌이 아니라, 시인들조차도 외면한 이름없는 기지촌.(23-24)

위와 같이 구보의 고향 파주는 불결하고, 한국인의 수치심을 자극하는 온갖 것이 모여 있는 이름없는 기지촌이다. 이같은 고향에서 성장했다는 사실은 아버지의 존재와 함께 구보의 '마음속에 보기 흉한 낙인처럼, 지워지지 않는 흉터'(24)로 남아있는 것이다. 따라서 출감한 후 술로 나날을 보내던 아버지의 죽음은, 당시 스무 살이었던 구보에게 그러한 과거에서의 '완전한 탈출'(37)을 의미했다. '죽기 며칠 전 임진강에 한 번 놀러 가자'(37)는 아버지의 마지막 청도 거절할 정도로 고향 '파주'와 '아버지'는 지긋지긋하고 넌더리나는 애증의 대상인 것이다. 그래서 '파주'를 떠나온 후, 20여 년 동안, '그는 아버지가 없고 고향이 서울인 그런 사람'(24)으로 '구보'라는 가명8)으로 살아온 것이다.

요컨대 구보는 실향의식과 고아의식9)으로 고통을 받는 것이 아니라,

---

8) 「사잇길로—」에서, 친구 H와의 대화 속에 '구보'가 된 내력이 드러나 있다.(77)

9) 우찬제(1996), "아우라의 상실, 그 음울한 우물: 90년대 '소설가소설'의 '나르시시즘' 비판," 『타자의 목소리』(문학동네), 58쪽. 우찬제는 주인석의 구보가 세계박탈의 공허감과 고아의식에 시달리고 있다고 보고 있다.

역으로 한 시간이면 그러한 상처를 확인할 수 있는 거리에 고향이 있다
는 점 때문에, 잊고 싶은 아버지의 존재 때문에 괴로워하고 갈등하는 것
이다. 차라리 실향민이었으면, 차라리 고아였으면 하는 것이 그의 바람이
었던 것이다. 여섯 살 때 고향을 떠난 이래로 이렇게 묻어 두었던 상처의
확인은, 결국 스물 아홉 살이 된 어느 날 아버지의 장례식 사진을 우연히
발견한 후, 어쩔 수 없이 고향 '파주'를 찾게 됨으로써 이루어진다. 이로
써 구보는 굳게 잠겼던 과거의 빗장을 스스로 열고, 힘겹고 고통스럽게
자신의 뿌리를 탐색함으로써 자신의 정체성을 확인하게 되는 과정을 겪
게 된다.

　그렇다면 그 후 구보가 접한 시대·문화·정치적 배경은 어떠한가?

　구보는 60년대 5·16의 공포와 함께 태어났고, 70년대 유신의 기만 속
에 교육받았으며, 80년대 광주에서의 비극을 보고(74) 자란 세대에 속한
다. 구보의 비극은, 비극의 연대에, 공포와 기만 속에서 탄생한 것이라
할 수 있다. 이러한 개인적·시대적 비극을 안고 사는 구보의 성격과 기
질은 위악적·자조적·냉소적이다.

> 구보는 그리 순수한 사람이 못 되나보다. 의미를 그대로 놔두지
> 못한다. 조금이라도 흠집을 내거나 뒤바꿔놔야 직성이 풀린다. 구보
> 씨에게는 그런 습관이 있다. **의미 바꾸기, 혹은 깨기, 또는 왜곡하
> 기, 그도 아니면 뒤집기라고나 할까.**(54)

> 책상 위에는 구보씨가 쓰고 있는 원고들이 널려 있다. 하나는
> **'부처와 나'라는 제목이 달린 원고이고, 또 하나는 '여자에 대해
> 서'라는 제목**이 달린 원고다.…(중략)…그래도 「부처와 나」와 「여자
> 에 대해서」란 원고가 동시에 씌어지고 있다는 것은 좀 야릇해 보인
> 다. 구보씨는 독서를 할 때도 비슷한 습관을 가지고 있다.…(중
> 략)…구보씨는 그 두 책들 사이를 오가는 재미를 즐긴다. 원고를 쓸

때도 마찬가지다. 부처의 세계와 여자의 세계를 넘나들면서 구보씨
는 진짜 글 쓰는 의미를 깨닫는다고나 할까. **두 세계는 동떨어져
있는 듯하면서도 그렇지 않다.** 혹은 그렇지 않은 것 같으면서도
그렇다. 그렇다면 그렇지 않고, 그렇지 않다면 그렇다. 구보씨는 그
애매한 경계 사이에서 느끼는 재미가 좋은 것이다.(9-10)

액면 그대로 사실을 받아들일 만큼 구보는 단순하거나, 순진·순수하
지 않으며 위악적이다. 더욱이 표면적으로는 말장난에 그치고 있는 듯한
두번째 예문도 자세히 보면, 이질적으로 보이는 두 세계의 동질성에 대
한 성찰을 그 바탕에 깔고 있다. 즉 구보는 의미 바꾸기, 깨기, 왜곡하기,
뒤집기 등을 통하여 어떤 사실이나 현실 현상의 이면, 배후에 대한 탐색
과 성찰을 게을리하지 않는다. 이러한 구보의 위악성은 짙은 화장에 짧
은 치마를 걸치고, 이리저리 엉덩이를 흔들며, 잔뜩 교태를 부리는 다방
의 여종업원을 보고 역겹고 치욕스럽다고 느끼면서도, 그럴 때마다 엉뚱
하게 어머니를 떠올릴 정도로 극단적인 데가 있다. '구보씨의 어머니는
고향에서 구보씨의 아버지와 결혼하고 전쟁 때문에 고향을 잃고 남편을
따라 기지촌으로 흘러들었을 뿐, 그저 얌전한, 자상한 그런 어머니'(44)이
다. 그런 어머니를 다방 종업원이나, 술집 여자, 몸을 파는 여자와 겹쳐
생각하게 할 만큼 기지촌은 그에게 순수성을 빼앗아간 위해한 곳이었다.
이러한 과정이 언어 유희나 너스레 떠는 말장난, 엉뚱한 연상, 등을 통해
전개됨으로써 더욱 위악적으로 느껴진다.
이러한 구보는 자조적이며 냉소적이기까지 하다.

나는 정말 쓸모 없고 돼먹지 못한 인간이구나. 일한 적도 없고
제대로 생각한 적도 없고, 국가와 민족을 위해서, 인류의 고귀한 이
념을 위해서, 민족문화의 창달을 위해서, 아니 몸을 위해서조차, **난
아무것도 한 일이 없구나.** 오히려 한구석에 **빼딱하게 서서, 밖으**

**로는 인류 공영에 이바지한 역사의 주역들에게 험담이나 하고
딴지나 걸고 시기하고 질투할 궁리나 하다니.** 벽돌 한 장 지어나
른 일이 없는 날건달이 국가의 초석과 동량이 되어 한강의 기적을
일군 분들에게 따뜻한 안방을 내놓지 않으니 부당하다고 떼를 쓴
꼴이 아닌가.(151)

구보씨는 앞좌석의 등받이에 머리를 처박고 참회했다. 지나온 날
의 과오를, 지리멸렬했던 삼십 평생을, **아무것도 이룬 적 없고 남
이 이룬 것만 배아파하던 병들고 어둡던 과거를,** 그가 눈물을 흘
리거나 울지 않은 건 워낙 그의 천성이 메마르고 차갑기 때문이었
다. 불행중다행이었다.(152)

위와 같이 신랄할 정도로 자조적일 경우에도 주인석의 구보는 결코 진
지함으로 일관하지 않는다. 진지하게 참회를 하다가 엉뚱하게 냉정한 자
신의 천성 때문에 눈물을 흘리지 않는 것이 불행중다행이라는 연결은 오
히려 웃음을 자아낸다. 이같이 엉뚱한 연상이나 생각, 성찰, 욕설 등으로
의도적으로 진지함을 깨고, 상황이나 인물을 희화화한다. 이같은 말장난
을 일삼는 구보는 불성실하고, 익살스러우며, 진지하지 못하고, 자포자기
한 듯 무기력해 보이기까지 한다. 그러나 반미 구국 운동, 군부 독재와
재벌 독점 반대 등을 실천적 행위로 보여준 주인석의 구보는 나약하지만
은 않다.

이러한 성격적 기질은 자신이 처한 이같은 개인적·시대적·정치적 상
황에 민감하게 반응·반성·행동한 결과 좌절한 데서 비롯된다고 볼 수
있다. 이러한 좌절의식·패배의식은 구보를 결국 사회의 주변인으로 존
재하게 만드는 주요인이라 볼 수 있다. 즉 그와 같은 점으로 인해, 구보
는 사회의 탈중심적 인물, 부적응 인물, 좌절한 인물, 사잇길에 선 인물
로 존재하게 되는 것이다. 그러면 이러한 '소설가 구보'를 통해 보여 주

려는 세상은 어떤 것인가?

3. 중층적 소설 쓰기 속의 세상읽기

3.1. 희화화하여 세상읽기

개인적 아픔과 시대적 아픔을 공유하고 있는 주인석 구보의 태도는 자조적이고, 위악적이다. 이러한 성향을 가진 구보는 상식을 벗어난 일탈된 시각으로 세상을 바라보거나, 사회의 중심인물이 아닌 주변인의 시각으로 세상을 삐딱하게 바라본다. 현실은 그럴듯하게 위장·변장되어 심각하게 왜곡되어 있다고 보기 때문이다. 더욱이 이러한 현실을 구보는 비판적인 시각으로 노골적으로 드러내기보다는 희화화하여 바라보고 있다. 이렇게 함으로써 왜곡된 현실과 그 이면을 낯설게 부각시키고 있을 뿐만 아니라 그 문제의 심각성에 관심을 기울이게 하고 있다. 이러한 희화화는 개인 내면의 문제를 다룰 때보다는 문학·정치·사회적인 문제를 다룰 때 더욱 강화되어 나타난다. 이는 주인석의 관심이 개인의 문제보다는 문학·정치·사회적인 현실과 연관된 당대의 시대적 아픔에 있음을 대변해주는 것이다.

> 구보씨의 고향 파주로 가는 길은 통일로다. 구보씨는 피식 웃었다. **분단 때문에 생겨난 자기의 고향으로 가는 길이 통일로라니.** 구보는 차라리 이 길을 분단로라고 부르는 게 더 낫겠다고 생각해본다. 생각해보니 정말 그랬다. **파주가 기지촌이 된 것도 분단 때문이고, 파주가 구보씨의 고향이 된 것도 분단 때문이었다.** 빌어먹을. 그런데 통일로라니.(28-29)

구보는 특히 한 손엔 책을 끼고 한 손은 주먹을 꼭 쥔 채 눈을 부릅뜨고 서 있는 반공 소년 이승복의 동상을 유심히 뜯어본다. 이 아이가 왜 여기 서 있는 걸까. **이승복은 아직도 소년이다.**…(중략)…구보씨는 국민학교 시절, 6월만 되면 그 반공 소년을 기리는 글짓기 대회와 웅변대회가 열렸던 걸 기억한다. 나는 공산당이 싫어요. **구보씨는 그 소년을 죽인 공산당도 싫었지만, 죽으면까지 '나는 공산당이 싫어요'라고 말할 수밖에 없이 그 소년을 교육시킨 사람들도 싫었다. 그리고 그 소년의 어리석음까지도.**(33-34)

통일을 염원하는 '통일로'가 사실은 '분단로'라는 상식을 깨는 인식. 반공 소년 이승복은 만년 소년이라는 우스갯소리에 이어, 반공의식의 귀감이 되고 있는 이승복의 어리석음을 가차없이 질타하며, 그러한 것을 기리고 또한 기리게 하는 현 교육풍토에 대한 비판 등은 가볍게 볼 수 없는 무게를 이 작품에 실어준다. 또한 군사정권의 경제 정책에 대해 다음과 같이 평하고 있다.

군사 쿠데타가 일어난 이후로 조선에 굶어죽는 사람은 없어졌으니까. **군사 독재 정권은 탁월한 경제 개발 정책으로 국민들을 배불리 먹여주는데 성공했으니까. 구보는 보릿고개라는 말을 실감하지 못하는 세대에 속한다.** 보릿고개라는 말은 이제 사전에서 사라질 때가 되었다. 그러고 보면 구보씨는 군사 독재 정권에게 톡톡히 수혜를 받은 셈이다, 소설가란 이름을 앞에 달고도 배고픈 줄은 모른다니. 단지 추워서 소설을 쓰지 못하겠다는 헛소리나 해대고. **얻은 것은 흰쌀밥이고 잃은 것은 소설이다,** 라고나 할까.(130)

위의 예문에서 구보는 표층적으로는 군사 독재 정권의 탁월한 경제 개발 정책의 톡톡한 수혜를 입은 행복한(?) 시기에 살고 있다고 말하고 있다. 그러나 이같은 배고픔의 해결은 어릴 적 기지촌에서 미군이 흘려준 빵부스러기와 과연 본질적으로 다른 것인가에 대한 반성을 구보는 반어적으로, 자조적으로 하고 있는 것이다. 미군이 흘려준 빵부스러기를 수치심도 없이 받아먹으면서 우리는 한국인의 자존심을 잃어갔으며, 군부독재의 흰쌀밥을 먹으며 시대적·정치적 자각과 반성 의식이 무뎌져 간 것을 희화화하고 있다. 더욱이 90년대의 공산권의 붕괴는 그러한 실천적 행동의 의미도 무화시켰을 뿐 아니라, 탈이데올로기 상황으로 몰고 가 정신적 혼란함을 가중시키고, 문학의 존재 의미까지도 의심케 했다. 구보는 그러한 시대적 혼란에 속에 '소설을 쓰지 못하는 소설가'로 존재하는 것이다. 이를 한마디로 '얻은 것은 흰쌀밥이고 잃은 것은 소설이다'(130)라고 희화화하여 꼬집어 말하고 있다.

이러한 희화화하는 기법으로는 '얻은 것은 흰쌀밥이고 잃은 것은 소설이다' 등과 같은 패러디10), 언어 유희11), 패스티시12), 또는 전체적인 진

---

10) 특히 전체적인 골격에서 뿐 아니라, 부분적으로도 박태원의 작품에서 의도적으로 패러디하거나 패스티시를 한 흔적이 연작 곳곳에서 발견된다. 우선, 「옛날이야기를─」에서는 박태원의 작품에서와 같이 시점이 바뀐다는 점을 들 수 있다. 박태원의 「小說家仇甫氏의 一日」에서는 시점이 어머니(1·2장)→∼구보로 바뀌는데 반해, 「옛날이야기를─」에서는 구보→어머니→구보의 순으로 바뀐다. 또한 구보와 어머니와의 대화 내용 등은 박태원의 작품과 거의 흡사하다는 점을 들 수 있다. 그리고 문장을 반점으로 분절하는 것 등이 그 것이다. "그런데, 나는, 정말, 문지에, 가깝나, 문지와, 각별한가. 구보씨는 그 짧은 문장을 무려 일곱 번이나, 아니 그 이상으로 쪼개어 생각해본다. 잘근잘근 씹어본다."(141)

11) 소설이란 진정하고도 완벽한 복수와 같다. **햄릿의 말을 빌려 말하자면, 죽느냐, 쓰느냐, 그것이 문제인 것이다.**(65)/각설하고, 그리하여 만나게 된 두 청년 문학도는 **신동엽의 표현을 빌리자면 문학에 울고 사랑에 울고 혁명에 울고 하였던 것이다.**(78)/그러나 어쨌든 조선의 근대사에서 문학의 시대는 가고 있는 것이다. **노병은 죽지는 않지만 사라져가야 한다.**(131)

이외에 인명이나 고유명사는 의도적으로 거의 희화화하여 표현하고 있다. 이는 소설의 허구성, 동시대인에 대한 배려 외에 희화화 자체를 강화하기 위한 장치라 보여진다.

1992년 봄 **류인화**라는 작가의 『**네가 나를 모르는데 낸들 나를 알겠는가**』라는 작품이 일대 파문을 일으켰었다.(131)/여름, **박이무**라는 또 하나의 문제

지한 흐름을 깨는 엉뚱한 연상13) 등의 기법을 들 수 있다. 이러한 기법들은 결국 작품의 상호텍스트성을 바탕으로, 특정 상황이나 인물을 희화화하고, 아울러 비평적 거리를 유지하여 특정한 상황에 몰입하는 것을 견제하고 있다. 그리하여 독자로 하여금 부패하고 부조리한 세상을 그럴듯하게 포장한 껍질을 벗기고 그 심층을 꿰뚫어보게 하는 여지를 남겨

작가가 등장한다. 그는 『죽어버린 자의 기쁨』이라는 작품으로 서울의 지가를 올린다는 **문음사의 '내일의 작가상'**을 수상했다.(132)/그러다가 겨울로 접어드는 문턱에서 조선 문학사상 가장 희귀한 필화 사건이 발생한다. 모 명문 대학의 국문학과 교수이자 시인이자 소설가이자 당대의 칼럼니스트인 **마성기 교수**가 『즐겁게 살아』라는 작품으로 에로티시즘의 논쟁을 일으키다가 국가 공권력에 의해 신체의 자유를, 아울러 에로티시즘의 자유를 구속당한 사건이었다.(133)

12) 패스티시의 예는 다음과 같다.
　구보씨마냥 쉽게 좌절하고 쉽게 미워하고 쉽게 잊고 쉽게 허물어지지 않는, **바람보다 늦게 누워도 바람보다 먼저 일어나는** 풀뿌리 같은 생명의 힘이 후광처럼 씌워져 있는 것이다.(152-153); 김수영의 시 「풀」/진정한 복수란 어떤 걸까. 완벽한 복수란 또 어떤 걸까. 햄릿은 왜 복수를 계속 지연시켰을까. 그는 왜 간단히 복수할 수 있었는데도 정작 원수인 숙부의 등에 칼을 꽂지 않고, **죽느냐 사느냐, 그것이 문제로다**, 라며 헛된 고민만 했을까.(65)/연작 5의 표제 「**지옥의 복수가 내 마음을 불타게 한다**」; 모차르트의 「마적」의 소프라노 아리아(166)

13) 예를 들면 구보가 어렵게 과거를 더듬으면서 옛집을 찾아갈 때도 엉뚱한 연상을 하여 흐름을 깨고 있다.
　"구보씨는 삼거리에 서서 자기의 옛집으로 들어가던 골목을 찾았다. 안 보인다. 구보씨는 순간 당황했다. 그래서 엉뚱한 곳까지를 둘러보았다. 그런 그의 눈에 **스왕미용실이 보였다. 스왕. 잃어버린 시간을 찾아서. 구보씨는 프루스트의 소설을 떠올렸다.** 그래 나도 잃어버린 시간을 찾아서 가고 있는 길이지. 구보씨는 자신을 진정시켰다. 구보씨는 눈을 감고 과거의 감각을 더듬었다."(37-38)/"시간을 의식하면서 바라보니 햇살도 살금살금 기어가는 것 같았다. 마치 시계 바늘이 째깍째깍 돌아가듯이. **좋은 날씨야.** 구보씨는 아무 뜻 없이 그렇게 중얼거렸다.…(중략)…그러자 그 말은 그의 머릿속에서 이렇게 번역되는 거였다. **오늘은 죽기에 좋은 날이다.** 그건 더스틴 호프만이 나왔던 「Little Bigman」의 대사였다. 그 영화에 나오는 인디언들은 구름 한 점 없이 맑은 날을 그렇게 표현했다. **가리는 것이 없으니 죽은 영혼이 하늘로 오르기엔 참 좋은 날이라는 의미였다.**"(54)

놓아, 현실의 표층적 의미보다는 그 속에 감추어져 있는 의미를 생각하게 한다.

이와 같이 주인석의 구보연작들은 소재를 단순히 희화화하는 데에 그치지 않고 그 속에 정치·사회적 비판과 성찰 등을 함의하고 있기에 무게를 갖는다. 요컨대 연작들은 '소설을 쓰지 못하는 소설가 구보'를 주인공으로 하여, 그의 시각으로 본 왜곡된 세상의 문제점을 지적하는데 주력하고 있다. 따라서 구보의 시각은 진지한 자기성찰이나 반성을 하기 위해 내부로 향해 있기보다는 이같은 외부 세상을 향해 열려 있다. 이 점은 주인석 구보의 특징이자 한계라 할 수 있다.

3.2. 개인사와 정치·사회적 관계 읽기

주인석의 연작들은 희화화를 통해서 뿐만 아니라 작품 내용에서도 중층적 의미를 함의하고 있다. 즉 겉으로 드러난 줄거리는 주로 개인적인 사건을 다루고 있으나, 그 속에 개인적 의미만이 아니라 정치·사회적인 의미가 강화되어 있다. 우선 연작 1에 해당하는 「옛날이야기를—」의 줄거리와 그 의미구조의 상관관계를 살펴보면 다음과 같다.

글이 써지지 않으면, 방을 뒤지곤 하는 습관을 가진 구보가 우연히 필름 한 통을 발견하게 된다. 현상을 해보니 8년 전(자신이 20살 때) 돌아가신 아버지 장례식 사진이었다. 이 사진은 아버지가 없고 고향이 서울이라고 작정하고 살아 온 구보에게 경악·서러움·아련함과 함께 죄책감과 두려움을 안겨준다. 이 사진은 잊었다고 생각했던, 절대로 기억하고 싶지 않은 과거—아버지와 고향—의 빗장을 구보로 하여금 스스로 열게 만든다. 이로써 6살 때 쫓기듯이 떠난 온 이래로 20여 년 동안 한번도 가 본 적이 없는, 경기도 파주 기지촌인 고향을 방문하게 되고, 아울러 낙인으로 남아있는 아버지와 연관된 과거, 즉 자신의 뿌리를 찾아가는 고통스런 시련을 통해 자신의 정체성을 확인하는 과정을 다루고 있다. 이러한 과정이 과거와 현재가 무수히 교차되면서 혹은 겹쳐지면서 전개된다.

위와 같이 이 작품은 표면적으로는 주인공 구보의 과거에 얽힌 개인적·사변적 사건을 다루고 있다. 그러나 힘겹게 자신의 과거를 밝히는 개인적 사건을 다루고 있는 표층 밑에는 과거의 역사에 관한 반성을 촉구하는 시대적·사회적 의미가 강하게 배어 있다. 발전적인 미래를 위해서는 부끄러운 과거의 반성은 고통스러우나 반드시 직면해야 할 문제라는 것을 개인적 체험을 통해 일깨우고 있는 것이다. 개인이 모여 한 사회와 한 시대를 형성하므로, 개인의 과거의 반성은 결국 과거의 역사의 반성과 유관하기 때문이다.

이러한 시대적 반성을 하기 위해서는 시대적 자각이 우선되어야 한다. 「사잇길로─」에서 살펴보면, 구보가 접한 시대·문화·정치적 배경은 60년대에서 90년대에 걸친다. 그는 60년대의 5.16 군사 혁명, 70년대의 유신정권뿐 아니라, 80년대의 광주 사건을 뒤로 한 채 탈냉전시대의 90년대를 살아가고 있는 것이다.

> 80년대란 1980년 1월 1일에서 1989년 12월31일까지의 시간대를 의미하지 않는다. 80년대는 1979년 10월 26일과 1980년 5월 27일 사이에 시작되어 1987년 6월 10일과 그해 12월 16일 사이에 끝난 연대를 가리킨다. 80년 5월 광주는 80년대의 빅뱅*big bang*이었고 80년 12월 대통령 선거는 80년대의 블랙 홀*black hall*이었다. 그리고 아무도 모르는 사이 90년대가 시작되었다.(74-75)

이같은 80년대에 대한 자각은 과거의 역사가 독립적으로 단절된 채 존재하는 것이 아니라, 서로 유관한 채 이어지고 있음을 시사하고 있다. 즉 10·26 사건과 극비에 붙여졌던 광주의 비극에서 비롯된 80년대는 선거를 통해 합법적이고 공개적으로 추진된 또 다른 군부독재의 시기임에 다름이 아니다. 이에 시대적·정치적 상황에 대한 반성적 자각과 정신적·사상적 빈곤함으로 야기된 정치적 혼란에 대한 각성의 필요성을 역설하고 있는 것이다.

「한국 문학의—」에서는 구보는 '소설적 긴장이 생기지 않기에' 아예 소설 쓰기를 포기하려고, 자신과 관련을 맺었던 출판사를 마지막으로 둘러보기로 작정하고 외출하는 표면적인 이야기 속에 현 한국문학의 문제점들을 지적하고 있다. 첫째 표절이냐 예술이냐로 논란을 불러 일으켰던 '신세대 문학론'에 대한 시비, 둘째 영상매체의 우위로 주변으로 밀려난 문자매체의 현 위치에 대한 우려, 셋째로 운동성을 강조한 나머지 문학성 자체를 부정해버린 민중문학에 대한 반성, 넷째 문학작품까지도 아이스크림이나 초콜릿 같은 자본주의 상품으로 전락해버린 현 문학풍토에 대한 개탄 등이 그것이다. 결국 90년대 한국문단은 '주변화보다는 문학성 자체가 상실'될 심각한 위기에 처해있다고 구보는 진단하고 있다. 이에 주인석은 '현실과 고집스럽게 맞서려는 문학의 문학다움의 추구'(143)가 어느 때보다도 필요한 것임을 강조하고 있다.

「그때 시라노는—」는 뇌졸중으로 죽은 시인 도형기(기형도)에 관한 이야기를 담고 있다. 생전에 무명시인이었던 그는 신문의 가십성 기사 덕분에 하루 아침에 유명인사가 된다. '치정이나 실연으로 괴로워하다가 마침내 죽었으리라 단정'(100)하고는, '죽은 곳이 동성 연애자와 마약 중독자들이 우글거리는 몹시 지저분한 영화관이라는 사실을 강조함으로써 모종의 암시를 하는'(100) 신문 기사가 그것이다. 이는 주변인으로 존재할 수밖에 없는 '시인이라는 것도 불쌍하거늘, 하물며 그런 시인을 불쌍한 시인으로 만드는'(100) 언론 풍토와 사인이 '뇌졸증'이라는 정확한 사실의 보도보다는 개인을 매도하면서까지 흥미위주의 기사로 판매부수에 더욱 신경을 쓰는 현 언론풍토에 대한 비판을 가하는 사회적 의미를 갖는다.

이와 같이 주인석의 연작들은 구보가 겪는 개인적인 구체적인 사건을

통해, 사회적·정치적 문제의식은 물론 소설 쓰기에 대한 관심을 동시에
불러일으키는 중층적 의미 구조로 짜여 있다.

4. 소설 쓰기의 의미 읽기 : 과거의 반성과 기억

구보씨의 연작들은 소설가의 입장에서 소설은 왜 쓰는가? 라는 소설
쓰기의 의미를 또한 밝히고 있다. 주인석은 첫째로, 허구적인 이야기인
소설은 과거를 이야기함으로써 독자들로 하여금 과거의 반성과 시대적
반성할 수 있게 하며, 둘째로 잊어서는 안 되는 사실을 지속적으로 기억
하도록 한다는 데에 소설의 존재 의미를 두고 있으며, 그러한 소설을 쓰
는 사람이 소설가라고 밝히고 있다.

> 과거를 이야기한다는 것은, 옛날이야기를 한다는 것은 과연 무얼
> 까. **반성한다는 것이 아닐까. 정직하게. 사소한 죄책감까지**. 그러
> 나 반성은 실패한 사람들이나 한다. 성공한 사람들은 그 따위에 관
> 심도 없다. 그들은 과거를 변장시키거나 숨겨버리거나 할 뿐, 옛날
> 이야기를 하지 않는다. 잘살기 위해 사람들은 부끄러운 과거에 빗
> 장을 건다. 옛날이야기는 그 빗장을 풀어내는 일이다. 그래서 **사람
> 들이 숨겨놓고는 나몰라라 하는 과거를 폭로한다. 반성한다**.(50)

> 구보씨는 자기가 쓰는 **소설이란 남들이 잊으려 하는 혹은 잊고
> 있는 어떤 것을 기억시키고 반성시키는 그리고 그 반성을 다시
> 금 반성시키는 운명적인 작업**이라 생각하였다.(148)

위의 인용들은 주인석의 소설관을 반영한 것이라 할 수 있다. 결국 소
설이란 변장시켰거나 숨겨놓은 부끄러운 과거를 폭로하여 고통스럽지만

그 문제에 직면하게 만들어 반성을 촉구하는 기능을 한다는 것이다. 그러나 정작 반성을 해야 할 사람들은 성공을 담보로 반성 같은 것에는 관심도 없고, 대부분의 사람들은 잘 살기 위해 부끄러운 과거를 숨기기에 급급한 것이 현실이다. 결국 반성할 수 있는 사람은 양심이 있고 현실적인 자각이 있는 사람들이다. 그러나 그러한 의식을 가진 자들은 현실과의 대응에서는 좌절하거나 실패하기 쉽다. 이에 '소설이란 좌절한 의식의 소산'(64)이라고 답하고 있는 것이다.

「그때 시라노는―」에서의 도형기가 그렇다. 첫사랑을 끝내 저버리지 못할 정도로 순수성을 간직한, 무명의 시인이자 생활을 위해 기자생활을 했던 그는 결국 '시 때문에 생긴 적, 기사 때문에 생긴 적, 두 배의 적만을 가진'(106) 자가 되었다. 그는 록산느에 대한 진정한 사랑을 고백하지 못하고 간직한 채 죽는, 전설적인 불란서 시인이자 검객인 시라노와 같은 인물이다, '드 기쉬 백작'으로 대변되는 불의에 맞서 칼과 시로 적을 만드는 시라노, 즉 현대의 시라노가 도형기인 셈이다.   「사잇길로―」에서는 대학 시절 부정부패에 대항하여 실천적 구국운동을 열렬히 했던 H가 그렇다. 그들은 동굴 속의 현실에 안주하지 못하고 동굴을 빠져나와 빛을 본 순간 눈이 먼 「요한시집」의 토끼처럼 현실에 눈을 떴기에 재앙을 겪는 인물과 맥을 같이 한다. 주인석의 연작에서는 이같이 '소설이란 혹은 예술이란 그런 제도의 부적응자들이 부적응 방식으로 적응하는 또 하나의 제도'(64), 또는 '좌절한 의식이 세계에 대해 복수하는 것'(64)이라고 말하고 있다. 요컨대 주인석의 연작에서는 좌절한 채, 주변인으로 살아가는 구보, 주변인으로 살다가 변절하여 현실적인 안주를 꾀하는 H, 끝내 주변인으로 살다 가버린 도형기란 인물, 그리고 12·12 사건의 주역들로 공소시효 만료로 역사의 주역으로 다시금 등장하는 인물들의 대비를 통해 이같은 현실적 모순을 냉소적으로 비판하고 있다.

뿐만 아니라 소설은 잊어서는 안될 역사적 사실들을, 쉽게 잊고 또한 쉽게 용서하는 사람들에게, 환기시켜 다시금 반성하게 만드는 기능을 해야 한다고 강조하고 있다. 「지옥의 복수가-」에서는 '12·12 군사 반란 사건'이란 역사적 사건이 일어난 지 15년이 되어 1994년 12월 12일에 공소 시효가 만료된 사건을 다루고 있다. 이 사건의 처리 결과는 정치·사회문제를 풀어가는 현 정치논리를 단적으로 보여주고 있다.

> 검찰은 그 사건을 면밀히 수사하여 **군사 반란 사건**으로 규정한 바 있다. 그러나 내란 목적은 아니었고 그 사건의 가담자 중에서 이미 대통령이 두 명 배출되었고 그외에도 대다수가 국가의 요직에서 국가발전에 기여한 공로가 크기 때문에 기소를 유예한다고 했었다. **이제 15년이 지났으므로 그 사건은 법적으로 거론할 수도 그럴 필요도 없어진 것이었다.**(148-149)

그러나 이 사건이 이러한 결말로 이끌어진 것은 문제의 정치인들의 잘못만이 아니라, 동시대인들이 너무 쉽게 잊어버리고 용서한 결과임을 주인석은 주지시키고 있다. 특정한 사건에 적절히 대처하지도 못하면서, 쉽게 분노하고, 동시에 분노했던 사실까지도 쉽게 잊어버리는 우리 모두에 대한 질타가 그것이다. 경악을 금치 못했던 '80년 광주 사건'이나, '12·12 군사 반란 사건'이나 기억에서 희미해지는 것은 마찬가지다. 쉽게 잊어버릴 뿐 아니라 쉽게 용서하고 동정하여, 비리를 저지른 재벌이나 정치인, 군사반란의 주역들까지 정치·사회의 주역으로 다시금 등장하는 것이 현 실정이라는 것을 역설적으로 부각시키면서, 한편으로는 '생각으로만 미워하고, 계속 일관성 있게 미워하지도 못하고, 그나마 잘 잊어버리는' 우리들의 속성을 풍자하며 각성을 촉구하고 있다. 더욱이 작품 전반에 걸쳐 '독재를 하면 꼭 경제가 성장하더라'(161)든가 '한때 구보씨는 그 사건의 가담자들을, 두 명의 대통령과 국가의 요직에서 이 나라의 발전에 혁혁한 공로를 세운 분들을 몹시 미워한 적이 있다.…내가 왜 그랬지. 이렇게 쉽게 잊혀지고 말 일을.' 등과 같은 반어적 표현으로 풍자의 깊이를 더하고 있다. 또한 「사잇길로―」에서는 과거의 부끄러운 기억을 반성하기보다는 지우기에 급급한 것이 우리 정치·행정의 현주소라는 점을 꼬집고 있다. '서대문 구치소'의 흔적을 가능한 없애고, '서대문 독립공원'으로 바꾸는 행정, 일본의 잔재를 없애기 위해 국립중앙박물관을 부수는 행정이 이를 대변해주고 있다. '상처가 낫기도 전에 그 상처 위에 기념비를 세우는'(87-88) 우리의 현 행정의 작태를 풍자하고 있는 것이다.

작품의 표제 또한 축어적 의미 외에 상징적 의미를 함축하고 있다. 한 예로 「옛날이야기를 좋아하면 가난하게 산단다」에서 '옛날이야기'는 개인적·역사적 과거의 부끄러움, 아픔을 다룬 이야기 또는 소설을, '옛날이야기를 좋아한다'는 그러한 아픔을 직면하고 반성하는 것을 흔쾌히 한다는 것을, '가난하게 산다'는 것은 결국 반성하고 자각할 수 있는 눈을 뜬 사람들에게 현실은 고통스럽다는 의미를 내포하고 있다. 「사잇길로 접어든 역사」에서 '사잇길'이란 구보 개인이 겪은 비극적 '80년대'이기도 하고, 천국과 지옥의 갈림길에 있는 불안정한 현실을 의미하기도 하며, '서대문 구치소'의 '사형 집행장'에서 경험한 삶과 죽음의 사잇길일 수 있으며, 현실적인 삶에 적응 못하고 소외된 일탈한 주변인의 삶을 의미한다고도 할 수 있다. 이와 같이 주인석의 연작들은 소설을 왜 쓰는가에 대해 희화화하여 역설적으로 답하고 있다.

5. 다층적 서술층위와 소설 쓰기

위의 연작들은, 부끄러운 과거의 반성은 고통스러우나 직면해야 하는 문제이며, 잊어서는 안 되는 과거를 잊지 않고 지속적으로 기억할 수 있도록 환기시키는 것이 소설이라는 소설의 효용론 외에, 소설 쓰기에 대한 소설 쓰기의 문제를 화두로 삼고 있다. 소설 쓰기라는 면에서 볼 때, 이 연작들은 '소설을 쓰지 못하고 있는 소설가 구보'를 주인공으로, 소설을 쓰고 있는 것이다. 그러면 주인공 구보와 소설가의 존재, 그리고 소설의 상호관련성을 살펴보기로 하자.

> 구보씨는 소설가다.…(중략)…그럼 소설가는 무언가. 물론 소설을 쓰는 사람이다. 그럼 **소설이란 또 무언가. 재미있는, 그럴듯한 이야기, 없었던 일을 마치 있었던 듯이 그럴듯하게 꾸며낸 이야기가 아닌가.** 그러나 이야기하고 나면 있었던 것보다 더 있었던 것 같은 이야기.…(중략)…**소설가는 소설 속에 그런 이야기를 하는 이야기꾼을 만들어 이야기를 만들게 한다.** 그럼 이야기란 무언가. **이야기한다는 건 항상 지나간 것을 이야기한다는 것이다.** 과거를 이야기한다. 이야기는 과거다. 소설도 과거다. 그러니 **소설가는 그냥 이야기하지 않고 이야기하게 한다.** 이야기는 항상 옛날이야기이고 소설가는 옛날이야기를 이야기하게 하는 것이다. 그러고 보니 **구보씨도 옛날이야기꾼**이 아닌가. 옛날이야기를 하게 하여 옛날이야기를 해주는 옛날이야기꾼.(49-50)

소설이란 이야기꾼을 내세워, 없었던 일을 마치 있었던 듯이 그럴듯하게 꾸며낸 이야기로 항상 지나간 것−과거−을 이야기하는 것이라고 풀이하고 있다. 또한 여기서 주목할 점은 '이야기꾼으로서의 구보'와 '소설가로서의 구보'가 다르다는 점이다. 즉 '이야기꾼'(서술자)과 '이야기꾼을 만들어 이야기를 만드는 사람'(실제작가)은 다르다는 것을 표명하고 있다. 그것은 흔히 '옛날이야기를 해주는 어머니나 할머니'와 그 '옛날이야기를 만든 사람'의 관계와 같다. 즉 소설쓰기에서 이야기꾼에 해당하는 서술자와 그 소설을 쓴 작가는 별개의 존재임을 분명히 하고 있다. 즉 소설가는 실제 작가가 직접 이야기하지 않고 서술자를 통하여 이야기하게 한다는 소설의 서술의 층위에 대한 언급을 하고 있는 것이다.

위의 연작들의 서술유형은 삼인칭 서술이 지배적이다. 즉, 소설을 쓰지 못하는 '소설가 구보'를 주인공으로 삼아, 각 작품 속의 '서술자'가 '소설가 구보'의 이야기를 하는 삼인칭 서술이 그것이다. 그러나 엄밀히 살펴보면, 연작들은 다층적 서술층위를 이루고 있음을 확인할 수 있다. 삼인칭 서술자에 의한 객관적 서술, 서술자의 개입없이 주인공 구보가 직접 자신의 행동이나 사고, 느낌을 전달하는 인물시각적 서술, 그리고 삼인칭 서술자가 아닌 작가로서 의식하고 있는 서술자에 의한 자의식적 서술이 그것이다.

> 구보씨는 사형 집행장으로 향했다. 그는 그리로 들어갈 생각이었다. 그러나 출입구는 굳게 닫혀 있고 담장은 두 길이나 되어서 정말 귀신이 아닌 다음에야 그리고[로] 들어갈 도리가 없었다. 그는 형무소 외벽과 사형 집행장 사이에 쌓여진 축대 위로 일단 올라섰다.(91)

위의 예문은 사형 집행장으로 향하는 길의 모습과 구보의 행동을 묘사하고 있다. 구보는 대학 시절 문학도였으며, 동고동락하며 구국운동을 하였던 H의 결혼식에 참석한다. 그러나 현실과 타협하여 현실에 안주한 H를 확인하고는 실망감과 배신감을 느껴 구보가 찾아 간 곳이 그들이 한때 함께 수감된 적이 있던 서대문 구치소이다. 그곳의 구석구석을 살펴보다 '사형 집행장'에 이르는 과정을 객관적으로 기술하고 있다. 이같이 삼인칭 서술일 경우는 행동의 묘사나 객관적 상황이나 추상적 느낌의 기술을 주로 하여 가능한 객관성을 유지하려 하고 있다. 구보를 칭할 때도, '구보'라 하지 않고 반드시 '구보씨'라 하고 있다. 이 또한 객관성을 유지하기 위한 장치로서, 친근감을 유도하기보다는 거리감을 유지하는데 기여하고 있다.

그러나 구보씨 연작의 대부분의 단락에서 삼인칭 서술은 독자적으로 기술되기보다는 인물시각적 서술과 혼재되어 기술되고 있어, 삼인칭 서술자의 객관적인 목소리와 주인공 구보의 인물의 목소리를 함께 들을 수 있다.

> 구보씨는 자신이 아버지에 대한 기억을, 아니 아버지를 포함한 과거의 기억을 일부러 지워버리려고 했었다는 죄책감을 느끼기 시작한 것이다. 그리고 그 죄책감은 두려움을 불러일으켰다. **나는 아버지를 기억의 가장 어두운 창고에 가두고는 굳게 빗장을 질러두었던 것은 아닐까,** 하고 구보씨는 탄식을 했다. **아버지를 가두다니. 아니 아버지에 대한 기억을 가두다니. 과거를 지워버릴 수 있는 것으로 생각하다니.**(16)

> (84) 구보씨는 계속 걸어가며 사잇길에 대해 생각했다. **나는 그런 사잇길을 헤매었단 말인가. 80년대가 사잇길이었단 말인가. 빌어먹을.**(84)

위의 예문들에는 삼인칭 서술과 구보의 인물서술적 서술이 혼재되어 있다. 가는 활자는 앞서 언급한 바 있는 서술자에 의한 삼인칭 서술에 해당한다. 위에서 언급한 바와 같이 이 부분에서는 서술자가 구보의 행동이나 생각을 거리를 두고 관찰·묘사함으로써, 상대적으로 추상적·객관적인 서술에 그치고 있다. 굵은 활자 부분은 구보의 인물시각적 서술로서 그같은 추상적·객관적 상황이나 대상에 반응하는 구보의 느낌이나 생각을 구보의 목소리로 구체적으로 기술하고 있다. 이 부분에서는 '자유간접화법'으로 구보가 느끼고 생각한 것을 구보의 의식 속에 떠오르는 대로 다듬지 않은 채 그대로 기술하고 있는 듯한 효과를 내어, 서술자의 존재를 거의 파악할 수 없게 만든다. 인칭도 '구보씨', '그는'에서 일인칭인 '나'로 바뀌어 주인공 구보의 시각에서 바라보고 생각한 것들을 주인공 구보의 목소리로 말하고 있다. 연작에서는 이와 같은 인물시각적 서술이 우위를 차지하면서 기술된 부분이 산재해 있다

> 여자가 카운터 쪽으로 가서 노래를 되돌린다. 다시 「언체인드 메로디」. 왜 사람들은 옛 노래를 좋아할까. 여자가 다시 군인들에게로 간다. 그녀는 병장 옆자리에 앉는다. 그리고 그들은 히히덕대며 떠들기 시작했다. 거드름피우는 병장의 목소리, 설설 기는 일병의 목소리, 그리고 경상도 사투리가 섞인 여자의 노란색 목소리. 구보씨는 짜증이 나서 담배를 재떨이에 신경질적으로 비벼 껐다. 구보씨는 거의 현기증이 날 정도의 치욕을 느꼈다. 빌어먹을. 이게 내 고향이란 말인가.(45)

> 구보씨는 그렇게 친구들에게 엄살을 떨고는 했었다. 이러다가 내 코는 만성 비염에 시달리게 될 것이고, 만성 비염은 축농증으로 발전하고, 축농증은 나의 명민한 뇌세포들을 대량 학살하게 될 것이며, 그렇게 되면 나의 소설은 끝나는 거야. 나도 무너아가 되고 마는 거지. 빌어먹을.…(중략)…그렇지 않아도 축농증의 유전형질로 충만한 나의 몸을, 아니 나의 코를 보호할 길은 없을까. 조선의 겨울은 너무 추위.(125)

위의 예문은 대부분이 서술자가 아닌 구보의 인물시각적 기술로 되어 있다. 첫번째 예문은 다방 여종업원과 손님으로 들어온 병장의 히히덕거리는 모습을 현장에서 바라보는 구보의 시선으로 그리고 있으며, 여종업원의 교태 섞인 목소리, 계급차이를 노골적으로 드러내는 병장의 거드름 피우는 목소리, 이에 설설기는 일병의 목소리 또한 구보의 귀로 현장에서 직접 듣고 있는 상태로 드러내 보이고 있다. 이러한 점은 '…되돌린다', '좋아할까', '…에게로 간다', 등의 현재 시제를 통하여 확인할 수 있다. 두번째 예문에서는 추위를 못견디는 구보의 내부 의식을 정리하지

않은 채 그대로 보여줌으로써, 주인공 구보가 자신의 심리 상태를 독자에게 직접 드러내 보이고 있다. 더욱이 그와 같은 상황을 '내 코', '나의' 등 일인칭으로 서술함으로써 인물시각적 서술의 직접성을 훨씬 강화하고 있다. 즉 위의 예문들은 가능한 서술자의 개입을 막고 가능한 인물의 순수한 화법으로 내면의식을 보다 밀도 있게 그리고 있다.

요컨대 삼인칭 서술의 경우, 서술자와 작중인물이 한 인물 속에 내재되어 있지 않고 분리되어 있다. 즉 연작들에서는 삼인칭 객관적 서술과 인물시각적 서술을 혼용함으로써, 이야기꾼으로서의 서술자의 존재와 작중인물로서의 '구보'를 확실하게 분리하고 있다. 소설의 글쓰기와 관련하여, 삼인칭 객관적 서술은 작중인물 뒤에 존재하면서 작중인물에 대해 기술하고 있는 서술자의 존재를 분명히 하고 있다. 또한, 인물시각적 서술을 통해 인물의 독자적인 내면의식을 구체적·개성적으로 기술하는 이중의 효과를 얻고 있다.

주인석의 연작들에는 위와 같은 작중인물과 서술자 외에 소설쓰기에 관여하는 또 다른 서술자가 존재하고 있음을 곳곳에서 확인할 수 있다.

> 다시 말해 90년대의 새롭고 희망에 찬, 이제 막 결혼식을 하고 새로운 인생의 문턱을 넘어서려 하는 H가 아니라, 80년대의 정말 암울한, 깨지고 꺼꾸러지고 아파하던 H를 원하고 있는 것이다. 참 묘하다. 그건 무슨 심보란 말인가. 구보씨는 친구의 행복을 바라지 않는단 말인가. 그렇진 않다. **우리들도 이미 구보씨가 그 정도로 나쁜 사람이 아니라는 정도는 알고 있다.** 그렇다면 왜일까. 그들에게 과거는 무엇이고 현재란 무엇인가. 80년대란 무엇이었고 이제 90년대는 무엇인가. 아, 벌써 가슴이 아파온다. **본격적으로 이야기하기 전에 미리 한마디만 해두고 넘어가자면, 이렇다.** 80년대에 그들은 눈을 떴고 그래서 재앙을 보았고 또 그래서 그 재앙을 당했으며, 90년대의 달력이 펼쳐지자 그들은 눈을 감고 싶은 거라고.(74)

소설은 쓸 기분이 아니다. 바꾸어 말하자면 소설적 긴장이 생기
지를 않는다, 고나 할까. **구보씨는 절대 그 이유를 말하지 않을
테니 내가 대신 말하자면 대충 그렇다.** 그렇다면 그건 왜일
까.(130)

소설가와 화가가 만났으니 **꽤나 그럴듯한 고담준론이 오갈 것
이라고 짐작하는 독자가 있다면, 그는 구보씨의 이야기를 읽지도
21세기 화랑을 찾아가지도 마시기를.** 적어도 그 두 유령은 그렇게
수준 높은 문화적 기대에 부응할 능력이 없는 저질 사이비 소설가
와 화가이니까.(159)

**(163) 자, 이쯤 해서 우리 소설가 구보씨의 하루는 끝날 때가
되었다.** 하루는 자정이면 끝나는 것이고, 자정이 지나면 다른 하루
가 시작되는 것이니까. 그런데 아직 맹랑한 일은 벌어지지 않았다.
앞서 말하기를 이 이야기는 구보씨가 근래에 겪은 맹랑한 일에 관
한 것이라 하지 않았던가. **이제부터 그 맹랑한 일이 벌어질 판이
다. 그러니 날이 밝기까지를 하루로 하기로 하자.**(163)

위의 예문들은 구보의 목소리가 아님이 확실하다. 또한 앞서 살펴본
바 있는 비교적 거리를 유지하며 객관적 서술에 그치는 삼인칭 서술자의
목소리와도 다름을 알 수 있다. 이 서술자는 소설 쓰기에 직접 관여하여
진행될 이야기 방향이나 소설 쓰기 과정 등을 기술하고 있는 자의식적
서술자이다. 이 자의식적 서술자는 아예 일인칭으로 독자와 직접 접촉을
시도하면서 적극적으로 독자를 작품 속으로 끌어들이고 있다.

이러한 작업을 통하여 소설은, 작중인물이나 서술자에 의해서가 아니
라, 또 다른 누군가에 의해 씌어지고 있음을 의도적으로 강조하고 있는
것이다. 이같이 주인석의 연작에서는 소설 쓰기의 주체를 부각시킴으로
써 소설의 '읽는 행위'보다는 '쓰는 행위'를 훨씬 강조하고 있다. 또한 주

인공 구보, 이야기꾼으로서의 서술자, 작가로서 의식하고 있는 자의식적 서술자 등을 등장시킴으로써 서술의 다양한 충위와 함께 읽는 행위에 그치는 독자로 하여금 소설이 누구에 의해서 씌어지는가에 대한 자각을 하도록 만든다. 한편 소설이 씌어지는 과정을 보여주는 이러한 서술자를 통하여, 자기반영적 효과도 거두고 있다.

6. 소설 쓰기의 가능성 탐색

이러한 소설 쓰기의 과정을 보여 주는 주인석 연작들은 주인공으로 소설가 구보를 내세우지만 정작 그는 이렇다할 소설을 쓰지 못하는 인물이다. 그러나 연작의 흐름을 살펴보면 구보가 다시 소설을 쓸 수 있을 것이라는 가능성을 탐색해볼 수 있다.

'구보형 소설의 구조 미학'에서 살펴보았듯이, 우선 주인석의 구보는 외출시 뚜렷한 목적을 갖는다. 이러한 외출은 목적의식을 잃은 '방황'과는 근본적으로 다르다. 주인석 연작들은 목적의식이 다른 외출을 통해 각기 다른 다양한 체험들을 다루고 있다. 그러므로 이러한 특정한 목적이 있는 외출은 하루의 의미 또한 변화시킨다. 그리하여 일상성의 반복에 초점을 맞춰 닫힌 삶의 모습을 담은 박태원이나 최인훈의 작품과는 달리 변화하는 삶의 모습을 보여주고 있다. 「옛날이야기를—」에서는 자신의 과거를 감춘 상태에서 공개하여 반성하는 과정을, 「사잇길로—」에서는 H의 변절 전과 후의 모습을, 「그때 시라노는—」에서는 죽음으로써 무명에서 유명해진 한 시인의 삶의 역정을, 「한국 문학의—」에서는 문학의 본질을 잃고 상업화되고 영상매체에 밀려 존재 위기를 맞고 있는 현 문학 풍토를 「지옥의 복수가—」에서는 군사 반란자들로 규정되었던 사람들이 다시 사회에 복귀하는 과정을 각각 담고 있는 것이 그것이다. 이와 같이 각기 다른 하루하루의 체험은 변화하는 상황을 강조하고 있다.

이러한 변화는 연작 속에서 구보의 소설쓰기와 밀접하게 연관되어 나타난다. 구보는 「옛날이야기를—」와 「사잇길로—」, 「그때 시라노는—」에서는 그나마 잡문이라도 쓰는 소설가로 존재한다. 그러나 「한국 문학의 —」에서는 소설적 긴장이 생기지 않아 소설 쓰기를 아예 포기한 후 한동안 소설을 쓰지 않는다. 그러다 「지옥의 복수가—」에서는 12·12 사건 공소 시효만료일 이후 소설을 다시 쓰고 있다고 선언하고 있다. 결국 연작들은 '소설을 쓸 수 없는 이유를 소설'로 쓴 작품들이며 소설을 왜 써야하는가를 다룬 작품들이다.

그런데 구보의 경우 소설을 쓰지 못하는 이유를 자기 내부에서가 아니라 외부에서 찾고 있다. 이와 연관하여 연작의 소재의 변화를 살펴보면 자기 자신의 문제에서 출발하여 친구·동료, 그리고 한국 문단, 더 나아가 당대 사회의 시대적·정치적 문제로 관심이 확대되고 있다. 이와 같이 주인석이 관심을 가지고 있는 소설쓰기는 박태원이나 구효서와 같이 '예술이냐 삶(생활)이냐'로 고민하는 주인공의 내적 갈등보다는 시대·사회적 문제에 있음을 확인할 수 있다. 이러한 점으로 인해 주인석 작품은 진지한 자기반성과 성찰이 미흡하며 주변인으로서 자기변명에 그치고 있다는 비난에서 자유롭지 못한 한계를 드러내고 있다. 결국 그럴듯하게 포장된 왜곡된 현실 앞에서, 시대·사회적 문제에 대한 반성과 관심을 불러일으키기 위해 소설은 씌어져야 한다는 것이 주인석의 소설관이라 할 수 있다. 따라서 주인석의 연작들은 다양한 서술자의 존재를 작품 속에 등장시켜 소설이 씌어지는 과정을 보여주는 자기 반영적 성격이 강하다.

그러나 소설이 과거의 반성이나 각성을 하기 위해서만 존재하지는 않는다. 그 외에도 현실의 반영뿐 아니라 미래에 대한 전망이나 새로운 가치관, 인생관의 제시 또한 소설이 짊어져야 할 짐인 것이다. 과거에 대한 반성이 이루어지기도 전에 그러한 것을 다룬다는 것은 성급한 것이라고 할지 모른다. 그러나 급변하는 현실 앞에서 우리에게 보다 절실한 것은 과거의 잘못을 딛고 일어서는 열린 미래에 대한 기대일 것이다. 이에 절필 후에 소설을 다시 쓰고 있는 구보에게, 주인석에게 새로운 소설세계에 대한 기대를 해본다.

Ⅲ. 공동체적 전망 상실과 길찾기

'삶'과 '글'의 회복을 위하여
―양귀자의 「숨은꽃」

김 현 실

1. 들어가는 말

　80년대가 가고 90년대에 접어들면서 가장 많이 들린 소설적 목소리는 작가들의 자기 반성과 문학적 위기에 대한 우려의 소리라 할 것이다. 특히 그것을 재빨리 자전적 양식으로 표출하기 시작한 소설가소설의 경우는 90년대의 문학내외적 현실 뿐 아니라 소설가들의 본질적인 자기반성을 담고 있다는 점에서 주목할 만한 의미를 지닌다. 근본적으로 그것은 명확한 공동체적 목표상실 및 문학외적 현실과의 투쟁의식 약화로부터 비롯된 것이어서 자기변명이나 나르시시즘적 한계를 내포하고 있기도 하지만 일단의 소설가소설들은 단순히 80년대적 의식을 그리워만 하고 있지 않으며 이러한 시대에 소설가들이 모색해야 할 방향이 무엇이어야 하는지 고민하고 있다는 점에서 빛을 발하고 있기도 하다.

　그러한 의미에서 새로운 시대적 변화와 그 고민의 일단을 가장 진지하게 풀어낸 90년대 초반의 선두 소설가소설 작품으로 양귀자의 「숨은꽃」을 꼽는데 주저할 사람은 아무도 없을 것이다.

이상문학상 수상이라는 표나는 의미부여 외에도 비평가들은 90년대적 새로운 문학현실을 논하고자 할 때 이 작품을 늘 언급의 대상으로 삼았다.1) 그들은, 자성소설의 대두를 알리는 대표적 작품이라거나, 자전적 형식이라는 기법적 모색으로 보기도 하고, 나르시시즘에의 몰입이라는 비판적 평가를 하기도 했으며, 또는 후기자본주의의 교활한 야만 앞에 노출된 소설가의 곤혹스런 고백으로 보는 등, 이 작품을 조금씩 다르게 규정하고는 있으나 모두 90년대에 나타나기 시작한 새로운 소설적 징후를 보여주는 대표작이라 보고 있다는 점에서 공통적이다. 그것은 무엇보다 이 작품이 80년대와 더불어 소멸해 버린 뚜렷한 이데올로기적 갈등, 상업적 논리와 개인주의에 밀려난 공동체적 삶의식, 그로 인한 전망의 상실 및 새로운 길찾기를 위한 소설가들의 고민을 가장 전형적으로 보여주고 있기 때문이라 할 것이다.

90년대도 저물어가는 지금, 이러한 문제의식은 크게 새로운 전망으로 전환되어 드러나지 않는다는 점에서 당시의 논의만큼 새로움을 갖는다고는 보기 어렵다. 그러나 이제 그러한 고민이 해소되었다기보다 오히려 심화된 자본주의적 논리와 극단화된 개인의식, 영상문화 등의 물결에 휩쓸려 총체적 문학의 위기로 증폭되고 있다는 점, 따라서 여전히 이 위기의 시대에 소설이 우리 삶에 어떤 의미를 지니고 씌어져야 하는가에 대해 성찰하게 해준다는 점에서, 이 작품은 다시 한번 살펴 볼 의의를 가진

---

1) 대표적인 개별 작품론으로는 장경렬(1995) "숨은꽃을 찾아 그리기, 그것의 어려움과 아름다움", 『소설과 사상』10호, 1995.3. 방민화(1994), "숨은꽃의 서정성" 『숭실어문』11 등이 있다. 그러나 그보다는 일반적인 90년대 소설의 경향을 논하는 자리에 거의 양념처럼 빠지지 않고 언급된다는 점에서 이 작품은 더 중요하다고 볼 수 있다. 서영채, "소설의 운명, 1993"(『상상』, 1993, 가을), 황국명, "기법을 통해 본 90년대 소설의 자기모색"(『작가세계』, 1993, 겨울), 우찬제 "소설가소설을 비판한다"(『신동아』 1994.4.), 우찬제(1996), "아우라의 상실, 그 음울한 우물"(『타자의 목소리』, 문학동네), 김경수(1994), "自省小說의 대두와 그 의미",(『문학의 편견』, 세계사) 등이 그것이다.

다 할 것이다.

2. 현실 탈출, 그 위기의 진단

이 작품이 일반적인 소설가소설의 경우보다 비교적 풍부한 이야깃거리를 가지고 안정된 느낌을 주게 된 이유중의 하나는 무엇보다 여로형 소설이라는 데에 있다고 하겠다.[2] 비록 삽화적이기는 하지만 시간의 흐름과 공간의 이동에 따라 구체적인 대상과의 부딪침이 있고, 의식의 변화가 따르기 때문에 막연한 추상성에서 벗어날 수 있었던 것이다.

먼저 주인공(작가)은 시대의 변화, 삶의 변화로 인해 길을 잃어버린 자신의 글쓰기에 절망하여 서울을 떠나는 여로에 오른다. 처음에는 온통 절망과 위기의식 속에서 출발하지만 차츰 여행에서 만나는 구체적 대상에 따라 현실로 귀환하도록 자극하는 의식의 변모가 이 글의 핵심을 이루게 된다. 따라서 그녀가 이 현실을 출발하여 부딪치게 되는 외적 내적 사연을 시공간적 순서에 맞춰 따라가다 보면 우리는 마침내 작가의 결론에 도달할 수 있을 것이다.

2.1. '삶'과 '글'의 괴리

주인공 '나'는 아무런 확신이나 뚜렷한 목적도 가지지 못한 채 서울을 출발하고 있는 자신에 대해 끊임없이 회의하며 망설이고 있다.

---

2) 이 작품이 여로형 구조로 이루어짐으로써 소설적 안정성을 확보하고 있다는 것은 이미 여러 평자들에 의해 지적된 바 있다.
　김윤식(1992), "문학주의로의 회귀현상", 『숨은꽃』, 문학사상사, 451쪽
　황국명(1993), "기법을 통해 본 90년대 소설의 자기모색", 『작가세계』, 1993,겨울, 338쪽

과거(80년대)는 삶의 미로를 성실히 더듬다 보면 그 삶의 부산물로 '글'이 얻어지던 시대였다. 말하자면 '삶'과 '글'이 일체가 되던 시대였다. 그러나 지금(90년대) '나'는 쓸 것을 잃어버렸다. '삶'이 이제 '글'일 수 없게 된 것이다. 어쩌면 삶다운 '삶' 자체를 잃어버린 건지도 모른다. '텅 비어버린 듯한 세상', '텅 비어버린 듯한 머릿속' 때문에 도저히 글을 쓸 수 없게 되었다. 글쓰기로 나아가게 해주던 그 좌표가 사라진 것이다.

'나'는 자신의 글(단편소설)을 일종의 고백이나 기도와 같은 경건한 것이라 생각해 왔다.(17-18)[3) 그것은 곧 진지한 반성과 간절한 소망(꿈)의 글쓰기를 의미할진대 이제 시대적 변화와 더불어 진지한 삶이 사라지면서 꿈도 사라지고 글쓰기도 멈춰버릴 수밖에 없게 된 것이다. 그래서 '나'는 글 쓸 수 없는 절망으로부터, 현재의 삶으로부터, 탈출하기 위해 여로에 오른 것이다.

그러나 그것은 자신의 평소 신념과 어긋나는 행위임을 알고 있기에 출발부터 후회하며 머뭇거리고 있다. 글쓰기 위한 여행이란 '허공에 들린 발'(13)과 같아서 삶과 동떨어진 도피와 다름없다고 보기 때문이다. 따라서 글쓰기 위한 여행이 아니라는 다짐이나 하듯 '나'는 아예 철저한 글과의 결별을 위해 아무런 책도 지니지 않은 채 출발한다.

그런데 '글' 대신 기대한 창밖의 자연(따뜻한 햇살)에서 성가신 따가움이라는 기대의 배반을 겪고, 무엇보다 책 대신 좌석 등받이에 쓰여진 광고문구를 무의미하게 반복적으로 읽어대면서 자신의 의도가 무참히 어긋나버림을 겪게 된다.

창가 풍경의 배반. 그것은 '삶'과 밀착되어 있지 않은 도피적인 '자연' 감상이란 진정한 감상이 될 수 없으며, 그러한 감상의 자리란 진정한 소설가의 자리가 아님을 의미한다. '나'가 나중에 귀로에 오를 때 사람들이

---

3) 이후 텍스트에서 인용된 페이지는 괄호 속에 숫자로만 표기한다. 텍스트는 1992년 문학사상사에서 간행한 1992 이상문학상 수상작품집인 『숨은꽃』이다.

오가는 통로에 자리잡고 생동하는 삶과 희망을 느끼는 것에서 그것은 더욱 대조적으로 드러난다.

그리고 광고문구의 반복적 읽기. 그것은 삶과 일체화된 진정한 글 대신, '삶'과 의미가 결락된, 상품으로서의 '글'만 무의미하게 난무하는 현실을 감지하게 한다. 뿐만 아니라 그것은 주술에 걸린 듯이 평생 읽고 쓰기만 해야 되는 운명에서 벗어나지 못할 주인공 자신의 글쓰기 삶을 확인시켜 주는 장면이기도 하다. '나'는 글에 절망하고, 글로부터 도망가고자 하지만 결국 거기서 영원히 놓여나지 못하리라는 것.

그럼에도 '나'는 그 운명으로부터 벗어나기 위해 이리에 이르기까지 '눈을 감는다'. '글'과 '삶' 모두를 잊고 싶은 것이다. 그러나 결국 잠들지 못한 채 '눈꺼풀을 사이에 두고 나는 여전히 세상 속에 있었다.'(19) 여전히 '나'는 이 괴로운 시대의 삶의 끈, 그리고 그 삶에 이어진 글의 끈과 결별하지 못하고 있는 것이다.

그것은 이리역에 이르러 바라보이는 풍경에서도 드러난다. 허물어져서 지친 표정으로 기차를 내리는 사람과 단정하고 화사하게 올라탄 새 승객의 대조에서 전자처럼 과거에 연계되어 있는 '나'의 구질구질함이 후자에 대한 선망과 미묘하게 뒤얽힌다. 또한 기차의 출발과 함께 뒷걸음치는 풍경 속에서 '달려오는데도 오히려 뒤로 물러서는 안전요원'(20)에게 빠른 시대변화에 쫓아가지 못하는 '나'의 심정이 투사된다.

여기에서 '나'는 눈을 뜨고 현실을 다시 서서히 바라보기 시작한다. 시대는 90년대다. 과거는 지나갔다. 이제 새로운 햇볕을 받아야 할 때다. 따라서 이제 '나'는 '때묻은 커튼과 타협'(20)하지 않고 짱짱한 햇볕을 받으며, 멀어져가는 자신의 출발지점을 똑바로 바라보게 된다. 그녀가 바라보는 것은 표면상 공간적 고향이지만 이면적으로는 소설적 출발지점인 80년대라 할 것이다. 자신이 출발한 곳은 이렇게 명확히 멀어져가고, 자신의 과거 삶과 글은 모두 지나가버리고 있는데, 삶을 상실한 '지금, 이

자리에서’(20) 자신은 어디로 흘러가고 있는지 어디로 가야 할 지를 모르고 있다. ‘미로에 빠져’ ‘시간 속으로’ ‘우주 속으로’ 흡입당하고 있는 것이다.(21)

이렇게 작가가 진단한 글쓰기의 절망은 진지한 삶의 상실, 좌표의 상실로부터 왔으며 그것은 ‘「슬픔도 힘이 된다」는 진술이 아무런 감동도 주지 못하는 세상의 변화’(17)로부터 온 것이다. 그것이 자신의 ‘글’과 ‘삶’의 괴리를 야기시킨 원인이다.

2.2. ‘글’의 상업적 타락

세상의 변화란 그러나 그러한 뚜렷한 실체로만 파악되는 것은 아니다. 곳곳에 놓여 있는 ‘글’의 타락현상은 그 ‘글’로부터 탈출하려는 작가에게까지 따라와 그를 놓아주지 않는다. 공동체적 이념이나 뚜렷한 목표상실이라는 원인보다 더욱 우리시대 작가의 타락을 부추기는 것은 문학의 상업화 현상이다.

그것은 먼저 기차 뒷좌석에 난무하는 광고문구의 반복적 읽기라는 행위를 통해 드러난다. 그것은 진지한 의미를 잃어버린 ‘글’의 상업화 현상뿐 아니라 내용이나 의미가 상실된 채 기표(記表)만이 떠도는 우리 시대의 문학적 현실을 드러낸다. 또한 그것을 무의미하게 반복적으로 읽어대는 기계적 행위를 통해 우리는 ‘쓸 것’을 잃어버린, ‘삶’이 부재하는 공허한 글쓰기 상황에 대한 시대적 은유를 읽어낼 수 있다.

이렇게 상업화되어가고 타락해 가는 ’글’의 현실을 보다 명징하게 드러내주는 것이 시인의 삽화다. 화자가 여기서 회상하는 시인은 자신처럼 문학의 위기와 현실에 절망하여 도시를 떠난 사람이다. 한마디밖에 따라하지 못하는 기계에 의해, ‘나는 너를 사랑해’가 ‘얼레리 꼴레리’로 능멸당하는 현실, 즉, 기계와 상업적 논리에 의해 언어가 조롱당하고 깨어져

나가는 현실에 절망하여 도시를 탈출한 후, 시골에서 뜸부기를 기르게 된 시인. 그러나 그는 아이러니컬하게도 노래를 듣기 위해서가 아닌 먹기 위해서 사가는 도시사람들에게 그 새를 팔면서 살아간다. 표면상 자연에의 귀의요, 생명에의 귀의요, 시인 본래의 기능인 노래의 세계로의 귀의를 한 듯 보이는 그의 행위가 지닌 실질적 반어적 의미를 드러내주는 삽화이다. 그것은 결과적으로 ‘돈’이 되고 ‘먹이’가 되어 많은 사람들의 식탁 위에 놓여지는 그의 시, 상업적으로 결탁한 그의 시의 타락을 의미한다. 그것도 일반 서민들의 일용할 양식이 아니라 호텔 식당의 우아한 바로크 식탁에 놓여진 고급요리로 둔갑한 채4).

 도시에서 사람들이 그의 뜸부기를 먹어치울 때 시골에서 시인은 혼자, 뜸부기의 노래를 듣고 또 노래한다. 이것이야말로 어긋나버린 글과 삶이다. 이 시인은 시(노래하고, 듣고)와 삶(고기를 팔아 돈을 벌고)이 분리된 삶을 살고 있다. 이제 그의 시(노래)가 삶에 무슨 의미가 있을까? 삶과 글의 괴리. 아침저녁으로 먹히고 아침저녁으로 노래하는 뜸부기란 새의 본성을 잃은 새요, 시인의 순수성을 잃은 시인이다.

 결국 이 삽화를 여행의 출발지점에서 들춰낸 것은 자신의 여행을 통한 탈출, 출구찾기가 시인의 경우처럼 잘못된 것이 아닐까라는 회의 때문이다. 시인과 화자는 언어가 깨지고 글의 진지성이 상실된 시대에 절망했다는 점에서 상동성을 지닌다. 그러나 시인처럼 그 글의 기반이 되는 ‘삶’을 벗어나고 일상을 벗어난다는 것이 결국은 올바른 길찾기가 될 수는 없으리란 점에서 자신의 탈출을 회의하는 것이다. 시인의 탈출은 오히려 교활한 자본주의적 상업적 굴레에 갇혀 자기만족적으로 타락할 수

---

4) 그것은 작가가 자신의 문학에 대해 다음과 같이 자문하는 대목과 견주어 볼 때 매우 대조적이다. “문학의 절대화나 신비화를 편들고 있지는 않으면서도 이 노동이 목숨걸고 살아가는 우리 모두에게 제대로 ‘일용할 양식’이 되어 본 적이 있었던가 하는 경계심 때문에 나는 이 뼈빠지는 노동을 감히 노동이라 부를 수 없는 것이다.”(29)

밖에 없게 되어버렸기 때문이다.

그럼에도 자신은 현재의 삶과 현실에 대해 너무 성급하게 절망하고는 삶 밖으로 탈출하고자 한 것이 아닐까 하는 의구심이 시인에 대한 회상으로부터 '내'가 얻게 된 의식이다.

그러한 의심은 도착지에서 차표 찾는 행위에 이르러 결정적으로 드러난다. 자신을 믿을 수 없는 마음과 그럼에도 불구하고 얌전히 접혀져 보관되어 있던 차표의 발견. 그것은 결국 자신의 성급한 판단에 문제가 있음을, 오랫동안 빗나간 믿음에 시달려왔었음을 암시적으로 보여준 사건이다. 90년대로 접어든 현실에서 삶의 좌표를 잃어버렸고, 80년대식 믿음은 쓸모 없어졌다는 '나'의 기왕의 결론은 틀렸던 것이다. 좌표는 가방 속처럼 깊은 이 세상 어딘가로 숨었을 뿐, 그리고 그 폭이 넓어졌을 뿐, 없어져 버린 것이 아니다. 지금 이 시대, 현실의 변화에 대한 자신의 판단은 너무 성급하고 빗나간 것이 아닌가?

이렇게 그녀는 기차에 오름으로써 서울을, 글이 써지지 않는 현실을, 희망이 받아들여지지 않는 변화된 시대를 탈출했으나, 그 탈출과 위기의 진단에 대해 여전히 착잡하게 회의하며 그것들에 매어 있는 자신과 분명한 결별을 하지 못한 채 도착지에 내린다.

3. 새로운 만남

3.1. 변화하는 시대의 은유, 귀신사

드디어 도착한 김제에서 '나'는 다시 과거(80년대)의 기억과는 다른 풍경에 절망하고 우울해 한다. 그것은 '…지금 보고 있는 것보다 이전에 보았던 기억들을 신뢰하고, 그것에 더 많은 의미를 두고자 하는 고집을 버리지 못하'기(26) 때문이다. 자신의 감정에 대한 이러한 분석에는 현재, 이 시대, 이 삶보다 과거의 시대, 기억 속의 시대와 삶에 더 많은 의의를 두고 있는 자신의 모습 역시 올바른 태도라 보기 어렵다는 자기 비판이 내재해 있다. 80년대식 삶과 과거에 연연하여 변화된 현재를 바로 보지 못하는 어정쩡한 의식에 대한 비판이다.

그러나 곧 이어 여관에 들어 생각보다 깨끗하고 조용한 방을 정하게 되자 '나'는 서서히 끝없는 망설임과 절망의 감정들에 종지부를 찍게 된다. 낙화를 밟으며 여관을 나오는 '나'의 행위는 이제 과거를 밟고 절망을 디디며 앞으로 나아갈 새로운 의식의 출발을 상징한다.5)

결국 글쓰기와 삶의 관계를 다시 한번 숙고하고, 삶에 대해 자신을 반복적으로 열고 닫아왔던6) 자신의 글쓰기 자세를 돌아보게 되는 것, '강조할 대목은 삶이지, 문학이 아니'(29)라는 글쓰기 작업의 본질을 다시 되뇌이게 되는 것도 이렇게 좀더 분명해진 '나'의 의식의 깨임에서 나오게 된 것이다. 그러면서 식당 주인 아이의 숙제를 들여다 볼 때, '나'는 자신의 절망과 괴로움을 가볍게 해줄 하나의 화두를 건지게 된다. 공부도, 사는 것도 모두 수수께끼 풀기라는 것. 그것은 나중에 다시 언급되는 숨은꽃 찾기나 암호 풀어내기와 동일한 의미를 지닌다.

이제 '나'는 무언가 숨어있을 것만 같은 귀신사로 발길을 향한다. 그곳은 우선 이름부터 하나의 상징성을 지닌 곳이다. '영원을 돌아다니다 지친 신이 쉬러 돌아오는 자리'(31) 말하자면 그런 이름과 텅 빈 적요라는 과거 기억에 매달려 '나'는 절망에 지친 심신을 쉬러, 근원적이고 본질적

---

5) "낙화를 밟지 않으려고 애를 썼지만 날개를 달기 전에는 발 밑에서 으스러지는 여린 꽃의 비명을 도저히 피할 수가 없을 지경이었다."(28) 이는 결국 과거를 밟고 절망을 디디며 새로 나아가야 할 자신의 글쓰기 방향을 암시하는 표현이라고도 볼 수 있을 것이다.

6) 김경수(1994)는 앞글 61쪽에서 이 작품의 '열림'과 '닫힘'의 비유를 경험현실과 허구적 현실이라 해석하고 있다.

인 자신에게로 돌아가기 위해 그곳에 온 것이다.[7]

그런 기대를 가지고 출발한 길목에서 화자는 갑자기 원시적 생명성을 지닌 한 여자와 남자를 만나게 된다. 비명과 목단꽃 웃음과 맨발의 여자. 그리고 딱 벌어진 어깨와 거친 호흡의 남자. 이들의 소란한 등장은 귀신사의 적요를 기대한 화자의 포장된 회상들을 일거에 무너뜨리며 새로운 경험의 출발을 알려준다. 이제 '나'의 감상적인 과거 돌아보기는 끝날 수밖에 없게 된다.

아니나 다를까, 과거 기억에 기대어 근원적인 무엇과 적요를 찾으려던 '나'는 귀신사에 이르렀을 때 보수공사로 몽땅 망가져버린 내부 풍경에 망연자실해진다. 누런 광목이 주는 상가의 분위기, '신이 마지막 숨을 거두기 위하여 돌아온 음산한 자리'(35)라는 느낌. 그것은 한마디로 과거 회상의 핵이었던 '확실한' 80년대의 죽음을 상징하는 것이다. 분위기까지 몽땅 뜯어고쳐 옛날을 아주 잊게 만드는 이 보수공사는 마치 아무 목표도 없이 허공에 떠서 몰아치는 90년대 초의 심란한 분위기를 그대로 보여주는 듯하다. 그래서 '나'는 절규한다. 신(이념)은 죽었는가? 그리고 그 영혼은 이제 하늘로 오르고 있는가? 라고. 그것은 그대로 80년대적 삶과 의식에 대해 가하는 외침이다. 아는 척하지 않는 인부들은 80년대를 뜯어고치는 90년대의 새 세대들이며 그들은 80년대의 환상을 짊어진 채 다가오는 '나'를 거들떠보지 않는 것이다. 과거의 푸근했던 꽃송이 자리는 모래무덤이 되어버렸고, 배불리 먹일 수 있다는 만년과(감나무)와 시름을 잊게 해주는 우담바라화(이름 모를 가을꽃)는 모두 사라져 버렸다. 그것은 80년대적 이념과 공동체적 글쓰기[8]가 가고자 한 이상향의 상실을 비

---

7) '귀신사'는 歸神, 즉 신이 돌아오는 절이란 뜻으로서 주인공의 여로의 목적지가 되기에 충분한 상징성을 띄고 있는 이름이다. 그것은 꼭 신만이 아니라 주인공의 정신, 즉 본질적 자아의 귀환이란 의미로 볼 수 있으며 결과적으로 여기에서 주인공은 자기 삶의 근원, 자기 글쓰기의 본질적 의미를 회복하고 돌아간다는 점에서 그 이름의 상징성은 충분히 의미화되고 있다 할 수 있다.

유적으로 보여주는 것이다.

이때 김종구라는 한 인간과의 만남이 이렇게 귀신사의 의미를 건물과 풍경에서만 찾으려던 내게 닥친 실망감을 크게 상쇄해 주게 되고, ‘나’는 결국 그곳에서 근원적인 어떤 것, 숨은 꽃을 발견하게 된다. ‘눈으로 보지 않고 마음으로 보면 상당히 많은 말을 하고 있는’(32) 귀신사. ‘드러나는 아무것도 없으면서 모든 것을 다 가지고 있는’ (32)절이라는 과거의 기억이 결국 김종구와의 만남으로 현실화된 것이다. 눈으로 보이는 것이 아닌, 마음으로 보이는 근원적인 어떤 것과의 만남. 그것이 김종구와의 만남인 셈이다.

결국 보수되고 있는 귀신사와의 만남을 통해 완전한 과거와의 결별, 상실을 경험하면서 ‘나’는 새로운 만남, 새로운 출구를 찾게 되며, 외면의 풍경이 아니라 숨어있는 것, 마음으로 볼 수 있는 것을 만남으로써 의식의 각성을 이루게 되리라는 것을 다음의 김종구와의 만남에서 우리는 알게 된다.

3.2. 거인적 삶, 김종구

귀신사에 대한 절망감 속에서 느닷없이 만난 김종구는 ‘나’에게 새로운 기억과 새로운 삶에 부딪치는 경험을 제공한다. 그의 삶은 화자의 삶에 대조되어 반성의 틀을 제공한다. 그는 우선 쓸 것을 잃어버렸다고 생각한 자신에게 ‘숨어있는’ 꽃, 숨어있는 삶이라는 현실적 소재를 제공했을 뿐만 아니라 무엇보다 진정 이 시대 작가가 지녀야 할 태도를 그의 삶의 태도, 예술관을 통해 배우도록 했다는 점이 그것이다.

---

8) 김윤식(1992)은 양귀자의 이러한 절망을 ‘공동체 의식에 기준을 둔 글쓰기의 붕괴현상’으로부터 온다고 보고 이에 대체될 글쓰기 탐색이 곧 이 작품에서의 길찾기라 보고 있다.

우선 그의 과거에 대한 기억이 '나'를 새삼 동요시킨다. 그의 과거에 얽힌 삽화는 모두 공통된 특징을 지니고 있다. 그의 삶은 한마디로 관념에 물든 화자의 삶과 대조적인 순수하고 원초적인 생명력으로 가득 차 있으며, 삶에서 가장 중요한 것은 살아가는 일이라는 것을 공통적으로 보여주고 있다.

숙자의 오빠로 기억되는 첫번째 삽화에서는 학교를 빠질 수밖에 없는 낙도 아이들의 삶의 고단함과 단호하게 내뱉는 김종구의 말을 빌어 그러한 삶의식이 직설적으로 표출된다. 그리고 두 번째 삽화는 일엽편주, 통통배에 누워 자는 모습으로서, '한치의 거짓도 없이 현실을 떠나 바다에 누워' 있는 듯, 자연에 속해 있는 자의 원초적 평화로움을 보여준 장면이다. 세 번째 삽화는 염소의 골통을 쪼개는 김종구의 모습인데, 그것을 먹고 싶으면서도 김종구의 행위를 비웃는 주변 사람들과, 그들에게 손을 빌려주고도 전혀 먹지 않는 김종구의 모습이 대조적으로 보여짐으로써 위선과 타협할 수 없는 국외자로서의 비애감을 지닌 김종구의 독특함이 드러난다. 마지막 삽화는 안개 낀 바다에 서서 돌아오는 배들의 길잡이가 되어주기 위해 밤새도록 징을 울려대던 김종구의 모습으로 구성되어 있는데, 그러한 그야말로 이 시대의 숨어있는 실질적 길잡이라는 것을 암시한다.

그가 정착된 삶을 살지 못하고 있다는 것도 그의 생생한 삶 의식을 드러내는 것이다. 정착된 삶이란 고여있는 물처럼 썩을 수 있고 적당히 위선과 타협하는 삶이 아닐까? 그것은 작가의 고여있는 의식에 대한 비유적 자극일 수도 있다. '삶의 비밀을 엿본 자에게 붙박이 삶이 가능하기나 할 것인가?'(49) 라는 '나'의 탄식은 따라서 김종구에 대한 감탄이기도 하면서 자신에 대한 반성이기도 하다. 고여있어 의식의 생생함을 유지할 수 없게 된 작가가 어떻게 새로운 글을 쓸 수 있을 것인가?

그러한 회상으로 일차적인 의식의 깨임에 이른 '나'가 초대받아 간 김종구의 집은 그곳의 황녀라는 인물과 더불어 보다 강렬한 체험을 제공한다.

무엇보다 ‘남하고 같은 상에서 밥을 먹어야 하는 일이 여태도 불편하기 짝이 없는’, 근본적이고 사적인 영역에서는 결코 타인과 함께 할 수 없는 ‘나’의 이상한 결벽증에 대해 김종구는 ‘이조시대’적 사고라 치부함으로써, 황녀는 구정물을 쏟아부음으로써, 일거에 야유한다. 남과 함께 밥먹기를 싫어하는 사람이 어떻게 사람 사는 일을 알 것이며, 특히 공동체적 글쓰기를 할 수 있을 것인가? ‘남들’을 ‘남’이 아닌 ‘우리’로 인식하기엔 ‘나’는 아직도 먼 것이다. 그것은 아직 김종구의 삶의 끝자락도 만져 보지 못한 ‘나’가 가지는, 그와의 이질감을 드러내는 것이다.

김종구와 황녀는 ‘나와는 아주 다른’ 사람, ‘나’의 관습이나 관념에서 아주 벗어난 사람이기에 그의 집에서 처음 맞은 황녀의 구정물은 그동안의 위선과 관념, 관습, 그리고 모호함 속에서 방황하는 자신에게 가하는 질타로 받아들일 수 있다.

그는 우선 ‘아무도 알아주지 않는’ 짓임에도 불구하고 귀신사 보수공사에 뛰어들어 ‘조금이라도 덜 웃게 만들기 위해’(52) 그 일을 하고 있으며, 아무도 알아주지 않는 데도 길 잃은 자를 위해 밤새 징을 두드리고 사라져 버린 인물이다. 그런데 ‘나’는 어떠한가? ‘세상의 변화’(17)를 탓하며, 자신의 勞作을 알아주지 않는 사회에 절망하여 붓을 꺾으려 하지 않았는가? 알아주지 않더라도 망가져 가는 이상, 망가지는 과거를 덜 망가지게 하기 위해 자신의 글쓰기는 필요한 게 아닌가? 김종구가 말도 안되는 귀신사의 보수공사에 뛰어든 것처럼.

또한 그는 확신에 차 있고 자신있으며 솔직하고, 사물과 세계를 조종할 줄 아는, 주체적인 인물이다. 김종구의 떠돌이 삶은 ‘노동’이라는 가장 솔직한 수단으로 최소한의 .먹고 사는 일만 충족시킨 채 다른 인위적 굴레는 벗어버린 그런 삶이며 ‘머릿속에 생각이 많으면 행동이 굼뜨고 그러기 시작하면 인생은 망하는 법'(61)이라 확신하는 행동주의적 삶이다. 결국 세상 사는 이치란 글자로 터득하는 게 아니라 '행동'으로, '삶'으로 부딪쳐 깨닫는 것이라는 거다. 매번 관념적 가치와 역사, 문화의 꼬리에 매달려 글과 씨름하던 '나'와는 얼마나 또 대조적인가? 그는 심지어 두부에 대한 '식물성 고기'라는 명명에 거부감을 보임으로써 애매모호한 결합이나 혼합에 대한 거부를 표명한다. 그것은 식물이나 동물, 그 어느 것이라도 순수한 자연 그대로의 생명력만을 존중할 뿐 어설픈 결합이나 결탁을 용납하지 않는다는 의미로서, 세상의 모든 위선적 타협, 순수하지 못한 결합을 거부한다는 것이다. 그의 이러한 삶을 받아들이는 순간 '나'를 지탱해주던 높은 도덕, 긴 역사의 문화는 아주 작고 하찮은 세계가 되어버린다.

물론 자신은 이 작은 세계에서 벗어나지 못하리라는 것을 알지만, 다만 이 작은 세계 밖에 더 큰 세계가 있다는 걸 알았다는 것, 그리고 그것을 '글'로써 그려내는 삶이 자신의 몫이라는 것을 알게 된 것만으로도 '나'는 자신의 절망에서 서서히 벗어난다.

3.3. 예술의 본질, 황녀의 단소소리

이렇게 작가는 그에 대해 감탄하고 자신의 삶을 반성하면서도 아직 그의 삶 속으로는 들어가 보지 못하고 있다. 여전히 그들 앞에서 겉돌던 '나'를 그들의 삶 속에 일체가 되게 한 사건, 그것은 황녀의 단소 연주이다. 결국 예술만이 서로 다른 타자들을 진정으로 하나되게 한 것이다.

황녀의 단소연주는 '나'에게 참다운 예술이란 어떠해야 하는가를 보여준다. 우선 김종구가 그 단소소리를 광주사태라는 전쟁의 한가운데에서 만났다는 건 삶 속에서의 예술의 참된 역할을 보여주는 것이다. 전쟁이라는 난장판 속에서 오히려 살아나는 예술을 통해 예술의 본령을 드러낸 것이다. 또한 '대가는 사설이 없는 법이여'(65)라는 김종구의 말에서 예술가는 예술만으로 말할 뿐 다른 어떤 예술 외적 변명도 불필요하다는 것을 보여준다. 그 말은 지금 자신이 쓰고 있는 이런 류의 변명같은 소설에 대한 질타라고도 볼 수 있다. 소설가는 소설이 안써진다는 엄살이나 변명을 늘어놓기 보다 소설 그 자체로 말하라는 질책. 그리고 황녀의 단소를 듣기 전 그가 미리 오금박듯이 '죽여주지, 암 죽여주지'라고 중얼거린 말에서 '나'는 예술을 감상할 때 쓸데없는 세속적 관념의 잣대를 들이대어 예술의 순수성을 훼손하지 말라는 의미를 읽는다.

무엇보다도 황녀의 거침없는 단소 가락을 들으면서 느낀 분방함, '바다'와 같은 생명력, 태초의 모성, 엄청난 고통을 그저 쓸어안고 포용하는 바다의 느낌은 바로 예술의 힘, 진정한 예술이 지니고 있는 감화의 힘을 의미함에 다름 아니다.[9]

단소가락이 불러일으키는 '퍼내도 퍼내도 줄어들지 않는 바다'(66)의 느낌. 그것은 태초의 모성, 무한한 위안과 사랑을 지닌 생명력이요, 진정한 예술의 포용력을 의미한다. '멍들고 멍들어서 퍼렇기만 한 바다'(66). 그것은 고통으로 점철된 삶의 표현으로서의 예술을 의미할진대, 이 세상의 수많은 고통스런 삶들을 담고 포용하는 예술의 역할을 표현한 것이다. 마침내 김종구가 단소가락에 몸을 맡긴 채 그 '바다를 떠내려와 배를 대며 흘리는 눈물'(66), 그리고 그의 눈물을 닦아주는 황녀의 모습을 보면서 '나'는 그 모든 삶을 끌어안아 녹이고 우리의 영혼이 돌아가 쉬는 곳으로서의 예술의 진수를 맛보며 그들과 일체가 되는 경지에 접어들게 된다. 그로부터 '나'는 예술의 진정한 힘이 불러일으키는 감동과, 연주자(작

---

9) 강상희(1994), "거인의 초상을 찾아가는 도정 혹은 희망찾기"(『상상』, 1994.봄)에서는 주체와 타자의 분리 없이 그들을 하나로 묶어줌 '단소'란, '음악'이라는 예술의 특성 즉, 사물 이전의 보편, 세계의 이념, 분화된 근대 너머의 어떤 세계, 환상과 실재가 분리되기 이전의 세계를 표상하는 것이며, 음악의 상태만이 근대의 문명성과 야만성을 초극할 수 있다고 보았다.(204쪽)

가) 청자(독자)간의 일체감, 영혼의 울림 등을 모두 자신의 소설가적 내면으로 옮겨, 더이상 써야 할 그 무엇이 없다는 지금까지의 자신의 문학적 회의가 잘못된 믿음이었다는 인식에 다다를 수밖에 없다. 시대가 변하더라도 예술가가 추구해야 할 본질적인 것은 변하지 않는 법이며 사회가 알아주지 않더라도 진정한 예술의 힘은 '퍼내도 퍼내도 줄어들지 않는 바다'같은 포용력을 지니고 인간의 삶을 쓸어안으며 우리를 감동시키는 법이다.

이렇게 과거 글쓰기에 매여 있던 '나'의 헤매임, '나'의 절망은 씻겨 내려가고, 김종구의 삶과 황녀의 단소를 만난 후 정화되어 새 생명을 받고 깨어나게 된다. 말하자면 김종구는 '나'에게 절망의 늪을 빠져 나오도록 한 자이다. 그는 결국 중요한 건 글이 아니라 삶이고, 예술이란 바로 그러한 삶을 보듬어 안는 것이어야 한다는 것을 몸소 보여준 것이다.

이 대목에서 김종구에 대한 네번째 삽화를 회상하는 것은 이처럼 김종구가 지니고 있는 삶의 자세가 시대와 삶에 절망해 미로를 헤매고 있던 '나'에게 진정한 길잡이가 되고 있기 때문이다

> …… 그가 내려치는 징소리는 땅 밑에까지 그 울림이 전해질 만큼 폭넓은 진동을 가지고 있어서 주위의 다른 소리들을 다 제치고 저 멀리 바다로 내달리고 있었다. 김종구는 마치 자신의 징소리가 달려가야 할 길을 알고 있는 사람 같았다. 어디로 어떻게 소리를 보내야 먼 바다의 길 잃은 배들한테 닿을지 그만은 알고 있다고 나는 믿었다. 나는 정말로 그의 징소리가 안개 한 겹을 뚫고 저 멀리 날아가는 것을 본 느낌이기도 했다. …(중략)… 길 잃은 배는 돌아왔지만, 길 잃은 배를 이끌던 김종구와 그의 징소리는 두터운 안개 속으로 사라지고 만 이 일에 대해 나는 오랫동안 놀라움을 금치 못하였다. 대체 그는 어디로 숨어버렸을까. 아니, 사람들은 대관절 그를 어디에 숨겼을까…… (71)

그의 징소리는 이 시대의 모호함 속에서도 분명한 방향을 가지고 두터

운 안개를 뚫고 멀리 날아가는 힘을 지녔다. 몰아의 자세로 다른 생명을 구하는데 혼신을 다하던 김종구의 모습이란 이 시대 작가가 마땅히 지녀야 할 자세이기도 하다는 의미일 것이다.

그러나 그는 그 당시 아무도 알아주지 않는 상태에서 혼적도 남기지 않은 채 모든 사람들의 눈으로부터 숨었다. 15년 후 지금도 마찬가지이다. 그는 '나'가 잠들 때까지 길잡이의 노래를 들려주다가 사라져 갔다. 그가 지금까지 보여준 삶에 덧붙여 마지막으로 들려준 말, 작가란 검은 눈동자를 통해, 즉 어둠을 통해 세상을 보아야 한다는 말 속에서 '나'는 또 한번의 깨달음을 얻고 있다. 결국 글은 삶보다 우선할 수 없으며 그 삶이란 시대가 변했다고 혹은 알아주지 않는다고 의미 없어지는 게 아니라는 것, 그리고 진정한 삶을 찾는 일이란 숨은 꽃을 찾는 것처럼 힘든 일일 뿐 그 삶이 사라진 건 아니라는 것이다. 참된 삶은 그렇게 쉽게 포착될 수 있는 것이 아니다. 어둠을 통해서만, 절망이나 고통을 통해서만, 그 숨겨진 삶의 의미를 건져낼 수 있다는 것이다.

4. 현실로의 귀환

이제 '나'는 김종구라는 거인의 삶을 만나 자신의 절망으로부터 다시 일어설 수 있는 힘을 얻게 되었다. 따라서 다시 서울의 자기 자리로 돌아가기 위해 기차에 오른다.

'나'는 이제 출발할 때와 달리 창가가 아닌 출입문 옆 좌석에 앉아 풍경 감상이 아니라 끊임없이 사람들과 부딪치며 가고 있다. 사람들과 '함께' 하는 삶, 그것이 앞으로 작가로서의 '나'가 나아가야 할 글쓰기 방향이리라는 것을 암시해주는 대목이다.

그러나 '나'의 의문과 헤매임이 여기에서 종지부를 찍는 것은 아니다.

김종구의 삶과 그의 예술관대로 살아나가기에 여전히 '나'가 발담고 있는 세계는 너무 복잡하면서도 교활하기 때문이다. 화자는 거인을 만났으나 다시 소인국의 세계로 돌아가고 있기에 여전히 두려워하지 않을 수 없다. 입석과 좌석으로 갈라지게 만든, 자신 앞에 그어진 선에 대해 행운보다 기묘한 두려움을 느낀 것 역시 자신의 나아가야 할 방향에 대한 의구심에 다름 아니다. '언제 어느 순간 내 앞에 선이 그어져 버릴지 아무도 모른다…… 우리는 선택할 수도 없고 마찬가지로 우리는 거부할 수도 없다. 어떤 것도 불확실하며 어떤 것도 보장받을 수 없는 것이다.'(76) 삶은 그 누구도 예측하거나 보장할 수 없다. 자신이 택하는 길이 행운으로 향할지 불행으로 향할지는 아무도 모르는 것이다. 중요한 것은 매순간 성실히, 열심히 사는 것일 뿐.

그리고는 '칼릴지브란'이라는 별명을 지녔던 한 양심적 지식인의 삽화를 떠올린다. 그는 별명처럼 이 시대의 무엇인가를 예고하는 예언자이다. 그는 시대에 의해 꺾여져 버린 수많은 천재들과 순결한 정신을 은유하고 있는 존재이다. 이미 개혁의 의지가 쇠퇴해버린 90년대에 다시 나타난 80년대의 운동가 '지브란'. 그는 한때 우리들의 유일한 희망이고 대안이었지만 고문으로 정신병자가 되어 '청와대'를 운운함으로써 세상의 비웃음꺼리가 된 인물이다. '지브란'의 과거의 그 위대한 헌신조차 비웃음꺼리로 전락시키는 이 교활한 시대의 힘을 거부하기 위해 '나'는 그의 언어를 하나의 암호와 은유로 받아들이고 싶어한다. 수치스런 뜻을 담은 기호가 아니라 사랑이나 그리움 기다림 등의 아름다운 뜻을 담은 일종의 꽃말로 받아들이고 싶은 것이다. 그의 '청와대' 발언은 권력에의 욕망도 추한 삶에의 욕구도 아니다. 그럼에도 그를 그렇게 만든 시대보다 그의 순수성에 대한 의심에만 초점을 맞추는 현실. '나'는 그것을 거부하고 싶은 것이다. 그 꽃말이, 그 은유가 무엇인지는 알지 못한다. 다만 그것을 간절히 알고 싶어 '나'는 '여기' 서 있고 글쓰기를 시도하고 있는 것이다. 그것은 분명하거나 확실한 그 무엇이 아니다. 내면의 시선으로 찾고 또 찾아야 할, 숨어 있는 무엇이며, 교활한 시대의 힘을 거부할 그 무엇이다.

그러한 의식의 깨임 후 서울로 가는 길에 비가 그치고, ‘나’는 굽은 길을 달리는 기차 안에서 미리 굽은 길을 알아채고 꼿꼿하게 힘주어 앉은 덕분에 딸과 같은 처녀의 몸무게를 받아낸다. ‘나’는 이제 달라진 현재에 적응하고 미래를 알아채 버티고 받아줌으로써 희망을 가질 수 있을 것이다. 건너편에 앉은 처녀의 팽팽한 배낭, 때묻지 않은 등산화에서 ‘나’는 새로 시작되는 후세대, 딸들의 미래를 비로소 희망적으로 받아들이게 된다.

그리고는 또 하나의 삽화로 ‘나’의 각성은 마무리된다. 산에 미친 의사의 수술 이야기. 그가 산을 탈 수밖에 없게 만드는, 산만이 알 수 있는, 인간의 힘으로는 도저히 알 수 없는 삶의 수수께끼에 대한 수술 이야기가 그것이다.

촘촘한 수술자국과 삐뚤삐뚤한 수술자국의 문제. 의사가 확신하고 해낸 수술과 포기하고 해낸 수술이 전혀 상반된 결과에 이르렀을 때의 참담함. 그것이야말로 우리가, 그리고 작가가 도저히 알 수 없는 삶의 비의요, 예술 자체가 지니고 있는 불가사의한 힘이 아닐까? 결국 이 삽화는 무엇을 말하고자 함인가? 영원히 해명할 수 없는 우리 삶의 불가사의함에 대해 작가가 할 수 있는 일은 무엇인가 하는 것이다. 전에는 바로 그것에 대해 의구심을 갖고 그 불합리함에 대해 회의했으나 이제 ‘나’는 그것이 작가의 몫이 아님을 알게 된 것이다. 그 결과의 불가사의함에 대해 작가는 무엇을 할 수 있겠는가? 그저 뚫고 나가야 한다고 작가는 말하고 있다. 그것은 거칠게 말하자면 그저 최선을 다해 살아나가고 써나가야 한다는 것에 다름 아니다. 결과적으로 죽건 살건 최선을 다한 후에 남는 촘촘한 바느질 자국. 그 자국이 어떤 형태로 남건 최선을 다하는 것만이 작가의 할 일이다. 결과는 예술 자체가 지니고 있는 불가사의한 힘에 의해 좌우될 뿐이다.

의사가 산에 가지 않고는 못배길 정도로 격렬한 떨림을 느끼게 한 이 이야기는 결국 작가에게도 그 모든 변명과 엄살을 허용하지 않게 만든다. 설명되어지지 않는 이 모든 것들을 뚫고 나아가야 할 일만이 작가에겐 남아있는 것이다.

5. 다시 글쓰기를 향하여

결국 주인공 '나'는 글쓰기를 힘겹게 하고 있는 세상의 갑작스런 변화에 절망하여 현재의 삶과 글을 피해 '서울'을 탈출하지만 귀신사에서 김종구라는 거인의 삶을 만남으로써 진정한 의미의 삶과 글쓰기 자세를 회복하고 다시 서울로 돌아오게 된다는 것이 이 소설의 표면적 사건이다. 그러나 내면을 들여다 볼 때 그것은 그렇게 단순하지만은 않다. 그 만남과 회상들을 하나로 이어주는 것은 무엇보다 작가의 글쓰기가 이 삶에서 안고 있는 문제를 어떻게 풀어나갈 것인가라는 화두이다. 그것은 김종구의 삶만으로는 해명되지 않는다.

작가인 '나'가 뚫고 나가야 할 글쓰기 과제란 무엇인가? 결말에 드러난 생각의 길을 따라 그것을 나열해 보면 다음과 같은 순서로 요약될 것이다.

우선 이 시대, 작가의 글을 가로막고 그 글쓰기를 어렵게 만드는 상업성의 문제가 첫 번째 문제이다. 기차 안 이곳저곳 사방에 널려 있는 광고 문구들의 난무를 통해 보여지는 상업화된 글과, 팔리고 먹히는 시인의 새를 통해 돈이 되고 먹이가 되는 이 시대 문학의 상품화된 모습이 먼저 이 작품의 서두를 이루는 것은 그만큼 문학의 순수성이 정치 이데올로기의 상실 못지 않게 자본주의적 이데올로기의 무차별한 공격으로부터도 자유롭지 못함을 보여주는 것이다. 이제 이 자본의 시장에서 먹고 살기 위해서는 어쩔 수 없이 어떠한 방식으로든 상업성과 타협해야 하는데 이 속에서 작가는 과연 어떻게 노래부르며 어떻게 그 적정한 선을 유지해야 할 것인가 하는 문제를 제기하고 있는 것이다.

다음으로 이 작품에서 가장 커다란 부분을 차지하는 것은 김종구와의 만남에서 얻어지는 결론이다. 작가가 시대의 교활한 힘과 출구를 잃은 미로에 대해 그토록 절망하고 있으나 그럼에도 다시 기차를 타고 서울로 돌아가 다시 글쓰기를 시도할 수 있게 된 것은 무엇보다 김종구가 보여준 삶에 대한 태도 때문이다. 김종구와 얽혀 있는 네가지 삽화에서 공통적으로 드러나는 것은 삶이 그 어떤 관념이나 글보다 우선이라는 것이다. 중요한 것은 삶이지 글이 아니라는 것. 그리고 이 시대의 진정한 거인은 안개 속의 미로를 헤쳐나갈 수 있게 우리 삶의 길잡이가 되어주면서도 그 역시 안개 속으로 사라져버리는 숨은 존재라는 것. 또한 그것을 그려나가는 것이 작가의 역할이라는 것이다. 즉 삶의 비의를 알고 삶다운 삶을 살 줄 아는 자를 숨게 만드는 세상의 교활함 속에서도 그의 존재를 믿고 그를 세상에 그려내놓으려는 노력, 그것이 작가의 할 일이 아닐까 하는 생각. 이처럼 김종구의 삶은 그 자체로 인간의 본원적인 삶과 자연스런 생명의식에 속해 있다는 점에서 작가의 잃어버렸던 글쓰기 대상을 회복시켜줬을 뿐 아니라 이 길 잃은 세상의 길잡이로서 이 시대의 이상적인 예술가상을 보여주고 있다는 점에서, 작가에게 이중적인 각성의 계기가 된다. 누군가 알아주기를 바라지도 않으며 세상이 변화되는 것과 상관없이 자기 할 일을 꿋꿋이 해내는 자. 난장판같은 삶 속에서도 아름다움을 잃지 않고, 태초의 모성으로 세상의 모든 고통을 쓸어안는 그런 예술의 힘을 지니고 있는 자. 그것이 진정한 예술가요, 이 시대의 작가의 역할이 아닐까?

그것은 '지브란'의 삽화에서도 반복되고 있다. 암호나 꽃말 뒤로 숨어버린 천재와 그를 그렇게 숨어버리게 만든 세상이란 김종구의 삶과 그의 사라짐에 그대로 대응된다. 그들은 모래더미에 파묻힌 이름 모를 꽃, 숨어버린 꽃이다. 작가는 그들의 세계로 삼투하여 꽃말을 알아내려 애쓰고 그를 그려내려 애쓰는 존재여야 할 것이다.

마지막에 이야기되는 의사의 수술 봉합 바느질은 바로 그러한 전체 기조 속에서 작가가 끝까지 유지해야 할 성실한 삶 살기와 성실한 글쓰기의 자세를 보여주는 것이다. 중요한 건 삶이고 행동이지만 그 삶과 행동이 결과에 대한 확신과 예단 속에서만 이루어지는 것은 아니라는 것. 그동안 결과에 대한 회의때문에 방황하고 절망했지만 사실 그것은 작가의 영역은 아니라는 것이다. 결과가 어떠하든 삶의 힘, 예술의 힘을 믿으며 작가는 끝까지 성실하게 열심히 이 삶을 뚫고 나가야 할 것이 아닌가?

이처럼 90년대에 이르러 작가의 글쓰기를 가로막는 현실적 질곡들은 다양하게 압박해 오고 그에 절망하여 서울을 탈출했으나 그녀는 귀신사와, 김종구의 삶과 황녀의 예술에 힘입어 삶의식을 회복하고 그에 따른 글쓰기 자세 또한 되돌아보게 된 것이다. 물론 작가가 이 여행을 통해 뚜렷한 해결책을 찾은 것은 아니며 또 그럴 수도 없다. 다만 그동안 작가의 글쓰기를 방해하고 있던 시대적 변화나 시대의 교활함에 대해 보다 넓은 시선으로 바라볼 수 있게 되었다는 것, 그리고 자신이 사라져 버렸다고 생각한 좌표나 희망은 사실상 숨어버린 것일 뿐이라는 것. 따라서 작가는 그것을 찾아내기 위해 이 모든 질곡을 될 수 있는 한 열심히, 묵묵히 그렇게 뚫고 나가야 한다는 것이다. 다소 구체적이지 못한 감이 있지만 결국 성실하고 진지한 삶 살기와 글쓰기에 매달리다 보면 언젠가 이 불가사의한 삶의 끝자락이나마 만져볼 수 있지 않을까 하는 것이 작가의 조심스런 전망이다.

작가의 이런 자세 속에는 삶에 대한 외경감이 깊숙히 자리잡고 있으며, 작가의 성실성이란 바로 그러한 삶의 자세로부터 우러나온다고 믿기에, 우리는 아직 이에 부응할 만한 후속작품으로 이어가지 못하는 아쉬움에도 불구하고[10] 이 작가의 소설적 전망에 기대를 걸어보는 것이다.

10) 물론 이후에 선풍적 인기를 불러일으킨 「천년의 사랑」을 들어 이 견해에 반박하는 사람도 있을 것이며 작가 또한 그러하리라 본다. 그러나 필자가 보기에 이 작품은 「숨은 꽃」에서 논의한 출구찾기가 올바른 방향으로 실현되지 못하고 지나치게 환상적으로 흘러버린 감이 있다. 의사의 성실한 수술봉합이라는 행위보다 결과의 불가사의함이라는 삶의 비의쪽에 지나치게 경도된 결과, ‘삶’보다는 ‘글’에 치우친 느낌이 강하다.

싸움꾼에서 구도자로

─김영현의 소설가소설

박 혜 주

1. 시작하는 말

김영현에게는 운동권 출신의 작가라는 표지가 따라다닌다. 그의 소설이 상당 부분 학생운동이며 사회운동의 체험을 바탕으로 한 경험적이고 자전적인 성격을 드러내는 데서 비롯하는 그러한 표지는 그의 문학이 지향하는 바를 짐작하게 해주는 지표이기도 하고 암암리에 그의 문학세계를 한정짓는 한계이기도 하다.

첫 번째 소설집 작가후기에서 김영현은 '싸움꾼과 구도자'란 말로 자신이 지향하는 소설가로서의 존재방식을 밝히고 있다.[1] 당대의 현실과 정면으로 맞서는 '싸움꾼의 자세' 그리고 글쓰는 작업을 통해 인생의 의미와 목적에 대한 철학적 인식을 얻는 '구도자의 자세'로 글을 쓰겠다는 진술은 소설가로서 그가 갖는 기본적인 태도이며 각오라 할 수 있는데, 이러한 태두는 역사가 올바른 방향으로 진보한다고 믿는 신념에 기초한

---

1) 김영현(1990), 『깊은 강은 멀리 흐른다』, 실천문학사. 작가후기 참조.

것이기도 하다.

작가로서의 존재방식에 대한 그와 같은 태도는 그에게 있어 근원적이면서 지속적인 것으로 나타난다. 5년 후에 나온 두 번째 창작집의 후기에서도 김영현은 같은 다짐을 거듭하고 있다. 시대의 변화 속에서 그 동안 적지 않은 혼돈과 상처와 외로움을 겪으며 처음의 믿음이 균열되고 혼란되는 기미를 스스로 포착하고 있음을 고백하는 한편으로 그는 보다 강조된 목소리로 '진보진영 문학의 한 기수로서' 다시금 출발점의 자세를 되새기고 있는 것이다. 그는 달라진 상황, 이를테면 '진리의 상대주의자들, 해체주의자들, 허무주의자들, 다원주의자들, 신비주의자들이 활개치는 시대'를 사는 '진보진영 작가'로서의 자신의 변함없는 태도를 공표하고 있다.2)

'진보진영 문학의 한 기수'라는 명명은 얼핏 전투적이고 대립적인 느낌을 자아내면서 1990년에 제기되었던 소위 '김영현 논쟁'을 환기시킨다. 그의 첫 번째 소설집이 발간되고 「저 깊푸른 강」이 한국일보문학상의 수상작으로 선정된 시점에서, 그에 대한 문단의 관심과 함께 정남영·권성우 등에 의해 이루어진 이 논쟁은 이른바 민중문학 비평계와 자유주의문학 비평계의 김영현 문학에 대한 이해와 평가의 차이를 드러내고 있다. 권성우 등은 김영현 문학이 지닌 문학성에 주목하여 그의 소설은 기존의 지식인 작가들이 쓰는 민중소설과는 다르며 '예술성과 사회성의 바람직한 조화'를 이루어 내는 것으로 보고 있다.3) 한편 민중문학 문학가들은 김영현의 문학이 진정한 민중문학을 위한 현실주의적 지향에는 도달하지 못했을 뿐 아니라 여러 가지 문제들을 안고 있음을 지적한다.4) 이러한

---

2) 김영현(1995),『그리고 아무 말도 하지 않았다』,창작과 비평사, 작가후기 참조.
3) 권성우(1990), "베를린·전노협, 그리고 김영현",『문학과 사회』, (1990, 봄), "김영현의 소설과 정남영의 비평문에 대한 열네 가지의 단상",『문학정신』, (1990, 9). 한기(1990), "「멀고먼 해후」는 왜 좋은가",『세계의 문학』, (1990, 가을) 참조.

서로 다른 평가에 대하여 김영현은 문학이 현실변혁의 무기로 사용되어야 한다는 기계론적 운동논리에도, 그리고 다원론적인 자유주의적 태도에도 반대한다는 입장을 표명하고 있다.[5]

그의 문학을 둘러싼 비평계의 논란은 기본적으로 문학관의 차이로부터 비롯된 것으로 여겨진다. 그러나 양편 모두에 대해 동의하지 않는 김영현의 태도는 과연 이 작가에게 있어 문학이란 무엇이며, 작가가 글을 쓴다는 행위는 무엇을 의미하는가 라는 보다 본질적인 질문과 마주하게 한다.

그는 왜 글을 쓰는가. 김영현에게 있어 소설이란 무엇인가. 운동권 출신 작가라는 작품 외적 표지는 작품 내적으로는 어떤 작용을 하는가. 그의 궁극적인 세계관과 문학관은 무엇인가.

이 글은 김영현의 소설가소설들을 대상으로 그의 문학의 출발점과 지향점 그리고 전개과정을 추적해 보고, 그의 문학세계의 특성을 밝혀 보고자 한다. 그의 소설가소설들은 바로 그러한 문제들을 대상으로 하고 있으며, 작가후기에서 들려주는 육성과는 달리 소설이라는 형식을 통해 문제에 접근하고 있다는 점에서 보다 객관적이며 구체적으로 문제에 도달할 수 있으리라 기대된다. 대상 작품은 「벌레」(1989), 「해남 가는 길」(1991), 「그리고 아무 말도 하지 않았다」(1994)의 세 작품으로 한다.[6]

---

4) 정남영, "김영현 소설은 남한 문예운동의 미래인가, 과거인가", 『노동해방문학』, (1990, 복간호), "'김영현 논쟁'의 결론", 『노동해방문학』(1991, 신년호) 참조.
5) 대담, "감금된 사회·광기의 현실·변혁적 작가, 김영현" 『문학정신』(1990, 9). 김영현(1990), "문학은 무기일 수도 유희일 수도 없다", 『신동아』(1990, 10). 참조.
6) 「그리고 아무 말도 하지 않았다」의 경우 주인공이 소설가가 아닌 화가이지만, 그 내용이 예술가 소설이라 할 수 있으므로 같은 범주에 넣기로 한다.

2. 역사적 자아로서의 원체험 고백 —「벌레」

2.1. 고백의 시학

작가 자신의 감옥 체험을 소설화하고 있는 「벌레」는 김영현의 초기작에 속하는 작품으로 그의 문학적 출발점을 보여주는 여러 가지 단서들을 내포하고 있다.

우선 가장 먼저 지적될 수 있는 것은, 이 소설이 고백의 형식을 취하고 있다는 점이다.

「벌레」는 소설가로 등장하는 주인공이 1인칭 화자로 독자에게 직접 말하는 형식을 취하고 있다. 소설은 본래 이야기이고 이야기는 말하는 사람과 듣는 사람이 전제되지만, 통상적인 경우 소설 안에서 화자와 청자는 숨은 화자와 내포된 수화자(受話者)의 모습으로 숨겨져 있게 마련이다. 그런데 이 작품의 경우 화자와 청자가 통상적인 경우와는 달리 드러난 화자와 드러난 수화자의 모습으로 나타난다.[7] 이러한 장치는 학생운동가로서 겪었던 감옥체험을 다루고 있는 이 소설이 체험 자체의 전달로부터 시작되지 않고, 그 체험에서 비롯된 화자의 어두운 기억에 대한 '고백'으로부터 시작된다는 점과 연결된다.

> 카프카에 얽힌 재미있는, 그러나 퍽 화가 나는 에피소드가 하나
> 있는데 그 이야긴 조금 있다 하기로 하고 먼저 한 가지 고백부터

---

7) 가령 다음과 같은 대목에서 '드러난 화자'와 '드러난 수화자'의 모습이 분명하게 나타난다. "본격적인 이야기에 들어가기 전에 먼저 앞에서 운을 뗀 바 있는 카프카에 얽힌 한 가지의 에피소드만 언급하고 가자. …(중략)… 바쁘신 독자라면 이 부분은 읽지 않고 넘어가도 좋겠다." 김영현(1990), 「벌레」 『깊은 강은 멀리 흐른다』 실천문학사, 32쪽. 이하 「벌레」에 대한 작품 인용은 쪽수만 밝히기로 한다.

<u>하여야겠다</u>.

뭐냐하면 그 후 인생을 살아가면서 피치 못할 사정으로 나 자신이 정말 벌레처럼 취급당하는 경험을 몇 번 하였는데 그 경험의 끝인지 어쩐지는 모르지만 <u>요즘에 와서 문득문득 나 자신이 징그러운 벌레로 변해버리는 듯한 고통스러운 상태에 빠지는 경우가 있다는</u> 것이다. (31쪽)

이야기가 너무 지루하게 다른 방향으로 나갔는데 나는 지금부터 이러한 관점에 서서 <u>나의 증상에 관련된 과거의 몇 가지 기억을 더 들어보려고 한다</u>.
예전에 나는 어떤 정신과 의사로부터(그는 내 친구의 담당의사였다) '말해버리는 것보다 더 좋은 약은 없다'는 말을 들은 적이 있다. 그의 충고가 사실이라면 나는 적어도 이 불유쾌한 느낌, 혼자 어두운 방에 누워 있으면 영락없이 찾아드는 <u>이 막연한 어둠의 기억으로부터 조금은 해방될 수 있을지 모르기 때문이다</u>. (32쪽, 밑줄은 인용자)

인용문에서 드러나듯이 화자가 벌레처럼 취급당했던 자신의 체험에 대하여 이야기하려는 이유는 두 가지이다. 하나는 그가 아직도 그 체험에서 벗어나지 못하는 고통스러운 상태에 있다는 것이고, 또 하나는 그를 놓아주지 않는 그 '어둠의 기억'으로부터 해방되고 싶다는 것이다. 즉 화자 자신의 고통스러운 내면과 그것으로부터 해방되고 싶은 욕망이 그로 하여금 이야기를 하게 했으며, 여러 가지 이야기 방식 중에서 '고백'이라는 형식의 글쓰기를 요구했다고 할 수 있다.

고백은 타인과 가장 가깝고 친밀하게 만날 수 있는 소통의 방식이다. 고백의 내용은 개인의 내밀한 세계이거나 범상치 않은 특별한 무엇이거나 가치가 있는 어떤 것이고, 그린 특별하고도 가치 있는 혹은 내밀한 내용을 듣는 대상은 고백하는 당사자와 하나가 될 수밖에 없다. 결국 화자 자신의 내밀한 문제를 고백하기 위해서, 드러난 화자와 드러난 수화자라는 보다 직접적이고 긴밀한 형식이 필요했다고 볼 수 있다.

그런데 드러난 화자와 드러난 수화자를 동원하고도, 화자는 대뜸 본 이야기로 들어가지는 않는다. 자신의 이야기를 하기에 앞서 화자는 카프카의 「변신」을 간단히 요약해주는 절차와 카프카에 얽힌 한 가지 에피소드를 들려주는 절차를 거친다. 본 이야기에 앞서 들려주는, 카프카에 관련된 두 경우에 대하여 화자는 비판적인 입장에서 말하고 있다. 어느 날 아침 일어나 보니 벌레로 변해 있었다는 「변신」에 대하여 그리고 그런 글을 쓴 카프카에 대하여 화자는 도무지 이해할 수 없다는 입장을 취한다. 그리고 한 가난한 집안의 희망이었던 일류대학 학생이 카프카에 빠져 자살해버린 사건에 대하여도 그 '부르주아적 감성의 반민중성'에 대하여 경멸을 표하고 있다.

본 내용도 아닌 이야기가 쓸데없이 길어진 것에 대해 독자에게 죄송하게 생각한다고 사족을 달면서까지 굳이 그렇게 이야기를 한 데에는 물론 특별한 의도가 있다고 할 수 있다. 우선, 곧 이어질 본 이야기 즉 자신의 이야기를 오해 없이 제대로 이해해주길 바라는 의도를 생각할 수 있다. 카프카에 대한 비판적인 태도 표명은 벌레가 되었던 고통스런 기억에 관한, 앞으로 이어질 자신의 이야기와 연관되면서 그 의미를 보다 신중하게 이해해 줄 것을 요구하는 하나의 절차인 셈인 것이다. 이러한 절차는 이른바 지연효과를 가져와 독자가 수동적으로 대상에 빠져드는 것을 막게 된다. 뿐만 아니라 이러한 지연의 절차는 고백의 형식이 갖는 속성이기도 하다. 고통스런 내면을 고백한다는 것은 망설임과 우회와 지체의 과정을 거치게 마련인 것이다.

현재까지도 그를 사로잡고 있는 과거의 고통스런 기억으로부터 해방되고 싶은 욕망, 그러한 욕망의 실현으로서의 고백, 그것이 김영현 문학의 출발점의 모습이다. 그로 하여금 소설을 쓰게 하는 것은 그를 놓아주지 않는 내면의 고통인 것이다. 그렇다면 그를 고통스럽게 하는 것의 정체는 무엇인가.

2.2. 역사적 자아와 실존적 자아의 충돌

주인공을 사로잡고 있는 과거의 고통스런 기억은 자신의 존재성을 강하게 확인받게 되는 계기로부터 비롯된다. 주인공이 겪는 강렬한 체험은 원래의 자기 모습, 또는 자신이 지향했던 바가 도전을 받고 충격을 겪으면서 삶을 지배하는 원체험을 형성하게 된다. 이는 두 가지 경로를 거치는데, 역사적 혹은 사회적 자아로서의 체험이 그 하나이고 그 다음 단계에 해당하는 것은 역사적 자아의 의지를 배반당하는 실존적 경험이다.

학생운동가인 주인공은 유신체제 하에서 '시위예비험의'로 긴급조치 9호에 걸려 감옥에 오게 된다. 즉 그는 자연인의 모습이 아니라 이미 역사 속에 발을 들여놓은 사회적 존재로서 작품 안에 등장한다. 그러나 그는 본디 '그리 투쟁적인 인간이 되지 못한다'고 스스로 고백하고 있다. 자신은 시위 때 짱돌 하나도 시원스레 던지지 못하는 겁 많고 조심스럽고 교활하기까지 한 인간이라는 것이다. 그것은 어쩌면 타고난 원래의 자기 모습인지도 모른다. 그러나 감옥 안에서, 독재정권의 통일주체국민회의를 통한 조기선거에 반대하여 벌인 투쟁에서 그는 그러한 타고난 소심함과 불안을 극복하는 투쟁적인 인간의 모습을 보여주고 있다. 감방의 철문을 차며 격렬하게 반독재구호를 외치는 순간 그는 희열감과 해방감을 느끼는 강렬한 체험을 한다.

이러한 그의 모습은 인간의 의지가 갖는 힘과 가치를 보여준다. '겁이 많고 조심스러우며 때로 교활하기까지 한', 한 마디로 영웅적이지도 특별하지도 않은 보통의 인간이 자신을 극복하고 넘어서는 순간을 보여주는 것이다. 지식인으로서 역사적 결단과 실천을 하는 그는 소설 앞머리에 등장하는 또 하나의 지식인, 카프카에 빠져 자살한 대학생과 구별된다. '무책임한 놈이군. 너도.'라며 교도관이 같은 범주에 넣었던 자살한 대학생이 관념적 지식인의 모습을 보여준다면, '부르주아적 감성의 반민중성'에 경멸을 표하기로 결심하고 역사적 대의를 위해 투신하기로 결단하는 그는 행동하는 진보적 지식인이라 할 수 있다.8)

자연인의 자리를 벗어나 역사적 대의에 삶의 지표를 둔 주인공이 겪는 체험은 그의 삶을 지배하는 원체험이 된다. 이는 김영현에게도 그대로 적용되는 것으로 청춘기를 격랑의 7,80년대에 역사의 현장에서 보낸 삶의 체험은 그의 문학을 이루는 중요한 원체험이 된다.9) 그것은 그의 삶의 방향을 결정짓고 앞으로의 삶을 지배하게 되며 그의 소설의 지향을 결정짓는 중요한 요소가 된다.

그런데 역사적 자아로서의 정체성을 가지고 있는 주인공은 자신이 원하는 당당한 투사로서의 삶을 유지하지 못하고 그와는 모순된 실존적 체험을 하게 되는데 여기에 이 작품의 문제성이 존재한다.

역사적 대의에 따른 의지대로 실천했던 그는 얼굴에 방성구가 채워지고 손이 뒤로 묶인 채 말과 행동을 제한 당하고, 급기야는 가려움증과 요의라는 생리적 욕구조차 묵살되는 상황에서 인간 이하의 모멸감을 겪는다. 어둡고 비좁은 독방에 갇혀 비인간적인 취급을 당하며 그는 분노와 절망감과 참담함에 빠지게 되고, 마침내는 카프카의 「변신」의 주인공처럼 벌레가 되는 경험을 하게 된다. 분명한 목적의식을 가지고 자신의 결

---

8) 권성우(1990), "김영현의 소설과 정남영의 비평문에 대한 열네 가지의 단상", 『문학정신』(1990, 9), 53쪽.

9) 김영현 문학은 많은 부분 자신의 체험적 세계를 다루고 있으며 그 경우에 그의 문학적 성과가 가장 빛난다고 평가받고 있다. 그러나 단순히 체험적 세계가 소재로 등장한다는 차원을 넘어서서, 그가 학생운동가와 사회운동가로서 겪은 역사적 체험은 그의 문학을 지배하는 원체험에 해당한다는 것이 필자의 생각이다.

단과 의지를 실현함으로써 몸의 모든 세포가 **활짝** 열리는 희열감과 해방감을 느꼈던 그는 전혀 예상치 않았던 경험과 마주하게 되는 것이다. 그것은 유물론자이며 불가지론자가 아닌 그가 즉 자신의 삶이 세계를 향해 지향해야 할 목표가 뚜렷한 그가 겪는 추상적이고 관념적인 모순된 체험이 아닐 수 없다. 작품의 첫머리에서 비판적인 입장을 분명히 했던, 말하자면 그의 이성이 거부했던 카프카의 실존적 세계를 체험하게 되는 것이다.

역사적 결단과 실천으로 삶을 이끄는 진보적 지식인이 자신의 의지를 배반당하고 개체적 존재로서의 뜻밖의 실존적 체험을 하게 된다는 모순된 상황은 주체를 소외시키는 세계의 억압을 드러내는 동시에 자아와 세계의 갈등 자체를 드러내 준다.[10] 그리고 그러한 모순된 세계 속에 있는 모순된 인간의 모습은 주인공의 인물적 특성을 드러내며 나아가서는 김영현 자신의 모습이라고 할 수 있다. 세계를 향한 그의 지향, 곧 대의에 따라 역사적 실천을 지향하는 그의 의지가 분명한 것만큼이나 그의 의지를 배반하는 세계의 존재 또한 분명하다는 인식 위에 김영현의 문학이 자리하고 있는 것이다.

> 나는 불을 켜두지 않은 반지하의 어두컴컴한 방에 혼자 앉아서 이 글을 쓰면서 또다시 서서히 벌레로 변해가는 자신을 느끼고 있다. (51쪽)

자신의 어두운 기억으로부터 해방되고 싶어 고백의 형식을 빌어 시작한 이 소설의 마지막 장면에 와서도 주인공은 여전히 고통으로부터 해방되지 못한 상태이다. 그는 아직 어두운 방에 홀로 있으며 또다시 벌레로

---

10) 김철은 '아이러닉한 세계인식'이 김영현 소설의 기반을 이룬다고 지적하고 있다. 김철(1992), "낭만적 아이러니의 힘과 깊이" 『해남가는 길』 작품해설, 도서출판 솔, 304쪽.

변해가는 자신을 느낀다. 현실은 어둡고 암울한 과거의 연장인 것이다. 이는 평범한 개인을 투쟁적으로 만들었던 폭력적이고 불행한 시대가 여전히 계속되고 있다는 징표이며, 또한 개인의 의지를 배반하는 세계의 존재에 대한 응시이기도 하다.

3. 덫에서 벗어나기 —「해남 가는 길」

3.1. 소설의 덫, 현실의 덫

자신의 괴로운 내면을 고백하는 소설가가 등장하는 「벌레」와는 달리 「해남 가는 길」에는 소설이 써지지 않아 괴로운 소설가가 등장한다. 주인공 문성태는 소설가이면서 출판사에 다니고 있는 인물이다. 그는 결혼도 했고 직장도 있는 일상인의 삶을 살고 있다. 즉 이 작품의 주인공은 유신시대 학생운동가였던 「벌레」의 주인공과는 달리 시간이 흘러 사회인이 되어 있으며 시대적 배경도 1991년 여름으로 되어 있다.

성태의 삶은 「벌레」의 주인공의 삶과 이어지는 것으로 나타난다. 그는 대학시절 유신체제 하에서 감옥살이를 했고, 군대에 있었던 광주민중항쟁 때는 보안사에 이유 없이 끌려가 고문을 당했으며 '혁명의 그날까지 튼튼하게 살아가자고' 다짐했던 친구들과 함께 한 시간이 있다. 즉 그는 신념을 가지고 역사적 진보를 꿈꾸며 칠, 팔십 년대를 보내고, 이제 90년대적 상황에 있는 것이다.

소설가인 성태는 1990년 2월에 신문에 났던 연쇄 방화사건을 소재로 하여 소설을 쓰고 있는 중인데 소설이 잘 풀리지 않아 고민하고 있다.

왜 소설이 써지지 않는가. 성태가 소설을 쓰지 못하는 이유는 그가 전망을 제시할 수 없기 때문이다. 그리고 그는 전망을 갖고자 지향하는 소설가이기 때문이다.

원인을 알 수 없는 방화사건을 소재로 한 소설에서 성태는, 지적이고 복잡한 내면을 가지고 있으면서 경제적으로는 무능한 배명식이라는 인물을 설정하여 그 사건이 지니는 시대를 대변하는 상징성을 드러내 보이고자 한다. 그러나 배명식이 벌이게 될 방화의 이유를 단지 세상에 대한 야유와 조롱에서만 찾는 것으로는 만족할 수 없어 성태는 소설을 진전시키지 못하고 있다. 전망 없이 허덕이는 우리 시대의 한 단면을 제시하는 것만으로는 성태가 생각하는 진지한 작가가 될 수 없기 때문이다.

그렇다면 성태는 왜 전망을 제시하지 못하는가. 그가 소설을 통해 전망을 제시할 수 없는 것은 불투명하고 폭력적인 현실에서 그가 지쳐 있기 때문이다.

> 그 방화 사건은 소설을 떠나서도 성태의 머리를 온통 뒤죽박죽으로 만들어 놓았다. 더구나 그 소설을 쓰고 있던 지난 오월에는 수많은 분신 사건이 연쇄적으로 발생함으로써 그의 머리는 더욱 복잡해져버렸고 자신의 글쓰는 행위에 대한 근본적인 회의까지 겹쳐서 나타났다.[11]

그가 있는 현실은 '부활없는 죽음의 시절'이다. 시위현장에서 어린 여학생이 죽고 단속에 걸린 노점상이 자기 리어카에 불을 지르고 분신이라는 극단적인 행위들이 연이어 일어나는, 암흑의 칠팔십 년대가 지났어도 여전히 억압적인 현실이다. 그가 품었던 기대와 희망은 실현되지 않았으며 사회주의에서도 자본주의에서도 전망을 찾을 수 없는 암울한 상황이다. 그를 짓누르는 현실 속에서 그는 속이 다 파먹혀 버린 빈 껍데기의 곤충처럼 되어버린 자신을 발견한다. 지리멸렬하고 압도적인 현실은 그

---

11) 김영현(1992), 「해남 가는 길」, 『해남 가는 길』, 도서출판 솔, 87쪽. 이하 인용에서는 쪽수만 밝히기로 한다.

로 하여금 글 쓰는 행위에 대해 회의하게 한다. 혼돈스러운 현실에 대하여 어떤 대응력도 가질 수 없는 예술의 무력감을 느끼는 것이다.[12]

현실에 대한 어떤 전망도 갖지 못하고 무력감과 패배감 그리고 정처 없는 분노에 사로잡혀 있는 성태는 현실의 덫에 걸려 있는 상황이다. 현실에서의 무력감과 패배감은 소설 쓰기의 지지부진으로 이어지고, 그는 소설을 폐기처분함으로써 자유로워질 것인가 아니면 좀더 끈질기게 매달릴 것인가의 기로에 서 있던 중 뜻밖에도 시인 고정희의 죽음의 소식을 듣게 된다.

3.2. 불꽃에 뿌리 달기

「해남 가는 길」은 소설을 쓰지 못하는 소설가 성태가 시인 고정희의 장례식에 참석하는 여로형 구조로, 그 여행길에서 자신의 문제와 마주하고 마침내 문제의 해결을 향해 나아가는 과정을 보여준다.

고정희가 죽었다는 연락을 받고 그녀의 주검이 안치된 광주로 가는 버스길에서 성태는 잠이 드는데 그 꿈속을 어지럽히는 광경들은 현재의 그의 내면이기도 하다. 꿈속에서 그는 그와 청춘기를 함께 했지만 지금은 뿔뿔이 흩어져 편편치 못한 삶들을 살고 있는 친구들을 만나고 페퍼포그 차가 밀려오는 시위 현장과 자신들을 공격하고 매도하는 세력들을 본다. 그리고 여전히 젊고 여전히 그를 사랑하고 있는 옛 애인을 만나서는 자신은 이제 결혼을 하고 아이들의 아버지가 되었다는 사실을 말해야 한다고 생각하면서 그냥 망설이고만 있다. 치열하고 신념에 차 있던 과거는 퇴색하고 현재는 우울하고 무기력하기만 한 것이다.

잠이 깬 성태는 고정희와 만났던 오월의 마지막 토요일을 떠올린다. 고정희의 원고를 받기 위해 만난 그들은 우연히 시위현장에 함께 있게

---

12) 김철, 앞글, 307쪽.

되는데, 온통 최루탄으로 뒤덮이고 시위대를 향한 경찰의 폭력이 난무하는 거리에서 고정희와 성태는 독한 바퀴약에 쏘인 바퀴벌레꼴이 되어 헤어진다. 그것은 성태가 본 고정희의 마지막 모습으로 그가 생각하는 '우리 시대 시인의 모습'이기도 하다. 지리산 뱀사골 등반길에 사고로 죽었다는 고정희의 죽음이 성태에게 복잡하고도 고통스러운 의미로 다가오는 것은 그러한 상징성 때문이다.

성태가 지친 마음을 추스리고 새 힘을 얻게 되는 계기는 고정희의 생가가 있는 해남에 가서 장례식을 치룬 후 해송을 보러 가는 길에 일어난다. 그는 장례식에서 옛날 동인활동을 같이 했던 김은숙을 만나게 되는데 그녀의 존재가 일깨운 가슴 속의 작은 파문은, 바람에 무너지며 다시 일어서는 길가의 뿌리 깊은 풀들을 보면서 새 힘을 얻는 단계로 확장된다.

> 성태는 갑자기 그 자리에 서서 은숙을 쳐다보았다. 흩어진 머리카락이 자꾸 가리는 그녀의 눈은 젖어 있었다. 그녀의 눈빛에서 문득 아직도 그녀가 자기를 사랑하고 있을지도 모른다는 생각이 들었다. 그의 눈에 잠시 고통스러운 빛이 지나갔다.
>
> 다시 걷기 시작하자 성태는 슬그머니 은숙의 손을 잡았다. 작고 따뜻한 손은 가늘게 떨고 있었다. 하얀 망초꽃들이 무리져 바람에 무너지고 있었다.
>
> …… (중략) ……
>
> 성태가 밑도 끝도 없이 말하기 시작했다. 그의 음성은 떨리고 물기에 젖어 있었다.
>
> "은숙씨, 저 풀들 좀 보세요. 불꽃에는 뿌리가 없지만 저 풀꽃들에겐 뿌리가 있잖아요. 불꽃은 그저 정처없는 분노일 뿐이거든요."
>
> "……"
>
> "이젠 우리가 그 불꽃에다 뿌리를 달아주지 않으면 안 돼요. 그 뿌리들이 대지의 가슴에 깊이 내리도록 도와주지 않으면 안 돼요.

> 우리들의 눈물로 그 죽음을 씻고 새로 시작하는 거예요. 불꽃만으
> 론 결코 이길 수가 없어요." (118쪽)

김은숙의 존재는 성태가 꿈속에서 만났던 애인의 존재처럼 그가 역사의 대의를 추구하며 신념을 가지고 살았던 과거를 일깨워준다. 김은숙과 성태가 나누는 것은 세계에 대해 같은 목표와 지향을 가지고 살았던 자들이 나누는 교감이다. 그러기에 성태는 김은숙을 향해 '우리가' 그 불꽃에다 뿌리를 달아주어야 한다고 말하고 있는 것이다.

'거짓말처럼 흘러가고 있는' 역사 속에서 무기력하게 지쳐 있는 성태에게 필요한 것은 신념의 확인 또는 회복을 통한 자신의 재정비이다. 신념의 회복은 신념을 가지고 살았던 과거와의 연결을 통해 이루어질 수 있는데, 사랑했던 옛 애인의 존재는 그에게 과거를 일깨워주는 역할을 한다.13)

애인 혹은 김은숙을 통한 일깨움은 성태가 애초에 가졌던 신념의 자리에서 이미 멀리 떠나 있음을 의미하기도 한다. 성태가 떨리고 물기에 젖은 음성으로 김은숙을 향해 비장하게 말하는 것은 신념을 회복하고 싶은 강한 욕망의 표현이라 할 수 있을 것이다.

현실에 대한 전망을 갖지 못하여 소설을 쓸 수 없는 소설가 문성태가 찾아야 할 것 중의 하나는 바로 역사에 대한 사랑과 신념이다. 전망이란 세계에 대한 주체의 신념에 다름 아니기 때문이다. 그리고 정처 없는 분노와 자신마저 태워버릴 수 있는 불꽃의 한계를 벗어나는 방법은 아마도 흔들리지 않는 확고한 태도의 표명으로부터 비롯될 수 있을 것이다.   그러나 그럼에도 불구하고 비장하고 낭만적인 다짐만으로 끝나는 이 작품의 결말은 왠지 구식 영화의 마지막 장면처럼 과장되고 싱겁게 느껴진다.

---

13) 김영현 소설에 반복되어 등장하는 애인 모티브의 역할에 대하여는 이 논문의 마지막 항목인 '5.김영현의 문학세계'에서 보다 포괄적으로 다루어진다.

신념의 확인과 다짐은 출발로서의 의미가 있을 뿐 구체적인 행동으로 실현되지 않는한 공허할 수밖에 없기 때문이다.

어쨌든, 소설을 쓰지 못하고 무력감과 분노에 사로잡혀 있던 성태가 5월의 수많은 죽음과 복잡하고 고통스러운 의미로 다가오는 한 시인의 죽음을 넘어서서 나름대로의 삶의 방향을 잡는 것으로, 김영현은 이 소설의 전망을 제시하고 있다.

4. 예술가, 자화상을 그리는 존재
―「그리고 아무 말도 하지 않았다」

4.1. 우울한 자화상

「그리고 아무 말도 하지 않았다」의 주인공 도재섭은 38세의 화가로 앞의 두 작품의 주인공들과 비교할 때 가장 심각하게 파탄지경에 있다. 그는 자신이 읽고 있는, 하인리히 뵐의 동명소설『그리고 아무 말도 하지 않았다』의 주인공 프레드처럼[14] 희망없는 삶을 살고 있다.

그의 현재는 우울하고 그는 죄책감과 불안에 사로잡혀 있다. 그의 내면을 황폐하게 만드는 죄책감과 불안은 과거에 대한 자책과 불투명한 미래로부터 비롯된 것이다.

그는 왜 죄책감에 사로잡혀 있으며 왜 불안한가. 그의 삶의 기반이 흔들리고 있기 때문이다. 그는 현재 아내가 집을 나가 가정의 기반이 위태

---

14) 여기서 소개되는 프레드는 전쟁 때 무전병으로 근무했지만, 전후에 자신이 할 수 있는 것이라고는 아무 것도 없는 상황에서 가난하고 희망없는 삶을 살고 있다. 이는 작중 인물의 내면에 대한 비유인 동시에, 1980년대를 역사의 현장에서 보내고, 달라진 1990년대의 상황에서 할 일을 찾지 못하고 있는 작가의 내면이 투영된 부분이라 할 수 있다.

로운 지경에 있으며, 화가로서의 그의 예술적 지향점을 어디에 두어야
할지 몰라 혼란스럽다.

 아내의 가출은 딸 아이를 교통사고로 잃은 후 가학적으로 서로를 괴롭
히면서 벌어진 부부 사이의 결과라 할 수 있지만, 따지고 보면 근본적인
원인은 재섭 자신에게 있다고 그는 생각하고 있다.

> 두 사람 사이를 이렇게 황폐한 상태로 몰고 온 것은 순전히 자
> 기의 잘못인지도 모른다. 승희의 죽음. 그것은 하나의 핑계에 불과
> 했는지도 모른다. 그는 이유없이 흔들렸고, 그 흔들림의 끝에 승희
> 의 죽음이 있었을 뿐이었다.15)

 그의 일상적인 삶조차 파탄에 이르게 한 흔들림은 오랜 친구였던 정민
의 죽음이 일깨운 자신의 삶을 향한 근본적인 질문으로부터 온 것인지도
모른다. 지난 시절 민주화 운동에 투신했던 정민은 존경하던 선배의 정
치적 변절이 준 충격 그리고 무엇보다도 온 존재를 걸 수 있는 절대적
가치의 사라짐에서 오는 혼란과 절망 속에서 삶의 의미를 찾지 못하고
스스로 목숨을 끊는다. 정민의 죽음은 그에게 큰 충격과 함께, 자신의 삶
에 대한 반성과 앞으로의 삶에 대한 괴로운 질문을 남긴다.

 그러나 친구의 죽음과 딸의 죽음이 가져온 충격에 대한 허약한 대응은
그를 더욱 더 파탄으로 몰고 간다. 후배와의 부질없는 정사나 친구들과
함께 하는 기획전시회 준비는 자신의 고통과 정면으로 맞서지 못하는 그
의 도피처일 뿐이다.

 재섭의 이러한 모습은, 나름대로 역사적 대의에 기반한 삶의 목표와
지향을 뚜렷이 가지고 있는 「벌레」나 「해남 가는 길」의 주인공들과는 거

---

15) 김영현(1995), 「그리고 아무 말도 하지 않았다」, 『그리고 아무 말도 하지 않
   았다』, 창작과 비평사, 41쪽. 이하 인용에서는 쪽수만 밝히기로 한다.

리가 있다. 재섭에게서 두드러지는 것은 스스로 방향을 찾지 못하는 혼란스러움이다.

그러한 혼란은 화가로서의 그의 예술관에서도 드러난다. 명백하게 예술의 영원성보다는 효용성에 더 가치를 두고 있는 친구 박명호의 예술관에 대하여 재섭은 그의 생각을 이해는 하지만 전적으로 찬동하고 있는 것은 아니며, 오히려 그 반대에 가깝다고 말하고 있다. 그는 애초에 영원한 예술의 세계에 이끌려 미대를 택했고, '어떤 시기에는' 박명호의 영향을 받아 함께 일하기도 했지만 궁극적으로 그가 지향하는 예술은 '인간과 사물의 뒤에 숨어 있는 영원한 그림자를 그려내면서 동시에 시대적 힘과 고통을 그려내는 것'이어야 한다는 것이다.

박명호의 예술관을 이해는 하지만 전적으로 찬동하는 것은 아니며, 어떤 시기 즉 시대적 힘과 고통의 표현이 요구되던 80년대에는 그의 영향을 받아 함께 일했지만 자신의 궁극적인 지향은 오히려 그와 반대된다는 재섭의 입장은 그를 혼란에 빠뜨린다. 예술의 목표는 시대에 따라 달라지는 것인지, 자신의 지향과 시대적 요구의 차이는 어떻게 극복될 수 있을 것인지, 예술의 시대적 효용성과 영원성은 어떻게 만날 수 있는 것인지의 문제들이 그가 해결해가야 할 과제들인 것이다.

일상적인 삶의 기반도, 화가로서의 예술적 바탕도 모호하기만 하여 괴로운 재섭은 박명호의 제안으로 태백에 있는 수도원에 벽화를 그리러 떠난다. 그의 태백행은 일차적으로는 자신을 둘러싼 구차한 현실로부터 탈출해보고 싶은 욕구의 실현이면서, 보다 근본적으로는 평소에 그가 인도여행을 꿈꾸며 생각하던 욕망 곧 본질적인 삶과 마주해보고 싶다는 욕망에서 비롯된다.

태백을 찾아가는 재섭의 여정은 세상과 잠시 결별하고 자신의 내면과 만나는 과정이 된다. 기차가 도시를 벗어나면서부터 재섭은 홀로 상념에 잠기는데, 기차에서 내려 버스를 갈아타고 점점 목적지에 가까워질수록 그는 어쩐지 자꾸 세상 밖으로 혼자 떨어져 나가는 기분이 되고, 어딘가 환상의 세계 먼 구석으로 들어가고 있다는 착각에 빠진다. 그리고 마침내 목적지에 도착해서는 갑자기 자기 존재가 더없이 작고 초라한 느낌이 들고 커다란 세상의 한구석에 내팽개쳐져 있다는 느낌을 갖게 된다.

자신을 둘러싼 모든 현실의 조건과 잠시 결별한 자리에서 그가 마주하게 된 것은 자신의 '우울한 자화상'이었으며, '인생이란 행복보다도 불행이 더 많아서 그 불행의 늪을 행운이라는 연잎 같은 걸 밟으며 아슬아슬하게 건너가는 것일지도 모른다'는 깨달음이었다. 인생이란 과연 무엇인가라는 근원적인 질문과 자신의 삶이 불행하다는 인식은 한 걸음 뒤로 물러서 세상을 바라본 자의 포괄적이고 한풀 꺾인 시각을 드러내주며 무리로부터 소외된 자의 인식을 보여준다.[16]

그렇다면 불행의 늪과 같은 인생으로부터 어떻게 자신의 삶의 의미를 찾을 수 있는가. 세상으로부터 소외된 자신은 어떻게 세상과 다시 만날 수 있는가. 그것이 「그리고 아무 말도 하지 않았다」에서 탐구하는 문제이다.

4.2. 무엇을 그릴 것인가

재섭의 태백행은 곧 인도행과 같은 의미가 된다. 그는 태백으로 떠나며 자신의 전화 자동응답기에 '그는 지금 부재중입니다. 그는 인도로 갔습니다.'라고 녹음한다. 자신의 삶에 누더기처럼 걸쳐져 있는 모든 것을 벗어버리고 근원적인 자신과 만나보고 싶다는 그의 욕망은 결국 현재의 혼돈을 벗어나 앞으로의 삶에 올바른 가닥을 잡고 싶은 욕망이라 할 수

---

16) 이성욱은 이 작품이 90년대 들어 달라진 현실 조건을 전제로 하여 이전과 다른 출구의 모색을 보여주며 있으며, 예각에서 원융으로, 타자에서 자아로의 선회를 보여준다고 지적하고 있다. 『그리고 아무말도 하지 않았다』 해설, 343-346쪽 참조.

있을 것이다.

박명호의 소개로 그가 찾아간 곳은 태백에서도 얼마간 들어가 있는 산 속의 수도원이다. 태백이 육체적 삶의 막장이라면 그가 찾아가는 수도원은 지친 영혼들이 찾아드는 정신적 삶의 막장에 해당한다. 공간적으로도 속세와 분리되어 있는 그 곳은 사람들이 각기 자신의 문제를 안고 들어와 씨름하는 수도장이다. 낮에는 아무런 고통도 없는 듯 조용하고 평온한 모습이지만 밤이면 울부짖는 처절한 기도 소리가 골짜기를 울리는 공간이다.

수도원은 재섭에게도 자기 성찰과 극복의 공간이 된다. 새로 지은 건물 벽에 벽화를 그려주러 온 그에게 있어서 '무엇을 그릴 것인가'에 대한 고민과 모색은 곧 자신의 내면과 정면으로 마주하여 자신의 문제와 씨름하는 과정이 된다.

무엇을 그릴 것인가. 그는 수도원에 어울리는 그림과 자신이 그릴 수 있는 그림 혹은 자신이 그리고 싶은 그림이 무엇인가를 따져본다. 그는 수난과 승리, 죽음과 부활, 인성과 신성으로 상징되는, 그 자체가 하나의 모순인 예수를 떠올리고 수도원에 맞는 예수의 모습은 승리, 부활, 신성에 초점을 맞춘 것일 거라고 생각한다. 그러나 절망과 고통과 불행 속에 있는 인간의 내면에 보다 익숙한 그로서는 초월적이고 성스러운 예수의 모습을 그릴 자신이 없으며, 무엇보다도 그것은 그가 그리고자 하는 대상이 될 수 없음을 확인한다. 또한 그가 그리는 그림이 비록 수도원으로부터 주문받은 종교화라 해도 그에게 있어서는 인간의 실존과 세계에 대한 물음으로서의 의미를 가지기 때문이다.

무엇을 그릴 것인가에 대한 그의 고민은 예술가란 결국 자화상을 그리는 존재임을 일깨워준다. 예술가는 그것이 어떤 형식이든, 어떤 소재이든 창작행위를 통해 자신의 내면을 드러낼 수밖에 없는 존재이다. 예술행위란 세계에 대한 예술가 자신의 근원적인 물음으로부터 비롯하며 인생의 의미와 예술의 본질을 찾는 과정이고 자신의 삶 그 자체이기 때문이다.

고민과 모색의 과정을 거쳐 그가 형상화한 예수는 인간의 고뇌를 표출하고 있는 광야의 예수로 나타난다. 그 모습은 인간 존재에 대한 동정과 연민을 드러내며 앞날에 대한 불안과 홀로 있는 외로움을 담고 있다. 그러나 다만 인간의 고뇌를 드러낼 뿐인 예수의 형상은 그에게 궁극적인 해답이 될 수 없고 또 다른 의문을 불러올 뿐이다.

> 그는 그 황량한 들판에서 무엇을 꿈꾸었을까. 그리고 육신의 조국인 식민지 조국은 그에게 무엇이었을까. 그는 왜 죽음으로써만 자신의 영광을 드러낼 수밖에 없었을까 만일 구원을 위해서라면 그것은 과연 무엇을 위한 구원일까. 구원 이후에는 어떻게 될까.(48쪽)

그가 형상화한 인간적 고뇌 속의 예수는 곧 재섭 자신의 모습일 뿐으로 그는 아직 그가 나아갈 방향을 찾지 못하고 있는 것이다. 이러한 그의 작업은 수도원에서 만난 소설가 홍윤배에 의해 도전을 받게 된다. 내내 재섭의 작업을 옆에서 지켜보고 있던 홍윤배는 그가 그린 예수의 모습이 재섭 자신의 자화상일 뿐이며 그것이 절망한 신의 모습을 가장하고 있다고 공격한다. 재섭의 그림 위에 홍윤배가 그려놓은 예수의 형상은 신을 상징하는 후광이 빛나고, 고통을 정복한 승리자의 벅참과 새로운 도전으로 가득 찬 눈을 가진, 한마디로 신의 아들 예수의 모습으로 나타난다.

결국 홍윤배의 도전을 겪으며 재섭이 도달한 예수의 형상은 자신의 운명과 싸우고 있는 인간의 아들 예수로, 미구에 닥쳐올 고난에 대한 두려움과 외로움에 당당히 맞서 싸우는 열정이 불타는 눈빛을 가진 예수로 완성된다. 그처럼 열정을 가지고 불가해한 자신의 운명과 싸우고 있는 인간의 모습을 한 예수의 형상을 이끌어내는 과정은 재섭에게 자신의 황폐한 삶을 가져온 원인이 바로 열정의 부재에 있음을 깨닫게 해준다. 열정이 사라지면서 희망도 꿈도 사라져 버리고 그의 삶은 무기력에 빠져버린 것이다. 그러한 깨달음은 문제의 해결을 위해 재섭이 한 단계 진전했음을 말해준다.

그렇다면 열정은 어떻게 생기는가. 열정은 자신이 추구해야할 절대적 가치에 대한 믿음으로부터 온다. 민주화운동에 온몸을 바쳐 싸워왔던 친구 정민은 온 존재를 걸 수 있는 절대적 가치가 사라진 것을 참을 수 없어서 죽음을 선택한다. 정민의 죽음은 열정을 갖지 못하는 삶의 무의미함을 환기해준다. 그렇다면 자신의 삶은 무엇인가. 정민과 같은 믿음을 갖지 못한 자신이 추구할 절대의 모습은 어떤 것인가. 재섭은 정민의 '절대적 가치'와는 또 다른 절대의 모습으로 인도를 떠올린다.

> 재섭은 그 순간 마치 잊고 있었던 일처럼 인도를 떠올렸다. 거대한 가주말나무와, 그 뒤로 피어오르는 거대한 구름, 그리고 사나운 코끼리와 용감한 소년과 헐벗은 인간들의 모습을 떠올렸다. 강가에는 무수한 주검들이 혹은 화장을 기다리며, 혹은 수장을 기다리며 늘어서 있었다. 그것은 정민의 '절대적 가치'와는 또다른 절대의 모습이었다.
> 벽화는 실패하였다.
> 그곳에는 그 어떤 절대적인 모습도 없었다. 궁핍과 불의에 고통받는 인간을 위한 분노도 없었고, 인간 존재의 본질에 대한 고뇌도 없었다. 누가 뭐라 해도 재섭 자신은 그것을 알고 있었다. (57쪽)

그는 그림자처럼 지나가는 현상적인 삶의 깊숙한 곳에 자리한 인간 존재의 본질을 보여주는 모습으로 인도를 떠올리고 있다. 그리고 자신의 벽화가 그것을 드러내는 데는 실패했음을 자인하고 있다.

그러나 비록 그가 그린 그림이 그가 추구하는 절대의 모습에 도달하지 못했다해도, 추구해야할 바가 무엇인지 알게 된 재섭은 이미 이전의 재섭이 아니다. 그가 방황을 끝내고 돌아가는 길은 '안개 속을 헤치며' '세상의 한쪽 구석으로 빠져 들어가는'기분으로 왔던 처음의 길과는 달리, '화창한 햇살이 눈부시게 깔린' 길이다.

돌아가는 버스 안에서 재섭은 태백에 가면 먼저 아내에게 전화를 해야겠다고 생각한다. 그것은 세상으로부터 고립된 수도원을 빠져 나온 그가 세상 속으로 들어가는 출발점이다. 그리고 자신의 오랜 방황과 무기력을 빠져 나오며 세상을 향해 보여준 그의 달라진 자세이다. 이제 그는 정신의 막장을 벗어나 지상으로 나서고 있는 것이다.

그의 달라진 자세를 보여주는 시도가 집을 나간 아내를 찾고 가정을 회복하는 것으로부터 나타나는 것은 자신이 발 딛고 있는 구체적 현실을 회피하거나 포기하지 않고 그의 출발점으로 삼는다는 점에서 의미가 있다. 세계로부터 스스로 고립되어 자기 안으로 숨어드는 소극적이고 폐쇄적인 태도로는 세계를 향한 열정을 가질 수 없기 때문이다.

그러나 그의 달라진 자세가 그가 상정한 절대의 존재와 어떻게 연결될 수 있을지는 미지수이다. 인도를 통해 그가 떠올리는 '절대적 가치'는 아직 추상적이고 비현실적이기 때문이다. 그가 생각하는 인도의 모습이란 것이 단지 한 일본인이 쓴 책을 통한 상상이라는 점에서 그것은 추상적일 수밖에 없다. 그리고 사나운 코끼리와 용감한 소년, 헐벗은 인간들과 무수한 주검이 함께 있는 인도의 모습이란 자연과 인간이 그리고 삶과 죽음이 모순에도 불구하고 조화롭게 함께 하는 비현실적인 모습이다. 그것은 역사의 현장으로서의 세계와는 거리가 먼 모습이며, 역사적 자아가 아닌 실존적 자아로서의 주체가 바라보는 세계이다. 이러한 재섭의 모습은 김영현의 초기 작품세계가 추구하던 인간의 모습과는 상당한 거리가 있다.17)

---

17) "결국 저와 제 문학의 관심은 인간입니다. 그런데 저는 개인적 인간을 쓴다 하더라도 실존적 자아로부터 역사적 자아로 전이되는 과정에 관심이 있습니

그것은 달라진 세상에서 새롭게 추구하는 하나의 지평일 수 있을 것이다. 궁핍과 불의로 고통받는 인간을 위한 분노의 시선을 인간 존재의 본질에 대한 고뇌라는 보다 근원적이고 포괄적인 세계로 돌리는 전환점인지도 모른다. 인도로 상징되는 새로운 지평에서 김영현이 과연 어떤 세계와 구체적으로 만날 수 있을지는 아직 미지수이지만 어쨌든 우리는 재섭을 통해 달라진 상황에서 새로운 모색을 하고 있는 작가의 모습을 발견할 수 있다.

5. 김영현의 문학세계

소설가 또는 화가가 주인공으로 등장하고 있는 위의 세 작품은 김영현 문학의 출발점과 지향점 그리고 작품세계의 변모과정을 드러내준다. 「벌레」가 역사적 자아로서의 치열한 체험을 바탕으로 자아와 세계의 충돌을 드러내면서 내면의 고통을 고백하는 글쓰기로 그 출발점의 모습을 보여준다면, 「해남 가는 길」과 「그리고 아무 말도 하지 않았다」는 달라진 상황 속에서의 작가의 모색을 보여주고 있다.

여기서는 위의 작품들에 반복되어 나타나는 모티브들인 '애인', '벌레', '비'를 통해 그의 문학세계를 이루는 핵심적인 문제들을 종합해 보고, 변함없이 지속되는 부분과 달라지는 부분을 가려내어 그의 작가의식을 밝혀 보기로 한다.[18]

그의 소설에 반복되어 등장하는 애인 또는 애인의 이미지는 그의 삶을

다.”(대담 “감금된 사회 · 광기의 현실 · 변혁적 작가 김영현” 『문학정신』 1990, 9. 32쪽.)

18) 같은 모티브의 반복은 작가 자신의 의식의 지향을 드러내 주는 징표라 할 수 있다.

비추는 빛이다. 그의 삶을 환하게 비추어주는 그것은 그가 사랑하는 행복하고 정의로운 삶, 이상적인 삶의 상징이다. '애인'은 그의 삶을 비추어주는 빛의 이미지로서, 마치 별처럼 저 높은 곳에 자리하고 있다. 그것은 구체성에 의해서가 아니라 존재 자체로서 의미를 갖는다.

「벌레」의 주인공은 감옥 안에서 비인간적인 취급을 받으며 자신의 의지가 배반되는 다른 모순된 상황에 처한 가운데 애인의 얼굴을 떠올린다. '모든 것이 그대로입니다. 항상 건강하세요.'라고 책갈피에 적어 놓았던 '얼굴이 하얗고 마음씨가 곱던' 애인은 비록 만날 수 없는 처지지만 변함없이 존재하는 것만으로 그의 삶에 위안과 의미가 된다.

뿐만 아니라 애인의 이미지는 현재의 삶에서 그리고 현실의 삶에서, 그가 지쳐 있을 때 그를 일깨워 주고 일으켜 주는 역할을 한다. 「해남 가는 길」의 주인공 성태를 패배감과 무력감에서 벗어나게 하는 계기는 옛날 동인 활동을 함께 했던 김은숙과의 만남으로부터 온다. 김은숙의 모습은 '마치 오랫동안 잊고 있던 추억처럼 성태의 가슴을 섬세하게 파고들어' 그를 움직인다. '아직도 그녀가 자기를 사랑하고 있을지도 모른다는 생각'과 그로 인한 고통스러운 빛은 김은숙이 애인의 이미지로 성태에게 다가와 그가 잊고 있는 것을 일깨워 주고 있음을 말해준다. 애인의 이미지는 그가 사랑했던 세계 곧 확고한 신념을 가지고 역사의 진보를 기대하며 살았던 삶을 일깨워 주며, 그에게 새로운 힘을 부여하고 신념을 회복하게 하는 것이다.

「그리고 아무 말도 하지 않았다」에서 발견되는 애인의 이미지는 앞의 두 작품에 비하면 희미하게 약화되어 나타난다. 그러나 여전히 주인공의 삶에 관여하며 그가 힘을 얻는 근원이 되고 있음을 알 수 있다.

> 재섭은 갑자기 그날 안개비 내리던 겨울밤과 <u>까만 원피스를 입</u>고 있던 흰 얼굴 하나가 생각나 <u>하늘을 한 번 올려다보았다</u>. 아무

런 감정이 없는 그 편지에서 재섭은 어쩐지 남모를 아픔이 느껴졌다. <u>그러자 그 하늘 위로 불현듯 거대한 가주말나무와, 그 뒤로 솟아오르는 거대한 비구름과, 코끼리와 헐벗은 인간이 살고 있는 인도가 떠올랐다.</u> … (중략) … <u>그리고 그것은 또한 어떤 이룰 수 없는 것에 대한 영원한 슬픔인지도 몰랐다.</u> (65쪽, 밑줄은 필자))

「해남 가는 길」에서 '하얀 블라우스'에 '검은 머리카락'으로 표현되는 김은숙이나 「벌레」의 '얼굴이 하얀' 애인처럼 검은색과 흰색의 순결한 이미지로 나타나는 김마리아 역시 재섭에게 애인의 이미지로 작용한다. 그리고 그 존재는 어김없이 '하늘' 또는 그 위로 나타나는 인도의 모습 같은, 주인공이 추구하는 이상적인 세계로 인도해주는 계기가 되고 있다. 애인의 이미지는 여전히 주인공의 삶 안에 자리하고 있으며 그를 인도해주는 등불이 되고 있는 것이다.

자신의 삶을 인도해 주는 등불이 존재하는 세계, 혹은 자신이 도달해야할 목표점이 있는 세계, 그것이 김영현의 세계관이다.

그런데 그의 소설 속에서 애인은 언제나 과거 속의 존재로 등장할 뿐 한 번도 그 맨얼굴을 보여주지는 않는다. 그리고 한결같이 흰색과 검은색의 대비로 나타나는 애인의 형상은 순결하지만 비현실적인 모습을 보이고 있다. 또한 세 작품에 나타나는 애인의 이미지는 뒤로 올수록 점점 희미해지고 있다. 이는 그가 추구하는 세계가 '이상적'이며 추상적임을 말해준다. 그것은 어쩌면 처음부터 이루어질 수 없는 것이었는지도 모르며, 하나의 추상이었는지도 모른다. 「벌레」의 말미에서 괄호 속에 넣어 부연한 대목에서, 주인공은 감옥 속에서 그가 그리워하던 애인을 5년이 지나서 정작 만났을 때는 '그 때는 너무나 낯설어 있었다'고 말하고 있는데, '낯설어 있었다'라는 진술은 5년이라는 시간적 흐름이 가져온 거리를 나타내기도 하지만 그보다는 막상 만나보니 그가 그리던 애인이 아니었다는 의미가 더욱 강하게 부각된다. 이는 그가 그리던 '애인'의 추상성을 말해주는 한 증거라 할 수 있다.

그가 추구하는 세계가 이상적이며 추상적이라는 것은 그의 한계일 수 있다. 당대 현실에 기반한 역사적 대의를 향한 신념으로부터 출발한 그가 인도라는 비현실적이고 추상적인 대상을 그의 이상으로 떠올리게 되는 변화는, 공동체적 이념의 상실이라는 시대적 변화가 한 요인이 될 수 있지만 그에 대응하는 그 자신의 인식 자체가 추상적이고 감상적인 데서 기인하는 결과일 수도 있는 것이다.

그러나 그 추상성에도 불구하고, 세 작품에 한결같이 등장하는 애인의 이미지는, 김영현의 세계에는 여전히 추구해야 할 '이상'이 존재함을 말해준다. 이는 절대적 가치에 대한 신념 자체를 부정하는 세대에게는 이해되지 못할, 신념의 세계, 이상과 꿈, 세계에 대한 사랑을 그가 여전히 가지고 있음을 뜻한다. 이것은 변함없는 그의 삶의 태도이고 세계관이며 문학관의 바탕을 이루는 본질이라 할 수 있을 것이다.

한편 김영현 소설에 나타나는 '비'와 '벌레'는 작가의 현실에 대한 인식을 드러내 주는 징표들로서, 암울한 현실과 비인간적인 삶의 상징이다.

세 작품의 배경에는 한결같이 비가 내린다. 「벌레」에서는 '눅눅한 가랑비가 연일 계속되고' 있으며, 「해남 가는 길」에서도 '우중충한 날씨'에 '더러운 군용담요처럼 낮게 깔려 있는 구름장에서 간간이 비가 흩뿌리고' 있고 「그리고 아무 말도 하지 않았다」에서 역시 '2월의 하늘은 빗기에 젖은 채 잔뜩 찌푸려져' 있다. 비는 어두운 현실의 상징으로 도처에 언제나 배경처럼 깔려 있고 이러한 인식은 세 작품에 공통되게 나타난다.

그러한 암울한 현실 속에서 인간은 인간의 존엄성을 박탈당하고 벌레같은 존재로 취급된다. 역사적 자아로서의 주체가 외부의 압력에 의해 벌레로 변하는 실존적 체험을 하게 되는 「벌레」에서는 그러한 주인공의 삶 자체가, 인간을 벌레같은 존재로 만드는 추악한 현실에 대한 고발과 비판이 되고 있다. 정의를 구현하고자 하는 인간을 감금시키고 비인간적인 억압과 폭력을 행사하는 억압적 현실은 비단 주인공의 경우에만 한정된 것이 아니다. '우리 시대에는 많은 사람들이 각가지의 형태로 벌레가 되어버린 불유쾌한 기억을 가지고 살아가고 있을 것이다'라는 진술은 그것이 주인공만의 특수한 체험 영역이 아니라 동시대인의 보편적 체험임을 암시하면서 시대에 대한 작가의 인식과 비판을 드러내 준다. 「해남 가는 길」에서는, 「벌레」의 시간적 배경인 '78년 여름'으로부터 십 여 년이 지난 1991년 6월의 시점에서도 거리에선 여전히 최루탄이 터지고 사람들은 '바퀴약에 쏘인 바퀴벌레'와 같은 비참한 몰골로 쫓겨다니는 현실이 그려진다. 그러한 현실에서 주인공은 '속이 다 파먹혀 버린 빈 껍데기의 곤충'처럼 무력한 존재가 되어버린다.

자신의 삶이 벌레 같다는 자각은 벌레같은 삶을 벗어나 인간적 삶을 찾아야 한다는 당위로 이어지고, 누구도 벌레같은 삶은 원하지 않기에 인간다움을 잃게 하는 현실은 싸워서 개선해야 할 대상이 된다. 「벌레」나 「해남 가는 길」에서 보여지는 현실은 이처럼 투쟁을 통해 변혁해야 할 대상으로서의 현실이고 이때의 주체는 역사적 자아로서의 정체성을 가진 존재라 할 수 있다.

그러나 「그리고 아무 말도 하지 않았다」에서는 그 양상이 달라지고 있다. 물론 이 작품에서도 주인공이 있는 현실을 어두운 현실로 인식하는 것은 앞의 두 작품과 다를 바가 없다. 그런데 여기서는 방황 끝에 주인공이 떠올린 절대적 가치의 한 표상인 인도의 배경에도 거대한 비구름이 존재하고 있을 뿐 아니라, 그 비구름을 배경으로 인간과 자연이 어우러져 있고 가난과 죽음이 태연히 자리잡고 있는 것이다. 이때의 어두운 현실은 투쟁하여 바꾸어야 할 대상으로서의 현실이 아니라, 벗어날 수 없는 인간의 존재 조건일 뿐이다. 삶의 본질 안에 포함된 비구름을 인정하고 받아들일 수밖에 없는 인간의 존재조건으로 상정한다면, 결국 남는 문제는 그러한 존재조건 속에서 인도의 삶이 보여주는 질서와 순응의 차원에 어떻게 도달할 수 있을 것인가가 될 것이다. 그가 인도의 모습에서 '이룰 수 없는 것에 대한 영원한 슬픔'을 느끼는 것은 도달할 수 없는 이상에 대한 자각이 슬픔 또는 아픔으로 각인되는 것인지도 모른다. 결국 김영현은 이 작품을 통해 이전과는 구분되는 새로운 지평을 향한 지향을 보여주고 있는 셈이다.

김영현의 세 편의 소설가소설을 놓고 볼 때 「벌레」와 「해남 가는 길」은 그 지향점이 동일 선상에 있다. 이 두 작품에서 현실은 인간이 신념을 가지고 개선해야 할 대상으로 나타난다. 투쟁의 대상이 뚜렷하며 자신이 투쟁의 한 가운데 있는 「벌레」의 주인공이 그 과정에서 겪어야했던 고통스러운 체험을 고백함으로써 암울한 현실을 드러내고 있다면, 「해남 가는 길」에서는 패배감과 무력감을 극복하고 신념을 회복하기 위한 주인공의 다짐이 강조되고 있다. 그러한 다짐이 가능한 것은 그가 여전히 역사적 자아로서의 실천을 삶의 목표로 삼고 있으며, 그를 분노하게 하는 투쟁해야 할 대상이 있다고 믿고 있기 때문이다.

그러나 「그리고 아무 말도 하지 않았다」에 오면 상황도 주인공의 내면도 많이 달라져 있다. 주인공은 혼돈에 빠져 있고 지치고 황폐한 내면을 가지고 있다. 주인공을 둘러싼 현실은 온통 구름에 가려져 과연 해가 있기나 한 것인지 알 수 없는 상황이다. 아무도 뚜렷한 희망을 제시해주지 않으며 싸움의 대상조차 분산되어 있는 형국이다. 주인공은 역사적 실천에 자신의 온 존재를 걸었던 친구의 죽음에 충격을 받아 자신의 삶을 돌아보지만 그 자신은 그 자리에 설 수 없음을 확인한다. 이제 그의 지향점은 인도로 상징되는 전혀 다른 지평을 향해 열리며, 그 또한 영원히 이룰 수 없는 것일지 모른다는 슬픈 인식도 함께 이루어진다.

운동권 작가로 출발했던 김영현이 「그리고 아무 말도 하지 않았다」에서 취한 새로운 방향설정이 과연 달라진 현실을 담아낼 수 있는 생산적이고 효용성 있는 기반이 될 수 있을지는 미지수이다. 그것은 인도로 표상되는 지표가 지나치게 추상적으로 제시되어 있을 뿐 아니라, 역사적 대의의 추구라는 이전의 목표 못지 않게 인간 존재의 본질에 대한 고민이라는 새로운 목표 역시 일종의 영웅주의적 발상으로 보이기 때문이다. 또한 그가 애초에 작가적 자세로 선포했던 싸움꾼과 구도자로서의 목표가 이 작품에 이르면, 당대의 현실과 정면으로 맞서는 싸움군의 자세보다는 창작의 과정을 통해 모든 현상적인 것들을 초월하는 보다 포괄적이고 본질적인 인생의 의미와 목적에 대한 철학적 인식을 구하는 쪽으로 기울어지고 있다는 느낌을 받게 된다. 그러나 집약된 투쟁의 대상이 사라졌다해도 우리 사회 속에 모순과 악의 세력은 도처에 여전히 존재하고 있음을 환기할 때 그가 싸움꾼의 자세를 포기할 이유는 없는 듯하다. 그리고 세상을 일시에 한 방향으로 구해야한다는 영웅주의적 발상을 극복할 수만 있다면, 달라진 상황에 대한 작가로서의 모색은 다양하게 그리고 보다 구체적으로 이루어질 수도 있지 않을까 생각된다.

작가란 결국 자신의 자화상을 그리는 존재이다. 자신의 삶의 방식과 지표 곧 그가 가진 세계관이 작품의 세계를 이루며 그렇기에 스스로에 대한 부단한 성찰과 반성은 그의 운명이고 그것이 곧 창작의 과정을 이루게 된다. 이제까지 살펴본 김영현의 소설가소설들은 그러한 흔적을 고스란히 드러내 준다. 또한 역사적 현실에 대한 실천이라는 원체험으로부터 작품을 쓰기 시작한 한 작가가 역사의 변화 속에서 자신의 자리를 찾아가고 있는 과정은 군사정권 시대로부터 1980년대를 거쳐 오늘에 이르는 우리 현대사 속의 한국 문학의 한 모습이기도 하다.

진정한 삶을 위한 소설적 탐색

―공지영의 소설가소설

한 혜 경

1. 공지영 소설의 출발점

1988년 「동트는 새벽」으로 등단한 공지영은 창작집으로 『인간에 대한 예의』, 장편으로 『더 이상 아름다운 방황은 없다』『그리고 그들의 아름 다운 시작』『무소의 뿔처럼 혼자서 가라』『고등어』, 최근에 『착한 여자』 와 『봉순이언니』 등을 상재한 바 있다. 그녀의 이름은 80년대를 회고하 는 이른바 '후일담소설'을 거론할 때나 여성의 삶을 논할 때[1] 빠지지 않

---

[1] '후일담소설'이란, 이념이라는 추상적인 관념에 불탔던 세대의 당사자들이 오 늘의 시점에서 그 자체를 회의하고 재음미하는 소설을 뜻한다. 이는 근본적으 로는 '소설가소설'과 다르지 않은데, 행위자이며 생활인으로서의 현실적 인간 이 작가로, 그의 생각이나 느낌을 적는 글을 가리키는 것이기 때문이다. 이 형태가 90년대 현실 속의 인간의 삶을 가장 민감히 반영한다고 김윤식은 지 적하고 있다. 김윤식(1994), 『소설과 현장비평』, 새미, 86쪽 참조. 이러한 측면 에 대한 논의로, 류보선(1993), "전망과 동경 사이, 혹은 아름다운 삶에의 지 향", 『오늘의 소설』 (1993, 하반기), 한기(1994), "소설을 향한 열정의 자취, 혹 은 세대적 나르시시즘의 글쓰기", 『한국문학』 (1994, 9,10 合), 채호석(1994), "「

고 거론되는 이름이 되었고 특히 장편들은 대부분 베스트셀러가 됨으로
써 대중적으로도 널리 알려져 있다. 그리하여 '공지영'이란 이름은 1990
년대 한국 소설 문단에서 '작은 정부'로 일컬어질 정도로[2] 상당히 큰 울
림을 갖고 있다고 하겠다.

그녀가 자신의 글쓰기에 대해 밝힌 글을 참고하면, 문학이란 '하찮고
우스운 것'이란 생각이 지배적이던 1980년대에 글을 쓰기 시작했음을 알
수 있다.[3] 글을 발표하면 투사들에게 비웃음의 표적이 되곤 하던 당시,
그녀가 자신에게 반복해 던진 질문은 '젊은 날의 김지하같이 혹은 전태
일같이 살지도 못하면서 쓰는 네 글이 도, 대, 체, 누구에게 도움이 될 것
인가'였다고 한다. 곧 그녀의 글쓰기의 기저에는 역사 사회적 맥락에서
부끄럽지 않은 삶에의 지향이 놓여 있다고 할 수 있다.

김지하나 전태일같지 않은 삶이 부끄러워서 한때 글쓰기를 포기하기도
했던 그녀는 어느날 자신이 원하는 것이 무엇이었으며 있어야 할 자리가
어디인지 깨닫고 다시 글을 쓰기 시작했다. 투사들의 '아름다운' 삶에 감
동하면서 그렇지 못한 자신을 질책하던 작가는 시대가 바뀌면서 그들의
변화를 목격하게 된다. 80년대에 이념적으로 탄탄하고 원칙적인 입장을
견지하던 자들이 시대가 바뀌었다고 해서 흔들리고 방황하는 속에서 그

보이지 않는 적」과의 싸움을 위하여", 『한국문학』 (1994, 9,10 合), 박혜경
(1997), "사인화된 세계 속에서 여성의 자기 정체성 찾기", 『상처와 응시』, 문
학과지성사 등이 있다. 그리고 공지영 작품에 나타난 여성들의 삶에 대한 논
의로는, 한기(1996), "여성 우위의 문학 시대에서 개성 우위의 시대로 - 90년
대의 단편소설"『소설과 사상』 (1996, 봄), 김경수(1996), "성적 정체성의 자각
에서 젠더 이데올로기로 - 8,90년대의 여성소설의 양상", 『소설과 사상』 (1996,
봄) 김현숙(1997), "자아정체성의 모색과 존재의 전환", 『한국여성시학』 김현자
외, 깊은샘 등이 있다.

2) 권성우(1996), "1990년대 이상(李箱)을 위하여", 『소설과 사상』 (1996, 봄), 405
쪽

3) 공지영(1991), "변하는 것과 깊어지는 것에 대하여", 『오늘의 소설』 (1991, 하
반기), 6쪽

녀는 '이념은 수정되거나 혹은 사라지지만 보다 나은 인간들의 삶을 향한 인간들의 순수한 열정'은 사라지지 않는다고 하면서 작가란 바로 이를 짊어지는 것이라고 언명한다.[4] 이에서 시대 변화와 상관없이 '그럴듯한 작품보다는 진실을 찾'는 쪽에 여전히 무게중심을 두고 있는 공지영의 창작태도를 읽을 수 있다.

이러한 입장에서 출발하는 공지영의 글쓰기는 선배들의 '실패와 좌절을 배우기 위해 「교활하게」 노력'하고 '이 땅의 아픔들에 「순결하게」 귀 기울일 것'이며 그러기 위해서 '현실을 탐구'할 것을 지향한다. 동시에 '아름다움'에 천착함으로써 '탐미주의자가 될 생각'임을 밝히고 있는데 여기서 공지영이 말하는 아름다움은 '배가 고프면서 제 이웃에게 빵을 나누어주는 아름다움, 하나밖에 없는 제 생명이 아득한 우주 속으로 사라져 갈 것을 알면서 도청에 뛰어들었던 시민군의 아름다움, 고문을 받으면서 동료의 이름을 불지 않는 아름다움'[5]으로 자기희생적이며 개인의 삶보다 대의를 존중하는 성향을 뜻한다.

그런데 이 아름다움이란 주관적이면서 가변적인 것이고[6] 또 아름다움을 그리는 것으로 소설이 이루어지는 것은 아니므로 문제가 된다. 곧 소설에서는 인물들 사이의 관계가 드러나되, 그 관계가 어떻게 이루어졌으며 그 결과는 어떠한가 하는 사건의 원인과 결과가 시간의 흐름에 따라 전개되어야 하기 때문이다. 그런데 공지영의 소설에서 이 아름다움은 현상적으로만 묘사됨으로써 '이상과 현실 혹은 이론과 실천의 관계 속에서 혹은 나름대로 역사의 법칙성을 찾아낸 자리에서 읽'혀지지 않았다는[7]

---

4) 앞글, 9쪽
5) 앞글, 10쪽
6) 류보선(1993), 58쪽
7) 공지영 소설의 이러한 특성은 그녀의 장편소설들이 대중적 인기와 상관없이 실패작으로 평가되는 요인으로 작용한다. 곧 루카치가 지적한 바, "역사를 직접적으로 체험하는 것에서부터 이 체험을 일반화시키고 총괄하는 데까지 나

비판이 제기될 수 있는 것이다.

80년대 세대의 이념적 현실을 계속 다루고 있지만 기실 작품의 내용은 남녀 등장인물의 사랑과 배반, 만남과 헤어짐에 주력하고 있다는 느낌을8) 주는 것은 사회 역사적 맥락보다는 현상적인 아름다움의 묘사에 그쳤기 때문인 것으로 보인다. 이는 소설을 통속적이거나 감상적으로 끌고 가는 요인이 되고 있으므로 그녀의 소설은 이에서 벗어나 '한 개인의 내면에 숨어있는, 필연적으로 숨어있을 수밖에 없는 모순과 착종, 그리고 그것의 역사성을 드러내 주'9)는 쪽으로 나아갈 것이 요청된다.

이와같은 시각에서 본고는 역사 사회적 의미를 추구하면서 '아름다운' 삶을 지향하는 공지영의 소설이 변화된 90년대 현실을 어떻게 드러내고 있는가 살피고자 한다. 이는 소설가를 주인공으로 하여 변화된 현실 속에서 글쓰기의 의미를 모색하는 작품들을 대상으로, 작가의 현실인식과

가는 도정이 너무 짧고, 그 결과 추상적인 도정이 되어버"리는 위험을 안고 있기 때문이다. 앞글, 58-60 참조.

8) 박혜경은 『고등어』나 「무엇을 할 것인가」에서 작품의 내용을 실질적으로 이끌어가고 있는 것은 남녀 등장인물들의 미묘한 뒤얽힘의 관계라고 하면서, 여주인공들이 90년대적 상황 속에서 겪는 상실감은 그녀들이 만난 운동권 선배에 대한 선망과 사랑의 감정, 그에 대한 배반의 체험이라는 개인적 정서와 더 깊이 관련된 것으로 보인다고 평한다.
   박혜경(1997), 86-87쪽

9) 채호석(1994), 78쪽. 이는 특히 장편소설에서 인과관계가 부족하여 과정의 총체성이라는 장르적 조건을 갖추지 못했다는 지적과 통하는 부분이다. 류보선(1993), 60쪽
   이와 대조적으로 김경수는 공지영의 소설이 상처투성이였던 젊음의 시절을 외면하지 않고 올곧게 반추하고 있으며 여성인물이 자신의 정체성을 80년대라는 특정한 역사적 공간에서 찾고 있는 과정이 가장 개연성있는 각성의 플롯을 밟고 나타나고 있다고 평가한다. 김경수 (1994), "서른 살 사춘기의 여성문학", 『동서문학』 (1994, 겨울), 296-298쪽. 또 방민호는 멜로적 상황과 관계에도 불구하고 공지영 소설에서는 "관습과 제도의 억압으로부터 벗어난 세계, 진정한 사랑의 세계를 향한 갈망의 포즈가 언제나 뚜렷하다"고 하여 긍정적으로 평가하고 있다. 방민호(1998), "성장, 죽음, 사랑, 그리고 통속의 경계", 『동서문학』 (1998, 가을), 274쪽.

글쓰기의 지향점을 밝혀 보는 작업이 될 것이다.

1993년 가을에 발표된 「꿈」과 1995년 겨울의 「모스끄바에는 아무도 없다」[10)는 80년대를 회고하면서 90년대에 살고 있는 소설가를 주인공으로 하고 있다는 점에서 공통적이다. 변화된 외적 현실은 작품 속에서 어떻게 묘사되고 있는가, 80년대에 치열하게 살아 '등푸른 고등어'였던 인물들이 90년대에 와서 '자반 고등어'가 되어있는 상황이 이 두 작품에서 어떻게 드러나고 있는가, 그것을 바라보는 작가의 시선은 어떠한가, 그리고 다시 시작하려면 어떻게 해야 할 것인가에 대한 전망이 있는가를 읽어본다. 궁극적으로, 상황의 변화에 작가는 어떻게 대처해야 하는지, 어떤 전망을 드러내야 하는지, 글쓰기의 지향점은 어디에 있는지 아울러 생각해 보고자 한다.

2. 1993년 서울 —악몽 속에서의 탐색

2.1. 자본위주의 현실 속에서 견디기

「꿈」은 1981년에 대학에 입학한, 이른바 '광주세대'인 작가 '나'를 주인공으로 하여 그녀가 겪는 일들을 6개의 장면으로 펼쳐서 보여준다. 현재 '나'가 만나는 사람들과 '나'가 안고 있는 문제들을 통해서 자본이 중요한 가치가 된 현실 속에서 고뇌하는 예술가들을 드러내고 있다.

대학에 입학했을 때 광주는 끝나 있었지만 한번도 '광주를 끝낼 수는 없었'던 세대에 속하는 화자는 그 시절을 잊은 듯한 1993년의 상황 속에

---

10) 본고에서 텍스트로 삼은 것은 『1994 이상문학상 수상작품집』(1994, 문학사상사)에 수록된 「꿈」과 『창작과 비평』(1995, 겨울)에 발표된 「모스끄바에는 아무도 없다」이다. 이후부터 이 작품들에서의 인용은 본문에서 쪽수만 밝히고 「모스끄바에는 아무도 없다」는 「모스끄바」로 줄여 칭한다.

서 휘청거리며 서 있다. 민주화를 향한 정치적 구호로 가득했던 1980년
대와 달리 덜 정치적이 된 현실 앞에서 광주세대들은 구심점을 잃고 방
황하고 있는 것이다.

> 무엇이 변했을까, 사람들은 어떻게 삶을 바꾸었을까.
> 십년사이......아주 적은 일들이 일어났을 뿐이다. 자가용으로 출근
> 하는 사람들이 늘어서 길이 더 막히게 되었고 신문의 일면기사의
> 주제가 바뀌게 되었고 가끔은 노래방에 가고, 자주는 술집에 가서
> 좀 덜 정치적인 이야기를 나누게 되었다고 생각하면 그만이었다.
> ——「꿈」, 128쪽

'아주 적은 일들이 일어났을 뿐'이라고 애써 강조하는 것은 그 변화를
인정하고 싶지 않은 심리 탓이다. 80년대에 중요했던 이념은 이제 욕망
과 자본에 헤게모니를 빼앗겼으며 지난 시절 가치를 두었던 것에서 쉽게
벗어나지 못하는 사람들은 할 말을 못한 채 견디고 있다.

자본 위주의 사회에 걸맞게 삶의 방식을 바꾼 자들은 과거가 어떠했는
가 따위는 쉽게 잊고 새로운 가치를 추구하며 안정된 삶을 누리고 있다.
80년대에 '뛰쳐나'오지 않고 학교에 남아서 교수가 된 평론가, 예술성보
다는 잘 팔리는 것이 더 중요하다고 생각하는 영화사 사장, 노동운동가
였다가 큰 회사에 취직한 후 '올 여름엔 동남아로 한번 떠나보는 게 어
떨까'라고 말하는 한 독자의 남편 등이 이에 속하는 인물들이다.

이와 반대로 물질보다 가치를 중시하는 인물들은 돈에 무관심하며 자
신보다는 남을 위한 삶에 무게중심을 두며 살아간다. 꽤 급진적인 문학
단체에 몸담았다가 징역을 살고 나온 일이 있는 화자의 선배 시인은 '남
을 위한 일에, 특히 그것이 궂은 일일 때에 빠지'지 않는다. 이외에 노동
현장에서 수배를 받으면서 쓰기 시작했는데 고치다보니 역사소설이 되어
버린 노동소설을 오년째 고치고 있는 소설가, 제작자는 '벗기는 영화'나

섹스코미디를 원하는데 '돈도 안되는' 시나리오를 계속 고치고 있는 영화감독, '쉽지만 통속적이지 않은 음악'을 작곡했으므로 음반을 못내고 있는 작곡가 등이 등장하여 모두 자본 위주의 체제로 변한 현실에서 주변인으로 존재하는 예술가들의 어려움을 보여주고 있다. 이들은 경제적으로 무능하기 때문에 가장으로서의 역할을 하지 못하고 아내가 버는 '생활비만 축내는' 존재들로[11] 살아간다.

이들의 말하기와 행위형태는 겉으로 드러내는 것을 억제하고 안으로 감추는 방식으로 나타난다. '결정적인 사항들'은 피하고 '빙빙 돌려' 말함으로써 상처를 감추려고 하는 것이다. 예를 들면 '생계는 어떻게 해? 라거나, 아직도 진행되는 그 재판 끝났어? 라거나, 형이 그 운동단체에 기금을 내기 위해 저당잡혔던 집문서는 찾았어라거나' 하는 말들은 내뱉지 않고 '서로서로 모른 척하기, 그래서 술자리에서는 재미있는 말만 하기'가 그들 사이에서의 묵계가 되어 있는 것이다.

외부를 향한 이들의 대응태도 역시 속생각을 드러내지 않는 것이다. 작품의 첫 삽화에서 제시되는 택시 안 장면은 현실에 대한 이들의 대응양상을 잘 보여준다. 택시기사가 틀어놓은 노래 테이프에서 귀에 거슬리는 노래가 끝없이 이어지고 가늘고 가파른 골목길을 곡예하는 것처럼 운전하는 속에서도 화자와 작곡가 박은 '입술을 꼭 앙다문 채 눈을 감고' 참는다. 이 상황은 이들의 의사와 전혀 상관없이 폭력적으로 다가온 것인데 이에 대해 이들은 참고 견딜 뿐이다.[12]

---

11) 화자는 이 두 부류 중 후자에 속하므로 전자에 대한 태도가 비판적이고 공격적인 데 비해 후자에 대한 태도는 공감과 연민으로 가득 차 있다. 곧 시인에게 복학을 권하는 평론가에게 당사자도 아닌 화자가 모욕감을 느끼면서 '그건...그렇게 간단히 물어보면 안되는 건데요, 당신이 뭐하는 사람인지 나는 모르지만'이라고 생각하며 상업성에만 관심있는 영화사 사장 앞에서 뛰쳐나오고 싶은 충동을 느끼기도 한다. 반면에 후자에 대해서는 '우리'로 호칭하고 있으며 서로 말하지 않더라도 내면의 상처를 알아보고 아픔을 느끼는 유대감을 보여준다.

　　골목길도 참을 수 있었고 곡예하는 듯 차를 요리조리 몰아가는
것도 그런대로 참을 수 있었지만 끝없이 이어지는 그 노래들은 시
간이 지나면서 점점 참기가 힘들어지기 시작했다. …(중략)… 마주
치는 차를 피해 주고 다시 올라갈 때마다 차는 가볍게 진저리를 치
면서 뒤로 밀렸다가 다시 출발하곤 했다. 우리는 그 아슬아슬함 때
문에 둘 다 차창 위에 달린 손잡이를 구명대처럼 부여잡고 앉아서
이제 흥에 겨워 못 살겠다는 듯한 남녀의 발악적인 이중창을 견디
고 있었다.

——「꿈」, 108-111쪽

　　택시에서 내린 뒤 토할 정도로 참기 어려웠음에도 왜 멈추라는 말을
하지 못했을까가 여기서 화자가 제기하고 있는 의문이다. 맘에 안드는
현실 앞에서 왜 저항하지 못하는가, 왜 모욕적인 처사에 항의하지 못하
는가, 80년대에 활발히 움직였던 이들이 90년대에 와서 무언, 부동의 자
세를 보이는 것은 어떤 이유인가. 그러나 이 작품에서 이에 대한 답은 제
시되지 않는다. 왜에 대한 천착은 나타나지 않고 그들의 아픔만 동정적
으로 그리고 있을 뿐이다.

　　한편, 예술가들의 이처럼 무력하고 왜소한 모습은 소쩍새의 이미지로
제시된다. '저주받은 부엉이'처럼 보이는 소쩍새의 눈빛에서 화자는 '영
원한 간힘, 풀어내지 못하고 쌓여만 가는 슬픔, 원망까지도 뚫고 나올 듯
아직도 치밀어오르는 어떤 꿈'같은 것들을 느끼는데 이 이미지는 자신의
생각이나 상처를 밖으로 풀어내지 못하는 예술가들을 상징한다.

---

12) 이처럼 폭력적 상황이나 모욕적 언사에 아무 대응을 하지 않고 참는 것은
　　영화감독 김에게서도 발견된다. 모욕적인 발언을 하는 영화사 사장 앞에서 그
　　는 '힘없이 눈을 아래로 내리'까는 반응외에 아무 말도 하지 못한다. 이 작품
　　에서 유일하게 화를 내는 인물은 화자이다. 술집에서 멸치안주 때문에 웨이터
　　에게 '팽팽한 전의'를 느끼며 대어드는 장면인데 그 대상이 빗나가 있음은 그
　　녀 자신도 알고 있다.

그런데 이 갇힘과 쌓임 속에서 '아직도 치밀어오르는' 꿈이 있다는 것에서, 아직 이들이 꿈을 간직하고 있으며 지금은 억압되어 있지만 언젠가는 치밀어오를 수 있는 가능성을 감지할 수 있다. 그렇다면 이들이 아직 포기하지 않는 꿈은 무엇인가? 이 꿈은 변화된 삶의 방식을 좇지 않고 기존의 가치관을 지니고자 버티게 하는 '무엇'의 연장선상에 있다.

> 무엇이 후배로 하여금 소설이야말로 잡문이 아니라고 그토록 결연히 선언하게 하는 것인지, 대체 무슨 허깨비가 노동소설을 쓰던 그 소설가로 하여금 오년째 같은 소설을 고치고 또 고치게 하는지, 시궁창에서라도 다시 시작해야 한다고 속삭이게 하는지 나는 알 수 없었다. 더구나 잠에서 깨어난 나를, 마치 너무나 중요한 일을 하지 못하고 깜빡 잠이 들었던 사람처럼 허둥지둥 일어나게 해서 컴퓨터 앞으로 밀어붙이는 것일까....
>
> ——「꿈」, 139-140쪽

이것은 밤 세시에 화자를 깨워서는 '길을 찾아봐'라고 말한다. 그녀가 반복해서 꾸는 악몽이 잘못된 길을 가고 있는 꿈이라는 사실[13]과 관련지어 볼 때, '길을 찾아' 보라는 것은 '진짜 길'을 찾으라는 의미일 것이다. 자본 위주의 시각으로 본다면 '저주받은 것처럼' 보이고 시궁창에 빠져 있는 듯이 보이지만 시궁창에 빠졌을 때 더는 더러워질 수 없는 느낌으로 평화를 얻듯이 밑바닥에 닿아야 새로 시작할 수 있고 그렇게 찾는 길이 '진짜 길'이라는 생각에 이들은 매달려 있다.

아직 포기할 수 없는 어떤 꿈, 힘들지만 추구해야 하고 지켜야 할 것

---

13) 그녀가 꾸는 악몽은 '전혀 통하지 않는 언어로 혼자 중얼거리는 꿈, 운전을 하지도 못하는 내가 가파른 절벽길로 차를 몰고 가는 꿈...길은 멀고 가파르고 험한 꿈' 등으로 나타난다. 그중 최악의 것은 길이 아니라 표지판 위로 차를 몰고 가는 꿈으로 그녀가 느끼는 극도의 불안감과 두려움을 보여주고 있다.

이 있다는 것을 믿는 마음이 이들의 의식 밑바닥에 놓여있다. 이 때문에 그들은 버티면서 살아가는 것이고 꿈을 버리지 않는 것이다. 그래서 화자도 다시 시작해보겠다는 다짐을 하게 된다. 변화된 가치를 무조건 좇지 않고 자신의 가치관을 지니고 버티겠다는 것이다. 그런 의미에서 작품 제목인 '꿈'은 작중인물들이 꾸는 악몽이면서 다시 시작해보려는 소망이기도 하다.

그런데 이 꿈의 구체적 내용이 무엇인가를 생각해 볼 때 미흡함이 남는 것을 부인할 수 없는 것 같다. 이 작품에 등장하는 인물들은 직접적이든 간접적이든 광주나 80년대 이념운동과 연관이 있는데14) 여기서 광주나 이념운동은 80년대의 구체적 상황이라기 보다 인간답게 살기 위한 것이라거나 '가야만 하는 길'을 좇는 삶, 또는 자신보다 남을 먼저 생각하는 태도를 뜻하는 추상적 기호이다. 곧 작가가 언명한 바 있는 '아름다운' 삶인 것이며 동시에 이들이 놓지 못하고 있는 꿈이다. 그러므로 이 작품에서 나타나는 바, 이념 위주의 시대에서 자본 위주의 시대로 바뀌었다는 현실인식은 사회역사적 맥락에 의거한 것이기 보다 아름다운 삶의 가치를 더 이상 인정하지 않고 돈만을 중시하는 사회로 변화되었다는 사고의 표출이다.

변화된 현실 속에서 예술의 상품화를 인정하지 않고 '진짜 길'을 가고자 하는 이들의 고투를 아름답게 보는 작가의 시선에 공감하면서도, 그 시선의 낭만적 성향에 아쉬움을 느끼게 된다. 또 소외된 자들끼리 공감대가 형성되어 있기 때문에 아직 덜 외롭다는 설정은 작가에게 남아있는 감상적 사고를 보여준다. 힘들 때 위로해주며 함께 술을 마시고 낚시터

---

14) 선배 시인은 급진적인 문학단체에 몸담았다가 징역을 살고 나온 경험이 있으며 화자는 그와 같은 운동단체에서 일했고 노동소설을 쓰는 소설가는 노동현장에서 수배를 받았던 자이다. 작곡가 박은 동갑인 고종사촌이 광주에서 죽은 사실로부터 자유롭지 못하며 영화감독 김은 현실에서는 수배자를 구경도 못했지만 수배자 때문에 쫓기는 꿈을 꾼다.

에도 가는 등의 유대가 가능하고 작가의 생각에 공감하는 독자들이 곁에 존재한다는 사실은 위안이 되기도 하지만 현실의 문제점이나 위기감을 명확히 파악하는 데 도움을 주지 못한다. 독자들이 그녀의 작품을 읽고 '사랑이라든가, 행복이라든가, 그도 아니면 희망같은…… 이제는 제게서 너무나 멀어져버린 그런 단어들'을 잊고 살아간다는 걸 깨닫게 되었다고 편지함으로써 작가 자신도 잊은 지 오래인 말들을 일깨운다고 하는 작중 이야기는, 작가자신과 나아가 독자들로 하여금 감상에 젖게 하는 것이다.

결국 이러한 감상적 사고나 추상성이 극복되지 않는 한, '왜'라는 역사 사회적 맥락의 해답은 찾기 어려울 것이다. 그러므로 「꿈」에서 작중인물 들이 자본위주로 바뀐 현실 속에서 예술의 순수성이나 옳은 삶에 대한 꿈을 포기하지 않고 길을 찾고자 하는 것은 아름답기는 하지만 일견 공 허해 보이는 것이다.

2.2. 진정한 삶을 위한 글쓰기

앞에서 변화된 현실 속에서 변하지 않는 자들의 삶을 살폈는데, 그렇 다면 변한 현실 속에서 글쓰기는 어떤 양상을 보이고 있는가?

「꿈」에서는 예술이 자본에 예속되는 체제 하에서 이에 굴복하지 않으 려 하는 예술가들의 어려움들이 드러나 있다. 작가외에도 작곡가, 영화감 독 등이 등장하는데 이들은 현재 모두 작품을 발표하지 못하고 있다는 공통점이 있다. 창작한 작품이 있는데도 제작자를 못만나 발표하지 못하 는 감독이나 인기가수들 때문에 순서가 뒤로 밀리는 작곡가와는 달리 작 가인 화자는 발표지면이 있음에도 불구하고 몇 달동안 한 줄의 글도 완 성하지 못하고 있다.

돈이 안되는 작품은 불필요하다는 생각이 지배적인 자본주의 사회에서 글쓰기는 자본가에게 의존할 가능성이 적고 '가장 원가가 싸게 먹히는 예술'이며 '자본가들을 향해 마음놓고 비판을 해댈 수도 있는', 상대적으로 쉬워보이는 장르이다. 그러나 자본가의 압력과 무관한 영역인데 쓰지 못한다는 상황은 글쓰기의 경우가 더 고통스러울 수 있으며, 다른 예술에 비해 작가 개인의 문제가 더 많이 작용한다고 할 수 있다. 왜 못쓰는가는 작가의 문제이며 그것을 해결하는 것도 작가에 달려 있는 것이다. 즉 다른 예술가들의 고뇌는 자본주의 체제와 관계있지만 화자가 안고 있는 글쓰기의 문제는 개인적인 차원의 것이다.

컴퓨터 위에서 자판을 두들기면서 쓰고 지우고를 반복하고 있는 화자의 현재 심경은 '무작정 화가 나' 있는 상태이다. '왜 당신 글에는 전망이 없느냐고 무심히 묻는' 독자들이나 자신의 글을 '빨리 빨리 읽어치우는' 평론가들에게도 화가 나 있고 완성되지도 못한 글들이 컴퓨터에 잔뜩 들어있는 것, 그 글들이 순간에 지워질 수 있다는 것, 또 그 글들을 지워놓고도 전혀 후회가 되지 않는 것 등등에 화가 나 있다.

이러한 심리의 기저에는 '간단한 세월'이 아니었던 십년이 다른 자들에게 '짧고 간결하'게 받아들여지는 현실에 대한 서운함과 그 십년을 함께 보냈던 '우리'의 현재 삶이 힘든 것에 대한 연민이 깔려 있다. 바뀐 현실에 맞춰 살지 못하고 '저주받은 것처럼' 살아가고 있는 자신들의 모습이 안타까운 것이다. 외면적으로 웃고 있지만 내면에 상처를 지닌 채, 다른 자들은 가볍게 지나가는 길을 '낑낑거리며' '뒤로 밀리지 않으려고 안간힘을 쓰는 것 같'은 그들에 대해 어떤 자리매김을 해야 할지, 또는 어느 길로 가야 옳을지, 곧 어떻게 써야 할지 모르는 것이다.

화자가 소설을 쓰게 된 근원은 어릴 때로 거슬러 올라간다. 어린 시절 동네를 찾아왔던 비행기 모양의 놀이기구를 멀미 때문에 타지 못하고 구경하고 있던 것이 회상되는데, '금밖에 서서' 친구들이 탄 비행기를 바라보던 모습에서 자신의 소설 쓰는 태도를 끌어내고 있다.

　만일 내가 멀미를 하지 않았다면 나는 아마 그 안에 들어가서
모형비행기가 오르내릴 때의 짜릿한 재미만 기억해냈을 것이었다.
그러나 내 기억 속에는 그런 것 대신, 나를 빼놓고 모형비행기를
타던 친구들의 얼굴이 남아있는 것이다…… 그 풍경과 그들의 표
정, 지켜보고 있던 내 모습까지 말이다. …(중략)… 영원히 술래가
된 것처럼 금 밖을 서성이면서 그들이 그것을 타는 모습을 지켜보
기…그리고 그들처럼 해보는 것을 상상하기…그래서 밖에 서 있는
자의 쓸쓸함과 안에 있는 자들의 복닥거림을 엮어내보기…그런 사
람이 할 수 있는 일이란 바로 소설쓰기가 아니었을까?

——「꿈」, 125쪽

　'금밖에 있기'는 소설을 쓰는 태도의 근간을 이루면서 화자의 현재 삶
을 규정짓는 것이기도 하다. 그녀는 이혼녀로서 친구들이 남편이나 시댁,
아이이야기를 할 때 금밖에 있는 사람이다. 동료들과 함께 간 낚시터에
서도 낚시에 참여하기 보다 한 켠에 앉아서 낚시하는 이들을 바라보는
것을 즐긴다. 이처럼 무리밖에 서 있음은 쓸쓸함은 있지만 소외감을 느
끼는 정도는 아니고 그 안에 있는 자들을 관망하기 좋은 위치에 있다고
하겠다.

　금 밖에서 관찰하는 태도는 그 안의 상황에 대해 관여하는 것은 아니
므로, 80년대나 현재, 그리고 다른 삶에 대해 바라보기만 하는 글쓰기를
낳는다. 금 밖에서 금 안의 사람들이 복닥거리는 것을 엮어 글로 완성할
때 작가는 단순한 관찰자일 뿐이다. 안으로 들어가지 않고 밖에서 바라
보고만 있는 한, 안의 삶들을 체험하지 못한 겉도는 글이 될 가능성이 있
다. 이 점은 그녀의 글에서 고통스러운 삶이 아름다운 것으로 자주 그려
지고 있는 현상과도 관계가 있다.

　이러한 화자의 글쓰기는 선배 시인의 글쓰기와 비교된다. 시인의 글쓰
기에서는 시보다 삶이 우선이다. 급진적인 문학단체에 몸담았다가 징역

을 살았고 자신의 삶은 돌보지 않고 남을 위해 궂은 일하고, 화내는 모습을 보인 적이 없는 그는 성인같은 이미지로 제시되지만 정작 자신 가족의 생계는 책임지지 못하는 무능한 가장이기도 하다. 겉으로 표출되진 않지만 이러한 삶에 따르는 괴로움들이 그로 하여금 이박삼일동안이나 술을 마시게 하고 성 프란체스코의 기도15)를 외우게 하는 것이다.

이와같은 시인의 삶은 상업성 위주로 치닫는 현실에서 당연히 뒤처질 수밖에 없다. 그러나 그는 포기하지 않은 상태이고 진리대로 살고자 한다. 현재의 삶이 시궁창에 빠진 것 같더라도 그것으로 끝나는 것이 아님을 역설한다. 곧 시궁창에 빠졌을 때 '더는 더러워질 수 없는 느낌, 더는 모욕당할 수 없는 평화'를 느끼게 되며 여기서부터 시작하는 거라고 말함으로써 결국 화자로 하여금 이 생각에 동조하게 만든다.

화자에게 잊혀져가는 지난 시간을 상기시키고 꿈을 잃지 않도록 하며, 또 그녀의 글쓰기가 한갓 돈을 위한 글쓰기로 전락하지 않도록 하는 데 독자들도 한 몫을 한다. 시위주동을 해서 제적당한 선배를 옥바라지하다 결혼했다는 한 여성 독자는 느닷없이 변한 남편의 모습에 배반감을 느끼고 허망해 하던 중 화자의 소설을 읽고 '사랑이라든가, 행복이라든가, 그도 아니면 희망같은' 것들을 잊고 살아가고 있음을 깨닫게 되었다고 편지한다. 화자의 글을 읽고 나서 '무엇을 할 것인가'에 대해 오래 생각했다는 한 여대생은 80년대는 '별이 빛나는 창공을 보고 갈 수도 있고 또 가야만 하는 길의 지도를 읽어내던' 시절이었지만 지금은 '별이 우리에게 아무 것도 말하지 않'아 혼돈의 때라고 쓴다.

상업적 이윤이 우선되며 지난 시절을 '이제는 아무도 기억해주지 않'

---

15) 성 프란체스코의 기도문은 '위로받기보다는 위로하고, 용서받기보다는 용서하며….우리는 줌으로써 받고, 용서함으로써 용서받으며, 자기를 버리고 죽음으로써 영생을' 얻는다는 내용으로 희생적이고 이타적 삶을 노래한 것인데, 시인은 이 기도문을 수첩에 붙이고 다니며 주위 사람들에게 읽어준다.

는 상황에 절망하고 무엇을 써야 하는지 방향을 잃고 글을 쓰지 못했던 화자는 결국 문제는 자신의 삶이 엉망진창이었다는 데 있음을 발견한다. 쓰고 싶은 것들은 많지만 그것을 꿰어나갈 삶을 찾지 못했던 것이다. 이는 글과 삶이 일치되어야 한다는 생각의 표출로서, 아름다운 삶이면서 아름다운 글을 지향하고자 하는 그녀의 결론을 읽을 수 있다.

그동안 변화된 현실 앞에서 지향점을 잃고 방황했던 그녀는 앞으로 갈 길이 '울퉁불퉁하고 가파르고 힘'겹다 해도 '진짜 길'을 걸어야겠다는 다짐을 한다. 시인의 삶을 보면서 정녕 시궁창에서 시작해야 하는가 하는 회의를 품었었으나 시궁창에 닿아야 시작할 수 있음을 깨닫는 변모를 보여준다. 그리하여 90년대라는 금밖에 서서 지난 시간과 그때의 사람들에 대해 들여다보는 것이 자신의 글쓰기의 소임임을 인식하는 것이다. 그런데 여기서 글쓰기의 본질이 삶의 문제에 있음을 깨달았다는 것과 90년대 금밖에서 지난 시간 돌아보기가 어떤 관련이 있는가 하는 것에 대해 의구심이 남는다.

가야할 길이 이미 '살육과 절망으로 가득 차 있었다고 해도, 그것이 우리에게 주어진 길이라면' '타박타박이라도 걸어서 넘어가야 하는' 것이라고 다짐하는 모습은 감동스러울 수는 있지만 막연하고 추상적이다. 이 길이 구체적으로 어떤 길인지 나타나 있지 않으며 따라서 90년대에 서서 그 시절을 들여다 보겠다는 마지막 언급도 강한 울림으로 다가오지 않는다. 마지막 문장이 의문형으로 끝나는 것은[16] 이와 무관하지 않을 것이다.

---

16) 「꿈」의 마지막 문장은 다음과 같다. '정녕 그것은 그저 꿈을 꾸던 사람들에 대한 꿈일 뿐일까.'

3. 1995년 모스끄바 ─꿈을 버리게 하는 현실

3.1. 소통불가의 현실 속에서 꿈버리기

「모스끄바」는 「꿈」의 화자가 2년이 지난 뒤 맞고 있는 이야기로 읽을 수 있다. 「꿈」에서 악몽이든 미래에 대한 꿈이든 꿈을 꾸고 있었다면 「모스끄바」는 아직 남아있던 꿈이나 미련을 버리는 이야기라고 할 수 있다. 그것이 이뤄지는 공간은 다름아닌 모스끄바이며 작품 끝에서 모스끄바를 떠나는 화자의 모습은 새로운 현실로의 출발이라고 할 수 있다.

작중화자 '나'는 영화감독인 남편을 따라 모스끄바에 온 작가이다. 남편이나 스텝들이 영화촬영으로 짜여진 일정에 따라 움직이는데 화자 혼자만이 일이 없다. '남편의 걱정에도 불구하고' 그녀가 따라온 것은 모스끄바에서 살고 있는 대학시절의 친구들을 만나려고 했기 때문이다. 한 시사잡지의 모스끄바 통신원으로 있는 C와 유학와 있는 B, 소설취재를 위해 온 소설가 K 등을 만나리라는 기대를 갖고 온 것이다.

80년대에 대학생이었던 화자에게 모스끄바는 단순한 외국의 도시가 아니다. '살아서는 아마도 밟지 못할 거라고 상상했던 땅'이며 '몰래 읽은 혁명사와 레닌 전기 속에서 살아숨쉬던 땅'이므로 B와 C를 만나면 '어깨동무를 하고 스뗀까라친, 스뗀까라친 노래를 부르며 모스끄바의 밤거리를 걷게 될지도' 모른다는 기대를 갖게 했던 도시다. 곧 모스끄바는 하나의 지리적 공간으로서가 아니라 상징적 의미를 띠고 있는 기호로 존재한다.

그러나 그녀가 실제로 맞닥뜨리는 모스끄바의 현실은 더 이상 혁명이나 꿈의 도시가 아니다. 택시가 없고 비닐우산도 없고 호텔에 영어를 하는 종업원이 없고 전화를 걸 수도 없으며, 하룻밤 몸을 파는 인터걸들이 호텔 복도에 가득한 불편하고 타락해가는 도시이다. 유일하게 있는 언덕에 모스끄바 대학과 모스필림이라는 영화사를 세워놓은 나라이지만 '패배한 나라'가 되었다. 사회주의 체제가 무너진 뒤 강도와 도둑이 생기고 물가가 올라 '살기가 점점 힘이' 드는 사회가 된 것이다.

소설의 소제목으로 나오는 산이나 새가 없다는 것은[17] 모스끄바의 자연적 특성이라고 할 수 있고 택시, 전화, 비닐우산이 없고, 영어가 소통되지 않는 상황 등은 자본주의에 익숙한 입장에서 보는 불편함들이며, 인터걸이나 맥도날드의 노랗게 반짝이는 M자 등은 재빠르게 침투한 자본주의의 위세를 보여준다.

이러한 것들은 누구나 확인할 수 있는 모스끄바의 변화라고 하겠는데 특히 화자에게 감지되는 모스끄바의 현실은 답답하고 외롭다는 것이다. 호텔 식당에서 차주문을 하는 것조차 의사전달이 어려우며 전혀 알아듣지 못하는 언어의 전화를 받게 된다거나 목적지를 잘못 이해한 운전자에 의해 엉뚱한 장소에 가게 되는 등 언어가 통하지 않아 겪는 불편과 막막함이 계속 나타난다.[18]

이처럼 어려움을 겪을 때 화자가 철저히 혼자라는 점은 고립감을 배가시킨다. 남편이나 스텝들이 영화일로 바쁘게 움직일 때 그녀는 혼자 호텔에 남아있다가 식사도 제대로 하지 못하고 보드까나 마시거나 줄곧 담배만 피우고 있다. 「꿈」과 비교해 볼 때 그녀에게 우호적이거나 그녀와 공감대를 형성하는 인물들이 적다고 할 수 있다.[19] 그렇기 때문에 모스

---

17) 「모스끄바에는 아무도 없다」는 모두 4개의 이야기들로 이루어져있는데 각 이야기 앞에 소제목이 붙어있다. 곧 '모스끄바에는 택시가 없다', '모스끄바에는 새가 없다', '모스끄바에는 산이 없다……하지만 하나의 언덕이 있다', '모스끄바에는 아무도 없다'이다.

18) 「꿈」에서 화자가 꾸는 악몽 중의 하나가 '사람들은 내가 알 수 없는 언어로 이야기하고' 자신은 '전혀 통하지 않는 언어로 혼자 중얼거리는 꿈'이었는데, 이것은 「모스끄바」에서 현실로 나타난다.

19) 화자를 여배우라고 소개받고 '배우든 뭐든 별로 상관없다는 표정을 지으며'

끄바에서 옛친구인 C와 B를 만나는 것은 젊은 시절의 꿈을 되살려 본다는 의미외에 낯설고 외로운 현실에서 익숙한 '예전의' 것을 찾는 행위가 된다. 곧 모스끄바가 낯설고 불편하고 이상할수록 옛친구들을 만나고자 하는 열망은 강해지는 것이다.

옛친구들의 모습은 10년전 함께 갔던 여행장면에 투사되어 나타난다. 1985년, 여름이 끝나갈 무렵, 화자는 C와 B와 함께 광주행 밤기차를 타고 무조건 남쪽으로 떠난다. 당시 그들은 스물세살의 젊은이들이나 생기발랄한 청춘이 아니고 지치고 겉늙어버린 모습을 하고 있다.

> 떠나는 우리는 모두 셋이었다. 유학을 준비하고 있는 B와 그리고 공식적인 수배를 받는 것은 아니었지만 날마다 집으로 찾아오는 형사를 피하고 싶은 C, 그리고 유학을 갈 계획도 없고 형사도 찾아오지 않는 방에서 혼자 처박혀있던, 스물세살임에도 불구하고 아무것도 되고 싶지 않았던, 생이 길게만 느껴졌고, 이제껏 너무나 긴 23년을 살아왔다고 생각한 겉늙어버린 나였다.
>
> ——「모스끄바」, 200쪽

이 여행은 '휑뎅그렁'한 밤열차, '포장도 안된, 표지판 하나 없는' 망월동 길, '시련처럼' 이글거리던 뜨거운 태양, 아무에게도 연락되지 않는 막막함 등 황량한 이미지로 이루어져 지친 청춘을 표상하고 있다. 이들은 망월동의 초라한 묘지들을 본 뒤 아무 버스나 타고 소주를 마시다가 잠에 떨어져버리는데, 깨어난 이들 눈앞에 펼쳐진 것은 바다였다. 그런데 그 바다는 '섬으로 막막히 막혀버린' '바다같지 않은 바다'로서 이들의 막막함을 더욱 강하게 부각시키는 배경으로 존재한다. 그 바다에 C가 오

'너무 못생겼다'고 중얼거리는 교포 3세나 영어로 얘기하지 못하는 화자에게 실망하는 스텝 등, 모스끄바에서는 그녀에게 우호적인 인물이 적고 남편조차 그녀에게 관심을 갖지 않는다. 그녀에게 말을 거는 인물은 영화담당기자인 김과 통역인 안 정도이다.

줌을 갈기면서 '우리는 이제 인도로 간다!'고 소리쳤던 것이 회상되는데, 인도는 당시 그들이 처한 상황에서 벗어나고 싶은 욕망의 표현이라고 할 수 있다.

이 장면은 화자에게 1980년대적 상황과 젊은 날의 고뇌가 뒤섞인 우울한 청춘의 초상으로 자리잡고 있다. 그녀에게 80년대는 시련과 고통의 시간이지만 동시에 청춘이었으므로 되돌아가고 싶지 않은 심리와 그리움이 맞물려 있다. 80년대에 대한 향수는 그 시대의 정서를 공유하는 자들 간의 강한 유대감으로 이어지며[20] 모스끄바에서 옛친구들을 만나고자 하는 시도로 나타난다.

그러나 옛친구 만나기가 쉽게 이뤄지지 않음으로써 화자가 직면한 현실의 냉엄함을 보여주고 있다. 모스끄바에 도착해서 화자가 한 유일한 일은 C에게 전화거는 일이었으나 그와의 통화는 계속 이뤄지지 않으며 어렵게 통화가 된 뒤 만날 장소를 정하지만 엉뚱한 장소에 감으로써 결국 만나지 못한다. 이를 통해서 그녀가 느끼는 단절감과 소외감이 부각되면서 막연한 그리움을 지니고 살 때가 아님을 확인시키는 것이다.

변화된 현실 속에서 자신도 변해야 한다는 강박감 아래, 화자는 무엇을 해야 할 것인가, 무엇을 써야 할 것인가, 자신의 정체성을 찾지 못한 상황에서 변하지 않은 예전의 것을 찾았지만 실패함으로써 냉엄한 현실을 인식한다. 모스끄바에 와서 새삼 변화를 느끼는 것이 아니라 이미 조

---

20) 낯선 스텝들 중, 화자가 유일하게 말을 붙이는 대상은 같은 학번인 영화담당 기자 김이다. 이들은 '남들에게 말로 다 설명할 수 없는 걸' 말하지 않아도 알고 있으며 그래서 '보자마자 금방 친해'질 수 있음을 보여준다. 김기자는 화자와 마찬가지로 80년대에서 벗어나지 못한 인물로 나타나는데, 곧 그때의 꿈을 버리지 못하고 현 직업과 관계없는, 사회주의자 고려인 3세와의 인터뷰를 추진하고 있다. 옛날엔 '사랑도 하고' '자신도 있었고' '열심히 살았었'으나 '이젠 잘 안돼'고 '너무나 많은 것이 변'한 현실 속에서 갈등하는 모습을 보여준다. 그가 모스끄바에서 인터걸과 함께 지내는 행위는 그때까지 지녀왔던 것을 버렸음을 상징적으로 드러낸다고 할 수 있다.

금씩 감지하고 있던 변화를 확인하는 것이라고 하겠다. 변하지 않은 것으로 유일하게 매달렸던 옛친구와의 조우조차 이뤄지지 못하게 만드는 현실을 그녀는 뼈아프게 인식하게 된다.

이 확인작업은 레닌의 묘 앞에서 다시 한번 이루어진다. 이제 레닌은 혁명사 속에서 살아있던 자가 아니라 158cm의 단구로 지하의 묘지에 누워있는 주검일 뿐임을 확인하는 것이다. 레닌의 유리관 앞에서 모스끄바의 현실을 다시 확인하면서 그녀는 과거의 꿈에서부터 빠져나온다. 곧 죽은 레닌은 지하에 남겨둔 채 살아있는 인간들은 지하묘지를 빠져나오는데, 이는 레닌으로 상징되는 80년대는 죽었고 살아있는 자들은 새로운 현실로 나아감을 의미한다.

「꿈」에서 악몽이든 미래에 대한 꿈이든 꿈을 갖고 있었다면, 또는 가질 수 있었다면, 「모스끄바」에서는 아직 남아있던 꿈이나 미련을 버리게 하는 현실을 보여준다. 이러한 변화가 이루어지는 공간이 다름아닌 꿈의 도시였던 모스끄바이며 따라서 작품 끝에서 모스끄바를 떠나는 화자의 모습은 새로운 현실로의 출발이라고 할 수 있다. 80년대에 대한 그리움을 안고 그 정서를 되살려 보고자 했던 화자는 그 시도가 실패함으로써 그에 대한 향수를 청산하며 서울에 돌이 지난 아이가 있다는 자신의 실제 현실에 비로소 시선을 돌린다. 그리하여 그녀는 서울로 돌아가는 비행기에 몸을 싣는데 돌아갈 현실이 즐거운 것이라거나 그 출발이 희망적인 것이 아니라 정해진 순서에 따른 피동적인 내딛음으로 보인다.

3.2. 새로운 글쓰기의 모색

「모스끄바」에는 소통이 이루어지지 않아 애먹는 이야기들이 계속된다. 호텔 커피숍에서 영어를 알아듣지 못하는 웨이트리스 때문에 화자는 원하는 것을 먹지 못하며 자동차 운전자가 행선지를 잘못 알아들어 이상한 곳에 가기도 한다. C인줄 알고 달려가 받은 전화기 저편에서 처음 듣는 언어들이 쏟아져나와 당황하기도 하며 청소부에게 영어로 물어봐 달라는 스텝의 부탁에 영어가 생각나지 않아 난감해하기도 한다.

이처럼 사용하는 언어가 다르기 때문에 일어나는 오해와 불편은 더 나아가 타인과의 유대를 막는 요인이 된다. 아들의 유학생활을 살펴보러왔다가 아들이 연상의 러시아여자와 살고있음을 본 안의 부모는 며느리에게 '캔 유 스피크 잉글리쉬'라는 말만 하고는 침묵하다가 돌아간다. 언어의 이질성이 서로의 거리를 좁히기 어려움을 보여주는 예라고 할 수 있다.

또 같은 말이라고 해도 말하는 자가 누구냐에 따라 듣는 자의 반응이 달라지는 양상도 나타난다.

> 이쁜아…… 이쁜아 이리 오렴! 노작가는 고양이들에 소리쳤지만 고양이들은 더 다가오지 않았다. 얼핏 멀리서 내 눈이 그 중의 한 고양이 눈과 마주쳤다. 나는 너희들에게 아무 적의가 없단다. 이리 와서 선생님이 주시는 저녁을 먹으렴, 하고 싶었지만 말할 수 없었다. 내게는 그들을 부를 이름이 없었다. 내가 설사, 이쁜아, 이리 오렴, 하고 부른다 해도 그것은 노작가가 부르는 그 이름과는 다른 것일 테니까.
>
> ──「모스끄바」, 215쪽

들고양이들이 늘 밥을 주었던 노작가의 말과 낯선 자의 말을 구별하듯이, 언어의 소통에는 먼저 언어가 동일해야 한다는 조건에 덧붙여 진정한 정의 교류가 필요하다고 할 수 있다. 그러므로 언어가 소통되지 않는 현상은 단순한 오해로 인한 답답함에서 그치지 않고 진정한 관계에서 소외됨을 의미한다. 박물관에서 고흐의 그림을 보면서 화자는 그의 고통을 소통의 차원에서 해석해 본다. 고흐가 괴로워했던 것이 프랑스에서 이방인으로서 부딪치는 언어소통의 어려움 때문이 아니었나 상상하는 것이다.

> 어학원에 다니지도 않았고, 개인 레슨을 받지도 않았을 가난한 화가……더구나 아를르는 남프랑스의 시골이고 사투리가 있었을지도 모르는데…고흐는 그래서 그토록 동생 테오에게 열심히 편지를 쓴 것이 아닐까. 푸르스름하다거나 어둑어둑하다거나 얼핏, 문득, 새록새록….이런 네덜란드 말이 하고 싶어서…(중략)… 고흐가 만일 프랑스말을 유창하게 했다면 그는 죽지 않았을지도 모른다…라는 생각….이 들었다.
>
> ——「모스끄바」, 219쪽

이 상상은 '타인에게 다가갈 수 없는 언어가 사람을 죽게까지 할 수도' 있으리라는 가정에 이르는데, 이러한 삽화들을 통해 인간관계에서 중요한 것이 소통이며 같은 언어를 쓰는 자들끼리 느낄 수 있는 유대감의 중요성등이 암시된다. 버스에서 늘 듣곤 하던 코미디방송처럼 지겨운 것일지라도 이해할 수 있다는 사실이 중요하다는 점이 강조되는 것이다.

이와같은 언어소통의 문제는 글쓰기의 소통양상과 밀접한 관계에 있으나 이 작품에서 그 연관에 대한 깊은 천착은 나타나지 않는다. 단지 이 작품의 화자는 80년대식이 아닌 새로운 글을 쓰고 싶어하는 것으로만 드러난다. 어떤 점에서 새로운 글인가 하는 방향은 나타나지 않고 단지 전과는 '다른' 이야기를 써야 한다는 생각이다.

> 기자들은 내게 충고했다. 이제 좀 다른 이야기들을 쓰시지요…… 한 평론가는 진지한 얼굴로 내 얼굴을 들여다보며 옳다 해도 낡은 것은 버리고 옳지 않더라도 새로운 것을 택하시지요, 말했다. 그러지요, 옳더라도 낡은 것을 버리고 옳지, 않더라도 새로운 것…… 아니요, 옳지 않은 것, 이 아니라 맘에 들지 않더라도……그는 말을

수정했다. 맘에 든다구요? 이게 맘에 들고 안 들고의 문제였던가요?
　　　　　　　　　　　　　　　　　——「모스끄바」, 204쪽

　화자는 이제 '소리 지르지 않고 소근소근 새로운 이야기들을 해야 할 때가 왔다고 생각하고' 있으며 '화해하고 따뜻하게 안아주는 다른 이야기를 하자고' 다짐한다. '옳든 아니든, 맘에 들든 들지 않든', '새로운 이야기를 찾아야 한다는 생각은 새롭기만 하면 된다는 사고로 빠질 위험이 내재되어 있다.

　새로운 이야기가 구체적으로 어떤 것인지 드러나진 않지만 화자가 글쓰기에서 지양하고자 하는 것은 남편과의 다툼에서 암시된다. 곧 남편이 모스끄바에 와서 찍고 있는 영화같은 작품은 쓰지 않겠다는 것이다. 이 영화의 줄거리는 러시아에서 알게된 유학생들이 사랑해서 결혼하고 후에 남편이 죽게 되자 6년 후 남편과의 사랑을 확인하기 위해 다시 러시아에 온다는 내용으로 되어 있다. 이에 대해 화자는 '사람들을 속여먹지 말라구' 하면서 '노력하고 노력하면 행복을 찾을 수 있고 어느덧 행복해져 있는 자신을 발견한다는 듯한 거짓말을 그만'하라고 외친다. 이는 사랑이 주제가 되는 것에 대한 반감과 사랑으로 모든 것이 해결된다는 결말에 대한 불만으로 해석된다.

　그렇다면 앞으로 그녀가 나아가고자 하는 방향은 사랑이야기나 노력하면 행복을 얻는다는 이야기와는 다를 것인데 구체적인 언급은 이뤄지지 않는다. 그런 사랑이야기나 80년대와 관련된 이야기를 쓰고 싶지는 않고 쓸 것은 생각나지 않아 쓰지 못하고 있음이 현재 화자가 처해있는 상황이라고 할 수 있다. 남편의 차가운 지적처럼 '사람들을 속이지도 않고 그렇게 현실적인 소설을 쓰'지 못하고 있기 때문이다.

　모스끄바를 떠나면서 그녀는 먼저 C에게 전화를 걸고 아무도 받지 않자 '모스끄바에 도착한 이래 처음'으로 서울에 전화를 한다. 아무도 받지 않는 전화는 모스끄바에 더 이상 의미를 둘 필요가 없음을 재확인시키는 것이다. 사라진 것을 되돌리고자 하는 시도는 이제 접고 그녀는 현실적으로 자신에게 있는 것, 자신이 돌아가야 할 곳을 돌아본다. 막 돌이 지난 아이와의 통화는 그녀의 현실을 상기시킨다. 지난 시간에 대한 꿈은 의미없으며 현실을 직시할 것을 요구하는 것이다.´

아이와의 통화는 또 하나의 소통양상을 보여준다. 이 경우는 제대로 의미전달이 되는 것이 아니지만 그 때문에 괴로운 것이 아니라 '못견디게 보고 싶'어지는 소통으로서 의사전달보다 더 강한 감정소통의 예라고 하겠다. 같은 말이라도 전달자에 따라 수신자의 반응이 달라지는 경우와는 반대로, 말에 의해서는 전달이 되지 않더라도 감정의 교류가 가능한, 진정한 소통양상을 볼 수 있다. 그러나 자신의 글쓰기에 이러한 소통가능성을 타진하는 시도는 보이지 않는다. 단지 앞으로의 일상 언어생활에 대한 언급만이 있을 뿐이다.

모스끄바를 떠나 서울로 감은 꿈을 꾸리라 기대했던 것을 이루지 못하고 익숙한 현실세계로 돌아가는 것이다. 언어소통으로 어려움을 겪었던 모스끄바에서와는 달리 서울에서는 그리웠던 모국어를 늘 사용할 것이고 버스를 타면 코미디언들이 수다를 떠는 방송을 듣게 될 것이다. 그 전에 의미없다고 생각하던 일상들, 익숙해서 지겹기도 했던 것들을 다시 보게 될 것인데 이러한 일상 속에서 새로운 의미를 찾아내야 하지 않을까 싶다. '온 몸을 다해 달려가다가 마침내 솟구쳐오르기 시작'하는 비행기의 이륙현상에 대해 '우주를 지배하는 중력과의 싸움'이라고 느끼는 모습에서, 완전히 사라지지 않은 삶에의 열정을 읽을 수 있다. 이 열정이 과장되지 않은 현실인식과 만날 때, 진정한 소통이 가능한 작품으로 꽃피울 수 있을 것이다.

4. 공지영 소설의 지향점과 문제점

이상에서 「꿈」과 「모스끄바」 두 작품에 나타난 작가의 현실인식과 글쓰기에 대한 생각을 살펴 보았다. 「꿈」은 이념이 힘을 잃고 대신 자본의 힘이 강해지는 현실을 배경으로 그 속에서 고뇌하는 예술가들을 그리고 있다. 이들은 상업적 가치보다는 예술성을 옹호하며 경제적으로 어렵게 살고 있는 자들과 80년대적 가치, 곧 역사 사회적 맥락의 '아름다운' 삶과 진정한 삶을 여전히 추구하고 있는 자들로 나타난다.

작가인 화자는 변화된 현실을 어떻게 받아들여야 할 것인지 혼란스러운 상태이고 따라서 글을 쓰지 못하고 있다. 그녀가 다시 시작해보자고 마음을 먹게 되는 데는 글보다 삶이 앞서는 선배 시인의 존재가 작용한다. 곧 글을 쓰지 못하는 원인으로 글이 문제가 아니라 삶이 엉망이었기 때문임을 깨달으며 그녀는 삶과 글이 일치되는 지점을 향하여 힘들더라도 '진짜 길'을 걸어야겠다고 다짐하는 것이다.

이에 비해 「모스끄바」에서는 새로운 다짐이 나타나지 않는다. 「꿈」에서 80년대는 '우리'끼리 느낄 수 있는 공감대를 형성케 하는 요소이지만 「모스끄바」에서 80년대는 그리움과 회피하고 싶은 심리가 뒤섞인 대상이다. 80년대는 민주화를 위한 투쟁의 시절이었으면서 청춘의 시간이기도 했으므로 그에 대한 화자의 태도에는 힘을 잃은 이념과 청춘에 대한 향수를 느끼며 되돌아가고 싶으면서 동시에 멀리하고 싶은 마음이 섞여있다. 그 시절에 대한 유대감을 되살리고자 했던 그녀는 모스끄바에 '아무도 없다'는 것을 인식하게 된다. 80년대에 대학시절을 보낸 자들에게 꿈의 도시였던 모스끄바는 사회주의체제가 무너지면서 더 이상 꿈의 도시가 아님을 발견하게 되는 것이다. 언어소통이 어렵고 불편하고 타락해가는, '아무도 없'는 도시로 변한 것이다.

이 곳에서 옛친구를 만남으로써 예전의 꿈을 되살리고자 했으나 이루어지지 않음은 80년대와 무관해진 현실을 보여준다. 「꿈」에서처럼 사랑이나 행복, 희망같은 것들에 대해 이야기하는 자나 지금이 혼돈의 때라고 느끼는 자는 더 이상 없으며 하룻밤 인터걸을 사는 것에나 관심을 보일 뿐이다. 이러한 현실에서 화자는 새로운 글을 써야 한다는 강박감을 지니고 있지만 정작 무엇을 어떻게 써야할 것인가는 잡히지 않은 상태이다. 즉 「모스끄바」에서는 감상적이긴 하지만 동시에 그녀를 지탱시켜왔던 일종의 원동력같은 꿈이 버려지고 '아무도 없'는 현실을 마주하게 되는 것이므로, 앞으로 이 현실을 어떻게 파악하고 어떤 길을 모색할 것인가가 그녀에게 숙제로 남겨져 있다고 할 것이다.

이상에서 살펴본 바, 공지영의 소설은 부끄럽지 않은 삶과 글을 지향하는 것으로 출발하여 역사 사회적 관심과 '아름다움'을 함께 추구하고자 하는 시도였음을 알 수 있었다. 그런데 그녀의 작품 속에서 이 두 가지가 조화롭게 융화되지 못함으로써 아쉬움을 남긴다. 대체로 역사 사회적 이야기가 아름다움 쪽에 묻히는 편으로 남녀의 사랑이야기가 주가 되거나 역사 사회적 주제를 감상적으로 처리하는 경향을 보게 된다.

진정한 삶을 향한 열정은 감동적이나 그 열정을 차가운 통찰력으로 조화시키지 못한 것이다. 힘들게 살아가는 인물들의 삶에 대해서 근본적인 원인 파악이나 해결책에 관심이 있기 보다 그들의 삶이 아름다우며 그들에게 동조하고 싶다는 동지애같은 감정적 차원에서 끝나고 있다. 심정적 다짐이나 각오로 끝나는 감상적 결말은 진정한 방향 제시에서 멀어지게 하는 것이다. 모스끄바에 아무도 없다는 인식은 이러한 감상이나 동지애가 가능하지 않음을 의미한다. 그녀가 꿈과 함께 감상을 버림은 한편 쓸쓸한 느낌을 주기도 하지만 보다 치열한 현실의식으로 대치된 작품이 나오기를 기대하게도 만든다. 그녀의 열정이 현실의 맥락을 보다 깊이있게 읽어내는데 일조한다면 바람직한 작품이 이루어질 수 있을 것이다.

Ⅳ. 전업 소설가의 고뇌와 현실

배꼽 위에 걸려 있는 우리 시대의 소설가
—조성기의 「우리시대의 소설가」

김 현 실

1. 들어가는 말

80년대와 결별하면서 방황하던 90년대 소설들의 자기모색을 가장 직설적으로 보여준 것이 소설가소설의 유행이었다면 그 출발점에 놓이는 것이 조성기의 「우리시대의 소설가」라 할 것이다. 그것은 비록 가벼운 풍자의 형식을 빌기는 하였으나, 소설의 위기의식을 불러일으키는 구체적인 문학 내외적 현상들이 과연 무엇인가에 대한 본격적인 질문을 던지게 하였으며, 이후 많은 소설가소설들을 통해 그 질문이 반복 확산되도록 하는 도화선이 되었다는 점에서 일단 그 의미를 짚어 볼 만하다.

물론 비평가들이 '자성소설'[1]이나 '나르시시즘'[2]이라는 공통된 용어로

---

1) 김경수(1994), "자성소설의 대두와 그 의미", 『문학의 편견』, 세계사.

　여기에서는 "한편의 소설이 그 내용에 있어서 작가인 스스로를 등장시켜 자신의 글쓰기와 연관된 자신의 자의식을 내보이는 소설들"(65쪽)을 자성소설이

정의하면서 이 시기의 몇몇 소설들과 더불어 이 작품을 유행적 현상으로 묶어 언급한 적은 있으나 그것이 이후 다른 소설들의 유사한 현상을 일으킨 시초적 의미로 따로 분석되거나 논의된 적은 별로 없었다.[3] 아마도 그것은 풍자의 형식이라는 가벼움과, 견고한 서사구조의 붕괴에 의해 진지성이 약화되고 있다는 소설적 위기를 작품 그 자체로 드러내고 있기 때문인지도 모른다.

그러나 그러한 문제점들이 이후 다른 소설들에 그대로 확산되고 있다는 점에서 이 작품은 간과될 수 없는 의미를 지니고 있다. 양귀자가 「숨은꽃」에서 90년대라는 변화 속의 '진지한' 소설적 전망에 대해 고민과 각성의 길을 걸은 것이나, 이와 반대로 구효서가 직업소설가로서의 가벼운 자기풍자를 일삼게 된 것들은 모두 이 작품에서 그 단초를 보이고 있으니 이 작품을 보다 엄밀히 살핀다는 것은 90년대 초반 작가들이 놓인 소설내외적 현실 및 소설가적 자의식의 출발양상을 분석해 본다는 점에서 의의가 있을 것이다.

2. '설 땅'을 잠식당하는 우리 시대의 소설가

먼저 소설 속 화자이자 소설가인 강만우는 이 시대의 소설가가 어떻게

라 보고 조성기의 일련의 '우리시대...' 시리즈를 그 범주에서 논의하고 있다.

2) 우찬제(1996), "아우라의 상실, 그 음울한 우물",『타자의 목소리』,문학동네, 여기서는 조성기의 「우리시대의 소설가」를 서두에 놓고, 독자의 환불요구를 야기시킨 90년대 소설가소설의 문제란 독자와 작가의 행복한 소통이 불가능해졌기 때문이고 그것은 작가의 나르시시즘에의 몰입으로부터 오는 것이라 해석하고 있다.

3) 김주현(1996), "잘 그린 작가의 슬픈 시대적 자화상"『문학사상』 1996,3. 이 논문이 유일하게 독립적인 작품론이라 할 수 있다.

자신의 영토(?)를 잠식당하고 있는가를 자신이 살고 있는 주거환경이 변화해 온 모습 속에서 읽어내고 있다. 그의 동네를 잠식해 들어오고 있는 여러 가지 요소들은 결국 이 소설 전체가 말하고자 하는 소설 및 소설가의 위기를 총체적이면서 상징적으로 보여주고 있는 것이다.

그가 이상적으로 생각하는 소설가란 그가 생각하는 주거환경에 그대로 내포되어 있다 해도 과언이 아니다. 한때 학구적 분위기의 대학가였던 자신의 동네, 늘 살고 싶어하던 '고즈넉한' 남산골, 그리고 시골의 공기 맑고 소음 적은 곳 등등이 그가 바람직하게 생각하는 소설가적 환경이다.

그런데 학구적 분위기를 유지하던 '대학가'가 '대학로'로 바뀌면서 그러한 소설가의 설 땅은 위협받을 수밖에 없다. 대학 대신 온통 레스토랑과 주점이 들어차고, 젊은이들의 광란의 장이 되어버린 동숭동의 모습은 이 시대의 모든 학문이나 예술이 상업적 자본의 압력에 밀려나고 있는 현실을 비유적으로 보여준다. 연극이나 영화 등 예술의 총집산지로서의 새로운 문화가라는 것도 결국은 문화를 거대한 산업자본의 한 부분으로 편입시킨 결과라는 것을 생각해 볼 때 대학가의 변모는 일종의 상업공간으로의 변모라는 것에 이론의 여지가 없다. '대학가'의 '대학로'로의 변모는 이렇게 학구적 공간의 자본주의적이고 상업적인 공간으로의 변모를 의미하는 것일 뿐 아니라, '대학로'를 '대항로'로 바꿔 읽어 보인 그의 말장난에서도 알 수 있듯이 정치성과 집단성에 훼손되는 '문화'와 '개인성'의 실태를 드러내는 것이기도 하다. 젊은이들의 광란과 집단적 시위를 소란함이라는 동일한 잣대로 비난하는 데에서도 알 수 있듯이 그것은 '저항'의 진지성이 상실되어버린 이 시대의 수많은 정치적 제스추어와 상업적 문화가 '레스토랑'과 '레지스탕스'의 유사한 발음만큼이나 별 차이 없는 소음일 뿐임을 의미하는 것이기도 하다.

그렇다고 그가 다른 곳으로 거주지를 옮길 만한 곳도 마땅히 없다. 고즈넉했던 남산 밑자락도 크고 작은 공장들에 잠식당해 버렸고, 공기 맑고 소음 적은 시골 역시 개발지상의 불도저에 언제 깎여나갈지 모를 위기에 처해 있다. 아파트촌이야 그 자체가 이미 소설가적 정서와 재력과는 정면 배치되는 곳이므로 더 생각할 여지가 없다. 이렇게 어느 곳 하나 소설가가 살기에 적합한 공간은 없다. 이는 이제 강만우같은 소설가가 발디딜 곳은 이 시대에 아무 곳도 없음을 의미하며 그것은 한편 산업화, 상업화 시대에 밀려나는 소설의 운명을 비유하고 있는 것이기도 하다.

그러나 이렇게 동리 전체가 상가지역으로 바뀌는 추세에도 불구하고, 그가 옛집을 지키며 '여기서 버티어 나가는 수밖에 없다'고 생각하여 피하지 않는 것은 일단 그가 나름대로 그러한 현실 속에서 자신의 소설 세계를 꿋꿋이 지켜보겠다는 의지를 보여주는 것이라 할 수 있다. 그런데 그러한 의지가 비장함이나 투철함을 동반한다기보다 뭔가 타협적이고 가벼운 지점에 놓여 있다는 것이 이 소설가의 내면적 위기를 예고하는 것이다. 그는 줄곧 현재의 환경에 대해 불만스런 목소리를 크게 내고는 있으나, 연극이나 영화보기의 편리함, 술 마시기의 유리함, 소설적 소재의 당대적 취재원이라는 점등을 들어 상업 공간 속의 자신의 위치를 짐짓 자위할 뿐 아니라 차츰 그 환경의 유리함 속에 탐닉할 준비가 되어 있는 것이다. 그가 로댕전을 보고나서 젊은이들에게 찾아볼 수 없는 '절망'이란 단어를 외칠 때에도 술주정을 통해 함으로써 그 진지함이 희석되고 있다는 것이 그 한 예이다. 그것은 결국 이 소설가의 외적 현실이 내면위기로까지 연결되고 있음을 암시적으로 드러내는 것이다. 이제 그 구체적인 양상을 추적해 보기로 한다.

3. 외적 억압의 실체

3.1. 상업주의적 현실

위의 주거환경에서 드러난, 소설가를 위협하는 요소들은 강만우씨를 둘러싼 외적 현실에서 보다 구체적으로 밝혀진다.

먼저 '신문'이라는 대중매체를 통해 이 시대의 '문화-예술-글'이, 어떻게 왜곡되고 변질될 수 있는가가 드러난다. '신문'의 상업성은 무엇보다 기사의 하단부를 차지하는 '광고'에 있을 것이다. 따라서 펼쳐 놓으면 마루 전체를 차지할 만큼 매수만 엄청나게 불어나 있는 게 요즘의 신문이다. 결국 물에 젖은 하단부를 잘라내어 '온갖 신문 광고들이 엉키고 짓눌려 녹아 흐르는 구정물'(65)[4]을 버리고 나니 그제서야 '신문다운 신문'이 되었다고 강만우씨는 생각한다. 그러나 신문의 상업성은 그것에 그치는 것이 아니다.

그가 가장 먼저 보고 감탄한 기사는 로댕조각전시회에 대한 '이규태 코너'이다. 그는 이규태의 글을 보면서 적어도 이 시대의 소설가라면 그만한 순발력을 갖추어야 하지 않겠는가 하고 한숨을 쉰다. 그것은 잡다한 저널리즘적 잡문들에 대한 풍자적 통찰이다. 신문이 원하는 글은 바로 그러한 글인 것이다. 그것은 표면상 상업성과는 거리가 먼 순수한 지식이나 교양의 글인양 포장되어 있다. 그러나 실제로 그러한 글들이 지향하는 것은 순수한 지식이나 문화적 창조와는 엄연히 다른, 상업성과 시의성에 기반한 문화적 장식주의라 할 수 있다. 이규태 코너를 가능하게 하는 '무수한 스크랩북, 인용구 모음, 도서목록, 도서들'(66)에 대해 감

---

4) 텍스트는 『통도사 가는 길』(민음사, 1996)에 실린 것을 이용했으며, 이후 본문 인용의 경우, 페이지 수만 밝힌다.

탄하는 말 속에는 그것이 강만우씨와 같은 개인적이고 수공업적인 소설가들에게 그림의 떡과 같은 사치라는 탄식의 의미도 들어 있으나, 그러한 잡다하고 장식적인 자료모음이 창의적이고 순수한 예술혼을 대체해 나가고 있는 최근 저널리즘적 글쓰기의 현실을 풍자하는 의미도 들어있다. 그것은 이 시대의 상업적 자본과 결탁된 대중매체의 힘이 문화를 어떠한 방향으로 끌고 가는가를 엿보게 하는 탄식이다. 순간 순간의 이슈에 능동적으로 대처할 수 있는 순발력있는 글만이 살아남을 수 있게 하는 것, 그것이 대중매체의 힘인 것이다.

한편 신문기사의 두 가지가 이 시대 소설의 위상을 적나라하게 보여주고 있다. 천재 소녀 로렌스의 아버지가 '마음만 혼란시키기' (66)때문에 소설을 읽히지 않았다는 기사. 이것은 실용성 위주의 교육, 합리와 논리 위주의 교육에 의해 흔들리는 문학의 위상을 보여준다. 이와 대조적으로 신문의 한 면을 장식한 신문사 주관의 로댕조각전시에 대한 기사와 사진들. 이것은 마치 신문의 문화적 역할을 자임하는 듯 고상해 보이지만 사실은 직접적 문학 무시의 발언보다 오히려 더 교활하게 예술을 지배하는 이 시대 자본의 실상을 보여준다. 일단 문화상품으로서의 가치를 충분히 인식한 신문사측의 대대적인 지면 할애가 일반 상품들의 광고전략과 크게 다르지 않기 때문이다. 또한 로렌스 기사와 로댕 기사를 하나의 신문에 동시에 실었다는 것부터가 신문의 상업적 속성을 대변해 보여준다. 내용이 무엇이든 획기적이고 선정적인 것이라면 무조건 기사화하는 신문의 특성이, 전혀 어울릴 것 같지 않은 두 개의 기사를 동시에 싣게 만든 것이다. 로댕전시회를 문화산업의 일환으로 기획한 신문사의 상업적 의도와 선정적 기사꺼리에 매달려 지면을 할애한 신문사의 입장은 사실상 거의 같은 선상에 놓여 있으며, 실용적 목적에 희생된 문학교육이나 상업적 목적에 이용된 예술이나 모두 이 시대 순수 예술의 흔들리는 위상을 보여주고 있다는 점에서는 동질적인 것이다.

한편, 그의 소설에 간섭하는 출판사로부터의 요구 또한 그러한 상업미학의 위협을 드러내 준다. 잡지의 편집장은 그에게 '남녀상봉지사'를 넣어 독자들의 재미를 충족시켜주라고 요구한다. 이는 통속적이며 에로틱한 흥미를 요구하는 것인데, 그것을 당당히 거절하지 못하는 게 이 시대 전업 소설가의 현실이다. 뿐만 아니라 지방신문에 연재하고 있는 그의 소설이 '지지부진하게' 이야기만 늘려가고 있다는 독자의 지적을 볼 때, 원고료의 현실을 외면하지 못하는 그의 직업적 고충도 충분히 짐작할 수 있다.

또 다른 하나는 엄청난 수업료로 강만우를 옭아매는 문학과외수업의 존재이다. 그는 근본적으로 소설창작이란 지도하거나 지도받을 수 없는 지극히 개인적인 차원의 것이라고 생각한다. 따라서 그가 하고 있는 문학과외선생이란 자리에 대해 그는 그리 떳떳해하거나 자연스러워 하지 못한다. 그럼에도 그는 무엇보다 150만원이라는 적지 않은 액수에 끌려 그 하나마나한 수업을 하고 있는 것이다. 그것은 그 이전의 문화센타 강의 역시 마찬가지이다. 이젠 '문학'이나 '문화'조차도 거대한 자본의 굴레 안에서 사고 팔 수 있는 시대가 된 것이다. 특히 문학과외 수업 장면은 문학이 엄청난 수업료를 지불한 유한부인들의 장식이나 정신적 위안꺼리로5) 전락해 가는 현상을 통해 천박한 자본에 끌려가는 이 시대 문학의 위상을 가장 적나라하게 보여주고 있는 부분이다.

이처럼 이 시대의 소설가를 둘러싸고 있는 환경은 한마디로 자본이나 물질, 상업적 위력에 영향받을 수밖에 없는 현실이다. 그것은 특히 그가 문학을 팔아 생활을 영위하고 있는 전업소설가이기에 더욱 그러하다. 이제 자본의 현실은 거대한 힘으로 그를 억압하고 있을 뿐 아니라 알게 모르게 그를 그러한 현실의 일부가 되도록 몰아가고 있다.

---

5) 이들의 소설모임이 특별히 소설을 지도받기 위해서라기 보다 "일종의 정신적 달거리"(111) 라는 것은 김수옥여사의 솔직한 고백을 통해서도 드러난다.

3.2. 이념적 정치적 집단의식

그는 이 시대 어떤 예술가라도 겪을 수밖에 없는 상업미학이나 자본의 위력에만 위협당하는 것은 아니다. 상업적인 것과 더불어 그의 소설가적 내면을 흔드는 것은 독자의 환불요구로 상징되는 작가의 자율성 및 가치관에 대한 침범, 그리고 그 침범의 한 예라 할 수 있는 '루카치적 망집'6), 즉 일종의 시대적 집단적 이데올로기라고도 할 수 있다.

본격적으로 강만우 씨의 소설가적 위기의식에 불을 지른 것은 독자의 환불요구 사건이다. 소설에 대해 독자로서 의견이나 비판을 가할 수는 있으나 그 실망감을 돈으로 환불받고자 하는 독자의 의식은 여전히 고전적 문사의식에 젖어 있는 이 소설가에게 엄청난 충격이 아닐 수 없다. 이 독자는 '양심상의 책임도 뭔가 가시적인 형태를 띠어야' 하는 것이며, '책도 엄연히 하나의 상품으로 경제구조 속에서 유통되고' 있는 이상 '소비자의 권리가 강화되어야'(114) 한다는 이유로 환불을 요구한다. 따라서 일단 강만우씨에게 독자 민준규는 예술을 '상품'으로 환산하는, 영락없는 이 시대의 물질주의자로 받아들여질 만하다. 그러나 막상 그의 항의 내용을 살펴 보면 단순히 자본만능의 인간으로 치부해 버리기에는 너무나 진지한 문제의식이 들어 있다.

독자 민준규가 지적한 강만우 소설의 문제점은 루카치적 개념에서 본 인물의 전형성이나 총체성 결핍이며, 그 궁극적 원인은 작가의 확고하지 못한 세계관에 있다고 집약된다. 그것은 강만우씨에게 하나의 문단세력이나 시대가 요구하는 집단적 이데올로기 층위의 비난이라고도 할 수 있다. 그러나 그는 대학로에서 시국규탄대회를 벌이는 젊은이들의 대항을

---

6) 이재선(1991) "양극성으로부터의 전회의 비전" 『우리시대의 소설가』 (문학사상사), 504쪽

광란의 소음과 동일시할 정도로 그러한 이념적 집단의식에 대해서는 매우 냉소적이다. '민중이니 순수니 해가며 정치판처럼 말싸움이 대판 벌어져 있는 문학판'(107)이라는 그의 문단에 대한 태도에서도 알 수 있듯이 그는 그러한 이데올로기적 간섭이 문학을 정치적으로 몰아가는 행위라 보고 있는 것이다. 그가 지향하는 소설가의 창작행위란 프루스트의 예를 들어 말하고 있듯이 그 어느 것으로부터도 방해받지 않는 지극히 개인적이고 자율적인 것이다. 따라서 누구에게도 침범당할 수 없고, 누구에게도 가르쳐줄 수 없는 행위인 것이다. 그러한 그에게 이데올로기적 간섭, 세계관에 대한 강요는 참을 수 없는 침해로 느껴질 만하다. 그것은 문학과외 수업생인 김수옥 여사의 소설 속 운동권 학생이 작가와는 전혀 어울리지 않는 의식의 산물이며 단지 시대적 흐름에 편승하기 위한 억지 설정임을 자신이 지적한 것과 같은 범주에서 논의되어질 수 있다. 결국 시대적 유행이라고 해서 사랑놀음에 불과한 이야기를 운동권 학생의 고민으로 풀어나가려 한 설정은 소설적 거짓이라는 것이다. 이와 같은 맥락에서 강만우 자신은 시대적 흐름의 어느 편에도 서 있지 않은 객관적 주인공을 내세워 오히려 소설적 진실에 도달할 수 있다고 주장한다.

그가 살고 있는 동숭동의 거리가 온갖 소음으로 뒤범벅되어 소설가로서의 고즈넉함을 유지할 수 없게 만드는 현실, 즉 앞집 옆집이 온통 레스토랑, 여관으로 뒤범벅되어 밤이나 낮이나 소음에 둘러싸인 채 개인성이 유지될 수 없는 그의 주거환경은 그대로 그의 소설이 겪고 있는 주변환경과 다를 바 없다. 그 소음은 대체로 상업적 유흥과 젊은이들의 선정적 어우러짐으로 형성된 것이지만 그에 못지 않게 시국규탄대회나 기성세대에 대한 투쟁적 외침에 의해서도 만들어진 것이며 따라서 '레스토랑'이나 '레지스탕스' 모두, 그에게는 개인성과 내면의 고요를 침해하는 동일한 소음일 뿐이다. 이와 마찬가지로 민준규라는 독자의 이데올로기적 강요나 신문, 출판사의 상업적 에로틱 미학에의 요구는 그의 소설가적 자유와 자율성을 침해한다는 점에서 동일한 위협이라 할 수 있다. 묵묵히 걸어오는 민준규를 '레지스탕스'인양 느끼고 있는 그의 부담스런 시선에서도 알 수 있듯이 그에게는 세상에 대한 저항이나 이념적 가치관의 진지함마저 외부의 간섭이라는 점에서 자유롭고 굳건한 소설가에의 길을 위협하는 괴로운 현실의 하나인 것이다.

4. 소설가의 내면적 위기

그렇다면 그의 소설가적 위기는 이렇게 외적인 현실로부터만 오고 있는가? 이 소설에는 그러한 외적 현실을 바라보는 강만우 자신의 내면적인 문제, 그의 소설가로서의 자세에 대해서도 풍자적인 시선을 던짐으로써 작가의 자기 반성적 시각을 보여주고 있다.

4.1. 고전적 이상과 현실타협적 자아

위에서 드러난 외적 현실들은 강만우씨의 불만에도 불구하고 그의 실제 현실에 깊숙히 침투되어 그의 소설과 삶을 이미 변화시키고 있는 요소이다. 그는 로댕전에서 본 '팔 없는 사람의 명상'처럼 현실 속에서 이미 자신의 이상이나 관념과는 거리가 먼 행동으로 나아가고 있는 것이다.

그렇다면 그의 소설가로서의 이상은 무엇인가? 먼저 그가 원하는 주거환경에서 어느 정도 유추해낼 수 있다. 대학가의 학문적 분위기, 남산자락의 고즈넉함, 고요하고 공기 맑은 시골 등등에서 유추할 수 있는 소설가상은 한마디로 고전적인 문사의 이미지이다. 문화산업이나 저널리즘은 물론이거니와 현실참여적 문학운동과도 거리가 있는, 구시대적 고고함의 이미지가 담겨 있다고 보인다. 그것은 시대적 변화나 소란과는 거리가 먼, 정적이고 다소 고답적인 소설가상을 환기시킨다. 이후, 구효서의 소설 속 소설가가 아파트와 노트북 컴퓨터에 그의 소설을 적응시키며 직업소설가로서의 삶을 당연하게 살아나가는 것에 비한다면 아파트와 레스토랑에 거부감을 지니고, 광란하는 젊은이들에게 '절망'을 아느냐고 외치는 강만우씨는 확실히 고전적이다. 그는 집 주위가 온통 상가로 뒤덮여도, '소설가가 어떻게 감히…' 하면서 옛집을 지키고 있는 소설가이다. 그런 의미에서 그는 고전적 이상을 고집하는 소설가로 보인다. 그러나 실제 그의 현실은 어떠한가?

그의 내면은 현실적으로 끈질기게 위협받고 있는 상업주의적 미학과 가치관에서 결코 자유롭지 못하다. 동숭동의 소란과 상업성에 진절머리를 치면서도 연극, 영화, 재즈카페, 고전음악 감상실에 이르기까지 산업화 속에서의 문화의 장식성을 나름대로 즐기고 있으며, 수많은 레스토랑이나 주점에서 마음껏 술 마실 수 있게 된 처지를 이점으로 생각하듯이, 그는 신문 연재에 맞게 소설 내용을 지지부진 끌어가고 있으며, 「염소의 노래」에서는 그가 그토록 빈정거리던 '남녀상봉지사'로 독자의 선정적 요구에 굴복했고, 150만원이라는 액수에 밀려 평소 신념과 전혀 맞지 않는 '문학 과외'도 지속하고 있다.

특히 문학과외 수업에 있어서는 그의 본질적인 문제가 보다 적나라하게 드러난다. 돈만의 문제라면 그가 직업소설가로서 어쩔 수 없이 타협할 수밖에 없는 상업주의적 현실로 그 원인을 돌려버릴 수 있으나 거기에는 소설가로서의 순수성과 진지성을 무너뜨리는 또 다른 내면의 문제가 있어 그의 타락한 실체를 적나라하게 보여준다. 그는 과외수업을 하면서 수업대상인 유한부인들의 문학성이나 글쓰기 자체에 보다는 그녀들의 성적 매력에 더 관심을 쏟고 있으며7), 드디어는 원고를 넘기고 독자

---

7) 구체적인 정사의 대상인 김수옥 여사와의 관계뿐 아니라 그가 문학 수업을 하고 있는 동안 그들 하나하나를 묘사하고 있는 언어에는 그녀들에 대한 그

와 만나기 몇시간 전의 공백에 그녀를 불러내 문학에 관한 논의를 빙자하여 정사까지 벌이게 된다. 물론 그것은 문학을 한낱 장식이나 오락 정도로 떨어뜨리는 유한부인들의 의식을 비웃는 강만우씨의 태도를 반영하는 것이지만, 신문이나 출판사의 상업성과는 또 다른 차원에서 문학의 진지성을 무너뜨리고 있는 강만우 자신의 내면적 가벼움을 풍자해 보여주는 장면이라 할 것이다. 그것은 문학의 선정성을 또 다른 차원에서 자행하고 있는 소설가 자신의 문제에 다름 아닌 것이다.

한편, 보다 구체적이고 집약적으로 그의 소설가로서의 이상을 보여주는 부분, 소설 속 소설의 주인공 세르베투스의 신념과, 책더미로 묶여 화형당하는 꿈, 그리고 로댕조각전을 보고나서의 외침을 통해 우리는 보다 확실한 그의 소설가상 및 그것과의 현실적 괴리들을 살펴 볼 수 있다. 그는 소설 '말의 섶'에서 형용사 하나의 위치 때문에 자신의 신념을 굽히지 않은 채 목숨까지 내놓는 세르베투스의 의기를 찬양하고 있다. 그것을 예로 들면서 문학과외 수업생들에게도 소설가란 모름지기 그렇게 목숨을 걸 정도로 철저한 언어의식을 가져야 한다고 역설한다. 그것은 그가 지향하는 소설 언어의 이상이다. 그리고 꿈 속에서는, 자신에게 가하는 독자 민준규의 환불 위협에 대해 마치 세르베투스처럼 굳건하고 장렬하게 책더미를 몸에 감고 화형당하는 지경에까지 이르른다. 생명을 걸면서까지 굳건하게 외부의 간섭으로부터 자신의 글과 소신을 지키는 것이 그의 소설가적 이상인 것이다. 그러나 그의 목마름이 화형장의 불 때문이 아

의 관심이 문학과는 동떨어진 성적인 것에 있다는 것이 드러나 있다. 다음과 같은 표현들이 그러하다.

'두 귓불이 늘어질 정도로 큼직한 다이아몬드형 귀고리를 달고 있는 조난이 여사가 청년을 애교스럽게 흘겨보자,…'(92)

'여섯여자들 중에서 김수옥 여사가 그래도 얼굴과 몸매가 옹기종기한 게, 가장 매력적으로 생겨 있었다.'(92)

'권미선 여사가 맑은 머루빛 눈동자를 만우씨의 시선에 맞추며 호기심을 나타내었다.'(96)

니라 술 마신 후의 갈증이었다는 현실처럼 그것은 어디까지나 꿈이었다는 점이 그의 이상과 현실의 거리를 잘 드러내 준다.

한편, 그가 로댕 조각전을 보고나서 그 감격을 소설가적 이상과 결부시킬 때 그는 그것을 '청동의 문체'라 표현하고, 굳건하면서 장중한 글을 써야 한다고 부르짖는다. 매우 추상적이긴 하지만 도스토예프스키, 카뮈, 박지원 등을 거론한 것을 볼 때 그는 '강인하고 장중한 세계' 창조의 작가를 이상으로 삼고 있는 것이다.

이러한 그의 이상과 현실을 대조해 보건대 어느 정도는 그의 노력을 인정하지 않을 수 없다. 그는 단어 하나라도 꼼꼼히 교정하고 늘 열심히 새로운 테마를 궁리하고 연구한다는 점에서 엉터리 작가가 아닌 것만은 분명하다. 그러나 그는 한마디 형용사를 위해 목숨을 던지는 것은 고사하고 책 제목부터 독자의 흥미를 이끌어내기 위해 비극적인 것 대신 '염소의 노래'로 타협했다. 뿐만 아니라 자신의 신념을 위해 이글거리는 눈빛으로 화형에 굴복하지 않았던 소설 속 주인공 세르베투스와는 달리 한낱 색욕에 밀려 대항할 준비도 게을리 한 채 민준규의 공격을 피해 짐짓 '그렇다고 해두'고(119) 집으로 도망나온 그의 행위에서 그의 이상과 현실의 거리를 잘 알 수 있다.

더욱이 그가 소설 속 소설을 통해 보여주는 세계, 그리고 앞으로 계획한 소설 소재들을 보건대 그가 지향하는 청동의 문체가 제대로 추구될 수 있을 것인가에 대해 의심하지 않을 수 없다. '청동의 문체'가 무엇인지 구체적으로 포착할 수는 없으나 적어도 과거의 인물이나 사회 문제, 사상 문제를 우화적으로 다루는 것이 그것은 아닐 것이다. 과거의 역사적 대립 인물들을 재창조하여 현재의 사회나 정치문제를 풍자한다는 것은 한두 편으로 족하다. 현실의 문제를 현실 속 인물과 배경으로 그려내지 못하고 역사적 인물에만 의탁한다는 것은 일종의 현실도피라 할 수 있다. 그것은 우화일 뿐 소설이 될 수는 없다. 소설 속 소설인 칼뱅과 세르베투스의 이야기는 바로 그러한 그의 소설의 한계를 보여주는 한 예이다. 물론 이 소설 속에서 그것은 일종의 우화로서 다의적 해석을 가능하게 하는 효과적 장치라 할 수 있지만 앞으로도 계속 그런 소재를 구상중이라는 강만우씨의 포부는 그의 소설가로서의 한계를 분명히 드러내는 것이다. 여기에 이르면 강만우라는 소설가는 외적인 위협에 밀려 세상에 타협하고 있다는 점 뿐 아니라 근본적인 이상 그 자체에서도 당대를 정면으로 마주하지 못하는 문제점을 지니고 있음을 알 수 있다.

결국 그는 상업적 집단적 이데올로기에 밀려 그의 이상을 포기하는 이 시대의 타협적 세속적 소설가를 풍자적으로 보여주는 인물일 뿐 아니라 이미 그 이상조차 낡은 냄새를 풍기고 있는 구시대적 고답적 소설가임을 보여줌으로써 이 시대 소설가들의 이중적 위기를 드러내주고 있다 할 것이다.

4.2. '배꼽'으로 전도되는 '노래'

이러한 작가 내면의 불안한 현실을 총체적으로 보여주고 있는 것이 독자 민준규와의 언쟁이다. 민준규는 그의 창작활동을 방해하는 외적 억압일 뿐 아니라 그의 내면에 꿈틀거리고 있는 자기검열적 비판의 시선이기도 한 것이다.

그는 꿈에서와 달리 막상 독자 민준규의 항의에 부딪쳤을 때 전혀 당당하지 못하다. 거기에는 단순히 피곤하다는 이유 외에 그 자신에게도 떳떳지 못한 나름대로의 여러 가지 문제가 개입되어 있다.

독자가 루카치적 '총체성'의 개념을 들이밀고, 세계관의 파편성을 공격했을 때 그가 '객관성'의 개념으로도 그토록 확실하게 방어하지 못한 것은 자기자신도 책 서두에서 시대상황의 총체성을 그려보겠다고 단언했었기 때문이다. 만일 그가 루카치적 망집을 냉소하는 신념의 소유자였다면 결코 그러한 단언을 할 수 없었을 것이다. 여기에서 그의 내면적 문제가 드러난다. 그는 '염소의 노래'에서 전형성이나 총체성이란 말로 대변되는 장중한 소설세계를 지향한다고 표명하고 있으면서 막상 자신의 소설 내에서는 우유부단한 인물을 통해 뚜렷한 세계관 표출을 회피한 채 파편적 세계인식으로 흘러가는 삶을 그릴 수밖에 없었다.

그것은 둘 중 하나를 의미한다. 실제로는 자신이 그려놓은 작중세계의 파편성이 자신의 의도였는데 다만 시대적 유행에 밀려 '총체성' 운운하는 척 했다는 것이다. 그렇다면 그가 그토록 경원해 마지않던 문단적 압력이나 유행에 적당히 타협한 것에 다름 아니다. 반면 애초에는 총체성을 시도했으나 자신의 확고한 세계관 부족으로 작품세계가 파편적으로 흘러버렸을 수도 있다. 객관성이라는 미명으로 변호는 하고 있으나 그것은 결국 흔들리는 소설가적 자아가 그대로 반영된 것이거나 소설가적 무능을 드러낸 것이라 할 것이다. 어쨌든 어느 쪽이든 평소 자신이 지녔던 소설가적 이상과는 거리가 먼 것이며, 내면으로부터 그것이 흔들리고 있음을 보여주는 것이다. 따라서 그는 민준규를, 단순한 집단적 이데올로기적 간섭으로 치부하거나 확실하게 물리칠 수 없었던 것이다. 작가(조성기)의 입장에서 볼 때 민준규는 어정쩡한 소설가 강만우를 내리치는 내외적 압력이라 할 것이다.

따라서, '환불'이라는 물질적 가치로 요구조건을 내거는 민준규의 항의 안에 오히려 어떤 외적 압력에도 굴하지 않으며 작가의 양심을 찌르는 신념이 숨어 있으며, 그가 내거는 '3500원'이라는 상징적 요구에는 강만우의 소설 주인공 세르베투스가 목숨을 건 '영원한'이라는 형용사처럼 극히 사소한 듯하면서도 목숨을 걸 만한 비장함이 들어 있다. 굳건하고 당당한 것은 오히려 강만우씨가 아니라 독자 민준규인 것이다. 끊임없이 소설가를 두드리고, 방문하며, 전화하는 그의 모습은 레지스탕스의 그것을 닮았다 해도 과언이 아니다. 표면적으로 그의 환불요구는 소설가를 뒤흔드는 물질만능의 외부적 현실과, 집단적 이데올로기적 간섭을 상징적으로 보여주는 것이다. 그러나 이면적으로는 골드만의 이른바 '타락된 현실을 타락한 방법으로 그려내는' 자본주의 시대 소설가의 모습처럼 '(상업적으로) 타락한 소설가를 (상업적인) 타락한 방식으로 고발하는' 아이러니컬한 비판의 의미도 담고 있다. 말하자면 여기에 등장하는 독자란 일차적으로 소설의 자율성을 위협하는 집단적 외부적 이데올로기의 강압을 의미하는 것이지만 한편 그것에 확고한 신념을 가지고 저항하거나 개인적인 자신의 글쓰기에 순수하게 매진하지 못한 채 늘 타협의 준비를 하고 있는 위태로운 소설가 내면의 양심을 찌르는 비판의 목소리라고도 할 수 있다.

결국 독자 민준규는 강만우에게 또하나의 외적인 이데올로기적 간섭일 뿐이지만 이를 통해 보여지는 강만우 자신의 소설의 문제점은 작가인 조성기가 바라보는 강만우형 소설가에 대한 신랄한 비판이기도 하다. 민준규는 일단 루카치적 망집으로 작가를 옭죄는 당시의 한 문단적 압력으로 풍자되고 있지만 그에 대해 떳떳하게 대처하거나 분명하게 반박하지 못하고 이도 저도 아닌 어정쩡한 위치에 서서 '객관성'이라는 미명하에 소설 자체를 제대로 끌어가지 못한 강만우 역시 떳떳할 수는 없는 것이다. 더욱이 그런 중요한 문제에 대해 충분히 반박할 준비도 하지 못한 채, 한낱 색욕에 밀려 적당히 넘어가고자 한 강만우의 태도는 결코 진지한 소설가의 그것이라 볼 수 없다. 민준규는 너무 진지하여 외곬으로 기울어진 레지스탕스의 그것처럼 피곤한 이데올로기적 강압이며, 강만우는 취중에나 '절망'을 외쳐대며 문학수업 대신 여자의 몸이나 만지고 싶어하는, 진지함을 상실한 소설가이다. 작가의 시선은 두 사람 모두에게 냉소적이다. 그들을 통해 작가는 이 시대의 소설가를 억압하는 이데올로기적 강요를 풍자하는 한편, 거기에서 초연하거나 의연하지도 못한 범속한 소설가의 나약한 모습을 보여주고 있는 것이다. 끝까지 울려대는 독자의 초인종 소리는 결국 내외적으로 안정된 창작활동에 전념할 수 없는 이 시대 소설가의 불안한 상황을 상징적으로 보여주는 것이다.

특히 강만우씨가 집에 돌아와 펼쳐본 신문에서 자신의 연재소설의 위치를 자각할 때, 이 시대 소설가의 위태로운 위상은 뚜렷이 드러난다. 물에 젖은 조간신문을 들어올려 광고로 뒤범벅된 하단부를 잘라내고 그것이 엉키고 짓눌려 녹아 흐르는 구정물을 광고의 의미로 읽어냈을 때, 바로 그러한 신문에 그의 연재소설이 실리고 있다는 사실부터 그의 소설이 상업적 선정성이나 장식적 요구로부터 자유롭지 못함을 보여준다. 더욱이 그의 소설이 신문의 상단부와 하단부의 중간에 걸려 있다는 사실을 자각했을 때, 그의 소설의 위기는 분명해진다. 광고와 기사의 어중간한 사이에 걸려 있는 그의 소설이란 형이상과 형이하의 사이, 순수와 통속의 사이, 정신과 물질의 사이…… 에 놓여있음에 다름 아닌 것이다.

그는 지금 위태롭게 서 있는 소설가이다. 자신의 소설은 신문의 상단부와 하단부의 사이, 배꼽에 걸려 있다. 그의 소설은 이념과 자율성, 순수와 상업성의 중간에 서서 어정쩡하게 타협하고 있으며, 그의 삶은 자본의 현실에서 자유롭지 못할 뿐 아니라 소설과 문학을 가르친다는 빌미로 여자의 몸이나 만지고 싶어하는 형이상과 형이하의 간음을 즐기고 있고, 결국 '노래'가 '배꼽'으로 변질되어가는 시대에 그는 적절히 타협하려 하고 있다.

따라서 그가 「염소의 노래」 대신 잘못 사온 「염소의 배꼽」을 한번 읽어보고 싶다고 느끼는 이 작품의 결말은 형이상학적 '노래'보다 형이하학적 '배꼽'에 더 열광하는 이 시대의 선정적 독서방향으로부터 그 자신의 삶이나 소설 또한 그다지 멀지 않음을 자각하게 되는 풍자적 대목이 아닐까? 어찌보면 자조적인 결말이라 볼 수도 있지만8) 그것은 상업적 이데

---

8) 이 부분에 대해 석연치 않다는 평이 있으나 (제 15회 이상문학상 심사평에서 이문열의 평과 김주현(1996)의 앞글에서의 평이 그러하다.) 작품의 처음부터

올로기로부터 자유롭지 못한 이 시대 소설가들의 위태로운 위상을 가장 잘 드러내고 있는 장면이라 할 것이다. 이제 그는 '노래'가 '배꼽'으로 바뀌는 시대에, 그나마 배꼽 아래로 흘러내려 갈 위기에 처해 있는 소설가이다.

자신이 부른 '노래'가 '배꼽'으로 변질된 것도 모른 채 '배꼽' 아래의 색욕에 빠져 자신의 '노래'를 위한 최소한의 변론조차 마련하지 못한 작가의 모습, 그것은 그를 의연하고 순수한 소설가로 설 수 없게 만드는 것이 외적 현실 못지않게 내면적인 진지성 상실로부터도 오는 것임을 단적으로 보여주는 장면이라 할 것이다.

그는 이제 '어쩔 수 없이'가 아니라 자발적으로 '읽고 싶어지게 된' 「염소의 배꼽」을 꺼내 읽으며 자신의 '노래'의 변질과 배꼽 위에 걸려 있는 자신의 소설가적 위기를 진정으로 자각하게 될 것인가? 결말은 열려 있다.

5. 맺는 말

이 작품이 다른 유사한 소설과 특별히 다른 점은 소설가의 자존심을 뿌리째 뒤흔드는 독자의 '환불'요구를 중심소재로 다루고 있다는 것인데, 이야말로 소설가의 내외적 위기를 가장 반성적으로 바라볼 수 있게 하는 요소이다.

독자가 정신적 저작물인 소설에 대해 물질적 보상인 환불을 요구하고 있다는 것 자체는 이미 소설이 정신적이고 형이상학적인 차원에서 형이하학적 차원으로 전락한 외적 현실을 상징적으로 보여주고 있으며, 한편

흐르고 있는 소설가 강만우에 대한 풍자적 시선이 여기에서도 일관되게 보여진다는 점에서 오히려 매우 적절한 결말로 볼 수 있다.

그 독자가 강만우의 작품에 실망한 소설내적 원인으로 들어가면 당시 소설가들에게 또 하나의 강압이 되고 있는 이데올로기적 요구의 문제 및, 소설가 자신도 결코 회피할 수 없는 작가적 양심의 문제가 걸려 있다는 점에서 이 소재는 우리 시대 소설에 대한 다양한 성찰을 가능하게 하는 것이다.

더욱이 이 작품은 강만우라는 소설가를 풍자적 시선으로 바라봄으로써 이 시대 소설가의 위기가 단지 외적인 변화에서만 오는 것이 아니라 그것에 적극적으로 대항해 나아가지 못하고 점차 진지성을 상실해가고 있는 소설가 자신의 타협적 태도, 그리고 변화하는 시대에 정면으로 맞서 그것을 소설로 담아내지 못하는, 신념부족의 문제 등 소설가 내면의 문제에서도 기인하는 것이라는 것을 드러내고 있다.

결국 이 작품은 이후 구효서가 중심테마로 삼은 전업소설가로서의 현실적 문제들을 적나라하게 고발함으로써 문학의 상업화에 대한 문제를 지적하기 시작했다는 점, 90년대 들어 가시화되기 시작한 이념 상실의 문제와 그로 인한 세계관 상실, 총체성 상실의 문제 등을 민준규라는 독자의 입을 통해 거론함으로써 이후 양귀자가 「숨은 꽃」에서 화두로 삼은 진지한 예술이 나아가야 할 방향의 상실에 대해 입을 열게 했다는 점등에서 이후 소설가소설들의 단초를 보여준 것으로 의미화될 수 있다.

그러나 뚜렷한 고민이나 각성의 과정이 분명하게 제시되지 않음으로써 이 시대의 소설가가 과연 이 위기를 어떻게 뚫고 나갈 것인가에 대한 아무런 전망도 보여주지 못한 채 그러한 현실에 더욱 매몰되어갈 조짐만을 드러내주고 있다는 것이 이 소설의 한계이다. 그것은 물론 일반적인 소설가소설의 순환구조가 안고 있는 한계를 그대로 드러낸 것이기도 하지만 양귀자나 김영현이 모호하게나마 반성적 도정을 거쳐 새로운 의식과 다짐을 지니고 제자리로 돌아오는 것과 비교해 볼 때 분명히 그 전망부재와 진지성의 상실을 노출함으로써 더욱 큰 한계를 보여주는 것이다.

강만우의 소설 「염소의 노래」처럼 이 작품도 자칫 소설가적 위기의식을 파편적인 시선으로 나열하는 데에 그쳐버린 것이 아닌가 하는 의구심이 드는 것도 바로 그러한 점 때문이다. 그것은 결국 작가 자신이 이 **변화하**는 시대 속에서 소설가들이 느낄 수밖에 없는 다양한 위기의식을 진지하게 앓아내지 못하고 있다는 반증이 아닐까?

그러나 이후의 많은 소설가소설들 속에 이러한 문제가 거듭 논의되면서 좀더 진지한 전망을 향해 나아가도록 하는 기폭제가 되었다는 점만으로도 이 작품은 나름대로 90년대 소설가소설의 한 방향을 보여주었다 할 것이다.

우리 시대의 직업 소설가

―구효서의 소설가소설

박 혜 주

1. 시작하는 말

　1987년 중앙일보 신춘문예를 통해 등단한 구효서는 다양한 형식적 실험과 함께 왕성하게 작품 활동을 하고 있다.[1] 등단 이후 고르게 작품을 발표하고 있고 특히 장편을 9편이나 출간했다는 사실을 상기하면 그를 다작의 작가로 명명해도 될 것 같다.

　그런데 그가 이처럼 작품을 양산할 수 있는 데는 창작행위에 대한 그

---

1) 구효서는 『노을은 다시 뜨는가』(1990), 『확성기가 있었고 저격병이 있었다』(1993), 『깡통따개가 없는 마을』(1995), 『그녀의 야윈 뺨』(1996) 등의 작품집과 『늪을 건너는 법』(1991), 『슬픈 바다』(1991), 『전장의 겨울』(1992), 『추억되는 것의 아름다움, 혹은 슬픔』(1992), 『낯선 여름』(1994), 『라디오, 라디오』(1995), 『비밀의 문』(1996), 『남자의 서쪽』(1997), 『내 목련 한 그루』(1997) 등의 장편소설을 상재하고 있다. 또한 그의 작품 세계는 다양한 면모를 보여주는데, 『확성기가 있었고 저격병이 있었다』나 『늪을 건너는 법』, 『비밀의 문』 등에서는 전통적인 소설양식을 벗어난 실험적 소설양식을 시도하고 있다.

의 내면적 욕구와 왕성한 필력 이외에도 몇 가지 그럴만한 이유가 있음을 짐작할 수 있다. 하나는 그가 오랜 준비기간 끝에 등단했다는 사실이다. 한 자기고백적인 글에서 그는 등단하기 전에 자신을 '대기만성형'이라 규정지으며 상대적으로 늦은 등단을 위로했음을 밝히고 있는데, 이는 탄탄한 습작과정과 그동안 축적되었을 습작들을 짐작하게 한다. 그리고 그의 왕성한 작품활동을 가능케 하는 또 하나의 근거로 짐작되는 것은 그가 전업작가라는 점이다. 그는 1991년 그러니까 등단 5년째에 접어드는 해에 '소설만 쓰기로 작정하고' 다니던 잡지사를 퇴사한다.2) 따로 직업을 갖지 않고 오직 소설만 쓰기로 작정한 이후 과연 그는 쉼 없이 맹렬하게 소설을 발표하고 있다.

90년대 전업 작가인 구효서가 전업 이후 발표한 작품들 중에서 우리의 눈길을 끄는 일군의 소설은 그가 연이어 발표해온 '소설가소설'들이다. 오랜 습작기간을 거쳐 마침내 등단하여 공인받은 소설가로서의 삶을 살게되고 또한 보다 치열하게 소설가로서만 살기로 작정한 전업 이후, 소설가가 주인공이며 소설가의 삶을 내용으로 삼고 있는 작품들을 연이어 발표하고 있다는 사실은 충분히 주목의 대상이 될 만하다.

구효서의 소설가소설은 「영혼에 생선 가시가 박혀」(1992)를 필두로 하여 「子公, 소설에 먹히다」(1993) 이후 「당신의 바다는」, 「편지 읽는 여자」, 「깡통따개가 없는 마을」, 「카프카를 읽는 밤」(이상 1993), 「木神의 오후」 (1994)에 이르기까지 계속된다. 「영혼에 생선 가시가 박혀」와 「子公, 소설에 먹히다」가 3인칭 서술자로 된 중편소설인데 비해 이어지는 작품들은 단편들이며 1인칭 서술자로 쓰여져 있다. 3인칭 서술의 두 중편이 그로테스크한 과장법과 대상에 대한 희화화3)를 통해 작가가 처해 있는 사회

---

2) 구효서(1996), 『그녀의 야윈 뺨』, 중앙일보사, 작가연보 373쪽 참조.
3) 박혜경(1997), "아버지 탐구와 어머니 찾기-구효서의 소설세계", 『문학동네』 (1997, 겨울), 102쪽.

적 현실과 작가를 동시에 풍자와 비판의 대상으로 삼고 있다면, 1인칭 서술의 단편들은 주인공인 작가 자신에 초점이 맞춰져 전업 소설가의 삶의 방식과 소설 쓰기가 작가의 입장에서 보여지고 있다고 할 수 있다.

전업 한 지 2-3년에 이르러, 그의 표현을 빌면 '전업 2년차'4)에 이른 시점부터 소설가를 주인공으로 하는 소설들을 계속 발표한 사실은 이 시기에 그가 전업작가로서의 갈등과 첨예하게 마주하고 있었음을 짐작하게 한다. 이들 작품들은 90년대 소설가의 모습, 더 정확히는 소설가라는 직업을 갖고 이 땅에서 90년대를 살아가는 작가의 모습을 여실히 드러내고 있다.

사실 90년대의 달라진 문학적 상황에서 양산되고 있는 소설가소설은 탈이데올로기 시대에 문학의 위기의식 속에서 이루어진 방법적 모색의 하나이기도 하지만, 다른 한편으로는 전업 작가의 증가와도 관련이 있다고 할 수 있다.5) 전업 작가의 증가는 일단 문학 내적으로 바람직한 현상이지만 다른 한편으로 그것은 소설만을 써도, 어려운 대로나마 생활이 가능할 수 있다는 사회적 여건이 형성되었음을 짐작하게 한다. 그리고 그러한 사회적 여건이란 작가와 출판사와 독자를 잇는 상업적 채널의 형성과 무관하지 않음도 짐작할 수 있다. 전업 작가를 가능하게 하는 시대에 작가는 과연 어떤 모습으로 살고 있고 그들의 고통은 무엇이며 그들의 소설쓰기가 궁극적으로 추구하는 것은 무엇인가.

본고에서는 구효서의 소설가소설들을 통해 우리 시대 전업 소설가의 모습을 추적해 보고 그들이 어떤 갈등과 문제를 가지고 있으며 그 갈등과 대면하고 있는 방식은 과연 어떤 것인지 밝혀보기로 한다.

---

4) 구효서(1995), 「깡통따개가 없는 마을」, 『깡통따개가 없는 마을』, 세계사, 12쪽.
5) 전영태(1993), "우리 소설의 탈이데올로기적 징후와 전망", 『소설과 사상』 (1993, 겨울), 214-216쪽.

2. 작가의 사회적 공인 과정

2.1. '가시박이'의 영혼을 가진 사람들

작가가 되는 사람들은 어떤 사람들인가? 당연한 말이지만 누구나 작가가 될 수는 없다. 누구나 작가가 되기를 원하지도 않고, 원한다 해도 작가가 되고 싶다는 의지만으로 작가가 될 수 있는 것도 아니다.

작가로서의 삶은 우선 개인의 영혼의 문제로부터 출발한다. 글을 쓰고 싶다는 내면적 욕구, 더 나아가서는 쓰지 않고서는 견딜 수 없다는 절실함으로부터 작가로서의 삶은 시작된다.

「영혼에 생선 가시가 박혀」의 주인공 서통은 작가가 된다는 것이 무엇인지조차 모르고 다만 알 수 없는 환영에 시달리던 중 성하도사를 통해 그것이 글을 쓰고 싶은 그의 내면적 충동으로부터 비롯된 것임을 알게 된다. 모호한 느낌으로나마 문득문득 글을 쓰고 싶다는 충동을 느껴왔던 서통은 마침내 그것이 '영혼에 생선가시가 박힌' 형국으로 그의 삶에 끼어 들어 운명적인 것이 되었음을 자각하면서 작가가 되겠다고 결심한다. 즉 자신이 '가시박이'임을[6] 알게 되면서부터 서통은 작가가 되고자 하는 구체적인 목표를 갖게 된다.

작가로서의 운명을 타고났음을 깨닫게 되는 것은 글을 쓰고 싶다는 욕구로부터 시작되는데, 글을 쓰고 싶은 충동을 느끼는 계기는 개인에 따라 다르게 나타난다. 가령 「카프카를 읽는 밤」의 재일 한국인 2세 작가 김유미는 자신의 어머니가 의붓아버지로부터 소리 없이 얻어맞는 걸 문틈으로 엿보면서 터질 것 같은 감정을 종이 위에 쏟아놓는 일로부터 그

---

6) '가시박이'란 「영혼에 생선가시가 박혀」에 나오는 용어로 글 쓰는 일을 자신의 운명으로 받아들이고 사는 사람들에 대한 명명이다.

녀의 글쓰기를 시작한다. 그녀의 경우 자신의 삶이 안고 있는 견딜 수 없는 고통과 억압이 글쓰기로 표출되는 것이다.

한편, 글과 말이 사람을 움직이는 무시할 수 없는 위력을 지닌다는 사실을 깨닫고 있는 서통의 경우는 행복하건 불행하건 뼈에 사무칠 일을 당하면 이걸 글로 쓸 때가 오겠거니 생각한다. 즉 그는 글이 가진 권력에 대한 깨달음과 함께 글쓰기의 충동을 느낀다.[7]

> 작품이란 게 수백 년이 넘도록 여전히 상업적인 가치를 지닐 수 있는 무서운 것이며, 지진과 파도를 잠재울 수 있는 것이며, 글 만드는 사람의 말이 대규모 국제적인 분쟁을 일으키거나 혹은 진정시키는 효과를 지닐 수 있으며, 사람의 꿈과 무의식을 훔쳐낼 수 있으며, 백성들의 정치적 불만을 성적인 불만으로 전환시키는 탁월한 논법을 생산할 수 있다는 점들을 고려해 볼 때 작가란 결코 외면할 수 없는 직업이었던 것이다.[8]

개인적인 절박함으로부터 글쓰기를 출발하는 김유미의 경우와 비교할 때 서통이 생각하는 글의 위력은 정치적이고 사회적이다. 그러나 김유미든 서통이든 근본적으로 글을 통해 자신을 표출하고 싶은 내면의 욕구를 가지고 있으며 그로써 자신이 '가시박이'임을 알게 되는 것은 동일하다고 할 수 있다.

글을 쓰지 않고는 견딜 수 없는 내면의 욕구. 누구든 작가가 되게 하

---

7) 글쓰기가 권력과 관련된다는 인식은 구효서의 소설들에서 다양하게 탐사되고 있다. 「아이 엠 어 소피스트」나 「죽은 시인의 사회」, 「확성기가 있었고 저격병이 있었다」, 「테러, 테러리스트, 테러리즘」, 「늪을 건너는 법」 등의 작품들에서는 일상적, 사회적 담론이 권력과 유착되어 있는 양상을 여실히 드러내고 있다. 황종연(1993), "개인 주체로의 방법적 귀환", 『문학과 사회』(1993, 겨울), 1310쪽.

8) 구효서(1993), 「영혼에 생선 가시가 박혀」, 『확성기가 있었고 저격병이 있었다』, 세계사, 180쪽.

는 첫 번째 요건은 '사로잡힌 영혼'9)의 문제인 것이다.

2.2. 등단이라는 관문

글쓰기에 대한 개인의 열망은 작가란 '직업'을 갖는 것으로 이어진다. 글쓰기에 대한 내면적 충동은 곧 글을 통해 자신을 표출하고 싶은 욕구를 의미하며 이는 필연적으로 작가라는 사회적 삶을 추구하게 한다. 작가라는 사회적 삶을 부여받을 때 비로소 개인의 내면적 욕구는 타인을 향해 표현되고 소통될 수 있기 때문이다.

「영혼에 생선 가시가 박혀」는 주인공 서통이 작가가 되기로 작정한 후 3년 2개월만에 마침내 신춘문예 당선 통지를 받게되기까지의 지난한 과정을 그리고 있다.

처음에 자신이 소위 '가시박이'로서 운명지워졌음을 알게된 서통은 골방에 들어가 글쓰기에 몰두하지만, 그런다고 해서 작가가 될 수 있는 것은 아님을 곧 알아차린다. 작가로서의 삶을 살기 위해서는 현실적으로 사회적 공인이 뒤따라야 한다. 글쓰기에 대한 개인적 열망과는 별도로 공식적인 절차를 통해 '자격증을 따는' 등단의 과정을 거친 이후에야 글을 발표할 수 있는 기회가 주어지는 것이다.

서통은 문학작품을 모집하여 문인으로 등단시키는 매체들, 곧 신문과 잡지사에 30편의 소설을 한꺼번에 응모한다. 그러나 동시 당선을 우려하던 순진한 기대와는 달리 그는 낙선의 고배를 마시게 되고, 이후 등단을 위한 서통의 노력은 전혀 다른 방향으로 고구된다.

첫 번째 시도가 무산된 후 '문장관 회원이 되는 방법을 새로이 알아보기 시작한' 서통은 이미 등단한 문인들의 모임을 기웃거려 보기도 하고

---

9) 김윤식(1993), "후일담 문학과 소설가소설의 넘어서기론", 『90년대 한국소설의 표정』, 서울대학교출판부, 566쪽.

'돈 받고 글 쓰는 방법을 가르쳐 등단시킨다는' 사설학원의 회원이 되기도 한다. 가장 많은 등단자를 낸 사설학원으로 옮겨 실력을 연마한 그는 그해 신춘문예에서 당선작과 1점 차이로 낙선하자 이번에는 심사에서 자신의 작품을 밀었던 원로 문인의 문하생 생활을 한다.

그러한 과정을 통해 서통이 목격하게 되는 것은 소위 문단이라는 집단이 가지고 있는 폐쇄적이고 배타적인 권력 관계이며 그 안에서 벌어지는 불합리와 술수와 협잡이다.

> 문장관 회원들은 자신들을 스스로 폐쇄된 그룹에 가두어 놓고 그 안에서 글 쓰는 비법들을 배타적으로 보유하면서 대사회적으로 특권을 유지하려는 시도의 구체적 집단이라고 그는 이마를 탁탁 쳤다. 만세토록 그룹을 유지하기 위해 새로운 회원을 모집하는 엄격하기 이를 데 없는 자체 제도를 만들어 놓고, 온갖 시련과 때로는 비굴한 절차를 마다않고 자격증을 따 가입한 회원에게는 자기들만의 비법과 비방을 단계적으로 개방하는 거라고 이마를 탁탁 쳤다.
>
> ——「영혼에 생선 가시가 박혀」, 174쪽

자신이 목격한 것들에 대하여 서통은 놀라움을 금치 못하지만 그는 그 모든 것을 받아들인다. 백방으로 '문장관 회원이 되기 위한 방법'을 모색하던 그였기에 자신을 밀었던 원로 문인의 문하생이 되어 그 안에서 벌어지는 불합리한 일들을 보고도 비판적인 시각을 보이기보다는 다만 '비법'을 알아내기 위한 염탐군의 자세를 보일 뿐이다. 그 모든 것을 적극적으로 받아들인 그는 마감 하루를 앞두고 부랴부랴 써낸 글로 마침내 당선된다.

등단한다는 것, 작가로서 행세할 수 있는 자격을 얻는다는 것은 이 땅의 '가시박이'들이 통과해야 할 첫 번째 관문임에 틀림이 없다. 작가로서의 삶은 개인의 영혼의 문제일 뿐 아니라 사회적 삶의 형태이기도 하기에 이 관문을 통과하지 못하면 평생을 소외된 '가시박이'로서의 괴로움을 안고 살아야 한다.

서통이 습작시절 사설학원에서 만났던 수많은 '가시박이'들은 자신들의 문학적 열정에도 불구하고 등단의 관문을 통과하지 못해 '선택된' 작가의 길을 걷지 못하고 문단의 주변을 맴돌 뿐이다. 좀처럼 사그러들지 않는 문학적 열정을 운명처럼 끌어안고 사는 「당신의 바다는」의 한의사 한일수 역시 소외된 '가시박이'로서의 한정된 자유를 누릴 수 있을 뿐이다. 학창시절 내내 문예반이었던 그는 읽고 쓰는 일이 전부인 소설가의 생활을 부러워하고 문인들의 동정에 친근한 관심을 가지며 내면의 충동을 주체하지 못할 때면 밤길을 달려 소설가 친구를 찾아오는 열정을 안고 살아간다. 그는 한의사가 되어 안정된 생활을 누리고 있지만 사그라들지 않는 내면의 열정은 지금까지 잘못 살아온 것 같다는 회한을 가지고 살게 한다.

문단이 드러내는 권력구조는 중앙문단과 지방문단의 차별로도 나타난다. 「당신의 바다는」에서 소위 중앙문단에서 활동하는 소설가인 '나'는 요양차 내려간 작은 암자에서 자신을 소설가라 소개하는 지방문단의 문인을 만난다. 지방문단의 소설가는 중앙문단의 '나'를 대번에 알아보지만 '나'는 소설가로 자처하는 그의 이름이나 글을 대해 본 적이 없다.

'등단'이라는 사회적 장치, 이는 무조건적인 개인의 욕망을 차단시키는 냉혹한 현실의 조건이다. 개인의 욕망이 제아무리 절실해도 등단이라는 현실의 조건이 채워지지 않는 한 욕망의 사회적 실현은 쉽게 이루어지지 않는다. 권력과 규율에 의해 존립되고 있는 문학 제도[10] 안에 들어설 때 비로소 작가로서의 공식적 자격을 얻게 되는 것이다.

'사로잡힌 영혼'으로서의 개인적 열망이 작가로서의 출발점임에도 불

---

10) 황종연, 앞글, 1311쪽.

구하고, 등단이라는 제도적 장치와 치열한 경쟁을 통과한 자만이 작가로 행세할 수 있다는 이율배반, 그리고 그 과정에서 이루어지는 온갖 형태의 타협들은 부인할 수 없는 우리 시대 작가들의 한 현실일 것이다.

3. 전업 작가의 꿈과 현실

3.1. 전업 작가에의 꿈

전업 작가란 무엇을 뜻하는가?

직업을 일컫는 명칭 앞에 '전업'이란 수식어가 붙는 경우는 그리 흔치 않다. 아무도 '전업 변호사'나 '전업 경찰관' 또는 '전업 전기공'이란 명칭은 쓰지 않는다. '전업'이라는 말이 가장 쉽게 떠올려지는 경우는 '전업 주부' 정도이다. 전업 주부가 바깥 일을 가진 주부에 대해 집안 일만 담당하는 주부를 구분하여 부르는 명칭이듯이, 전업 작가 역시 다른 일을 갖지 않고 글을 쓰는 일만 하는 작가를 일컫는다. 또한 전업 주부가 일하는 주부가 늘어난 사회적 변화에 따라 생긴 말이듯이, 전업 작가 역시 사회적 변화와 함께 이전의 작가로부터 분화된 명명이라 할 수 있다.

우리에게 익숙한 고전적인 의미의 작가는 직업인으로서의 작가가 아니다. 우리에게 쉽게 떠올려지는 작가들의 모습은 대개 출판사나 잡지사 혹은 신문사 기자 등 다른 직업을 가지고 밥벌이를 하면서 소설이나 시를 쓰는 경우이다. 그것은 우선 작가를 여타의 세속적인 직업의 경우처럼, 노동의 결과로 물질적 보상이 따르는 직업이라고는 생각하지 않는 사고의 반영일 수 있다. 이러한 사고는 작가를 예술가의 범주로 받아들임을 의미하는데, 이 때 예술가란 타고난 재능과 열정을 가지고 예술작품을 창작하는 존재이고, 예술가의 창작행위는 적성과 능력에 따라 종사하여 급료를 받는 일과는 구분된다. 그리고 예술가가 만들어낸 창작물 역시, 애초부터 교환 가치를 전제로 하여 만들어지는 상품과는 다르다. 따라서 우리는 암암리에, 작가에게는 생활을 유지하기 위한 현실적 직업이 따로 있어야 하고 예술가로서의 창작 행위는 세속적인 밥벌이와는 다른 차원에서 이루어져야 한다고 생각하는 것이다.

작가들이 다른 직업을 가지고 있는 것을 우리가 당연하게 받아들이는 또 다른 근거는 글만 써서는 생계를 해결할 수 없다는 보다 현실적인 판단에서 비롯된다. 비록 작가의 창작물이 원고료라는 형식으로 돈으로 바꾸어진다 해도 대량생산이나 지속적이며 균일한 생산이 보장되기 어려운 만큼 생계에 충분한 돈이 될 수 없는 것이 일반적인 경우이기 때문이다.

그런 이유로 우리에게 익숙한 고전적인 의미의 작가는 직업인으로서의 작가가 아니다.

그런데 예술혼에 사로잡힌 영혼인 '가시박이'로부터 출발한 작가가 현실적으로 목말라 하는 것은 '소설만 쓰며 살고 싶다'이다. 그가 작가들의 인생을 흉내내고픈 '사이비 가시박이'가 아닌 '순금 가시박이'임이 분명하다면 그는 당연히 다른 일 때문에 방해받지 않고 창작을 향한 내면의 욕구에 송두리째 투신하기를 원할 것이다.

> "얼마나 좋을까, 형처럼 읽고 쓰기만 하면."
> ……(중략)……
> 그는 직장 없이 혼자 읽고 쓰는 게 꿈이었다.[11]

이처럼 다른 직업을 가진 작가들의 꿈은 작가로 전업(轉業)하여 전업

---

11) 구효서(1995), 「당신의 바다는」, 『깡통따개가 없는 마을』, 세계사, 181쪽. 이하 인용에서 『깡통따개가 없는 마을』에 수록된 「깡통따개가 없는 마을」, 「카프카를 읽는 밤」, 「편지 읽는 여자」, 「당신의 바다는」, 「木神의 오후」는 인용문 옆에 작품명과 페이지를 적도록 한다.

(專業)작가가 되는 것이다. 그것은 어쩌면 '가시박이'의 영혼을 가진 존재로서 자연스런 욕구이며 동시에 작가로서의 치열함을 위한 당연한 욕구일 것이다. 다른 직업을 가진 작가와 구분되며 작가로서의 전문성과 치열함이 보장되는 '전업 작가'는 모든 작가들의 꿈일 수 있다.

> 전업(專業) 초기에 나는 전업이라는 걸 다음과 같이 생각했었다. 전업이란, 월요일 저녁에 입은 잠옷바지를 다음 주 월요일 저녁까지 줄창 입고 있을 수 있는 직업이라고.
>
> ——「깡통따개가 없는 마을」, 12쪽

월요일 저녁에 입은 잠옷바지를 계속 입고 있을 수 있는 생활, 즉 글 쓰던 일을 중단하고 다른 일을 위해 옷을 갈아입을 필요가 없는 생활, 혹은 잠옷바지를 갈아입는 것 따위에 신경쓰지 않고 오직 글쓰기에만 전념할 수 있는 생활이야말로 모든 작가가 꿈꾸는 이상적인 모습일 것이다.

'작가'와 구분되는 '전업 작가'. 이는 우선 다른 직업을 가진 채 글을 쓰는 종래의 작가와 구분되는, 글 쓰는 일 이외에 다른 직업을 따로 갖지 않은 작가를 의미한다. 그러므로 '전업 작가'는 오직 창작활동에만 전념하는 작가, 즉 보다 치열하게 자기 일에 몰두하는 작가를 의미한다.

3.2. 전업 작가의 현실

모든 작가의 '이상'인 전업 작가가 된 후 그에게 닥치는 것은 전업 작가의 '현실'이다. 다른 직업을 갖지 않고 소설에만 전념하겠다는 꿈은 소설로 먹고 살아야 한다는 현실과 부딪친다. 이제 그에게는 돈벌이를 위한 다른 직업이란 없으며, 그에게는 여전히 부양해야 할 가족이 있다. 작가이면서 동시에 가장인 그는 소설을 써서 식구들을 먹여 살려야 하는 것이다. 전업 작가의 현실은 한 마디로 소설로 밥벌이를 해야 하는 현실이다.

> 한 해에 단편을 (그럴 수는 없겠지만) 한 열 편 정도 쓴다고 하
> 자. 문예지에 연재도 한다고 하자. 이만하면 작가로선 대성공이다.
> 아내는 그러나 납득하지 못한다. 원고료로 따져 보자. 가장 많이 주
> 는 계간지 원고료로 계산해도 다 합해 8백만 원이다. 일년 열두 달
> 을 8백만 원 가지고 살 수 있어? 나는 살 수 있다고 말한다. 아내
> 는 애 둘 데리고 살 수 없다고 한다.
>
> ──「깡통 따개가 없는 마을」, 14쪽

아내와 두 아이를 둔 전업 작가인 그에게 소설은 이제 내다 팔아 일용
할 양식을 사야 할 상품이다. 그는 가장 많은 값을 쳐줄 곳을 생각하고,
한 달에 생산해야 할 분량을 계산한다. 그래도 경제적 형편은 충족되지
않는다. 2년 동안 백화점에서 옷 한 벌 사지 못하는 생활, 본때있는 진짜
피자 대신 집에서 만들어 먹는 간이 피자에 만족해야 하는 생활, 그것이
전업 작가의 현실이라고 말하는 그는 어느새 직업 소설가가 되어 있다.
노동의 결과물을 교환가치로 환산하고 그가 얻을 수 있는 1년치 품삯에
대하여 계산해 보는 그의 모습은 소설가라는 직업을 가진 직업인이다.

> 집에 들어앉아 일 년 넘게 글만 쓰면서 나는 무척 시스티매틱해
> 졌다. 고료의 고하를 막론하고 나는 청탁을 거절한 적이 없다. 주문
> 이 아무리 까다로워도 마감에서 1초도 넘기지 않았다. 마감 뒤 편
> 집자의 요청이 있으면 성실히 AS까지 했다.
>
> ──「당신의 바다는」, 186쪽

전업을 꿈꿀 때 그는 집안에 파묻혀 '쓰고 싶을 때 쓰고 싶은 소설'을
마음껏 쓰며 살 거라고 생각하지만 그의 현실은 그것과는 거리가 있다.

전업 작가의 생활에 익숙해지면서 그의 글쓰기는 쓰지 않고는 견딜 수 없는 창작의 열정에 의해서가 아니라, 청탁에 의한 주문 생산으로 이루어진다. 그는 쓰고 싶을 때 쓰는 것이 아니라 청탁받은 기일에 맞춰 소설을 써내야 한다. 주문 생산이기에 대금을 지불할 구매자가 요청하면 성실히 AS까지 한다. 요청에 따라 AS까지 해야하는 소설은 애초에 쓰고 싶은 소설과는 아무래도 거리가 있게 마련이다.

> 아침에 눈을 뜨니 전화벨이 울리고 있었다. 아내였다.
> 「석 달 거르면 연재를 끊을 수도 있대요.」
> 나는 방바닥에 떨어져 있는 대홍사 건물 배치도를 발가락으로
> 집어 올렸다.
> 「곧 된다구 해. 다 됐다구 해.」
> ──「카프카를 읽는 밤」, 118쪽

「카프가를 읽는 밤」의 전업 작가는 '재미없다는 이유로, 네 번 연거푸 반송됐던 원고'를 AS 하고 있다. 그것이 이미 반 넘어 진행된 연재소설의 제 8회분임에도 불구하고 그는 잡지사의 요구에 따라 수정하는 작업을 하고 있다. 소비자의 구미에 맞지 않는 상품은 상품 가치가 없기 때문이다. 게다가 납품 기일을 너무 어기면 신용에 문제가 생기고 거래가 중단될 수도 있다. 이런 현실에서, 쓰고 싶은 소설을 쓰고 싶을 때 마음껏 쓰겠다는 애초의 꿈은 찾아보기 어렵다.

그는 기계적으로, 아침밥 먹고 40자 곱하기 53행을 '치고'[12] 저녁밥 먹고 다시 40자 곱하기 53행을 치는 생활을 한다. '4인 가족의 가장이면서,

---

12) 오늘날 작가들의 글쓰기는 원고지에 쓰는 육필 원고가 아니라, 컴퓨터 자판을 치는 글쓰기이다. 그것은 때로 아무런 흔적도 없이 사라지기도 하며, 글쓰기의 과정이나 고민의 흔적을 남기지 않기에 언제나 불안한 초고의 상태로 존재한다. 구효서(1994), "하지만, 오늘도 키보드다" 『소설과 사상』(1994, 봄) 참조.

소설만 쓰는, 대한민국의, 젊은, 작가'로서 '시스티매틱해지지 않을 수 없다고' 그는 자조적으로 말하고 있다. 그러한 그의 모습은 다른 직업을 갖지 않고 오직 창작에만 몰두하는 순결한 전업 작가라기보다는 단지 밥벌이 수단이 소설 쓰는 일일 뿐인 직업 소설가의 모습이다.

그러나 비록 그가 현실의 조건들에 굴복하고 있다해도 그러한 생활이 결코 자연스러울 수는 없다. 소설만 쓰고 싶은 욕망과 소설로 밥벌이를 해야 하는 현실 사이에서, 갈등이 포화상태에 이를 때 몸이 알려오는 자각증상들이 나타나기 시작한다. 허리병과 귓병, 공황장애와 헛배 부르기.13) 그에게 나타나는 그러한 육체적 정신적 증상들은 비정상적인 채 그럭저럭 흘러가는 현실에 대한 내면의 브레이크이기도 하다.

직업 소설가인 그에게 허리병은 거의 고질이 되어 버린 직업병이다. 하루 종일 의자에 앉아 읽거나 쓰는 생활을 하는 그는 디스크라는 불청객에 시달린다. 그것은 한편으로 소설가로서의 그의 작업이 이미 삶의 현장이 아닌 책상 위에서 주로 이루어짐을 드러내는 징표이기도 하다. 병원에 다녀도 원인이 정확히 규명되지 않는 귀의 이상 역시 그가 시시때때로 시달리는 고질병이다. 평형감각을 상실하여 균형을 유지할 수 없는 상태가 계속되는 신체의 이상 증세는 종국에는 그가 쓰고 있는 문장들의 언술체계를 무너져 내리게 한다. 뿐만 아니라 먹고 사는 일과 관련된 생활의 압력 속에서 그는 곧잘 엉뚱한 망상에 시달리며 우주만큼 불러오는 헛배를 끌어안고 거리를 배회하기도 하고, 이유를 알 수 없는 불안에 시달리기도 한다.

그를 찾아온 신체적 정신적 장애들은 궁극적으로 그의 글쓰기를 방해

---

13) 허리병은 「편지 읽는 여자」와 「당신의 바다는」에 나타나고, 귓병은 「木神의 오후」와 「카프카를 읽는 밤」에 나타난다. 헛배 부르기는 「깡통따개가 없는 마을」에서 나타나는 증상이고, 공황장애는 「당신의 바다는」의 주인공이 호소하는 증상이다.

한다. 그는 이제 글을 쓰기 위해 의자에 30분 이상 앉아 있을 수가 없고, 어지럼증에 시달리면서 쓴 문장들은 자신이 쓴 문장이라고 하기 어려워진다. 엉뚱하고 하찮은 상상력이 머리 속을 가득 채우거나, 불가항력의 불안이 갑작스럽게 찾아와 '3분 혹은 5분 동안 넋을 하얗게 앗아가는' 상황에서는 직업 소설가의 일상이 계속될 수 없다. 그는 더이상 글을 쓸 수 없는 것이다.

> 「이만치에 분명히 큰 고목이 있었는데.」
> 어둔 강을 걸을 때마다 그는 큰 고목을 찾았다. 번쩍거리는 물빛을 따라 오래 걸어도 그가 말하는 고목은 나타나지 않았다.
> …… (중   략) ……
> 꿈은 차라리 그가 찾는 오래된 고목나무일지도 모른다. 끝없이 흔적을 버리고 떠나는 것.
>
> ——「당신의 바다는」 180 - 182쪽

　직업 소설가가 된 그에게 전업 작가를 꿈꾸던 시절의 순결한 꿈은 사라지고 없다. 꿈꾸고 있을 때만 꿈은 존재하는 것인가. 꿈이란 언제나 끝없이 흔적을 버리고 떠나는 것인지도 모른다. 한 때 작가가 되고 싶어 고통스러웠고, 작가가 된 후로는 전업 작가가 되기를 꿈꾸었던 그는 이제 '작가가 됐다는 것을 위로 받고 싶은' 직업 소설가가 되어 전업을 꿈꾸는 후배의 꿈을 물끄러미 넘겨다보고 있는 것이다.

4. 탈출, 그리고 탐색

4.1. 탈출 혹은 타협적 일탈

몸이 알려오는 이상 신호들이 심각해지고 그래서 글쓰기 자체가 어려운 상황이 되었을 때 그는 잠시 직업 소설가의 일상을 떠난다.

> 내게 어떤 청탁이 와 있고 언제까지 마감인지를, 처음으로 잊기로 했다. 내가 머무는 곳에 나무가 있다면 나무처럼 팔을 벌리고, 나팔꽃이 있다면 나팔꽃처럼 입을 벌리고, 쓰는 일 없이 읽는 일 없이 살아보기로 했다.
>
> ──「당신의 바다는」 187쪽

전업 이전엔 '직장 없이 혼자 읽고 쓰는 게 꿈'이었던 그는 이제, '쓰는 일 없이 읽는 일 없이' 살아보고 싶어 '시스티매틱'해진 일상을 떠난다. 그에게 일어나는 자각 증상들이란 비정상적으로 치닫는 그의 현실을 일깨워주는 징후들이기에 그는 일단 현실의 자리를 벗어나고 싶은 것이다.

그로 하여금 직업 소설가의 궤도를 일단 벗어나게 하는 것, 그것은 궁극적으로 '글이 통 안 써지는' 상황이다. 30분 이상 의자에 앉아 있을 수 없는 허리의 통증이나 좀처럼 낫지 않는 귓병으로 인한 어지럼증 같은 신체의 증상도, 이유없는 불안과 허황한 욕망에 시달리는 정신의 증상도 궁극적으로는 글을 쓸 수 없다는 현실로 귀결된다.

글을 쓸 수 없다는 것, 그것은 곧 그의 존재가 부정되는 것에 다름 아니다. 그는 작가의 운명을 타고났다고 믿고 있으며 그 운명에 투신하기 위해 전업한 작가이기 때문이다. 따라서 그가 글을 쓸 수 없는 지경에 이르렀다는 것은 그의 모든 신체적 정신적 질병을 넘어서는 심각한 상황이 아닐 수 없다.

글을 쓸 수 없는 내심 절박한 상황에 처하여 그가 탈출하여 가는 곳은 어디인가?

허리병 때문에 고통스러운 그는 도시의 외곽에 있는 산을 찾아 평일에 산행을 한다(「편지 읽는 여자」). 각기 제나름의 고민이나 지병을 안고 혼자 묵묵히 시지프스처럼 산을 오르는 초로의 행렬에 그도 조용히 들어선다. 그의 탈출지는 또한 온갖 욕망이 들끓는 도시를 벗어난 인적 드문 작은 마을의 암자이기도 하고(「깡통따개가 없는 마을」, 「당신의 바다는」), 투숙객이 두 사람뿐인 절 입구의 모텔이기도 하다(「카프카를 읽는 밤」). 그런가 하면 때로는 아내와 아이들을 처가로 몰아내고 혼자 차지한 집안에서 불을 끄고 들어 앉은 어두운 화장실이기도 하다(「木神의 오후」).

그 곳이 어디이든 그가 탈출해 가는 곳은 그의 일상의 자리에서 떨어져 있는 인적 드문 곳이다. 자신을 알아보는 사람이 없는 곳, 아무 것도 하지 않아도 되는 곳, 그리고 직업 소설가로서의 그의 현실을 잠시 잊을 수 있는 곳이다. 그 곳은 또한 부양해야 할 아내와 아이들이 눈에 보이지 않는 곳이기도 하다. 그에게는 늘 무거운 숫자인 셋으로부터 잠시 떨어져 있는 곳, 그 곳이 그의 탈출지이다.

하지만 그의 탈출은 어디까지나 한시적이며 그가 떠나는 방식 또한 타협적이다. 그는 3개월 정도 산을 올랐고, 헛된 욕망이 들끓는 도시를 아주 떠나는 건 아니고 한 보름 정도 떠나보기로 한다. '헛배가 좀 꺼지려나' 하고 떠나는 길에서도 그는 아내에게 '잘 팔리는 소설 한번 구상해보려고' 라며 거짓말을 한다. 재미없다고 퇴짜 맞은 연재물을 재미있게 고쳐 쓰기 위해 지방의 한적한 모텔로 거처를 옮기기도 한다. 소설이 안 써짐과 동시에 뭔가 심상찮은 기미를 감지하고 귀신을 만나보기로 작정한 것도 아내와 아이들을 집밖으로 내보낸 주말의 하루 저녁일 뿐이다. 어디 그뿐인가. 때로 그는 바로 그의 현실인 아내에 의해 '요양'이라는 명분으로 한적한 곳에 보내지기도 한다.

　아내가 수긍할만한 속임수를 쓰거나, 아내를 잠시 집밖으로 내보내거나, 아내에 의해서 떠날 수 있는 일상으로부터의 일탈이란 결국 돌아옴을 전제로 한 일시적인 외출에 가까운 것이다. 그의 일상을 이루는 한 기반인 아내와의 타협과 귀환이 전제된 한시적 일탈이라는 방식으로 그는 직업 소설가의 현실을 벗어나는 것이다.

4.2. 탐색 혹은 돌아보기

　인적 드문 곳에서 쓰지 않고 읽지 않고 살아보리라 생각하고 떠난 그는 그가 다다른 곳에서 '감나무처럼' 하루하루를 보낸다. 그는 직업 소설가의 궤도에서 잠시 일탈하여 아무 생각없이 살아보리라 작정한다. 아무도 자신을 알아보지 못하는 곳에서 아무에게도 관여받지 않고 아무 일도 하지 않고 지내리라 작정한다.

　그러나 인적이 드문 곳에서 만나는 의외의 사람들은 예상치 못한 방식으로 그의 삶에 끼어들고 그들과의 만남은 소설가로서의 그의 존재방식을 돌아보게 한다. 그는 왜 글을 쓰는지, 작가로서의 그의 정체성은 무엇인지, 그는 어떤 방식으로 글을 쓰며, 작가로서의 그를 위협하는 것은 무엇인지. 어느덧 직업 소설가가 되어 있는 그의 현실을 거리를 두고 바라보는 시간이 그가 탈출하여 간 곳에서 펼쳐진다.

　작가는 과연 왜 글을 쓰는가. 「카프카를 읽는 밤」에서는 글쓰기의 이유 곧 작가 스스로가 묻는 자신의 정체성에 관한 문제와 마주하게 된다.

　주인공은 현재 연재중인 소설에 문제가 생겨 지방의 한적한 모텔에 묵고 있는 중이다. 재미없다는 이유로 네 번 연거푸 반송됐던 소설을 붙들고 씨름 중인 그가 그 곳에서 우연히 재일 한국인 2세 소설가 김유미를 만난다. 그들은 '글을 쓰는 사람'이라는 공감과 글이 써지지 않는다는 고통을 함께 나눈다.

그러나 둘 다 '글을 쓰는 사람'이라 해도 김유미와 그의 글쓰기는 명백히 다르다. 삶 자체가 소설인 글쓰기 즉 쓰지 않고는 견딜 수 없어서 글을 쓰는 김유미의 경우와, 백 퍼센트 픽션으로 소설이 만들어지는 그의 경우는 우선 글쓰기의 이유가 명백히 다르다. 쓰지 않고는 견딜 수 없어 쓰여지는 소설과 계획과 의도를 가지고 만들어지는 소설의 차이는 분명 작가의 정체성의 기저를 구분 짓는 차이이다. 자신의 고통으로부터 글이 비롯되는 김유미가 실존적 작가의 모습이라면 백 퍼센트 픽션으로 소설을 만들어 내는 그의 모습은 명백하게 직업 소설가의 모습이다.[14)]

그런데 글쓰기의 출발이 이처럼 다름에도 불구하고 그와 김유미의 소설이 놓여지는 시장구조는 크게 다르지 않다. 소설이란 타락한 방식으로 타락한 가치를 드러낸다는 골드만의 지적대로, 김유미의 소설이든 직업 소설가인 그의 소설이든 소설의 유통 구조는 시장경제의 원리를 따를 뿐이다. 김유미의 소설이 인정받는 것은 재일 한국인 2세의 이야기라는 특이한 제재에서 그들이 부분적인 문학적 효용성과 함께 상업성을 발견하고 인정하기 때문이다. 개인의 고통과 절망이 상업적으로 이용되는 그같은 현실은, 재미없다는 이유로 네 번 연거푸 반송됐던 원고를 고쳐 써야 하는 그의 현실에도 동일하게 연결된다. 개인의 진실을 배반하고 우롱하는 현실의 상업성은 이미 작가의 정체성 따위를 문제삼지 않는다.

---

14) 김유미의 경우는 개인의 강렬한 원(原)체험을 바탕으로 글을 쓰는 경우이다. 그러나 매일매일의 작업을 통해 일정하게 작품을 생산해 내야 하는 직업 소설가로서는 개인적인 체험으로부터 비롯되는 소설만을 쓸 수는 없을 것이다. 그렇게 해서는 그의 생계가 유지되기 어려울 뿐만 아니라, 그는 이미 소설이 생산되어 유통되는 자본주의 시스템 안의 한 역할을 담당하고 있기에 쓰고 싶을 때만 쓸 수 있는 처지가 아니기 때문이다.

그러한 현실은 결국 그도 김유미도 글을 쓰지 못하게 한다. 그들은 자신들의 언술 체계가 무너져 내리는 혼란 속에 있다. 적의 영토에서 자신의 의식과 삶을 속속들이 지배하고 있는 지배자의 언어로 자신의 고통을 쓰고 있다는 김유미의 자각은 그녀의 언술 체계를 무너뜨리고 그녀의 글쓰기를 방해한다. 그의 경우 역시 상업성에 지배되는 그의 글쓰기는 그로 하여금 균형을 잃게 하고 자신의 목소리가 낯설어지는 혼돈에 빠지게 한다.

그러나 비록 그들이 상업성이라는 공동의 적을 가지고 있다 해도 명백히 말해서 그의 경우와 김유미의 경우는 다르다. 적의 영토에서 적의 언어로 자신의 고통을 쓰고 있다는 김유미의 절망은 직업 소설가인 그가 상업성에 휘둘리며 부리는 투정과는 비교될 수 없다. 결국 김유미의 절망과 고통을 통해 그는 자신의 고통이 '행복한 고민'에 불과함을 고통스럽게 돌아보며 직업 소설가로서의 자신의 정체성의 위기를 겪게 된다.15)

그렇다면 소설가의 최종 목표는 무엇인가? 혹은 소설가의 진정한 욕망을 방해하는 것은 무엇인가.

「깡통따개가 없는 마을」에서는, 헛된 망상과 부질없는 욕망을 다스리기 위해 도시를 떠난 그가16) 작은 마을의 암자에서 속된 욕망을 키우고 있는 탈출사를 만난다. 사내는 부단히 새로운 탈출비법을 연구하고 있다. 단순한 속임수를 통한 탈출의 단계와 속임수가 아닌 고된 숙련을 통한

---

15) 문홍술은 '원수의 언어'인 일본어로 '새로운 영토'를 묘사함에서 비롯되는 언술체계의 분열이라는 김유미의 소설쓰기의 어려움에 비해 '나의' 고민은 사치스러운 고민이고, '나'에게 원수의 언어는 정보사회 매커니즘에 의해 지배되는 언어라는 것을 깨닫게 된다고 지적하고 있다. "정보사회 매커니즘을 넘어 동양적 신화세계로"『소설과 사상』(1997, 봄), 302-303쪽 참조.

16) 「깡통따개가 없는 마을」의 '나'는 전업 2년차였던 지난 여름 '우주만해진 배를 안고 광화문과 종로엘 나다녔다. 누가 뭘 썼나 보기위해 광화문 교보문고에 들르고, '자꾸 헛배가 불러서' 불결한 청국장집이 있는 종로 3가를 찾다가, 이 도시를 떠나봐야지 하고' 생각한다.

묘기의 단계를 지나 그는 바야흐로 실제 구조물에서 아무 사전 준비 없이 탈출하는 그야말로 완벽한 탈출을 꿈꾸고 있다. 그러나 탈출사 사내의 최종적인 목표는 탈출 그 자체가 아니다. 탈출이라는 비법을 통해 인기와 돈을 함께 얻는 스타가 되는 것, 그것이야말로 탈출사 사내의 궁극적인 목표이다.

그가 깡통을 따기 위해 깡통따개를 찾아 긴 순례를 벌였던 것에 비해 녹슨 호미로 간단히 깡통을 따버린 탈출사 사내의 소위 고정관념 깨기는 어깨 탈골을 통한 탈출 묘기처럼 신선하고도 한 단계 진전된 모습을 보여준다. 그러나 사내가 추구하는 완벽한 탈출이라는 것이 사내가 읊는 대로 '공인중개사, 세무사, 변호사. 의사, 판사. 노무사, 평가사, 해결사 ' 처럼 '탈출사'라는 하나의 직업으로 당당히 자격이 주어지고, 궁극적으로는 세인들의 주목을 받아 인기와 출세와 돈을 얻기 위한 것이라면 어떨 것인가.

일상적 삶의 구속과 헛된 망상, 부질없는 욕망으로 부풀어 오르는 헛배를 다스리기 위해 이곳까지 온 그가 짐짓 거리를 두려해도 사내는 집요하게 다가든다. '어차피 선생도 세상을 향해 멋진 것 하나 터뜨리셔야'겠다고 스스럼없이 말하는 사내는 아내의 전화를 받고 암자를 떠나는 그를 향해 '혈육의 가슴 저리는 이별 장면'을 연출한다.

낯설면서도 익숙한 탈출사 사내의 행태는 어느새 직업 소설가가 되어 있는 그를 향해 물어온다. 작가는 자신을 구속하는 세속적 욕망과 갈등을 어떻게 탈출할 수 있겠는지, 헛배 부르지 않고 소설 쓰기란 어떤 것인지, 소설가의 최종 목표는 과연 무엇이어야 하는지를 사내를 통해 역설적으로 묻고 있는 것이다.

어딜 가나 상업주의와 한탕주의가 판을 치는 세상에서 세속적 욕망과 갈등을 다스리며 자신을 지켜야 하는 그는 어찌 됐든 생계를 위해 부단히 소설을 써야하는 입장이다.17) 그처럼 끝없이 이야기를 만들어 내는

직업인 직업 소설가의 허구성과, 대상을 소설화하는 방식에 관한 물음은
「편지 읽는 여자」에 나타난다.

직업 소설가인 그는 하루 종일 읽고 쓰는 것이 일이다. 그렇게 반복되
는 일상은 허리병을 가져오고 더 이상 의자에 앉아 있을 수 없게 되었을
때 비로소 그는 문을 열고 방을 나와 산에 오른다. 산행을 시작하면서부
터 그는 읽기에 대한 강박증에서 벗어나게 되고 마침내 책이 아닌 세상
을 맨눈으로 보게 된다. 그리고 세상을 바라보는 것이 책을 읽는 것보다
훨씬 재미있다는 것을 알게 된다.

그렇게 바라 본 세상에서 그가 만난 것은 자신에게만 유일한 이야기를
품고 산에 오르는 여자이다. 그만 보내고 싶어도 좀처럼 놓여나지지 않
는 하나의 이야기를 가진 여자. 이야기가 곧 자신의 삶인 이야기를 마음
에 품고 사는 여자. 그녀는 소설가인 그를 알아보고 자신의 이야기를 풀
어 놓는다. 살아서는 가정과 일만 알았으며 죽는 순간조차 자신만을 사
랑한다고 말하고 죽은 남편, 그런 남편의 유품 속에서는 다른 여인과의
과거가 담긴 편지가 나왔다는 이야기이다. "어떨까요?"하고 묻는 그녀에
게 그의 대답은 직업 소설가답다. "그런 얘긴 아주 흔합니다." 그러나 미
이라의 뼈를 들여다 보고, 밤하늘의 별을 올려다 보고, 산에 올라 세상을
굽어 보며, 놓여나지지 않는 고통과 씨름하며 자신에게 남겨진 편지를
다시 읽는다는 그녀의 이야기는 마침내 그가 맨눈으로 보는 하나의 대상
이 된다. 그것은 그가 책상 앞에 앉아 강박증으로 읽는 피상적인 책의 세
계와 구분되는 살아 있는 삶의 모습이다.

책상 앞에 앉아 끝없이 이야기를 만들어 내느라 '허리병'이 난 소설가

---

17) "아, 또 무슨 얘기를 쓸까. 소설을 써 주십사 청탁을 받았을 때 창밖을 내다
    보며 속으로 수없이 중얼거린 말입니다. 무슨 얘길 쓸까. …(중략)… 그런 고
    민에 빠질 때면 이 소설가라는 직업이 참 어이없어집니다." 구효서, 『깡통따
    개가 없는 마을』, 작가의 말.

와 마음에 병이 나서 산에 오르는 여자의 대면은 소설가에게 자의식적 일깨움을 가져온다. 그의 직업이 가지는 허구성은, 단 하나의 이야기를 등에 지고 시지프스처럼 끝없이 산에 오르는 그 여자의 이야기 앞에서 두드러진다. 필요에 따라 인위적으로 이야기를 만들어 가는[18] '알량한' 그의 글쓰기에 대한 돌아보기가 그녀의 이야기와 대비되어 이루어지는 것이다.

그렇다면 작가는 어떻게, 무엇에 의해 글을 써야 하는가. 작가가 소설화해야 할 대상은 무엇이어야 하는가.

「목신의 오후」에서는 귀의 이상으로 어지럼증에 시달리며 글을 쓸 수 없게 된 그가 뭔가 심상찮은 기미를 포착하고 그 미지의 존재와 마주하기 위해 아내와 아이들을 하루 밤 처가로 보낸다. 빈집의 화장실에 불을 끄고 들어앉은 그는 목신(木神)을 만난다. 목신은 그의 어지럼증이 아파트 한편에 서 있던 편백나무가 잘려나간 데서 온 이를테면 '인접 현실의 부재'로 인해 겪게되는 일종의 상실감임을 알려준다. 마침내 그는 그가 감지해온 평형감각의 이상이 모방하고 반영해야 할 대상으로서의 현실을 잃어버린 데서 온 것임을 깨닫는다.

그러나 그는 현실이란 거품에 불과하다는 목신의 말을 붙잡고 현실 대신 '내 안에 신을 세우겠다'고 맹세한다. 그 후 그는 예술혼에 사로잡힌 듯 신들린 듯이 글을 써내지만 '도대체가 비현실적'이라고 추궁하는 독자의 전화를 받게 된다.

모방하고 반영해야 할 현실을 잃어버린 작가의 모습은 현실이라는 실체를 쉽사리 붙잡을 수 없는 현대 사회의 작가적 상황인지도 모른다. 수

---

18) 구효서의 소설에 대하여 '그의 소설은 써야 할 것을 쓴 소설이 아니라 만들어낸 소설의 모습에 가까워지기 시작하고 있다'는 지적도 있다.("문학공간: 1995년 여름", 『문학과 사회』 1995, 여름, 747쪽.) 독자 역시 '만들어 낸' 소설의 기미를 알아챌 수밖에 없는 것이다.

많은 정보와 따라잡을 수 없는 속도 속에서 작가는 컴퓨터 모니터 앞에 고립되어 텅 빈 무대를 바라보거나 허깨비를 바라보며 글을 써야 하고 그런 현실에서 작가는 어지럼증을 느낄 수밖에 없는 것이다.

구효서의 소설가소설들에서 보여지는 직업 소설가의 모습은 전통적이고 고전적인 소설가의 모습에서 멀리 떨어져 있다. 아니 그보다는 그가 작가로서 처음 출발했던 자리로부터 너무나 멀리 떨어져 있다. 그는 직업 소설가의 일상을 떠난 자리에서 비로소 그가 처해 있는 낯선 존재 방식을 바라보게 된다. '운명적으로' 작가가 되었던 처음의 자리에서 이미 너무 멀리 와 있음을 그는 괴롭게 돌아본다.

그러나 그의 현재의 모습에 대한 돌아보기는 새로운 돌파구를 열기 위한 적극적인 탐색으로 이어지지는 못하고 있다. 그는 갈등을 해결하지 못한 채, 다만 갈등을 들여다 본 후 다시 현실로 귀환한다.

5. 현실로의 귀환

5.1. 아내라는 현실

작가가 하나의 직업일 수 있다는 이율배반적 현실[19]을 구효서 소설의 소설가들은 기정 사실로 받아들인다. 갈등을 내포하고 있는 현실을 기정 사실로 받아들이는 그의 태도는 아내와의 관계에서 잘 드러난다.

아내는 그가 감당해야 할 현실의 한 징표이다. 무엇보다도 그는 아내와 두 아이에 대하여 그가 '소설을 쓰든 다른 그 무슨 짓을 하든' 부양해야 할 의무가 있음을 인정한다. 소설가이기 이전에 한 가정의 가장임을 받아들이고 있는 것이다.[20] 이는 그가 소설가를 하나의 직업으로서 받아

---

19) 윤대녕(1995), 『남쪽 계단을 보라』, 세계사, 작가의 말 중. 298쪽.

들이는 가장 기본적인 근거가 될 수 있다. 자본주의 사회에서 가족의 생계를 책임질 가장의 역할이란 일정한 직업을 갖는 것으로부터 벗어날 수 없기 때문이다.

그는 아내로 대표되는 현실을 결코 벗어나지 않는다. 그가 글을 쓰는 방문 밖에는 늘 아내가 존재한다. 그가 집을 떠나 있어도 그는 전화를 통해 아내와 늘 이어져 있다. 아내는 그의 현실을 일깨워 주고 그에게 현실의 끈을 놓지 못하게 하는 존재이다. 아내는 출판사와의 연락을 중개해 주고, 사고를 일으킨 아이의 소식을 전함으로 그가 무시할 수 없는 현실을 일깨워준다.

뿐만 아니라 그 역시 아내에게 전화를 건다. 직업 소설가의 일상을 떠나 탈출하여온 곳에서조차 그는 '아내가 궁금할까봐' 이삼일에 한번씩 전화를 건다.

> 나는 궁금한 걸 잘 참는데 아내는 그렇지 못하다. 거의 의무감으로 전화를 하면 아내는 말한다. 잘되가요? 난 대답한다. 응, 그럭저럭. 어떤 건데? 아내가 다시 묻는다. 나는 대답한다.
> ——「깡통 따개가 없는 마을」, 27쪽

> 「아직 거기 더 있어야 해요?」
> 「내일 갈게.」
> 썩 가고 싶진 않았지만 내 입에선 그런 말이 아주 자연스럽게 나왔다. 언제부터 썩 내키지 않는 일을 자연스럽게 말하고 행동하기 시작했던가. (앞글, 32쪽)

---

20) 구효서의 소설가소설에 등장하는 남편은 현진건의 「빈처」에 등장하는 작가처럼 아내에게 생계에 대한 책임을 전가하지도 않으며 무조건 헌신적으로 글을 쓰는 남편을 존경하기를 요구하지도 않는다.

아내에 대한 의무를 다하고 안부를 묻는 아내에겐 늘 건재함을 알리고, 썩 내키지 않는 일도 아내의 요청에는 자연스럽게 **따르는** 그는 아내라는 현실에 충실한 가장이다.

궁극적으로 그는 현실을 벗어나기를 원치 않는다. 아이가 장난감 낚시의 자석을 삼켰다는 소식을 아내로부터 전해 듣고 집으로 돌아가는 길에, 그는 중도에 버스에서 내린다. 길 위에서 십여 분을 흘려보낸 뒤 그는 공중전화로 가 아내에게 전화를 건다. "어떡하지? 여기가 어딘지 모르겠어." 떠나올 때와 별반 달라진 것이 없는 그는 잠시 현실과 일탈의 경계에 서 있지만 아내를 통해 여전히 현실과 연결되어 있다. 아내에게 전화를 걸어 여기가 어딘지 모르겠다고 말하는 것은 어찌 보면 아내 쪽으로 끌려가고 싶은 내심의 지향인지도 모른다.

5.2. 현실로의 귀환

그는 결국 그가 떠났던 현실의 자리로 귀환한다. 얼마간 직업 소설가의 일상에서 벗어나, 보다 치열한 작가의 삶을 위해 전업을 꿈꾸던 애초의 자리에서 멀리 벗어나 있는 자신의 존재방식을 돌아보지만 그는 큰 변화없이 다시 현실로 귀환한다.

그의 귀환은 사실 예정된 것이기도 하다.

> 나는 자꾸 헛배가 불러서 종로 3가를 찾다가, 이 도시를 떠나봐야지 하고 생각했다. 내 육신이, 거대해진 복부 한켠에 붙어 있는 작은 부속물처럼 느껴지기 시작하면서. <u>아주 떠나는게 아니라 한 보름 정도. 난 아주 떠나게 생겨먹질 않았다. 길면 한 스무 날 정도.</u> 청국장집 같은 데서 삼시 세끼 밥을 먹고, 새점 치는 노파 목소리에 몇 날 며칠 갇혀 살아보고 싶었다. 그러면 배가 좀 꺼지려나.
>
> ──「깡통 따개가 없는 마을」, 14쪽 (밑줄은 인용자)

‘아주 떠나는 게 아니라 한 보름 정도’ 이 도시를 떠나보자고 생각하는 그의 태도는 ‘잘 팔리는 소설 하나 구상해보려고’ 떠난다고 아내를 안심시키는 태도와 같은 선상에 있다. 한시적인 떠남, 그리고 그를 묶는 현실의 조건을 미끼로 현실을 벗어나는 방식은 출발부터가 타협적이다. 게다가 ‘난 아주 떠나게 생겨먹질 않았다’라는 선언은 비록 냉소적이긴 해도 자신의 한계를 명백히 인정하는 태도이다.

그는 갈등을 내포하고 있는 현실에 대하여 적응력이 있는 편이다. 직업 소설가로서 감당해야 할 현실에 대하여 적응력이 있다함은 그의 능력일 수도 있지만 현실에 대하여 타협적인 태도를 의미하기도 한다.

> 마감 뒤 편집자의 요청이 있으면 성실히 AS까지 했다. 나에게 청탁한 사람에게 한치의 손해도 끼치지 말자. 남들에게 특별나게 보이기 위한 신념이 아니었다. <u>그렇게 해야 편하도록 생겨먹은 게 나라는 존재다.</u>
>
> ——「당신의 바다는」, 186쪽 (밑줄은 인용자)

역시 자조적이고 냉소적인 어조이기는 하지만 청탁과 집필의 관계 속에서 보이는 그의 태도는 소극적이고 타협적이다. 자신을 구속하는 현실에 대하여 수동적이고 타협적인 태도를 견지하는 한 그는 갈등의 해결을 향한 새로운 출구를 찾기 어렵다.

일상을 떠나 다다른 탈출지에서도 그의 태도는 일관되게 나타난다. 작가로서의 그의 삶을 돌이켜 보게 하는 대상들에 대하여도 그의 태도는 수동적이다. 그는 엄격한 거리를 둔 채 탈출사를 만나고, 김유미를 만나고, 편지 읽는 여자를 만나고, 지방문단의 작가와 술집 미희를 만난다. ‘성실하지도 불성실하지도 않은’ 태도로 ‘아, 그랬었군요’와 ‘그렇군요’를 거듭하는 것이 그들에 대한 그의 화법이다. 그처럼 스스로 규정한 '내 방식'이 깨어지지 않는 한 혹독한 자기 반성도 치열한 탐색도 이루어지기 어렵다.

> 한밤중에 터질 듯 오줌이 마려워 눈을 뜬 나는 칠흑 같은 어둠 속에서 끝내 출구, 출구를 찾지 못하고……
>
> ——「당신의 바다는」, 196쪽

다시 일상으로 돌아가는 그에게 갈등은 여전히 남아 있다. 그는 어둠 속에서 출구를 찾지 못하거나, 한밤중에 자신도 모르는 사이에 벌레가 되어 있거나, 집으로 돌아가는 길에 길을 잃고 서 있다. 예정된 귀환 길이며, 현실에의 적응력이 익히 있는 그임에도 불구하고 그 순간 그는 막막해 보인다. 출구는 과연 없는 것인지.

그러나 기실 그 막막함의 정체는 그가 돌아온 제자리가 전과 다름없는 자리일 것 같다는 데서 오는 막막함이다. 떠났다가 다시 돌아오는 자리가 출구가 보이지 않는 제자리라면 그 떠남의 의미는 과연 무엇일지.

6. 맺는 말

구효서의 소설가소설들은 90년대 들어 우리 사회에 늘어나기 시작한 전업 작가들의 실상과 문제들을 고스란히 보여주고 있다.

그들의 갈등은 작가의 영혼을 가진 개인들이 등단이라는 제도적 장치를 거쳐 권력과 규율에 의해 존립하고 있는 문학 제도 안에 들어가는 데서부터 시작된다. 글을 쓰는 일이 개인에게 운명적이라 해도 작가로서의 공식적 자격을 얻는 일과는 별개이며, 개인적 욕망의 사회적 실현을 위해서는 어찌 됐든 등단의 관문을 통과해야 한다. 따라서 제도적 장치와 경쟁의 과정이 요구하는 유형무형의 조건들에 대한 적응과 타협의 과정은 그의 첫 번째 관문이라 할 수 있을 것이다.

작가로서의 공식적 자격을 얻은 그는 전업을 꿈꾼다. 작가가 된 그가 다른 직업을 갖지 않고 오로지 창작활동에만 치열하게 몰두하기를 원하는 것은 당연하고도 바람직한 현상이라 할 수 있다. 그러나 전업 작가란 작가라는 직업을 갖는다는 의미이고 글을 써서 밥벌이를 하고 가족을 부양해야 함을 뜻하는 것이기도 하다. 따라서 그는 생활인의 자리를 받아들이면서 예술을 해야하는 딜레마에 빠지게 된다.

작가가 직업일 수 있다는 이율배반 속에서 그의 본격적인 갈등들이 도출된다. 그는 창작욕구에 의해서 뿐만 아니라 생계의 해결을 위해 끝없이 소설을 생산해내야 한다. 그의 작품 생산은 더 이상 자발적일 수만은 없게되고 소설의 유통구조 안에서 자신에게 부과된 기한과 분량과 질을 맞춰가며 이루어진다. 그의 현실은 작품에만 전념하는 순결한 전업 작가가 아니라, 교환가치로 책정되는 상품으로서의 소설을 요구에 따라 일정하게 생산해내야 하는 직업 작가인 것이다.

그러한 시스템 안에서 그는 작가로서의 정체성에 혼란을 겪게 되고 급기야는 글을 쓸 수 없는 어려움에 봉착한다. 글을 쓸 수 없다는 상황은 그의 존재론적 위기 상황이면서 동시에 그의 생활을 위협하는 상황이기도 하다. 그 위기 상황을 모면하기 위해 그는 '시스티매틱'해진 일상을 떠나 비로소 자신의 작가로서의 존재양상을 돌아보게 된다.

구효서가 보여주는 전업 작가의 모습은 이처럼 직업 작가로 전락해버린 일면 왜소해진 작가의 모습이다. 이들은 전통적인 작가의 모습 즉 계몽적 지도자 혹은 시대를 통찰하고 비전을 제시하는 지식인으로서의 작가나, 가족이나 구차한 생활 따위는 안중에 없이 오직 예술혼을 불태우는 예술가로서의 작가의 모습과는 거리가 멀다. 직업 작가로서의 그의

일상은 청탁을 받고 그에 따라 규칙적으로 노동하는 직업인 혹은 생활인
으로서의 모습들을 스스럼없이 드러낸다.

그러한 직업 작가의 모습은 다른 한편으로 우리 사회에서 이제 작가란
더 이상 생활의 무능력자인 글쟁이가 아닐 수 있음을 보여준다. 실제로
우리 사회에는 아직 소수이긴 하지만 프로 작가로서 부귀영화를 누리는
작가들도 있으며, 대부분의 작가가 여전히 생활고를 호소한다 해도 현진
건의 「빈처」에서와 같은 생존의 차원은 아니고 '백화점에 가지 못하고
본때 있는 피자 대신 간이 피자를 만들어 먹는' 수준 즉 생활의 차원에
서의 문제인지도 모른다. 전 시대에 비해 부쩍 늘어난 전업 작가의 숫자
역시 작가로 전업을 해도 먹고 살 수 있는 상황이 되었음을 역설적으로
증명한다고도 볼 수 있다.

또한 일면 엄살이나 투정처럼 보이기도 하는 전업 작가의 문제들을 소
설의 소재로 삼고 있는 현상은 그 동안 거대 담론에 짓눌려 있던 이전의
일률적인 작가의 모습에서 많이 벗어나 있음을 의미하기도 한다. 소설가
가 사회나 역사가 아닌 개인의 사사로운 어려움을 늘어놓을 수 있을 정
도로 사회적 억압이 느슨해졌음을 의미한다고도 볼 수 있을 것이다.

그러나 그렇다 해도 개인의 어려움이 단지 사적인 것으로 끝나고 만다
면 혹은 그 어려움을 통한 각성이 새로운 출구로 이어지지 않는다면 사
실 어려움의 토로는 별 의미가 없다고 할 수밖에 없다. 게다가 우리의 궁
극적인 관심이 전업 작가의 생활고가 아니라 작가로서의 존재론적 고뇌
에 있다면 그가 달라진 상황에서 어떻게 작가로서의 정체성을 회복하고
문제를 뚫고 나가는가를 주목할 수밖에 없다.

그런 면에서 볼 때 구효서의 소설가소설에 등장하는 전업 작가들은 그
한계를 지적하지 않을 수 없다. 그들은 작가로서의 현재의 존재방식이
치열한 작가의 삶을 위해 전업을 꿈꾸었던 애초의 자리에서 많이 벗어나
있음을 단지 깨달을 뿐, 그것을 개선하기 위한 어떤 주체적이고 능동적

인 행동도 취하지 않는다. 일상의 자리를 잠시 벗어나 자신을 돌아 본 그는 결국 자신이 안주해 있던 현실로 다시 돌아오고 만다. 현실을 박차고 새로운 출구를 찾기에는 그는 이미 현실에 대하여 지극히 타협적인 것이다.

3인칭 시점으로 쓰여진 「내 영혼에 생선 가시가 박혀」나 「子公, 소설에 먹히다」가 작가를 둘러싸고 있는 현실에 대해 풍자적으로 혹독하게 비판하고 있는 데 비해, 전업 작가가 1인칭 화자로 등장하고 있는 작품들에서는 자조적이고 자기변명적인 작가의 내면이 드러날 뿐 치열한 자기 반성이나 새로운 모색은 이루어지지 못하고 있다.

결국 구효서의 소설가소설에서는 우리 시대 전업 작가의 구체적인 실상과 자의반 타의반으로 처해 있는 왜곡된 작가의 자리에 대한 씁쓸한 확인이 이루어질 뿐이다.

Ⅴ. 흔들리는 자아, 탐색하는 소설

소설의 존재방식

—현실과 대결하는 두 가지 방식

황 도 경

1. 들어가는 말

90년대 들어 본격적으로 등장하기 시작한 소설가소설은 급변하는 사회 현실 속에서 소설가로서 혹은 한 인간으로서 삶과 글을 어떻게 이끌어 갈 것인가 하는 데 대한 고민과 모색이라는 점에서 그 의미를 갖는다. 물론 소설가로서의 위기의식이 저변에 깔려 있는 이들 소설가소설이 자기 연민이나 자기 변명으로부터 자유롭지 못하다는 혐의가 있기는 하지만, 그 안에는 가속화되는 상업화나 물질화의 추세 속에서 소설 혹은 소설가 가 설 자리에 대한 반성적 질문이 담겨 있다.

이 글에서 살펴보고자 하는 함정임의 「단편들」과 이남희의 「세상 끝 골목들」 역시 그러한 고민과 모색 앞에 서 있는 소설들이다. 특히 이 두 작품은 단지 90년대 소설가들이 당면한 우울한 현실의 풍경만을 담아내 는 데 그치는 것이 아니라 그 속에서도 문학이 자리해야 하는 근거와 글 쓰기의 당위를 찾아내고자 노력한다는 점에서, 소설가소설에 대한 일각의 우려와 냉소를[1] 걷어낸다. 함정임과 이남희는 서로 다른 성격의 작품 세계를 보여준 작가들이라고 할 수 있는데, 글쓰기의 좌절과 그것에 대응하는 방식에 있어서도 서로 대조적인 모습을 보여준다. 90년대의 현실은 이 두 작가 모두에게 환멸의 그것으로 다가온 셈인데, 우리는 이 두 작품을 통해 환멸의 현실 내용과 이에 대결하는 이들의 서로 다른 방식을 엿보고자 한다.[2] 이는 이 환멸의 시대에 있어서도 여전히 문학이 존재해야 하는 이유를 다시금 확인하는 일이기도 할 것이다.

2. 함정임의 「단편들」 ―어둠을 응시하는 글쓰기

2.1. 삶과 글의 불화

함정임에게 생활인의 자리와 소설가의 자리는 근본적으로 어긋난다. 작품 속에서 주인공인 K가 당면하고 있는 문제는 시대와 사회의 변모 속에서 외부로부터 요구되는 삶의 길과 소설가로서의 삶의 길이 좀처럼 조화될 수 없다는 점이며, 일상적 삶이 강력한 힘으로 그녀의 삶에 침투해 들어오고 있다는 사실이다. 생활이냐 예술이냐의 갈림길에서 갈등하며 경성 시내를 배회하던 30년대의 구보씨처럼 K는 창작과 생활 사이의 좀처럼 좁혀지지 않는 거리 앞에 서 있다. 그러나 '직업과 안해를 갓지안흔' 박태원의 구보가 각각 이상과 어머니로 대표되는 일탈에의 욕망과 일상에의 안주라는 욕망 사이에서[3] 결국에는 창작과 생활을 함께 병행

---

1) 장정일은 구효서의 소설가소설에 대해 언급하면서 이를 '죄송합니다 소설'로 냉소적으로 표현한 바 있다. 『장정일의 독서일기』 (미학사, 1995), 220쪽
2) 텍스트로는 함정임 소설집 『밤은 말한다』(세계사, 1996)와 이남희 소설집 『사십세』(창작과 비평, 1996)에 수록된 것을 사용하였다. 앞으로 본문을 인용할 때는 페이지만 기록하겠다.
3) 류보선(1995), "이상과 어머니, 근대와 전근대―박태원 소설의 두 좌표", 『박태

하기로 결심함으로써 행복을 가진 소시민이자 동시에 소설가이고자 했던 것과는 달리, K는 소시민 되기를 포기한다. 함정임은 생활과 창작 사이에서 하나를 선택하는 문제로 갈등을 하지 않으며, 그 둘을 조화시켜 보겠다는 생각조차 없다는 점에서 구보씨와 갈라진다. 그녀는 그 둘이 본질적으로 어긋날 수밖에 없으며, 둘의 조화라는 것이 가능하다면 그것은 타협의 다른 이름일 뿐이라고 믿는다. 대신 그녀는 그 어긋남을 예리하게 응시한다.

작품에서 이 어긋남은 여러 층위에서 드러난다. 우선 K는 어머니와 불화 상태다. 딸의 '밤늦은 귀가'를 못마땅해 하며 정착해 살기를 바라는 어머니의 기대에도 불구하고 K는 밤이면 밖으로 외출을 해서 떠돌고, K가 집을 나서며 어머니에게 소리를 질러도 어머니는 아무런 반응도 보이지 않는다.[4] 어머니는 TV보기에 열중이고 K는 소설쓰기에 열중이며, 어

___

원소설연구』(깊은샘), 68-74쪽 참조·

4) 이는 작품의 첫 대목에서 드러나는 상황으로, 박태원의 「소설가 구보씨의 일일」(「조선중앙일보」, 1934. 8.1-9.19에 연재)의 서두와 매우 흡사하다. 직업과 안해를 갖지 않은 26세의 구보는 여기에서 '직장에 나가지 않는' 29세의 노처녀 소설가 K로 바뀌어 있으며, 둘 다 어머니를 뒤로 하고 외출을 한다. 비교를 위해 인용해 보면 다음과 같다.

어머니는
아들이 제방에서 나와, 마루 끄테 노인 구두를 신고, 기둥못에 걸린 단장을 끄내들고, 그리고 문깐으로 향하야 나가는 소리를 들엇다.
"어듸, 가니?"
대답은 들리지 안헛다.
중문압까지 나간 아들은, 혹은, 자긔의 한말을 듯지못하엿는지도 몰은다. 또는, 아들의 대답소리가 자긔의 귀에까지 이르지못하엿는지도 몰은다. 그 둘중의 하나라고 생각한 어머니는, 이번에는 중문박게까지 들릴 목소리를 내엿다.
"일즉어니, 들어오느라."
역시, 대답은 들리지 안헛다.

함정임의 경우처럼 여기에서도 이야기는 구보씨의 외출로 시작된다. 그러

머니가 TV퀴즈에 열중하느라 ‘어둠을 인식하지 못하고 있는’데 반해 K
는 어둠에 민감하고, 아침이 밝아오면 어머니는 라디오를 켜고 어둠을
지키며 깨어있던 K는 스탠드를 끄고 비로소 눈을 감는다. 어머니가 어둠
이 없는 세계에서 산다면 K는 어둠의 세계 속에서 살며, 어머니는 그런
K를 환한 일상의 세계 속으로 끌어들이려는 인물이다. 그러나 어둠은 도
처에 있다. 단지 어머니는 ‘어둠을 인식하지 못하고 있는’ 것 뿐. 그러니
일상으로의 편입은 이같은 어둠에의 눈감음을 전제로 한다. 어머니는 K
에게 이번 한번만 ‘눈 딱 감고’ 선을 보라고 요구하고, K는 마지못해 ‘연
민의 눈을 내리깔고’ 선을 보러 나가는 것이다.

다음으로 선 본 남자와의 불화를 보자. 어머니와의 불화가 일상적 삶
과 작가로서의 삶 사이의 불화를 상기시킨다면, 컴퓨터로 포스트 박사
과정을 밟고 있는 그는 과학과 문학 사이의 갈등을 환기시키는 인물이다.
그에게 삶이란 객관적으로 증명되고 이해될 수 있는 어떤 것이다. 앉은
뱅이 책상에 들러붙어 있다 방석을 뜯어먹은 어느 작가의 얘기에 “아니
멀쩡한 방석을 왜요? 그게 씹힙니까? 그렇게 해야 뭐가 나온답니까?”라
고 반문하거나, K의 소설을 읽고 그녀의 순결을 의심하는 것 등은 삶에
대해 그가 갖고 있는 논리적이고 객관적인 인식과 그 허구성을 그대로
보여준다. 그러나 현실에서 그는 승리자이다. 그는 가슴에 실크 스카프를

나 함정임의 경우와는 반대로 여기에서 소리를 내는 사람은 어머니이며, 구
보씨는 그녀의 소리를 듣지 못한다(혹은 어머니가 구보씨의 대답을 들을 수
없다). 그리고 함정임의 경우 K의 시점에서 서술이 진행되고 있는데 반해,
여기에서는 어머니의 시점에서 서술이 전개됨으로써, 두 인물의 상황이나 외
출을 바라보는 작가의 태도가 대조를 보인다. 박태원이 어머니로 대변되는
일상적인 가치와 삶의 양식으로부터 자유롭지 못하고 그것을 연민의 시각으
로 때로는 부러움의 시각으로 바라보고 있는데 반해, 함정임은 철저하게 K
의 시각에 충실하며 어머니를 묘사하는 대목에서는 냉소적이기까지 하다. 박
태원에게 어머니는 속악하고 고독한 삶의 한 위안처이지만, 함정임에게 어머
니는 그녀를 억누르는 암울한 현실의 일부이다.

'깃발처럼 꽂'고 있었고, 그가 술잔을 '높이 쳐들'자 호텔 밴드가 팡파레를 울린다. 과학과 문명의 빠른 속도감 앞에서 문학은 '자꾸 뒤처지는' 중이다. 그러니 K가 술잔을 그의 잔에 맞댄다 할지라도 둘이 하나가 되기란 불가능하다. 파혼은 이미 예고되어 있는 셈이고, 결국 K는 '내리깐 눈을 치켜뜨고' 제자리로 돌아온다.

불화는 이처럼 문학과 문학 외적 현실 사이에만 있는 것은 아니다. 더 절망스러운 것은 문학의 내적 붕괴일 지 모른다. 그 하나가 독자와의 불화이다. 이제 작가와 독자는 문학 안에서 문학적으로 만나는 것이 아니라 신문이나 흥신소를 통해 상업적으로 만난다. 앞의 선본 남자처럼 여기에서의 독자 역시 '육안' 보다는 '컴퓨터의 분석'을 신뢰하며, 당당하고 자신감에 넘쳐 있고 확신에 차 있으며 의기양양하다. 그는 작가와 대화하는 것이 아니라 작가를 소유한다. 그러므로 작가와 독자 사이의 소통 역시 단절되어 있다. 글이란 '어떤 것에 대한 지극한 그리움, 누군가에게로 향하는 지독한 그리움의 표출'5)이라는 작가의 믿음은 이렇게 깨어짐을 예고하고 있다. 타인과의 소통이라는 작가의 꿈이 간통에의 욕망으로 읽히는 현실에서, 혹은 앞선 남자와의 만남에서처럼 문학에의 열정과 진정성에의 추구가 정신나간 사람의 어리석음으로 이해되는 현실에서 문학이 설 곳은 어디인가? 어머니와, 남자와, 독자와의 불화란 결국 타인과의 소통 불가라는, 글쓰기 의미의 원천적 무효성을 인지하게 하는 상황들이다. 그러니 함정임의 다른 소설 제목 그대로 '말은 슬프다'

그런가 하면 작가들마저 이처럼 문학적 진실과 가치가 배반되는 현실에 굴복하기 시작했다. 돈이 떨어지면 1천5백 매짜리 이야기를 써서 출판사에 팔고 오는 전업 소설가 F나 소설가 지망생이었으나 9개월 만에 '활자와 궁합이 안 맞는다고' 출판사를 때려치우고 방송국 근처를 얼씬거

---

5) 함정임(1998), 「말은 슬프다」, 『동행』(강), 73 - 74쪽.

리더니 '돈과 명예를 한번에 거머쥘 수 있는' 「내일의 작가상」을 표적으로 장편소설을 쓰려고 하는 U 등이 그들로, 이들은 문학의 변질, 훼손이라는 문제를 상기하게 하는 인물들이다. 그러나 이들과 달리 K는 소설로 생계를 꾸리지 않아야 한다고 믿는 인물이다. 그녀는 오히려 좋은 소설을 쓰기 위해서라면 연애도, 아이 낳기도 가능하다고 믿는다. 현실적 삶과 예술적 삶은 근원적으로 불화한 것이며,[6] 작가란 그런 운명을 받아들인 존재라고 믿는다. 따라서 어머니나, 선 본 남자나, 독자나, U나, F 등은 그녀에게 갈등적 대상이라기보다 영원하고 절대적인 가치의 붕괴, 타인과의 소통 불가라는 현실을 확인하게 하는 우울한 대상들로 나아가 소설/가의 운명을 다시금 환기하게 만드는 반성적 대상들로 다가온다.

K와 어머니가 살고 있는 무너질 듯한 집은 이처럼 과학·물질 문명의 절대화, 상업화의 논리 등에 의해 밀려나고 훼손된 정신적 가치의 상징이다. 아버지가 돌아가시고 오빠도 떠나 어머니와 단 둘이 사는 집은 언제나 '텅 빈 절간처럼' 어둡고 적막하다. 게다가 아버지가 죽고 난 후 방 한 칸씩을 덧붙이는 바람에 집은 '육각형의 괴물상자'가 되어 있으며, 현실의 힘에 의해 서서히 '침몰해'가고 있다. 이는 지하철 공사로 '지반이 내려앉'고 있는 신도시의 모습과 흡사한 것으로, K가 서 있는 죽음의 현실을 비유하고 있다. 어머니를 비롯한 타인들은 이 무너지고 있는 현실 속에서 무감한 삶을 살아가며, 또한 K에게 이를 요구한다. 그러나 K는 이를 거부하기로 결심한다. 그것은 밖으로의 외출이라는 형태로 구체화된다. K의 외출과 그 움직임의 과정에 주목해야 하는 이유는 여기에 있

---

6) 이 둘 사이의 혼란은 허구와 현실 사이의 혼란으로 묘사되기도 한다. 예를 들어, 글을 쓰다 방석을 뜯어먹었다는 소설가의 얘기를 K가 너무 실감나게 재현해서 이것을 현실로 이해하는 남자나, '꿈같다'는 독자의 전화, 환청인듯 들리는 U의 목소리, 꿈의 생생하던 장면이 깨고 나면 회석되는 것, 성곽여고 다닌 것도 사실일까 의심스러워지는 것 등 꿈과 환상이 오히려 현실같고 현실은 꿈같은 현상들이 반복해서 일어난다.

다. 과연 그녀는 어디로 가고 있으며, 또 그것은 무슨 의미를 가지는가?

2.2. 고독한 아웃사이더의 순례

먼저 작품의 서두를 보자. 이 대목은 K가 생각하는 소설가의 자리가 어디인지 유추해볼 수 있는 몇 가지 단서를 제공하고 있기 때문이다.

> 소설가 K는 밖으로 나가기로 결론지었다.
> "또 밤중 참례할 거냐?"   (48쪽)

여기에서 우리가 주목하게 되는 것은 K가 밖으로 나가기로 했다는 사실과 그것이 밤에 이루어진다는 사실이다. 이 때 밖으로의 외출은 어머니처럼 TV에 멀쩡한 정신을 팔며 보내는 것으로부터의 탈출이자 그런 삶에 대한 거부의 의미를 갖는다. 이는 '안방 깊은 구석'에서 못마땅하게 혀를 차며 K가 '정착'하기를 바라고 그녀가 나갈 때 '문밖을 내다보지 않'는 어머니의 존재를 상기할 때 더욱 분명해진다. K는 '정착'이라는 것이 앞서 살펴본 사람들의 삶 속에 편입해 들어가는 것임을 알고 있기 때문이다. 따라서 이 때 외출이란 일상의 바깥으로 나가기이며, 안에서의 정착이 아닌 밖에서의 떠돎을 선택하겠다는 의미를 갖는다. 그러나 그 외출에는 항시 사나운 바람과 오지 않는 차 등과 같은 현실의 방해가 뒤따라 그녀로 하여금 다시 집으로 들어갈까 갈등하게 만든다. 대학 1학년 때 간 MT에서 누군가의 손에 이끌려 처녀성을 잃었던 사건은 외출에 따르는 이같은 상처를 환기시킨다. 그러나, 그럼에도 불구하고 그녀는 밖으로 나가는 것을 선택한다. 이를 '결론'이라는 말로 표현하고 있는 것은 이 행위나 선택이 단순하게, 일시적으로 이루어진 것이 아님을 강조하고 있다.

뿐만 아니라 이러한 외출이 밤에 이루어진다는 것은 주목을 요한다.

그녀는 밤의 세계 속에 스스로를 유폐시킨다. 그리고는 일상의 뒷편에 가려진 어둠을 응시한다. 밖으로의 외출이나 소설쓰기는 어둠을 응시하는 구체적인 행위이다. 그렇다면 이러한 어둠, '게르니카의 밤' 혹은 이 작품이 수록된 작품집의 표제인 '밤은 말한다'에서도 강조되고 있는 밤이란 무엇인가? 그것은 과학, 문명, 개발 따위의 이름 아래 숨겨진 소외와 고독과 파괴의 흔적들이라 할 수 있지 않을까. K가 스스로에게 강조하는 것은 그러한 어둠을 응시하는 힘이다. 그것은 '눈'을 통해 온다. 그리고 K는 그것을 믿는 사람이다.7) 그녀가 '컴퓨터 화면을 뚫어지게 응시'하는 것이나, '뜬 눈으로' 밤을 새우는 것, 혹은 '불을 끄고 잠들려 하면' 모래 구덩이에 빠진 여자의 모습이 떠올랐고, 아침이 밝아오면 비로소 '눈을 감았다'고 하는 것 등은 눈 뜸과 눈 감음이라는 행위가 어둠에의 응시 혹은 외면과 연결되어 있음을 보여준다. K가 현실에 굴복하고 타협할 때 그녀는 먼저 눈이 감긴다. 어머니의 체면 유지를 위해서였다지만 그녀가 선을 보러 나간 것은 가을이 깊어지자 '고개가 부쩍 땅으로 향한' 상황과 무관하지 않을 것이며, 그래서 그녀는 어머니의 말대로 '눈 딱 감고 선보기'라는 작위적이고 연극적인 상황 속에 자신을 내던진 것이다. 그녀가 눈을 뜬 것은 성곽 도시의 한 여관방에서였다.

> 소설가 K가 깨어난 곳은 성곽 도시의 주택가에 있는 여관방에서였다. 문 두드리는 요란한 소리에 눈을 뜬 소설가 K는 왜 자기가 거기에 누워 있는지 어리둥절했다. (중략) 무섭게 잠들었었군. 소설가 K는 열네 시간 동안 단 한번도 깨지 않고 잠을 자서 시간은 정오를 훌쩍 넘어 두시가 가까워지고 있었다. (68쪽, 밑줄은 필자)

이 때 낯선 여관방에서의 잠 듦과 눈 뜸은 자신을 속이고 현실과 타협

---

7) 이에 반해 그녀와 선 본 남자는 '육안'은 안 믿고 대신 컴퓨터를 믿으며, 어머니는 오히려 그녀가 소설에 '눈이 멀어' 있다고 생각한다.

하고자 했던 어리석음과 부끄러움에의 확인이라는 의미를 갖는다. '눈'은 그녀 밖의 현실 뿐 아니라 알게 모르게 그녀 자신 역시 환멸적 현실의 일부임을 인식하게 한다. 그녀는 남자를 만날 때 적극적으로 외양에 신경은 쓰지 않았지만 좀 어리숙하게 보이도록 앞머리를 세우지 않았고, 자기 주장도 펴지 않았으며, 역 광장으로 가는 도중에는 구역사 뒤편에 새로 지은 역사에 들어가 패스트 푸드 점에서 햄버거와 커피를 시켜 먹었다. '인간의 편리에 맞춰 개발되고 언제든지 대체 가능한 신형 전철이나 컴퓨터'와는 달리 문학이란 '인류가 생겨난 이래 한결같이 씹어먹어온 밥알과 같'은 정신의 양식이라고 믿고 있는, 그래서 컴퓨터로가 아니라 원고지에 글을 쓰는 그녀에게도 안락하고 편리한 삶이란 뿌리칠 수 없는 유혹이었던 것이다.

공간적으로 비유하자면 현대 사회의 삶은 오로지 앞과 위를 향해서만 치닫는다. 원고지를 타자기가, 타자기를 다시 컴퓨터가 밀어내고, 문학을 영화가 밀어내고, 구역사를 새역사가 밀어낸다. 역 광장에 세워진 시계탑은 고가도로 아래 왜소하기만 하고, 옛 상가들이 자리잡고 있는 지하도 건너편에는 우뚝 솟은 신문사 건물이 있다. '앉은뱅이 책상에 들러붙어' 있어야 할 소설가 K도 선을 볼 때 '한강이 한눈에 내려다보이는' 호텔 스카이라운지에 올라 있었고, 그와 헤어지면서 비로소 남산길을 '내려온다'. 이 때에도 그녀는 '줄기차게 올라오는 불빛행렬'을 마주해야만 했다. 사람들은 모두 '위'만 바라보며 '위'로 올라가고자 하는 것이다.8) 그러나 소설가로서 K의 외출은 일련의 '내려오기'로 이어진다. 그녀의 집이 2층이라는 사실, 그래서 밖으로 나가기로 결심했을 때 K가 '서둘러 2층에서 계단을 뛰어내려왔다'는 사실은 주목해야 할 대목이다. 아래층에 사람이

---

8) 그러나 역설적으로 이같은 위로의 움직임은 추락과 붕괴의 한 징후가 된다. 신도시는 지하철 공사로 지반이 내려앉고 있고, K의 2층 집은 '침몰해가는 것' 같다고 하지 않는가.

살지 않는 2층집, 그래서 무너질듯 위태롭게 허공에 떠 있는 그 집은 현대사회 현실의 상징이다. K는 이 집에서, 스카이라운지에서, 남산에서, 내려와 시장통을 지나 '우뚝 솟은 신문사 부속 아트홀 건물의 붉은 외벽을 바라보며' 지하도로 내려간다. 뿐만 아니라 '시간 나면 한번 내려와라' 하던 U의 말에서 드러나듯 성곽 도시는 '내려간' 곳에 위치해 있다. 더욱이 카페 '게르니카'를 찾아가기 위해서는 이처럼 성곽 도시로 '내려간' 후 '종로를 거쳐 남문 쪽으로 걸어내려'가야 한다. 이것은 앞이나 위로 치닫는 문명과 과학의 반대 방향으로 가는 것이며, 중심에서 주변으로 이동해가는 것이 된다.9)

한편 이 때의 움직임이 서둘러 뛰어내려가는 것이라는 점은10) 그 행위가 절박하고 단호한 것임을 반증한다. K가 하이힐 대신 낡은 랜드로바를 꺼내 신고 밖으로 나온 것도 K의 이 외출이 한가한 산책으로서의 그것이 아니라 현실에 흡수되어가는 자신을 구하고자 하는 급박한 결단으로서의 그것임을 보여준다. 현실 안에 안주하고 정착한다는 것은 '발'의 기능을 멈추는 것이다. 남자와 헤어져 내려오는 도중에 만난, '잘린 두 발에 지느러미처럼 고무를 씌우고 몸뚱이만으로 바닥을 기어가는' 사람의 모습

______

9) 심지어 K가 읽었던 김승옥의 「서울의 달빛 0장」도 '세로 조판으로' 인쇄된 것이었고, 신문을 읽는 그녀의 모습도 '오른쪽 상단부터 글자를 훑어내려간 소설가 K는' 으로 묘사된다. 지나칠 정도로 세심하게 묘사되며 강조된 이 위에서 아래로의 움직임도 원래의 자리를 찾아가려는 K의 움직임과 관련이 있지 않을까. 또한 독자로 하여금 간통에의 욕구를 읽어내게 한 그녀의 인터뷰 기사가 신문의 '정중앙을 사각으로 차지하고 있었다'는 사실에서도 중심이라는 자리가 무언가 변질된 소설/가의 현실과 연관되어 있다는 인상을 받게 된다..

10) 가령 이런 문장들이다.
"소설가 K는 서둘러 2층에서 계단을 뛰어내려 왔다."(51쪽)
"소설가 K는 빠른 걸음으로 음습한 골목을 뛰어나왔다."(52쪽)
"소설가 K는 다급히 뛰어온 발소리에 뒤를 돌아다 보았다."(72쪽)
"마음 같지 않게 자꾸 뒤처지는 발걸음을 재촉하며 소설가 K는 사람들 속을 뚫고 나가는 U를 따라잡기 위해 뛰다시피 걸었다."(73쪽)

은 어쩌면 현실과 타협하고 정착하고자 했던 자신의 객관화된 모습이 아니었을까? 그러므로 이제 그녀는 그 잘릴 뻔한 발을 일으켜 자신의 길을 찾아가고 있는 것이다. 그것은 국외자의 자리로, 다시 말해 시간적으로는 밤으로, 공간적으로는 성곽 도시로 돌아가는 것을 의미한다.

K는 성곽 도시와 경계를 이루는 소도시에 살았었고, 때문에 성곽여고에 다닐 때에도 아웃사이더의 자리에 있었다. 그런가 하면 호적상의 기록과는 달리 그녀가 태어난 곳은 서울이 아니라 김제이다. 그곳은 어떤 현실의 시선으로부터도 벗어나 있는 이역(異域)이다. 요컨대 그녀는 근원적으로 중심에 속하지 않는 국외자이며 경계인이었던 것이다. 그녀가 이상의 「날개」보다 김수영의 「풀」보다 김승옥의 「서울의 달빛 0장」을 먼저 읽었다는 것 역시 그녀가 근본적으로 초현실주의자도, 행동주의자도 아닌, 갈등하는 자로서의 소설가임을 보여주고 있는 것은 아닐까? 그녀에게 있어 김제가 존재론적인 이방인의 운명을 환기시키는 공간이라면, 성곽 도시는 소설가로서의 운명을 결정지어 준 근거지이다. 이방인으로서의 소설가의 운명, 처음으로 문학의 길을 알게 해 준 윤선생, 게르니카와의 만남 등이 그곳에 있기 때문이다. 그곳은 절대적이며 영원한 정신의 힘을 품고 있는 일종의 성지이다.[11] 그녀는 이제 경박하고 비속한 현대문명의 그늘로부터 벗어나 그곳으로 '돌아가고' 있는 것이다.

작품 속에는 그녀처럼 '돌아오는' 인물들이 여럿 등장한다. 성곽여고를 떠났던 윤선생은 '변두리 공립학교를 거쳐 다시 성곽여고로 돌아와 있었고', 여고 동창인 U는 '내일의 작가상'을 표적으로 장편소설을 쓰겠다며 성곽 도시로 다시 내려가 있었고, 대학 강사인 T는 「게르니카」를 보기

---

11) 작품 속의 성곽 도시는 해안도시인 게르니카와 여러 면에서 닮아 있는데, 특히 게르니카가 바스크 문화전통의 중심지이며 자유민주주의의 역사적 성지라는 점은 성곽 도시를 문화와 전통의 성소로 이해하는 데 한 근거가 될 것이다.

위해 프라도 미술관을 들렸다가 다른 곳으로 옮겨졌다는 말을 듣고는 그 곳까지 가보고서야 '발길을 돌려' 야간열차를 탔다. K나 T, U, 윤선생은 모두 제자리로 돌아온 것이다. 그러나 그곳은 예전 그대로가 아니다. 좁고 폐쇄적인 공간이었던 성곽 도시는 신시가지로 변모하고 있고, 남문의 단청은 화려하게 색칠되어 있으며, 한 때 혈액부족으로 K가 입원했던 백내과도 새로 단장을 했다. 뿐만 아니라 U는 '내일의 작가상'을 목적으로 돌아와 있는 것이고, 눈두덩에 멍자국을 달고 있던 윤선생은 이제 위하수증에 시달리고 있다. 멍자국이 현실과의 치열한 싸움에 기인한 영광의 상처라면, 위하수증은 현실에 굴복한 자의 무기력함을 암시하는 부끄러움의 징후이다.

요컨대 이들의 돌아옴이나 이들이 돌아온 곳은 모두 표면적으로만 '여전하다'. 「게르니카」를 보러 옮겨간 갤러리에 가보고서야 그림이란 한갓 환상에 불과하다는 깨달음을 얻은 T처럼 K 역시 그곳에서 환멸을 보고 있을 뿐인 것이다. 비록 U가 K에게 '「게르니카」는 여전하다'며 윤선생은 '여전히 위하수증에 시달리고 있는 모양이라고' 얘기하고, 이같은 U의 말에 동의하듯 작가가 '변한 것은 아무 것도 없었다'고 적고 있지만, 이 진술은 훼손된 정신의 고향, 복원될 수 없는 영혼의 고향을 바라보는 슬픔과, 그 훼손조차 인식하지 못하는 인식의 무감각을 바라보는 절망의 역설적 표현이다. 여전한 것은 아무 것도 없다. 「게르니카」 그림조차 프라도 미술관(주변)에 없고 소피아 갤러리(중심)로 옮겨져 있다는 사실에서 환기되듯, 「게르니카」의 정신마저 사라져버린 것은 아닌가. 폴 엘리아르가 그리고 윤선생이 노래한 「게르니카의 승리」는 이제 지나간 전설일 뿐인 것인가. K는 다시 찾아간 성곽 도시에서 이런 질문들과 대면하고 있는 것이다.

이제 물질문명과 상업화와 일상의 삶과 대결하고 있던 문학은 시간과의 싸움이 된다. 시간은 모든 것을 무화시키는 괴물이다. K의 집 거실 중

앙 벽에 매달려 있는 시계는 그/우리의 삶을 지배하는 실질적인 주인이
다. 현실과 치열하게 대결하던 '그때 그 사람들은 어디에 갔을까?' 시간
의 위력 앞에서 윤선생도, U도, L도, 게르니카도 변해가는 것이다. 그러
나 소설가는 '산 채로 드러난 시간을 주먹만한 테이블 시계로 재깍새깍
초재면서' 대결하고 선 자다. K가 자기만큼 해의 이동을 정밀하게 관찰
한 사람도 드물 것이라고 얘기하는 것도 이러한 사실과 연관된다. 앞으
로만 질주해가는 시간의 흐름에 편승하지 않기 위해 그녀가 선택한 것은,
아래로 내려가고, 뒤로 돌아가는 것이다. K의 신발장에 버려야 할 헌 신
발들이 예전의 자리를 그대로 차지하고 있는 것이나, 외출하면서는 낡은
랜드로바를 꺼내 신는 것, 혹은 역 광장 근처에서 고가도로나 큰 길 대신
구식 양화점과 옛 상가들이 자리잡고 있는 지하도로 내려가는 것 등은
모두 그러한 시도라 할 수 있다. 그리고 그렇게 해서 그녀가 종국에 도달
하는 곳은 예전에 학교를 다녔던 성곽 도시이다.

　피카소의 「게르니카」가 폭격에 의해 산산이 부서진 게르니카를 통해
살인과 폭력과 절망 그리고 우리들의 추락을 그려낸 하나의 부고장이라
고 한다면12) 이 작품은 역시 변질된 성곽 도시를 통해 우리 시대의 죽음
을 알리는 부고장과도 같다. 거리 곳곳에서 마주치는 상복 입은 사람들,
적십자 병원, 흰 타일의 백내과, 백의 입은 여자, 혈액 부족인 K 등은 이
같은 우리 시대 죽음의 징후들이다.13) 그러나 함정임은 바로 이 죽음과
의 대면이, 피할 수 없는 패배자의 자리가, 소설가의 운명이라고 믿는 듯

---

12) 피카소의 「게르니카」에 대한 해석은 장 루이 페리에, 「피카소의 게르니카」,
　　김화영 옮김(열화당, 1994) 참조.
13) 함정임 소설에는 질병이 중요한 문학적 장치로 빈번하게 등장한다. 심장병,
　　광기, 시력장애, 병신 손톱, 정신 분열증, 위염 등이 그 예로, 이같은 질병이
　　나 상처들은 함정임 인물들이 감당하고 있는 도덕적, 사회적, 문명론적 혹은
　　존재론적 환부로서 그 의미를 갖는다. 이에 대해서는 보다 상세한 검토가 필
　　요할 것으로 보인다. 질병의 상징성과 의미에 대해서는 이재선(1991), "현대
　　소설의 병리적 상징", 『현대한국소설사』(민음사)를 참조할 것.

하다. 그리고 그 패배자의 자리를 피하지 않고 수용하는 것이 소설가의 자세라고 스스로를 일깨우고 있는 듯 하다. 작가는 다른 작품에서 글쓰기를 '저주받은 자들의 구원', '악마성에의 간절한 희구'(「동행」)로, 혹은 밝음보다는 어둠을 응시해야만 하는 운명으로(「그리운 백마」) 비유하고 있거니와, 이는 그녀가 소설가란 '저주받은 자들'의 존재 코드를 운명의 표식으로 받아들이는 사람이라는 보들레르적 명제로[14] 이해하고 있음을 단적으로 보여준다. 그러기에 이 작품에서 K의 소설쓰기는 운명적으로 비극적이며, 그녀의 여로는 종교적인 것에 가깝다. '밤중 참례'라고 어머니도 얘기하고 있지 않은가.

　K는 '어디로든 길이 이어지는' 곳이며 맘만 먹으면 어디나 한번에 연결되는 곳인 로타리(남대문, 남문 로타리에 있는 「게르니카」 등)에 서 있다. 거기에서 그녀가 선택하는 길은 선본 남자나 윤선생, 혹은 U와 L로부터도 '등을 돌리고' 스스로 소외와 고독 속으로 들어가는, 좁고 어둡고 외로운 길이다. 이러한 선택은 어둠을 뚫어지게 응시함으로써 현실에 휩쓸리지 않고 고독한 아웃사이더의 운명을 받아들이겠다는 다짐이며, 바로 이것이 어둠 속에 서 있는 그녀에게서 기대하게 되는 빛의 원천이다. 「게르니카」 그림 속에는 한 개의 전등을 눈동자로 가진, 태양 모양의 눈이 있다.[15] 그리고 어두운 함정임의 소설 속에도 그런 눈이 있다. 어둠 속에서 K의 집을 밝히고 있을 '외등'(집을 나가며 K는 "정 늦으면 외등 하나만 남겨두고 주무세요." 라고 말한다), 그것이 바로 환멸적인 현대의 삶 속에서 작가 함정임이 추구하고자 하는 소설/가의 모습인 것이다.

---

14) 강상희(1998), "소설적인 것은 있다", 「문학동네」(1998, 여름), 512쪽

15) 피카소는 이 태양 모양의 눈을 게르니카 폭격이 있은 다음날 신문의 사진에서 갈라진 벽들을 드러낸 건물들에 매달린 전등의 모습을 보고 착안했다고 한다. 장 루이 페리에(1994), 50 - 51쪽.

3. 이남희의 「세상 끝의 골목들」 —희망을 찾아가는 글쓰기

3.1. 환멸의 현실, 글쓰기의 좌절

이남희에게 소설쓰기는 살아가기와 같은 말이다. 그녀에게 소설이란 역사적 현실이나 삶의 구체적 현장과 부딪치며 만들어내는 희망의 다른 이름이다. 때문에 삶에 대한 믿음이 소설에 대한 믿음이며, 소설을 쓰는 이유가 된다. 그러나 거대한 야만이 선명하게 존재했으나 삶과 역사에 대한 믿음으로 소설쓰기의 당위와 과제를 더욱 확고히 할 수 있었던 지난 시대와는 달리 어둠도, 맞서 싸워야할 적도 분명치 않은, 그래서 교묘한 환멸의 시대가[16] 되어버린 90년대에 소설쓰기의 당위나 의미는 희미해졌다. 작중의 주인공이 직면하고 있는 환멸과 절망은 이같은 상황에 연유한다. 그러나 함정임이 이같은 환멸적 현실 앞에 선 자로서의 우울과 고독을 그려내며 그 속에서 작가의 운명적 고독을 확인하는 데 반해, 이남희는 소설쓰기가 불가능해진 환멸의 현실에 대한 분노와 절망을 표출하는 것으로 이야기를 시작한다.

작품에서 이 분노와 환멸은 두 층위에서 비롯된다. 주인공인 '나'는 환멸의 시대에, 그리고 환멸의 나이에 서 있다. 역사적 차원에서의 환멸과 실존적 차원에서의 환멸, 정치적 불감증과 도덕적 불감증을 함께 앓고 있는 것이다. 이 작품의 이야기가 시대에 대한 환멸과 사랑에 대한 환멸이라는 두 축을 중심으로 진행되고 있는 것은 이 때문이다. 전자가 정의와 혁명에의 열정, 믿음이 사그라들고 초라한 일상만이 남아버린 시대적 차원에서의 환멸이라면, 후자는 청춘의 열정이 사그라든 중년의 나이 앞에서 느끼는 존재론적 차원에서의 환멸이다. 과거시제로만, 혹은 기억으

---

16) 서영채(1995), "소설의 운명, 1993", 『소설의 운명』 (문학동네), 19쪽

로만 존재하는 젊음과 열정과 치열함, 그리고 현재의 나약함과 비굴함 사이에서 '나'는 역사에 대한 그리고 자기 자신에 대한 믿음을 상실하고 좌절해 있는 상태인 것이다. 이런 점에서 이 작품은 지난 시대의 열정과 지나가버린 젊음에 대한 비망록이자, 현재의 자기를 돌아보는 우울한 고백이라 할 만하다. '텅 빈 광장'과 '불륜'은 이같은 절망을 드러내는 모티프이다.

광장은 공동체적 연대감과 역사에의 믿음이 충만하던 지난 시대의 상징적 공간이다. 그러나 역사와 인생을 이야기하던 친구들이 이제는 자식과 차와 아파트에 대해서 이야기할 뿐인 데서 드러나듯, 지난 시대를 뜨겁게 달구었던 광장의 열기는 이제 찾아볼 수 없다. 대신 이제 '나'는 꿈 속에서 광장을 헤매고 다닌다.

> 지중해 연안의 씨에스터는 이방인들에겐 혹독한 경험이다. 열두 시가 되기 무섭게 <u>모든 문은 닫히고</u> 살아 있는 것들은 그늘 속으로 자취를 감춘다. 이방인 자신의 그림자조차 없다. <u>텅 빈 거리</u>에서 서투른 여행자만 남아 당황하고 만다. <u>덧창까지 꼭꼭 닫은</u> 숨죽인 집들, 뜨겁고 <u>텅 빈 골목들</u>, 염열(炎熱), 달아오른 공기 때문에 시야는 <u>신기루처럼</u> 흐느적거린다.
> 고딕 지구의 중심인 까데르랄 광장은 <u>환각처럼</u> 백열되어 있다.
> (133 - 34쪽, 밑줄은 필자)

이제 광장은 '환각처럼', 그리고 '꿈 속에서'만 존재한다. 그리고 그 광장은 텅 비어 있으며 문들은 닫혀 있다. 주인공이 계속해서 시달리는 이 꿈 속의 영상은 지나간 시대의 환상을 환각처럼 기억해야 하는 아픔을 환기시킨다. 그것은 환상이 환멸이 되어버린 데서 오는 절망이다. 공동체적 연대의식은 실종되고, 역사에의 믿음은 사라졌으며, 사람들은 각기 문을 닫아 걸고 자기 집으로 숨어든다. 이 환멸의 현실은 '내'가 관여했던 문학강좌의 상황에서 단적으로 드러난다. 넘쳐나던 지원자의 숫자나 넉넉한 강사진, 볕이 환하게 드는 건물 위층에 있었던 강의실, 그곳을 메우던 웃음소리와 열정과 꿈, 어제의 날들과는 다른 날들이 앞으로 찾아오리라는 확신, 문학강좌는 이렇게 '성대하게' 시작했었다. 그러나 강의실은 곧 지하로 옮겨갔고, 학생들은 희망 대신 절망과 우울을 이야기하기 시작했으며, '빚은 늘 부족했다'. 어두컴컴한 지하, 웃음소리와 열띤 토론 대신 그곳을 메우는 먼지 쌓이는 소리, 이것은 주인공이 서 있는 현실의 절망적 풍경이다.

그런가 하면 '나'에게 갈등의 또 다른 상황이 되고 있는 불륜 역시 사랑과 정열이라는 환상의 끝에서 만나게 되는 환멸의 한 모습이다. 운동이라는 신화는 빚을 바라고, 사랑의 환상은 깨어진다. '나'와 희연이는 이러한 환멸을 극단에서 겪고 있는 서로 닮은 인물들이다. 이들은 이른바 '세상 끝 골목'에 서 있다. 이들의 마음 속에는 자신들의 젊음과 열정이 보상받지 못한 채 폐기되어 버렸다는 데서 오는 분노와 한이 들끓고 있고, 이것은 분노와 냉소로 표출된다. 이들에겐 이제 사랑도, 소설쓰기도, 불가능하다. 그것은 한 때 이들에게 삶의 또 다른 이름이었다. 그러나 이제 이들에게 남겨진 길은 소설쓰기를 포기하고 한의사가 되거나, 사랑을 포기하고 죽는 것 뿐이다. 희연이 선택한 것은 후자의 길이다. 연하의 운동권 남자와 결혼한 그녀는 그로부터 다른 여자와 사랑을 하게 됨으로써 세상에 대해 새로 눈을 뜨게 되었다는 고백을 듣게 되고, 자신의 젊음과 사랑이 남긴 지독한 환멸 속에서 급기야 투신 자살을 한다. 그녀는 환멸에의 투항을 선택한 것이다. 희연이와는 정 반대로 유부남과 관계를 맺고 있는 '나'는 희연이의 죽음을 통해 자신이 믿고 있는 사랑이나 열정의 본질이 결국에는 불륜에 다름아니라는 점을 더욱 확인한다. 그녀 역시 사랑과 열정의 끝에 온 환멸 앞에서 자신이 끌고 온 사랑의 본질을 회의하고 확신을 잃는다. 그리하여 그녀는 오래 끌어온 불륜의 관계를 끝내고 삶마저 포기하기로 결심한다. 그러자 그녀의 인생에서 가장 평화로운 시간이 찾아왔다. 그러나 그 '평화'는 현실로부터의 도피, 삶의 포기를 전제로 한 패배의 다른 이름이다. 우리에게 필요한 것은 도피를 통해 얻어지는 평화가 아니라 현실과의 더욱 치열한 싸움이다. 그녀는 그것을 안다. 주인공인 '내'가 희연이와 다른 길을 감으로써 이 소설의 주인공이 될 수 있는 것도 이 때문이다. 그녀는 세상 끝에서 다시 세상 속으로 돌아오기 때문이다.

그러나 나는 죽지 않았고 그래서 이 글을 쓰고 있다. (151쪽)

이 문장은 '나'에게 살아가기란 곧 글쓰기와 같은 것임을 단적으로 보여준다. 그리고 또한 그것은 현실과의 싸움을 계속한다는 것을 의미한다. 이렇듯 이 작품은 환멸의 끝에 선 자가 어떻게 다시 세상 속으로 돌아오게 되는가 하는 과정에 대한 이야기라 할 수 있다. 그렇다면 그것은 어떻게 가능한가?

3.2. 따뜻한 리얼리스트로의 귀환

환멸의 현실 앞에서 함께 무너져버린 '나'의 삶과 글은 불륜과 잡문쓰기라는 형태로 나타난다. 그것은 희망과 미래를 기대할 수 없다는 점에서 뿐 아니라 환멸을 자기 안에서 확인하게 한다는 점에서 고통스러운 일이다. 현실과 대항해 싸우기에는 그녀 자신이 이미 그 현실을 너무나 닮아 있고, 대항도, 포기도 하지 못한 그녀가 할 수 있는 것이라곤 단지 '도망치는' 것 뿐이다. 서울을 벗어나 바르셀로나 항구로, 현실을 떠나 꿈 속으로. 그리하여 그녀는 삶과 역사의 중심에서 빗겨난 이방인이, 현실에 뿌리내리지 못한 채 정처없이 떠도는 여행자가 되어 있다. 그러나 그것은 그녀의 진정한 자리가 아니다. 그녀는 삶과 역사의 현실에 굳건하게

뿌리내린 주인이어야 하는 것이다. 꿈 속에서 '나'를 좇아오는 쎄네갈 남
자는 바로 이를 일깨우는 인물이다.

> 고딕 지구의 중심인 까데르랄 광장은 환각처럼 백열되어 있다.
> 그곳에서 유일하게 살아움직이는 것이 있다. 쎄네갈 남자. 정말 새
> 카맣다. 그는 리코더를 불며 동전을 구걸한다. 리코더 소리는 텅 빈
> 광장 위로 물무늬를 그리며 퍼져간다. 애수에 젖은 가락. 그는 피부
> 색을 돋보이게 하는 흰 마직 셔츠와 초록빛 바지를 입었다. 고향
> 아프리카에서 스페인까지 그 험난한 항로를 증명하듯 옷은 낡고 초
> 라하다. 그가 문득 나를 노려본다. 리코더에서 입을 떼지 않은 채
> 로. 흰자위가 많은 눈이다. 그 시선에 나는 자꾸 위축되고 그는 부
> 풀어오른다. 그가 종탑만큼이나 거대해지려 하자 나는 도망친다.
> 고딕 지구의 미로와 같은 골목길을 헐떡거리며 달려간다. 리코더
> 소리는 나를 놓치지 않고 좇아온다.   (134쪽)

쎄네갈 남자에 대한 이같은 묘사에서 드러나는 까만 피부나 낡은 옷들
은 그가 감당해왔을 고난의 한 상징일 것이다. 그는 그 고난에 맞서 싸우
며 아프리카에서 스페인까지 건너와 광장에 서 있다. 그리하여 그 힘으
로 그는 '환각처럼' 백열되어 있는 광장 안에서 '유일하게 살아움직이는'
존재가 된다. 이 때 '나'를 좇아오는 쎄네갈 남자와 그의 리코더 소리는
미로를 헤치고 나오는 것이 아니라 끝없이 숨어들고 '도망치는' '나'에게
가하는 질책의 의미를 갖는다. 쎄네갈 남자의 눈이 '나'를 노려보고 있는
것으로 묘사되는 것도 이 때문이다. 이 작품에는 이처럼 그녀를 노려보
는 시선이 여러 차례 등장한다.

> 어쩔 줄 모르고 엉거주춤 망설이는데 갑자기 희연이가 눈을 치
> 켜뜨며 나를 노려보았다. 흰자위가 많은 번들거리는 눈빛이었다.
> (149쪽)

> 그 후로 밤마다 내게 말을 걸어오는 목소리들이 늘어났다. 그들
> 은 희연이처럼 <u>흰자위가 드러나도록 눈을 치켜뜨며 나를 힐문했고</u>
> 나는 쩔쩔맸다. 갈수록 환청은 낮에도 나를 따라다니게 되었고 이
> 젠 소설쓰기로 도피할 수조차 없게 되었다.   (151쪽) (밑줄은 필자)

이들의 노려봄은 불감증의 상태로 도피적인 삶을 살아가고 있던 '나'
에게 더이상 도망치는 것이 불가능하다는 것을 일깨우는 역할을 한다.
그래서 그녀는 지지부지 끌어오던 암담한 연애를 끝냈고, 그러자 삶에
있어서 보다 분명하고 단호한 결단을 촉구하는 힐난의 목소리들은 더욱
커져간다. 그것은 쎄네갈 남자의 눈길처럼 다시 일어서서 걸으라는 요구
였을 것이다.

이들의 눈길이 현실과의 싸움을 포기한 채 숨어들고 도망치기만을 계
속하고 있는 그녀를 질책함으로써 현실과의 대면이라는 과제를 끊임없이
상기시키고 있다면, 김남주나 외삼촌, 교도소에 갇혀 있는 청년 등은 그
녀가 잃어버린 희망과 믿음을 회복시키는 인물들이다. 이들은 날카로운
눈길로서가 아니라 온화한 미소로 다가온다. 이들은 전사가 아니라 선량
한 농부에 비유된다. 이들의 무기는 차가운 분노가 아니라 따스한 미소
와 믿음이며, 예리한 칼이 아니라 정겨운 시다.

> 우선 나는 그의 외모가 시를 무기로 삼은 전사처럼 날래 보이지
> 않고 세파에 시달린 <u>선량한 농부처럼</u> 투박해 보이는 데 놀랐다. 그
> 런 놀라움을 표시하자 그는 그 특유의 <u>온화한 미소</u>를 지으며 감옥
> 에서 나온 지 얼마 되지 않아 그런 것뿐이라고 말했다. (중략) 그는
> 귀찮아하지 않고 미소를 지으며 다시 말했다. <u>앞으로, 머지않아 괜</u>
> <u>찮아지겠지,</u> 라고. (139쪽, 밑줄은 필자)

이는 김남주를 묘사하고 있는 대목으로, '어두컴컴한 지하에서 번져가
던 잔잔한 햇살'과도 같았다는 그의 미소는 '텅 빈 광장 위로 물무늬를

그리며 퍼져'가던 쎄네갈 남자의 리코더 소리를 그대로 연상시킨다. 꿈 속의 쎄네갈 남자가 보다 온화한 모습으로 현실화된 존재가 김남주임을 드러내는 장치라 할 수 있다. 더욱이 병이 들어 '시커멓게 죽'어있던 몸 까지도 그는 쎄네갈 남자의 새까만 피부를 닮아 있게 된다. 이들의 미소/ 노래가 어둠을 밝히고 텅 빈 광장을 조용히 흔들어 깨울 수 있었던 것은 그것이 이처럼 까만 몸으로 상징되는 어둠과 고통 속에서 나온 것이기 때문이다. 이같은 희망, 믿음에의 전언은 외삼촌이나 교도소에 갇혀 있는 청년을 통해 다시 전해진다.

> 몇해 전 내가 소설 공모에 당선되자 <u>평범한 농부였던</u> 외삼촌은 축하 대신 화두를 하나 주겠다고 말했다. (중략) '하지만…… 그럴 수 있는 때가 올지 모르겠어요.'
> 죄익이라는 점 때문에 나는 미심쩍어했었다. 외삼촌은 <u>환희 웃었 다.</u>
> '아무려면. <u>언젠가는 때가 오겠지.</u> 안 그러냐? <u>세상은 점점 나아 지게 마련인걸.</u>' (143쪽, 밑줄은 필자)

이같은 외삼촌에 대한 묘사 뿐 아니라, 화가 난 '나'의 말에 미소만 짓고, '초초해하지 않기로' 했다고 '천천히' 말을 꺼내놓으며 희망을 놓치지 않으려 애쓰는 교도소 청년에 대한 묘사는 이들이 결국 김남주의 분신과도 같은 존재들임을 보여준다. 이들은 환멸의 현실 속에서도 희망을 포기하지 말아야 할 것을 가르쳐 주는 인물들이다. 이들은 항시 농담처럼 말하고, 조급하고 냉소적으로 반문하는 '나'와는 달리, 한결같이 '느릿하게', '천천히', 미소를 띤 채 이야기를 한다. '나'의 말이 '덜 진화된' 자의 순진하고 엄살 섞인 투정과 칭얼댐이라면, 이들의 말은 신중하고 사려깊은 성숙한 말이다. 특히 미래와 희망에 대한 이들의 순박한 믿음이 누구보다도 깊은 절망과 어둠 속에서 배태된 것이라는 점에서 그 믿음은 값

싼 감상이 아니다. 죽겠다고 투정을 부리던 '내'가 버젓이 살아 있는데 반해, 김남주나 외삼촌은 죽었고, 청년은 교도소에 갇혀 있다. 이들은 죽음과 어둠에 맞서 싸우며 그 안에서 희망을 키워 가고 있었던 것이다. 하여 이들에게는 100년째 지어지고 있는 성당이 언제 완공되느냐 하는 것이 중요한 것이 아니라, 지금도 지어지고 있다는 사실이 중요하다. 이것이 바로 이들에게 믿음과 희망이 과거완료로서가 아니라 현재진행형으로 남아 있는 이유이다. '내'가 서서히 절망의 늪에서 벗어나 희망을 되찾을 수 있게 되는 것은 바로 이들에 의해서이다.

작품에서 종소리는 잔잔하게 퍼져가던 이들의 미소와 노래가 함께 어울어져 만들어내는 희망의 울림과도 같다. 목소리로도 변주되어 나타나는 이 종소리는 '나'의 의식의 변화를 일으키는 중요한 장치이기도 한데, 작품 속에서 이 종소리는 세 번 들려온다. 첫 번째가 쎄네갈 남자에 쫓겨 도망칠 때이고, 두번 째는 김남주 일주기 추모식 때 묘비 앞에 서 있을 때이며, 세번 째는 교도소로 청년을 면회갔을 때이다. 이것들은 한결같이 우울한 풍경들이다. 그러나 중세의 때에 절어 우중충한 건물들 사이에서, 혹은 겨울비에 젖은 묘비 저편의 잠목 숲에서, 혹은 교도소에서 들려오는 종소리는 절망의 끝에서도 결코 놓치지 말아야 할 희망을 일깨우는 전언이다. 교도소 가는 길 한 편에는 얼음장이 남아 있었지만 양지 쪽에는 따뜻한 봄기운이 감돌았고 그래서 그 길이 눈부시게 밝았던 것처럼 종소리는 어둠의 끝에는 빛이 있고 절망의 끝에는 희망이 있다는 것을 상기시키는 전언이다. 그러니 그 때마다 '나'를 '산산조각 내'었고, '압도했'으며, 눈물을 흘리게 만들었던 이 종소리는 죽음과 종말을 알리던 弔鍾이 아니라 새로운 희망을 알리는 頌歌가 되어 환멸의 늪에서 허우적대는 '나'를 부수고, 꿈 속을 헤매며 잠든 척 하는 '나'를 '세차게 때려 깨우며 일어나라고 재촉'한다. 어둠 속에 묻혀 잠들어 있지 말고, 그 어둠을 뚫고 일어서라고. 방황하는 발을 멈추고 세상 속으로 다시 걸어가라고.

　이 작품에서 유난히 눈, 귀, 발과 연관된 표현들이 쉽게 발견된다는 것은 이 점에서 주목할 만 하다. 주인공인 '나'는 눈과 발의 기능을 거의 상실한 상태이다. 그녀는 시력이 나빠 무언가를 잘 보려면 안경을 써야 하는 인물이다. 출구를 찾지 못한 절망적 상태의 그녀에게 나아갈 길은 '잘 보이지 않는'다. 그런가 하면 그녀의 발은 끝없이 떠돌거나 걸음을 멈추고 '죽은듯이 웅크리고' 있다. 이 고장난, 혹은 멈춰버린 눈과 발의 움직임에 다시 활기를 불어넣는 힘은 귀를 통해 온다. 리코더 소리나 라그라다 파밀리아 성당의 종소리, 목소리들이 그것이다. 그녀는 김남주의 병에 대해 전해듣고 밤새도록 '깨어' 있었으며, 추모식 때는 '누군가 추적추적 신발을 끌며 세상 끝까지 걸어가는 발자국 소리'와 묘지 주변에서 누군가 '몰래 발을' 구르는 소리를 듣는다. 그리고 그 발 구르는 소리는, 허공에 매달린 것 같은 심정으로 고층 아파트에 갇혀 삶과 죽음 사이에서 헤맬 때 그녀를 세상과 연결시켜 주는 끈과도 같은 역할을 했던 키이스 자렛 앨범 속에서도 들려온다. 이것은 모두 그녀로 하여금 '눈 감은 나'에서 '눈 뜬 나'로, '웅크린 나'에서 '걸어가는 나'로 변모해갈 것을 촉구하는 소리들이다. 정신을 차리고 세상에 발 붙이고 걸어가라고. 그리하려 궁극에 스페인 청년처럼 맨발로 세상과 부딪치며 자유로워지라고.

　세상에 군건하게 발디딘 '발'로의 회복은 곧 '글'의 회복으로 이어진다. 쎄네갈 남자나 김남주를 비롯 주인공으로 하여금 희망을 회복하게 한 인물들이 모두 노래를 부르는 사람이라든지, '나'를 환멸의 끝에서 세상으로 되돌아오게 한 끈이 리코더 소리나 김남주의 시 혹은 키이스 자렛의 앨범이었다는 사실은 어둠을 극복하고 삶에의 희망을 되찾게 하는 것으로서의 노래/문학의 힘을 새삼 확인하게 하는 것이기도 하기 때문이다. 그리고 이는 이 작품이 주인공인 '내'가 삶의 환멸로부터 삶에의 희망을 회복하는 과정에 대한 것이자 글쓰기의 환멸로부터 글쓰기에의 의욕을 다시 회복하는 과정에 대한 것이기도 함을 보여준다. 그리하여 그녀는 작품 끝에서 이렇게 적고 있다. '그날 저녁 서울로 돌아왔다'. 중국에 가서 한의학을 배우겠다는 동료 소설가나, 자살한 희연이, 그리고 그녀의 죽음을 보고는 다시는 한국에 오고 싶지 않을 것 같다며 미국으로 '돌아간' 민이 등을 상기할 때, 이같은 '나'의 귀경은 다시금 현실 속으로, 삶 속으로 들어와, 그것들을 붙들고 싸우겠다는 의지의 한 표현이며, 절망적이고, 냉소적이고, 조급하던 방관주의자 혹은 이방인에서 다시금 낙관적이고, 따뜻하고, 여유로운 주체자이자 참여자로 귀환하고 있음을 보여주는 것이라고 할 수 있을 것이다. 이 작품이 후일담 소설과 닮아 있으면서도 여타의 후일담문학과 구별되는 것도, 그리고 여기에서 드러나는 소설쓰기가 희망과 치유의 글쓰기로[17] 이름붙여질 수 있는 것도 이 때문이다. '나'는 세상에 대한 희망과 믿음을 지닌 따뜻한 리얼리스트로 되돌아온 것이다.

4. 맺는 말

함정임과 이남희에게 있어 지금 이곳에서의 글쓰기는 분명 고통스럽고 절망스럽다. 절대적이고 영원한 것에 대한 믿음, 역사의 진보와 인간의 선함에 대한 믿음 등으로 시작된 이들의 글쓰기는 현실에 의해 끊임없이 좌절되고, 그래서 이들은 자신들이 무너지는 모래더미 속에 혹은 세상 끝에 서 있다는 위기의식에 사로잡혀 있다. 그러나 이러한 절망이나 위기의식은 이들이 서 있는 출발점일 뿐 끝은 아니다. 이들은 서로 다른 방식으로 환멸적인 현실과 글쓰기의 좌절을 넘어선다.

---

17) 신수정(1996), "세상 끝에서 들려오는 종소리", 『사십세』 해설 (창작과 비평사), 297쪽.

　함정임이 「단편들」에서 주목하고 있는 것은 소설을 타락시키는 현실적 힘이다. 속물적 가치에 지배되는 현실이나 일상 그 자체보다 그에 감염되기 시작한 소설의 위기에 촛점이 있는 것이다. 그녀는 시대의 변화나 유행에 꿈쩍하지 않는 본연의 자질로서의 문학을 강조하며, 이는 과거나 전통적인 것으로의 복귀라는 양상을 띤다. 그녀는 작가란 본질적으로 현실과 불화할 수밖에 없는 존재이며, 자발적으로 이방인의 자리를 선택한 자라고, 그리고 그 거리감이 현실에 휩쓸리지 않게 하는 힘을 발휘한다고 믿는다. 따라서 그녀에게 작가란 근원적으로 비극적인 존재이며 패배자의 운명을 지닌 존재다. 그러나 어둠을 응시함으로써 작가는 그 어둠에 굴복당하지 않는다.

　이남희는 이념이 일상으로 대치된 현실 자체에 절망하고 있다. 80년대의 환상이 90년대에 이르자 환멸로 대치되었고, 삶/역사의 중심에 있어야 한다는 믿음의 좌절, 무력감이 소설쓰기를 방해하고 있다. 따라서 삶과 역사에 대한 믿음의 회복이 소설쓰기를 지속시킬 관건이 된다. 그리고 그녀는 결국 절망에서 희망으로 자리를 옮겨간다. 세상 밖으로 떠돌며 이방인이 되어버린 존재에서 다시 세상 속으로 들어가 세상에 대한 믿음을 회복하는 것이다. 그녀는 어둠 속에서도 밝음을 보며, 그럼으로써 어둠과 대결하고자 한다. 희망과 믿음의 회복, 삶의 긍정이 곧 글쓰기를 다시 시작하게 하는 힘이다.

　결국 이러한 과정을 통해, 함정임은 작가란 혼자 가는 것이란 믿음을, 이남희는 작가란 함께 가는 것이란 믿음을 확인한다. 그리하여 함정임은 세상 밖에서 홀로 어둠을 응시하는 비극적인 모습의 작가로, 이남희는 세상과 부딪치며 희망을 찾아 움직여가는 낙관적인 모습의 작가로 남는다. 그러나 이러한 차이에도 불구하고 두 사람 모두 현실과의 싸움을 포기하거나 현실에 굴복하지 않고 대결의지로 부정적 현실을 극복하려 한다는 점에서 닮아 있다. '왜 소설을 쓸 수 없는가' 라는 질문에서 시작된

소설가소설이 때로 치열한 자기 반성을 수반하지 않은 채 세태 풍속에
대한 풍자에 머무름으로써 투정과 변명의 차원에서 그쳐버리는 데 반해,
이들의 경우 그러한 질문은 그럼에도 불구하고 '왜 써야 하는가' 하는 질
문으로 나아간다. 소설가소설로서 이 두 작품이 주목되는 이유는 바로
이러한 점에 있을 것이다.

말·발·삶

—신경숙의 「모여있는 불빛」에 나타난 글쓰기의 기원

황 도 경

1. 들어가는 말

　신경숙에게 있어 글쓰기란 무엇일까? 사실 이는 이미 그녀 자신에 의해 심각하게 제기된 질문이라 할 수 있다. 최근 발표되고 있는 그녀의 작품에서 글쓰기의 본질이나 의미에 대한 탐구는 그 자체로 하나의 주제가 되어 있는 듯 보이기 때문이다. 예컨대 작가 자신의 고통스런 기억을 시대적 어둠과 함께 되살려 놓은 것으로 크게 관심을 얻은 장편『외딴 방』에서도, 사실 주목되어야 하는 것은 지난 시대의 풍경이나 노동자들의 고통스런 삶이 아니라 글쓰기란 무엇인가 하는 데에 대한 질문과 그에 대한 대답을 찾아가는 과정들이다.[1] 그 작품은 자신의 내면세계에만 골

---

[1] 물론 이에 대해서는 논자들에 따라 반론의 여지가 많을 것이다. 백낙청("『외딴 방』이 묻는 것과 이룬 것", 『창작과 비평』, 1997, 가을호), 염무웅("글쓰기의 정체성을 찾아서", 『창작과 비평』, 1995, 겨울), 윤지관("90년대 리얼리즘의 길찾기", 『동서문학』, 1996, 여름) 등의 글에서는 물론, 이 작품을 한 시대를

몰해 있던 그녀에게 있어 외부의 현실세계가 어떤 의미로 자리잡고 있는지, 그리고 그것이 자신의 글쓰기와 어떤 관련을 맺어야 하는지에 대한 일종의 고백서이자 성찰의 기록이라 할 수 있기 때문이다.

「모여있는 불빛」은 『외딴 방』에서 확인되는 이같은 문제를 처음으로 다룬 작품으로, 자신의 글쓰기에 대한 반성과 그 글쓰기 본질에 대한 성찰을 본격적으로 다루고 있다. 농촌 가족의 모락에 대한 소묘와 글쓰기의 단절감을 그린 것으로 설명되는[2] 이 작품은 특히 작가의 고향 정읍과 가족의 풍경을 그대로 환기시키는 듯한 농촌 가족의 모습이 작품에 그대로 투영되어 있다. 때문에 신경숙 소설이 서정성이나 시적 분위기, 섬세한 내면 묘사, 독특한 문체, 소설 형식상의 실험 등으로 주목되는 시적소설의 한 경지를 보여준다고 하는[3] 기존의 인식과는 사뭇 다른 내용과 분위기로 다가온다. 이는 글쓰기의 근원이나 방식에 있어서 무언가 변화가 일어나고 있음을 보여주는 것이라 할 수 있는데, 혹자는 이를 통해 내면세계에 탐닉하느라 그녀가 외면해 온 현실적 맥락에의 재인식을 보고 이를 가족 공동체 사회로의 동경으로 읽어낸다. 도시적 삶을 배경으로 하고 있지만 그의 작품은 언제나 고향 정읍을 바탕에 깔고 있으며, 거기에는 대가족제도에서 보이는 이른바 혈육공동체가 고향의 존재처럼 숨쉬고 있다는[4] 것이다. 이 작품의 미덕이 고향과 서울 사이에서 어느 한 쪽에

총체적으로 형상화한 증언록이자 감동적인 노동소설로 본 남진우의 글("우물의 어둠에서 백로의 숲까지", 『외딴 방』해설, 창작과 비평사, 1995)에서도 이 작품의 진정한 가치는 노동소설로서의 성격에 있다고 지적된다.·

2) 이광호(1995), "그녀를 들여다보는 그녀", 『환멸의 신화』(민음사), 178쪽·

3) 조남현(1993), "시적 소설의 한 경지", 『서평문화』12집

4) 임규찬(1996),"마음의 육신이 짓는 문학의 집", 신경숙 소설집 『오래전 집을 떠날 때』해설 (창작과 비평사), 359쪽
   이런 입장에 있는 평자들은 「풍금이 있던 자리」에서도 공동체적인 고향마을의 삶과 그 윤리감각을 읽어내고, 이를 통해 그녀의 작품이 개인의 내면세계에의 탐닉과는 거리가 먼 것임을 강조하기도 한다.(신승엽, "성찰의 깊이와 기억의 섬세함", 『창작과 비평』, 1993, 겨울, 106쪽)

도 온전히 속할 수 없는 주인공의 처지가 정확하게 자리매겨진다는 데에
있다고 지적되는 것도5) 이러한 관점과 연관되어 있다. 그런가 하면 이
작품이 고통과 절망을 소설의 언어로 번역하는 것으로 시작된 그녀의 글
쓰기가 독자와의 소통이 불가능해질 정도로 난해해져버린 데 대한 소설
가로서의 절망을 다루고 있다고 보는 견해도 있다. 그것은 구체적으로
말하면 어머니와 아버지의 정겨운 삶과 애정이 그대로 드러난, 그래서
아주 '쉬운' 소설조차 '고모'로 대표되는 독자들은 제대로 읽지 못한다는
사실에서 환기되는 절망이라는 것이다.6) 요컨대 모호성과 암시성의 극단
에서 마주치게 되는 독자와의 소통불가능에 대한 절망을 다룬 작품이라
는 것이다.

그러나 이 작품에서 주인공/작가가 문제 삼고 있는 것은 자신의 소설
이 왜 독자에게 제대로 이해될 수 없는가 하는, 독자의 몰이해와 편견,
그리고 작가에게 가해지는 외부적 압력 등이 아니라, 자기 자신의 글쓰
기와 외부 현실 사이의 괴리 그리고 그 이유로서의 도피의식이다. 작가
가 이 작품에서 강조하는 것은 농촌 공동체 사회로의 복귀나 그에 준한
글쓰기로 단순화되지 않는다. 주인공에게 있어 '고모'는 단지 농촌의 현
실에 눈뜨게 하는 인물도, 그렇다고 그녀의 소설을 제대로 이해하지 못
하는 무식한 독자도 아니다. 그녀가 글쓰기에 어려움을 느끼고 있는 것
은 서울에서부터 이미 시작되어 있다. 그리고 그 때 그녀는 고향을 찾아
간다. 과연 글쓰기와 그녀의 고향 사이에는 어떤 관계가 있는 것일까? 그
녀에게 있어 아버지나 어머니, 고모는 어떤 존재인가? 고향에서 만난 사
람들이나 풍경이 그녀의 글쓰기와는 어떤 관련이 있는가? 이제 이런 질
문들을 통해 이 작품에서 제기된 글쓰기의 본질과 기원에 대해 살펴 보

---

5) 백낙청(1993), "지구시대의 민족문학", 『창작과 비평』(1993, 가을호)
6) 장수익(1994), "현실 반영의 새로운 영역과 여성", 『소설과 사상』(1994, 여름),
   325쪽.

기로 하자.[7]

2. 도망가기로서의 글쓰기

소설가인 '그녀'에게 있어 글쓰기는 삶에서 배반당한 후 그 배반을 잊기 위해 시작된다. 그녀는 속마음을 털어 놓았던 배미경에게서 배반당한 후 시작된 글쓰기가 그녀로 하여금 그 배반을 잊을 수 있게 했다고 고백하고 있거니와, 이는 그녀의 글쓰기가 배반과 상처를 잊게 하는 것으로서의 의미를 지니고 있음을 단적으로 보여준다. 자신의 소중한 가슴 속 얘기가 또래 아이들의 시시한 농담 속에 섞여 아무렇게나 팽개쳐지는 것을 보고난 후 그녀는 배미경에게 가슴 속 얘기를 털어놓는 대신 노트에 글을 쓰기 시작한다. 이것은 그녀의 글쓰기가 도피적이고 개인적인 자기 위안의 차원에서 시작된 것임을 의미한다. 그녀는 글을 쓰면서 사람으로부터 그리고 삶으로부터 멀어져간다. 특히 실제 있던 일에 생각이 보태어짐으로써 그녀의 글이 생기가 돋고 미화작용을 일으키기도 했다는 것은 그녀의 글이 갖는 문학성, 미학성이라는 것이 삶으로부터 멀어짐으로써 얻어지는 것이었음을, 다시 말해 그녀에게 있어 삶과 글은 등을 돌린 채 서로 다른 길을 가는 것이었음을 시사한다. 삶으로부터 도망치며 시작된 글쓰기, 그것은 결국 그녀를 세상과 단절시키고 남들과는 '다른' 사람이 되게 만든다. 어머니가 "너는 나하구는 다른 사람이 되었구나" 라고 말할 때, 그것은 결국 이처럼 삶에서 도망친 자신의 글쓰기에 대한 자책으로 여겨진다.

---

7) 이 작품은 『창작과 비평』(1993, 봄호)에 발표되었던 것으로, 본 논의에서는 『오래전 집을 떠날 때』(창작과 비평사, 1996)에 수록된 것을 텍스트로 하였다. 본문 인용시에는 페이지만 기입하도록 하겠다.

그녀의 도망가기는 또 다른 맥락에서도 엿볼 수 있다. 말에서 글로의 이동이 그것으로, 어머니나 고모의 '이야기하기'는 시종 그녀의 '글쓰기'와 대조가 된다. 예컨대 아버지 속병에 대해 얘기하는 어머니 곁에서 그녀는 신문사 원고를 생각하고 있고, 어머니가 뭐라뭐라 더 말을 이어가고 있을 때 그녀는 글의 골격을 짜느라 공상에 빠져든다. 이야기의 세계가 현실적, 육체적 삶의 세계라고 한다면, 그녀가 매달리고 있는 글의 세계는 허구적이고 추상적인 세계다. 그녀로 하여금 "요즘 가장 잘 모르겠는 게" 소설이라는 생각을 갖게 한 작은 계기인 '나의 문장 수업'이라는 제목의 원고 청탁에서도 강조되는 것은 글/문장과 학습이다. 그것은 글쓰기의 동기와 어려움 등 글쓰기에 관련된 근원적인 물음으로 다가오고, 그 질문 앞에서 그녀는 글을 쓰지 못하고 방황한다. 그러나 정작 그녀가 고통을 겪는 것은 글이 아닌 말에서이다. 그녀는 '말과 행동에 스며든 장애'로 치매 상태가 되었고 전화조차 받을 수 없어 "어떤 물음이든 겨우겨우 예예, 했"고, 소설이란 무엇인가 하는 질문을 받았을 때는 '꿀 먹은 벙어리'가 된다. 그녀는 어떤 질문 앞에서도 답을 갖지 못해 말을 잃어버린 것인데, 이는 소설가로서의 본원적인 자기 상실이라 할 수 있다. 그녀가 고향에 내려올 수밖에 없었던 것이 말과 행동에 스며든 장애 때문이었듯이, 그녀에게 있어 글쓰기의 문제는 근원적으로 말과 행동의 문제와 연관되어 있다.

이처럼 그녀의 글쓰기는 삶과 말에서 이탈함으로써 시작한다. 그것은 도망가는 글쓰기이며 숨는 혹은 숨기는 글쓰기이다. 그녀가 '산해경으로 얼굴을 덮고' 잠이 들곤 한다는 사실이라든지 어머니가 신문에 실린 그녀의 글을 가족 사진틀 뒤에 숨겨두었다는 사실은 그녀의 글이 현실적 삶과는 차단된 것임을 환기시키는 대목이거니와, 그녀의 글은 어머니나 아버지에게는 그것으로 '얼굴을 덮고는 잠을 자버'리게 만드는 지루하고 무의미한 것에 불과하다. 아버지의 대사처럼 그녀에게나 좋지 이들에게는 아무짝에도 쓸데없는 것이 그녀의 글이었던 것이다. 게다가 그녀의 글은 고모의 말처럼 '서루 안 좋은 데를 파고드는' 것이 되어 있다. 고모가 책망을 하고 간 후 어머니로 하여금 고모와 쌈이라도 하게 만들 수 있는('쌈을 할라믄 하지 왜 못한다니') 것, 그것이 그녀의 글이었던 것이다. 결국 이는 그녀의 글이 현실과 담쌓은 무용지물의 것일 뿐 아니라, 사랑과 생명의 힘으로서가 아니라 불화와 소외의 계기로 기능하고 있음을 반증하고 있다.

3. 삶과 글의 거리

그녀의 글이 삶으로부터 도망가는 것으로 시작되었다고 할 때, 이같은 사실이 글이 쓰여지지 않는 이유가 되고 있음을 일깨우는 몇 가지 삽화들이 있다. 그 중 물과 노트는 그녀의 글이 생명의 현장으로 되돌아가야 함을 자극하는 중요한 장치로 보이는데, 물이 주로 어머니를 통해 강조되는 생명의 힘이라고 한다면 노트는 아버지를 통해 환기되는 삶의 현장성 혹은 진실성이라 할 수 있다. 이 둘은 모두 그녀의 글에 부재하는 것, 따라서 그녀의 글이 회복해야 하는 것을 상기시킨다.

3.1. 생명의 물 혹은 삶

그녀의 글이 삶과 유리된 공허하고 무용한 따라서 생명력을 상실한 것이었다고 할 때, 작품 속에 빈번하게 묘사되는 물과 관련한 대목들은 흥미를 끈다. 이는 그녀에게 있어 글쓰기가 물과 연관되어 있다는 예감을 갖게 하거니와, 글이란 생명의 원천으로서의 물과 다름없는 것임을 일깨우는 대목이기도 하다.

> 세면대에 물 받아놓고 손을 씻으려고 할 때였는지, 가습기가 물
> 없음 표시로 넘어가던 순간이었는지, <u>다 마신 요구르트 곽을 구기</u>
> <u>려던 참이었는지, 입술 안 살갗을 무심히 깨물어대다</u>가였는지는 모
> 르겠으나 무엇이 힐끗, 정말, 힐끗, 느껴졌다. (75쪽, 밑줄은 필자)

글이 쓰여지지 않고 있을 때 그녀의 손과 눈과 입은 대신 물을 찾고
있다. 그리고 이 때 그녀는 글을 쓸 수 있을 것 같은 기미를 힐끗 느낀
다. '글의 실마리'는 물과 함께 온다. 글이 쓰여지지 않아 최소한의 움직
임만으로 일상을 견디고 있을 때, 그녀가 하는 일이란 커피물을 받고, 세
면대에 물을 받고, 요구르트를 마시는 것 등이다. 이것은 그녀에게, 그리
고 그녀의 글에, 생명의 기운으로서의 물을 주려는 무의식적 움직임이다.
그러나 여전히 그녀에겐 '물이 없다'. 가습기의 '물없음' 표시, 그것은 그
녀의 공간이, 그녀의 글이, 그리고 그녀 자신이, 생명의 힘을 상실하고
건조하게 죽어가고 있음을 환기시키는 전언과도 같다. 결국 이 '물없음'
의 끝에 그녀는 늦은 기차를 타고 고향으로 오는 것이니, 이 점에서 본다
면 그녀의 고향행은 물을 찾아가는 것이라고 할 수도 있을 것이다.

그녀에게 물이 없는 것과는 달리 고향에는 물이 넘친다. 어머니는 "뒤
곁에서 세숫대야에 물을 떠다놓고 항아리를 닦고 있"으며, "물에 행주를
짜내 탈탈 털어서 넓은 항아리 뚜껑에 덮어놓"는다. 그녀가 지은 소설 속
에서도 어머니 넝뫼댁은 물청을 드는 인물로 그려진다. 아버지가 '물 좀
떠와'라고 물청을 하는 상대도 어머니이다. 어머니는 주변의 사람들에게
그리고 사물들에 물을 길어나르는, 그래서 그들이 살아있게 하는 존재다.
어머니가 없을 때 그 부재는 물없음으로 이어진다. 어머니가 밖으로 나
가버리자 아버지가 "물청을 들어줄 넝뫼댁이 없어 정지로 나가 물을 따
라 마시"고, 딸에게 넝뫼댁이 "물도 안 떠다 주곤 초저녁에 (성당에) 가

서는 여직 안 왔어야” 라며 불평을 하는 것도 이들에게 있어 어머니가
생명의 물과도 같은 존재임을 시사하는 대목이라 할 수 있다. 어머니나
아버지는 늘 물과 함께 있는 인물이다. 이들에게 있어 삶은 논에 물을 대
는 행위와도 같으며, 그것은 그 어떤 논리나 가치보다도 앞선다. “기도허
믄 밥이 생겨? 성모님이 걸어나와 논물 대줘?” 라는 아버지의 대사는 그
러한 삶/물의 절대적 가치를 상징적으로 드러낸다.

이처럼 작품 속에서 물은 한편으로는 생명을 키워가는 일의 절대적 명
제를 다른 한편으로는 그 명제로부터 단절된 그녀의 글쓰기를 환기시킨
다. 농사짓기에 있어서 필수적인 요소이며 생명의 원천인 물. 고향의 부
모님은 당신들의 삶 자체로 그 물의 신성하고 절대적인 가치를 그녀에게
일깨운다. 지금 그녀의 글에 필요한 것은 이 생명의 물이라고. 그것은 그
녀가 도망쳐왔던 그리고 외면해왔던 삶으로 돌아감으로써만 회복할 수
있다고. 그리고 그때 그녀의 글은 단지 그녀 자신을 견디게 해주는 것이
아니라 무언가를 변화시킬 힘이 되는 그래서 생명을 키워가게 하는 원천
이 될 수 있다고.

3.2. 두 개의 노트

이 작품에는 두 개의 노트가 등장한다.[8] 하나는 아버지의 소 사료 기
록 노트이고 다른 하나는 배미경에게 털어놓았을 그녀의 내면생활을 글
로 쓰기 시작하면서 갖게 된 그녀 자신의 노트이다. 앞의 노트가 삶의 구

---

8) ‘노트’는 윤색되지 않은 삶의 직접적이고 자연스러운 자취로서 혹은 글쓰기의
   일차 자료로서 신경숙 소설에 자주 삽입, 인용된다. 예컨대 「멀리, 끝없는 길
   위에」에서 이숙이 남긴 노트나, 「배드민턴 치는 여자」에서 ‘그녀’가 글을 적
   고 있는 노트 등이 그 예이며, 이는 소설 쓰는 과정 자체가 소설의 내용을 이
   루는(『외딴 방』, 「오래 전 집을 떠날 때」, 「깊은 숨을 쉴 때마다」, 「그는 언제
   오는가」 등) 글쓰기 경향으로 이어진다. 이에 대해서는 김화영의 “태생지에서
   빈집으로 가는 흰 새”(『문학동네』, 1998, 봄), 377-78쪽을 참조할것.

체적 현장과 밀착된 글쓰기 양식을 보여주는 노트라고 한다면, 뒤의 것
은 외부 현실과는 차단된 채 자기 세계에만 골몰하는 지극히 주관적이고
감상적인 글쓰기의 양식을 반영하는 노트이다. 앞서 지적한대로 그녀의
글쓰기는 후자의 방식으로 시작되었고, 지금 그녀가 겪고 있는 글쓰기의
혼란은 글과 삶 사이의 괴리감에 대한 뒤늦은 깨달음에서 비롯된다. 작
품의 서두가 고향에 내려온 그녀가 아버지의 소 사료 기록 노트 위에 글
을 쓰는 것으로 되어 있다는 것은 이 두 개의 서로 다른 글쓰기에 대한
인식, 그리고 아버지의 노트로 상징되는 구체적 삶과 밀착된 글쓰기로의
지향을 동시에 보여준다. 아버지의 노트에 글을 쓰는 것은 사료 냄새로
혹은 아버지로 나타나는 삶의 세계에 자신의 글을 심는 상징적 의미를
갖기 때문이다. 그리고 그것은 그녀가 궁극적으로 지향해야 할 글쓰기이
면서 아직은 실행에 옮기지 못하고 있는 글쓰기이다.

 그런가 하면 그녀가 아버지 사료 노트 위에 실제로 적은 "어제 그녀가
마을에 들어섰을 때" 라는 구절과 그 뒤에 이어 쓰려 했던 "마을은 죽은
듯이 겨울을 견디고 있었다" 라는 문장 사이에도 중요한 차이가 내재되
어 있다. 앞의 문장이 시간부사, 공간부사, 주어, 동사 등 문장에 꼭 필요
한 기본적 요소들만으로 간결하게 구성되어 현실을 객관적으로 반영하는
기능을 맡고 있는 것과는 달리, 후자의 경우에는 '죽은 듯이', '겨울을 견
디다'와 같이 의인법과 은유법을 동원하여 '마을'이라는 객체를 극히 주
관적으로 환기시키고 있는 것이다.9) 이 때 초점은 객관적 사실이나 외부
의 풍경이 아니라 그녀 자신의 심리적 반응에 있게 되며, 따라서 '마을은
죽은 듯이 겨울을 견디고 있었다'는 문장에서 실질적인 주어는 마을이
아닌 그녀 자신이 된다. 그녀는 마을에 대해서가 아니라 '죽은 듯이 겨울
을 견디고 있'는 자신의 내면에 대해서 쓰려고 했던 것이다. 이는 그녀의

---

9) 김화영(1998), 380쪽

글이 삶의 구체적 현장과는 무관한 주관적이고 내면적인 세계의 반영임을 단적으로 드러내는 대목이다. 뿐만 아니라 그녀가 틈틈이 읽는 책이 내용의 기괴함과 황당함으로 허구적 상상력을 발동시키는 산해경이라는 사실이라든지, 실제 있었던 일 위에 생각이 보태짐으로써 오히려 그녀의 글이 생기가 돋았다는 진술 등도, 그녀의 글쓰기가 구체적 삶으로부터 멀어지는 과정에서 얻어지는 것이었음을 그리고 내용의 진실성보다 상상력과 수사, 기교에 집착하는 작업이었음을 시사하고 있다.

작품의 서두는 그녀가 고향에 와서도 여전히 그런 글쓰기 습관을 털어내지 못하고 있음을 보여준다. 그런데 이 때 주목되는 것은 그녀가 '마을은 죽은 듯이 겨울을 견디고 있었다'라는 문장을 실제로 이어 쓰지는 않았다는 사실이다. 그녀 스스로 자신의 수사적 표현들이 답답하고 별로라고 생각하고 있거니와, 이는 단순히 표현이 마음에 들지 않았다는 것을 의미하지는 않는다. 그 수사적 표현들이 답답하게 여겨진 것은 아버지의 노트 그리고 시골집 어디에나 묻어 있는 소 사료 냄새 때문이었다. 그 냄새는 그녀의 글이 서 있는 세계와는 전혀 다른 세계, 다시말해 그녀가 외면한 따라서 부끄러움과 자책으로 다가오는 세계를 환기시킨다. 아버지의 노트에 고단한 삶의 흔적이 무표정하게 담겨 있다고 한다면, 그녀의 노트에는 삶의 현장으로부터 도망친 자의 감상적이고 자기 위안적인 넋두리가 한껏 치장을 하고 자리잡고 있다. 그녀가 도시의 세계, 그리고 문자의 세계로 옮겨올 수 있었던 것이 모두 소를 팔아 교육비를 댄 아버지에 의해 가능한 것이었음을 상기할 때, 아버지의 소 사료 노트는 그녀에게 있어 글의 토대로서의 의미를 갖는다. 결국 아버지의 노트에 글을 적으면서 그녀는 도망가는 것으로 비롯된 자신의 글쓰기가 다시금 소 사료 냄새로 환기되는 구체적인 삶의 현장으로 돌아가는 것이 되어야 함을 상기하고 있는 것이며, 그 어렴풋한 깨달음이 그녀로 하여금 '습관처럼' 행해지던 이전의 글쓰기에 제동을 걸고 있는 것이다.

4. 말과 글의 거리

주인공인 그녀가 고향에 돌아왔을 때 그녀는 더 큰 문제에 마주하게 된다. 그것은 어머니에게서 들은 송아지 사건을 소재로 해서 쓴 그녀의 글이 고모에게 화를 불러 일으킨 일인데, 이것은 어머니나 고모의 이야기와 그녀의 글 사이의 괴리를 다시 환기시키고 있다는 점에서 뿐 아니라 그들의 이야기에 등장하는 누렁이와 검정소가 그녀 자신의 두 비유일 수 있다는 점에서 더욱 주목되는 사건이다.

4.1. 어머니의 이야기와 누렁이

어머니가 이야기해준 송아지 사건은 이렇다. 소를 지키기 위해 우사의 파수꾼으로 갖다 놓은 누렁이가 있었다. 그 누렁이는 마을 어느 집에서나 막 기르는 개의 종자였지만 '안채의 불빛이 새어나오는 아늑한 마루 밑에서 사는 개'와는 달리 민첩했고, "눈은 시퍼랬고, 꼬리는 팽팽하게 치켜져 있었으며, 등의 털도 얼마나 꼿꼿한지 쓰다듬으면 손바닥이 찔릴 것 같았다". '싸움개' 같은 긴장감과 사나움으로 가까이 가기 어려운 개였던 것인데, 그 개에게 새끼를 배게 하려고 작은 아버지 댁의 수캐를 우사로 데려왔을 때, 그 누렁이가 발톱을 세우고 옆에는 오지도 못하게 하자 버둥거리던 수캐가 송아지 배를 물어 죽여버린 것이다. 아버지가 뭣 때문에 울화를 끓이느냐는 그녀 질문에 서른이 되도록 시집을 가지 못하고 있는 그녀 때문이라고 대답하신 어머니의 말에서도 암시되듯, 이 송아지 사건은 그녀 자신의 상황에 대한 우화적 사건이기도 하다. 수캐가 접근을 하지 못하게 하는 사나운 누렁이는 사람들과 담쌓은 혼자만의 세계 속에서 마음만 사나워져 있는 그녀 자신과 닮아 있으며, 그 누렁이처럼 그녀도 결국 자신이 쓴 소설로 아버지와 작은 아버지 사이에 불화의 계기를 만들어 놓게 되기 때문이다. 어머니의 이야기가 글의 소재가 되어 짧은 소설로 만들어질 때의 상황을 보자.

> 그녀 어머닌 그녀 곁에서 걱정스럽게 그녀 <u>아버지 속병 얘기</u>를 하는데 그녀는 그 신문사의 <u>원고 생각</u>을 하고 있었다. 짧은 소설 소재를 찾았구나, 싶었던 것이다. 어머닌 뭐라뭐라 더 <u>말</u>을 이어가는데 그녀는 어머니 나머지 얘기는 귓등으로 흘리고는 첫 <u>문장</u>은 이렇게 하고 끝 <u>문장</u>은 이렇게 내리라, <u>글의 골격</u>을 짜느라 공상에 빠져 들었다. 다음날 그녀 어머닌 그녀와 함께 이문동에 다녀와서 곧장 시골로 내려가고, 그녀가 어머니가 들려준 <u>얘길 토대로 짠 글의 짜임새</u>는 이러했다. (83쪽, 밑줄은 필자)

여기에서 어머니의 '얘기'와 그녀의 '글'은 계속 엇갈린다. 어머니가 이야기를 하는 동안 그녀는 글 생각 뿐이다. 어머니가 이야기/말의 세계에 속해 있다면, 그녀는 글의 세계에 속해 있는 셈인데, 문제는 말/이야기가 글로 바뀌면서 진실이 달라지고 있다는 사실이다. 어머니의 얘기를 토대로 그녀가 쓴 소설을 보자. 우선 소설에서는 사나운 암캐(누렁이) 때문에 비롯된 사건이 사나운 수캐 탓으로 바뀌어져 있다. "소집을 지키느라고 바깥 외출 한번 제대로 못한 집의 암캐를 생각해서" "옆집 그 사나운 수캐를 집으로 데려왔던 것이 잘못"이었고, "줄이 풀어지자 옆집의 수캐는 제 성질대로 노느라고 태를 끊은 지 얼마 되지도 않아 잘 걷지도 못하는 송아지를 물어뜯어 놓은 것"으로 묘사되고 있는 것이다. 그런가 하면 송아지 때문에 속이 상했던 현실 속의 사건이 소설 속에서는 부모 사이의 애정을 확인하는 따뜻한 이야기로 바뀌어 있다. 송아지가 수캐에 물려 죽은 사건은 배경처럼 물러나고, 어머니와 아버지 사이의 애정 확인이 주가 되어 있는 것이다.

우사를 중심으로 해서 일어나던 일들이 소설에서는 텃밭을 중심으로 일어나고 있는 것도 주목되는데, "그때 왜 집에 안 있고 그깟 깻잎을 뜯으러 갔었느냐, 그래 깻잎이나 먹고 잘 살어보라"며 어머니에게 성을 내던 아버지의 말에서 환기되듯 아버지는 텃밭의 세계가 아닌 우사의 세계에 속한 인물이다. 그는 텃밭을 우사로 바꾸어 소를 길렀던 인물이다. 우사의 세계가 부대끼며 살아가는 구체적인 삶의 현실과 밀착된 세계라면, 텃밭의 세계는 그에 비해 상대적으로 부차적이고 낭만적인 세계로 묘사된다.10) 그녀는 자신의 글에서 갈등과 울화를 일으키는 현실 속 우사의 세계를 낭만적이고 화해로운 텃밭의 세계로 바꾸어 놓는다. 아버지가 뒤뜰로 배추를 뽑으러 나온 '푸른 배추마냥 파아란' 모습의 처녀에게 반해 결혼한 것에서 드러나듯, 소설에서 어머니와 아버지는 모두 텃밭의 세계에 속한 '배추 같은' 인물이다.11) 그리고 소설은 이 텃밭의 세계에의 그리움을 통해 갈등이 해결되는 것으로 끝난다. 요컨대 송아지 사건이 '마중'이라는 이름으로 허구화되면서 상처는 덮어지고 자기 자신의 문제 대신 부모의 따뜻한 애정 확인이라는 주제로 초점이 이동되었던 것인데, 이는 외면하기, 도망가기로서의 글쓰기의 한 예를 보여주고 있는 것이라 할 수 있다. 더욱이 '마중'이라는 제목은 다시 편집자에 의해 '아이고, 내 송아지'라는 제목으로 바뀌게 되는데, 이는 그녀 자신의 외면과 상업주의적 현실이라는 이중의 굴절을 거치면서 진실이 왜곡되어 가는 과정을 보

---

10) 이와 같은 식물적 세계와 동물적 세계의 대립은 예컨대 「풍금이 있던 자리」에서도 중요한 의미를 지닌다. '어머니'와 '그 여자'는 각각 텃밭과 우사의 세계로 대비되어 나타나고 있으며, 결국 주인공이 선택하는 것은 '그 여자'의 텃밭의 세계가 아니라 '어머니'의 우사의 세계다.
11) 어릴 적 고모님이 그녀에게 해주시던 이야기가 '하늘나라에 베 짜는 여인 직녀와 소몰이 청년 견우'였던 것이라든지, '송아지 사건'을 중심으로 이야기가 전개되고 있는 것, 혹은 고모가 그녀가 태어날 때 꾼 태몽에서 소 세마리를 본 것 등을 상기할 때, 작중의 인물들에게는 이같은 식물적 비유보다 오히려 동물적 비유가 적합해 보인다.

여준다. 결국 이 사건은 어머니의 이야기가 그녀의 소설로 허구화되는 과정에서 드러나는 말과 글, 현실과 허구, 삶과 글, 진실과 거짓 사이의 괴리를 상징적으로 보여주고 있는 셈이다.

4.2. 고모의 이야기와 검정소

그녀가 쓴 글을 읽고 큰집과 작은집 사이에 불씨만 만드는 것이 소설이냐고 따지러 온 고모는, 아무에게도 힘이 되지 못하는 '쓸데없는' 자신의 글쓰기가 오히려 갈등만 일으키고 있음을 깨닫게 하는 계기가 된, 그리하여 그녀로 하여금 소설의 본질에 대해 심각하게 되묻게 만든 인물이다. "소설이라는 게 뭣이냐?", 고모의 이 말은 그녀로 하여금 고향으로 도망치듯 돌아오게 만든, 그러나 여전히 그녀가 정면으로 부닥치지 못하고 있는 물음이기 때문이다. 그러나 고모는 그 스스로 하나의 답을 마련해준다. '늘 한결같아 보'이며, '별로 달라진 게 없'어 보이는 고모는 그녀에게 있어 두 가지 중요한 의미를 가진다. 고모는 여름밤이면 평상에 그녀 형제들을 앉혀두고 늘 옛날 이야기를 해주셨고, 그녀는 고모의 그 이야기를 들으며 자랐다. 그녀는 자라면 고모처럼 이야기를 재미있게 하는 사람이 되어야겠다고, 연약한 사람들의 심연에 잠겨 있는 아름다운 이야기를 퍼뜨리는 사람이 되어야겠다고 생각했다. 고모는 그녀를 소설가로 태어나게 한 인물이었던 셈이다. 그러나 "사람살이를 바깥은 닳아도 안은 빛나고 아름답게 그릴 것"이라던 다짐이 무색하게 지금 그녀의 소설은 오로지 자기 자신을 견디게 해주는 것, 불투명한 미래에 대한 불안을 잊는 것, 그리고 급기야 불화를 일으키는 것이 되어 있을 뿐이다.

그런가 하면 고모는 그녀 생명의 원천이기도 하다. 그녀의 태몽을 꾼 이가 바로 고모였던 것인데, 이는 고모가 상징적인 의미에서 그녀를 낳은 인물이기도 함을 의미한다. 고모는 소설가인 그녀에게 있어 존재의 뿌리와도 같은 인물인 것이다. 꿈 속에서 고모는 햇빛이 밝은 들판에 검정소, 흰소, 누렁소가 묶이어 있는 것을 보고 그 중 검정소를 끌고 온다.

> 검정소 흰소 누렁소였는디, 그중의 검정소가 먼디서 봐두 얼매나 털이 윤나고 눈이 빛나든지, 고만 내가 욕심이 나드라. 얼매나 빛이 나고 윤이 나던지 검정소 있는 자리만 훤하더라니께. 누구네건지도 모름서 그 검정소의 고삐를 풀어 손에 꼭 쥐고선 끌고 왔어야. 그리구는 너그 외양간에 묶어두었는디, 그게 바로 너여야.   (99쪽)

이같은 꿈은 그녀의 존재가 근원적으로 들판, 소, 외양간 등으로 상징되는 삶에 뿌리를 두고 있음을 따라서 그녀의 글쓰기가 그 근원으로 돌아가야 함을 다시 환기시킨다. 뿐만 아니라 이 때 더욱 주목되는 것은 이 꿈 속에서 그녀에 대한 비유가 송아지 사건에서 등장한, 여느 가정에서나 볼 수 있는 누렁이에서 윤이 나는 털과 빛나는 눈을 가진 검정소로 변모한다는 사실이다. 긴장감이 감돌고 사나워서 아무 개도 가까이 가려 하지 않는 것으로 묘사된 누렁이는 '광대뼈가 솟아서 고집쟁이'로 보이는 그리고 서른이 되도록 시집을 못 가 집안의 골칫덩이인 그녀 자신에 대한 묘사와 닮아 있거니와, 그 누렁이에게 새끼를 배게 하려다 송아지만 죽게 만든 사건처럼 그녀는 송아지 사건을 소재로 소설을 써서 불화만 일으킨다. 그러나 위 태몽에서 그녀는 더이상 사납고 골칫덩이인 누렁이가 아니다. 빛나고 윤나는 검정소, '그게 바로 너'라고, 고모는 일깨우고 있지 않은가. 따라서 이 태몽은 누렁이에 불과한 현재 그녀에게 검정소로의 회복을 자극한다. 그녀의 글쓰기가 걱정과 싸움을 불러 일으킬 뿐인 누렁이로서의 그것이 아니라 주변을 환하게 빛내는 검정소로서의 그것이어야 함을 상기시키고 있는 것이다.

5. '몸' 혹은 '발'의 회복

이 작품은 글쓰기의 문제가 귀향이라는 의미와 연결되어 있다는 점에서도 흥미롭다. 서울에서 고향으로 돌아온 주인공이 결국 자신의 소설쓰기의 원천으로 도달하게 되는 곳은 헛간인데, 이러한 과정은 언제나 '폼만 취하고 있'던 그녀에게 있어 삶에 '정면으로 부닥쳐보'는 하나의 시도이며, 안에만 갇혀 있던 그녀로 하여금 밖으로 나가게 하는 과정이 된다. 이 때 그녀는 비로소 발을 사용하게 된다. 그 과정을 살펴보자.

> 어제 그녀가 마을에 들어섰을 때,
> 그녀는 아버지가 들여다보다 놓아두고 나간 소 사료 기록 노트를 끌어당겨 습관처럼 어제 그녀가 마을에 섰을 때, 라고 적어보다가 그대로 볼펜을 장부 사이에 끼워 놓고 방바닥에 엎드려버렸다.
> (72쪽, 밑줄은 필자)

이같은 서두에서 드러나듯 그녀의 글쓰기는 '엎드리기'의 행위와 연결되어 있다. 안으로 숨는 것, 세상을 직접 부딪치며 겪는 것이 아니라 자신의 주관적인 느낌으로 상상하는 것, 이것이 그녀의 글쓰기였던 것이다. 위 예문의 '어제 그녀가 마을에 들어섰을 때' 라는 문장 뒤에 '마을은 죽은 듯이 겨울을 견디고 있었다'라고 쓰려고 했을 때에도, '죽은 듯이 겨울을 견디고 있는' 것은 마을이 아니라 그녀 자신이었을 뿐이다. '칠흙 속으로 첨벙 뛰어드는 기분', '무덤 같은 어둠'은 그녀 밖에 있는 것이 아니라 그녀 안에 있는 것이며, 그 어둠은 주관적인 느낌에 의해 파악된 것일 뿐이다. 이때 그녀의 글쓰기는 눈과 귀의 기능에 의지하고 있다. 서울에서도 오랫동안 '엎드려 있던' 그녀는 글쓰기가 어려워지자 '밖으로 나가야 한다고 생각'하지만 '그건 마음 뿐이지 신발이 신어지지가 않았다'.

그녀가 하는 것은 '최소한의 움직임'이다. 이런 점에서 보면 그녀의 고향
행은 그녀가 눈이나 머리가 아닌 발을 사용하기 시작한 것을 의미한다.
그러나 시골에 와서도 그녀는 '바깥을 내다보지 않았다'. 안/밖, 머리/몸,
눈/발, 이것은 여전히 그녀에게 있어 갈등 상태에 있는 대립항들이다.

> 노곤함도 노곤함이지만 도시에서 몸과 마음을 꽉 메웠던 무력감
> 이 여기까지 아장아장 따라와서 소꿉동무나 되는 양 곁에 길게 누
> 워 있지 않은가. 그런데 마당이 잠시 잠잠하다가 곧 몸을 뒤로 젖
> 히고 걷는 신발 뒤축 끄는 소리를 들었을 때, 그녀는 엉덩이가 들
> 썩일 만큼 깜짝 긴장을 했다.
> 신발 끄는 소리가 마루로 통하는 밀창문 앞의 토방에서 멎기도
> 전에, 그 신발 주인이 토방에 올라와서, 토방 끝에 신발 뒤축을 털
> 면서 큰애가 왔다믄서? 또 한번 기척을 보내기도 전에 아구, 고모
> 님이시네, 그녀 가슴이 퉁 내려앉았던 것은 어젯밤에 어머니와 나
> 란히 누운 잠자리에서 이 얘기 저 얘기 끝에 듣게 되었던 송아지
> 사건이 그녀 잠재의식 속에 내내 또아릴 틀고 있었다는 증거다.
> (75 - 76쪽, 밑줄은 필자)

길게 누워 있는, 그래서 발의 움직임이 거의 없는 그녀와는 달리 고모
는 신발 끄는 소리로, 다시 말해 신발과 함께 온다. 고모 뿐 아니라 부모
님 역시 발의 움직임이 왕성하다. 어머니는 서울에 올라왔다 내려가시거
나, 성당에 갔다 밤길을 혼자 걸어오시며, 아버지는 오토바이를 타고 어
머니 마중을 나가신다. 머리만 쓰는 그녀와 달리 이들은 몸의 움직임이
활발한 인물들이다.[12]

> 정말 귀찮지만, 나는 정말 마중 같은 거 나가지 않고 잠이나 자

---

12) 아버지가 뇌와 관련된 약을 먹고 계시다는 것도 이와 연관하여 생각할 만
    하다.

고 싶지만, 밤길이니 어쩔 수 없잖소 달님.

그 캄캄한 디서 그러고 앉았어? 지다리다가 다리 뿌러지게?(89쪽)

마지막까지 다 읽어주기도 전에 코고무신을 꿰어 신고 그녀 어머니를 찾아 그녀 집으로 달려온 거였다. (92쪽)

이처럼 다리의 움직임이 활발한 이들에 비해 그녀는 항시 몸을 웅크리고, 엎드려 있거나, 누워 있다. 그녀는 발을 쓰지 않는다. 따라서 지금 그녀의 발은 부끄러운 대상이다. 뒤축 끄는 큰 발 소리를 내며 오신 고모님 앞에서 그녀의 발은 계속 움츠러든다. 소설이 무엇이냐는 고모님의 질문을 듣고 그녀는 '다리를 더 오므렸'고, '저절로 무릎까지 꿇어졌'으며, '발가락만 꼼지락거리고서 고개를 더욱 포옥 수그렸다.' 그러나 이처럼 고모님 앞에서 고개를 들지 못하고 발을 감추고 있던 그녀는 고모님의 질문이 자극이 되어 '엉덩이가 들썩'이게 되고 드디어 '밖으로 나와' 마당에 내려서고, 헛간 쪽으로 다가선다.

그녀는 <u>마당으로 내려와</u> 서성거리다가 피식 웃었다.
서쪽으로 320리를 가면…… 서남쪽으로 380리를 가면…… 다시 서쪽으로 200리를 가면 취산이라는 곳인데 산 위에는 종려와 녹나무가 자라고, 생김새가 까치 같은 유조가 산다. 검붉은 털빛에 두 개의 머리와 네 개의 발을 가졌으며 이것으로 화재를 막을 수 있다…… 서쪽으로 320리를 가면…… 서남쪽으로 380리를 가면…… 그녀는 헛간 쪽을 바라보았다. 옛날의 자리는 그리워해보는 것이지 가보는 것이 아닌데, 가봐서는 안되는데, 그때로부터 가늘게 흘러나오던 이야기마저 멎게 할 것인데, 그러면서도 그녀는 발을 모아봤다. 마당에서 뒤꼍으로 70보쯤 가면…… 푹신한 짚더미가, 돼지막이, 밀알이 놓인 닭둥지가, 책 읽는 어린 그녀가 있다. 거기에 스며들어

있으면 아무도 그녀를 찾아내지 못했다. (중략) 돌아온 오빠가 이름
을 부르며 찾는 소리가 들려도 그녀는 내다보지도 않고 헛간 짚더
미에 엎드려 있었다. 닭이 알을 낳으려다가 그녀 기척에 신경질을
부리며 파득거렸지만, 배고픈 돼지가 꽥꽥 소리를 지르며 어지러이
발자국 소리를 냈지만, 아무려나 그녀는 거기 엎드려 있었다.
  그녀는 일보, 이보 헛간을 향해 <u>걸음을 옮겼다</u>.
  (101 - 102쪽, 괄호, 이탤릭체는 필자)

  대문에서 인기척을 느끼면서도 '바깥을 내다보지 않았'던 이전의 그녀
를 생각할 때 이러한 그녀의 움직임이 갖는 의미는 주시할 필요가 있다.
이는 그녀가 본격적으로 발을 사용하게 되었음을 시사하고 있기 때문이
다. 위 예문에서 '가다', '걸음을 옮기다' 등 발의 움직임을 나타내는 술
어들이 빈번하게 등장하고 있는 것은 그러한 변화를 나타낸다. 그리고
이 발걸음은 그녀로 하여금 그녀의 책읽기가 시작되었던 곳이며 따라서
글쓰기의 모태가 되는 곳인 헛간으로 다가가게 만든다. 이것은 그녀가
자신의 글쓰기에 대해 본격적인 성찰을 하기 시작했음을 의미한다. 그녀
는 헛간을 '바라보'면서 자신의 책읽기/글쓰기가 삶을 외면함으로써 시작
된 것임을 다시 한 번 상기한다. 닭의 알 낳기나 돼지의 배고픔, 엄마나
오빠가 부르는 소리보다도 우선하는 것이 그녀의 책읽기/글쓰기였던 것
이다. 그리고 이는 역시 '엎드리기', '숨기', '내다보지 않기' 등의 행위와
연결되어 있다, 이는 부모님이나 고모님에게서 강조되던 '걷다', '가다',
'달리다' 등의 행위와 대조되는 것으로, 그녀는 여전히 '그리워하기'와
'가보기' 사이에서 머뭇거린다. 몸의 움직임보다 머리의 움직임이 앞서
있는 것이다. 그러나 그녀가 떠올리는 유조가 두 개의 머리와 네 개의 발
을 가진 것처럼, 중요한 것은 몸/발이지 머리가 아니다. 결국 그녀는 직
접 발을 사용해서 헛간으로 가보게 되는데, 이 때 그녀는 헛간까지의 거
리가 70보가 아니라 80보였다는 것을 깨닫는다. 그것은 상상과 현실 사

이의 거리, 머리로 쓰여진 자신의 글과 구체적 현실 사이의 거리를 결정적으로 확인하게 한다. 이탤릭체 부분에 나타나는 동사 '가다'는 실제의 움직임과는 거리가 있는, 상상 속에서의 움직임일 뿐이었던 것인데, 이제 그녀는 상상 속에서 걸어 가는 것이 아니라 실제 자신의 발을 움직여 걸어 가게 된다.

　이렇게 해서 도달한 헛간에서 그녀는 자신이 쓴 글을 읽으며 '그냥 사시는 걸로 내게 삶을 사르치신' 부모님과 '책을 읽지 않고도 생의 정면을 마주보며 살아'오신 고모를 다시금 떠올리고 자신이 써 온 소설들의 허황됨과 쓸모없음을 인식한다. '신문조각을 잘게잘게 찢어서 소 사료부대 위로 날려버'리는 행위는 그 반성적 깨달음의 상징적 행위이다. 예전에는 현실에서 상상력과 허구의 세계로 가는 통로였을 헛간이 이젠 반성의 우울한 공간이 된다. 그곳에서 예전에는 보지 못했던 쇠스랑, 괭이, 호미, 낫 등을 새롭게 인지하고, 이를 통해 그녀의 글이 추상적이고 허구적인 세계에서 생명의 움직임에 정면 대응하는 현실로 돌아와야 함을 인식하게 되는 것이다. 그러나 깨달음만으로 모든 문제가 해결되는 것은 아니다. 그녀의 빈방은 여전히 그녀를 찾는 목소리들로 요란하고, 그녀는 단지 자신이 부재중임을 메시지로 알리고 있을 뿐이다. 그러므로 문제는 이제부터다. 그녀는 어떤 모습으로 자신의 방으로 돌아갈 것인가? 그녀의 글은 어떻게 삶과 정면 대응할 것인가?

6. 맺는 말

　「모여 있는 불빛」은 구체적인 삶의 현장으로부터 도망하는 것으로 글쓰기를 시작한 주인공이 생에 정면으로 맞서 살아가고 있는 고향의 부모님과 고모님을 통해 자신의 허구적 글쓰기를 반성하게 되는 과정을 그리고 있는 작품이다. 밖의 세계와 담쌓은 채 상상력에 의존해 오던 자신의 글쓰기는 구체적인 삶과 마주치면서 그 허위적이고 무용한 면모를 확연하게 드러낸다. 헛간이라는 삶의 현장에서 주인공이 다짐하는 글쓰기는 결국 생에 정면으로 맞서는 글쓰기라 할 수 있는데, 이 때 생이란 농촌사회적 가치나 공동체적 가치로 단순화될 수 있는 것은 아니다. 그것은 삶의 어두움에 정면 대응하는 것, 3인칭에서 1인칭으로 다시 말해 관찰자에서 주체자, 방관자에서 참여자로 변모하는 것을 의미한다. 이는 구체적으로는 글쓰기의 기원으로서의 말/발/삶에 대한 확인이며, 말/발/삶으로 돌아가는 글쓰기이다. 신경숙의 글쓰기가 부서진 자신의 존재를 감추며 살아남기 위한 존재의 견딤의 방식이며, 이런 점에서 그녀에겐 단순한 견딤의 전략이 아닌, 응전과 도전의 전략으로서의 글쓰기가 필요하다는 문제 제기가[13] 이제 그녀 안에서 이루어지고 있는 셈이다.

여기에서 제기된 글쓰기의 문제는 『외딴방』이나 「깊은 숨을 쉴 때마다」와 같은 작품에서 이어져 나타난다. 「모여 있는 불빛」에서 도달한 결론이 구체적 삶의 현장으로의 복귀로 이해된다면 이들 작품에서 보여지는 글쓰기의 문제는 다소 혼란스러운 면모가 있는 것도 사실이다. 이후의 작품들에서 신경숙은 죽음, 무의식, 환상, 헛것 등의 세계로 나아가고 있기 때문이다. 「깊은 숨을 쉴 때마다」에서 화자는 자신이 잊고 있었던 것이 죽음이며 글쓰기란 죽음의 기억을 마주하는 일이라고 표현하는데, 이는 삶과 정면으로 마주하기로서의 글쓰기를 강조하던 「모여 있는 불빛」에서의 전언과는 일면 대조적으로 보인다. 그러나 삶의 한복판에 자리하고 있던 것, 그러나 그녀가 애써 외면하고자 했던 것이 죽음이었다고 할 때, 죽음, 소멸, 어두운 욕망의 심연과 같은 삶의 어둠에 대면하겠다는 것은 삶에 정면으로 맞서겠다는 「모여 있는 불빛」에서의 다짐과 크게

---

13) 장소진(1994),"여성의 실존위기와 견딤의 미학", 김경수외, 『페미니즘과 문학비평』(고려원), 220쪽, 226쪽·

다르지 않다.

따라서 최근의 신경숙 작품 경향은 일부 평자들의 지적처럼 현실과 담쌓고 감상적인 환상의 세계로 퇴행하려는 것이 아니라, 삶의 핵심에 도달하고자 하는 안간힘으로 이해될 수도 있을 것이다. '깊은 숨을 쉴 때마다' 그 숨 하나 하나에 죽음이 깃들어 있다는 것, 그 죽음에 정면 대응하지 않고서는 삶과도 정면 대면할 수 없다는 것. 「모여 있는 불빛」은 그 깨달음의 계기가 된 셈이다. 뿐만 아니라 이 작품은 혼자만의 세계 속에 칩거해 있던 작가로 하여금 서서히 세상 밖으로, 사람들 속으로 다가서게 하는 계기가 된 작품이기도 하다. 최근 발표된 『기차는 7시에 떠나네』에서 그녀는 예전에는 소설이 뭘 움직일 수 있겠느냐 생각했지만 이젠 소설의 효용가치를 믿고 싶다고, 누군가의 마음을 움직이게 하고 싶다고 고백하고 있거니와, 이는 바로 이 작품에서 제시된 '모여 있는' 것의 아름다움 그리고 그것을 비추는 '불빛' 같은 것으로서의 소설에 대한 새로운 깨달음에 이어지는 것이다. 사람과 사람들이 모여 사는 곳 그리고 그 사이에 갈등과 눈물이 혹은 죽음이 놓여 있을지라도 이젠 더이상 그것을 회피하지는 않겠다는 것, 조금씩 그곳에 다가가겠다는 것. 「모여 있는 불빛」은 이 변화의 첫걸음으로서 주목되는 작품인 것이다.

감성주의 작가의 문학적 여정
―박범신의 소설가소설

한 혜 경

1. 들어가는 말

우리 소설사에서 소설가란 존재는 소설을 쓰는 직업을 가진 자라는 의미에서 좀 더 나아간 데 위치하고 있다. 근대문학 초기에 이광수나 최남선은 단순한 작가 이상의 존재로서 민중들을 이끌어나가는 선도자의 역할을 수행했다. 이러한 유형의 소설가는[1] 소설가이면서 동시에 사회적 신념을 전파함으로써 사회의 미래상을 만들어내는 이념의 선도자이며 주창자로 존재한다.

다른 한편으로 보편적인 교양인으로서 사회의 현재상에 대한 관찰자이자 반성자로서의 성격을 보이는 소설가 유형과 직업으로서의 소설가 유

---

[1] 서영채는 이를 '지사소설가'라고 명명하면서 이광수와 최남선을 비롯하여 카프시대를 거쳐 80년대에 이르기까지 가장 선명한 모습으로 우리 소설사의 한 축을 담당하고 있다고 지적. 서영채(1994), "소설, 모색과 모험의 도정", 『창작과 비평』(1994, 봄), 131쪽

형이 있다. 전 시대에서도 심미주의나 모더니즘 계열 작가 또는 대중소설가들에게서 찾아 볼 수 있는 직업소설가 개념은 소설에만 전념을 다한다는 전문성과 다른 한편 소설을 써서 생계를 유지한다는 측면을 동시에 아우르는 것이다. 둘 중에 어느 것에 초점을 맞추느냐에 따라 문학의 자기 이념성을 고수하는 고집스런 예술가의 길과 대중적인 소설의 수요를 만족시킴으로써 주체의 재생산 통로를 확보하는 대중소설가의 길로 나눠질 수 있다.

의식적이든 무의식적이든 소설가에 대해 지사적 또는 교양인적 면모를 은근히 기대하는 우리 문학계의 풍토에서 대중소설가로 알려진 작가에 대한 평가는 호의적인 편이 못된다. 1973년에 데뷔하여 '칼날같은 감수성'으로 시선을 모으다가 1970년대 말에 장편소설을 연재하면서 대중의 인기를 얻기 시작한 이래, 박범신이란 이름은 대중소설가 혹은 베스트셀러 소설가로 불리웠고 이른바 본격소설의 논의에서는 제외되었다. 「죽음보다 깊은 잠」 이후 「풀잎처럼 눕다」, 「숲은 잠들지 않는다」, 「태양제」, 「불의 나라」, 「물의 나라」 등이 모두 10만부에서 30만부씩 팔리는 상업적 성공을 거두었으나 그의 문학에 대한 본격적 평가는 매우 드물다. 그의 중단편집 뒤에 실린 해설류의 글들과 90년대에 들어와 『작가세계』에서 특집으로 다룬 것을 제외하면 몇 편에 불과하다.[2]

---

2) 박범신에 대한 기존논의는 상업주의소설에 대한 논의에 포함되어 거론된 것으로, 곽광수(1980), "위장 잘된 저질이 인기높다" 『조선일보』, 1980,6,20, 유현종(1980), "비평상인의 책임크다", 『조선일보』, 1980,6,24, 조남현(1980), "창작의 도가 문제다", 『조선일보』, 1980, 7,3, 김이연(1980), "작가는 많은 독자를 원한다", 『조선일보』, 1980,7,6, 김종철(1983), "상업주의 소설론" 『한국문학의 현단계 2』, 창작과비평사 등이 있다. 작품집의 해설로는 정규웅(1983), "현실에의 직관과 투시", 『식구』, 나남, 백승철(1983), "「풀잎처럼 눕다」의 호칭구조" 『제3세대 한국문학 20』, 삼성출판사, 정규웅(1987), "어두운 삶에의 집요한 추적". 『토끼와 잠수함』, 문학사상사, 정규웅(1988), "양면적 삶에 대한 기교적 접근방식" 『오늘의 한국문학 33인선』, 양우당, 이동하(1990), "세계의 폭력성에 대한 질문과 반성", 『흉기』, 현대문학사, 황현산(1993), "역사적 삶과 도식적 삶-박범

　감성적 문체로 이루어진 그의 소설은 평단의 환영은 받지 못했으나 대중으로부터 지속적 인기를 얻었고 이는 그로 하여금 부와 명성을 얻게 한다. 그런데 사십대 중반을 넘기면서 불현듯 덮쳐온 '정체불명의 분열과 절망'으로 고통받게 되고 결국 연재중인 소설을 중단하기에 이른다. 그후 4년이 지나서 그는 절필하기 전후의 사정과 지나온 삶에 대한 성찰이 담긴 이야기를『흰 소가 끄는 수레』라는 연작소설집으로 발간하였다.[3)]

　이 작품집은 작가와 닮은 소설가를 주인공으로 하여 그가 부딪치는 글쓰기의 문제를 중심으로 전개하고 있다는 점에서 1990년대에 대거 등장하는 일련의 '소설가소설'들과 동궤에 놓인다. 그러나『흰소가 끄는 수레』에서 토로되고 있는 글쓰기의 어려움은 시대적 특성과 연관되는 것이 아니라 작가 개인의 삶의 방식과 관련되는 문제이다. 변화된 시대상황 속에서 글쓰기의 방향키를 잃고 당혹해하는 90년대 다른 소설가소설들과 달리, 이 작품집에는 주인공이 작가가 되는 과정과 대중들에게 인기를 얻게 되는 과정, 대중소설 작가로서의 고뇌, 상상력이 고갈되어 글을 더 이상 쓸 수 없게 되는 고통의 개인적 측면이 중심이 된다. 이를 통하여 독자는 감성으로 출발하여 감각적 문체로 주목받으며 베스트셀러작가로 부상하게 된 주인공이 글쓰기를 중단하게 되는 사연과 함께, 다시 글을

신의 중단편세계와「틀」,『틀』, 세계사 등이 있다. 그외 한만수(1991), "박범신론"『사상문예운동』(1991, 여름)과『작가세계』(1993, 겨울)에서 다룬 논의들이 있다.

3)『흰 소가 끄는 수레』(창작과 비평, 1997)에는 모두 6작품이 수록되어 있다. 절필 직후의 심경을 그리고 있는「흰소가 끄는 수레」, 이어서「흰소가 끄는 수레」2, 3, 4로 부제가 붙는「제비나비의 꿈」「골방」「바이칼 그 높고 깊은」들에서는 아들 딸이 겪는 문제를 통해 주인공이 지나온 삶과 현실, 문학의 길을 돌아보고 있으며「흰 소가 끄는 수레 5」인「혼잣말」은 글쓰기의 관성과 싸우며 소설쓰는 과정을 담은 것이다. 작품집 마지막에 실려 있는「그해 내린 눈 지금 어디에」는 글쓰기를 중단하기 전, 50세를 목전에 둔 작가가 13년 전의 겨울을 회상하며 지나온 시대와 글쓰기에 대해 반성하는 모습을 그렸다. 앞으로 본문에서 인용할 때, 작품명과 쪽수만 기록할 것이다.

쓰게 되기까지의 성찰, 그를 지탱시켜주는 문학에 대한 끊임없는 열정들을 읽게 된다.

본고에서는 『흰소가 끄는 수레』 연작소설집에 나타나고 있는 한 소설가의 삶을 추적해봄으로써 그의 개인적 문제들과 닿아있는 글쓰기의 과정과 문제들을 탐색해 보고자 한다. 감성적 세계로 주목받다가 인기있는 대중소설작가로 변하는 한 작가가 부딪치는 작가로서의 어려움이 무엇인지, '정체불명의 분열과 절망' 때문에 글을 쓰지 못하는데 그 원인이 어디에 있는지, 그것을 어떻게 해결하려 했으며 절필기간을 통해 새롭게 성찰한 것은 무엇인지 밝혀보는 과정을 통해서 박범신의 글쓰기 유형을 드러내는 한편, 글쓰기란 무엇인가, 어떻게 써야 하는가 하는 본질적 문제를 아울러 생각해 보고자 한다.

2. 불화에서 출발하는 문학

2.1. 불화의 삶 : 선험적 고독과 광기

어떤 사람이 작가가 되는 것일까? 작가는 그 가계에서부터 문학적 감수성이 흐르고 있는 것은 아닐까? 작가가 태어날 때는 어떤 특별한 징후가 있는가? 성장과정 역시 남다른 '문제적' 면면이 드러나고 있진 않은가? 흔히 독자들이 작가에 대해 가질 수 있는 궁금증이다.

「흰소가 끄는 수레」(이하 「흰소」로 표기)에서 나타나는 작가의 아버지는 장돌뱅이이다. 매일 밤기차를 타고 다니며 명주나 삼베를 파는 것이 업이지만 내면에 예술에 대한 강한 열정을 감추고 있는 인물이다. 독학으로 한글만 깨우쳤으나 시조창과 목공예솜씨가 뛰어났던 아버지에게서 작가의 문학적 재능이 나왔다고 할 수 있다.

이에 비해 어머니는 깡마른 체구와 검버섯, 깊은 눈자위를 지닌 전형적인 촌부로서 아들 하나를 얻기 위해 온갖 노력을 다하여 마흔 하나에 그를 얻는다. 그가 갖고 있는 어머니에 대한 기억은 욕설과 독기, 누나나 이웃들과 빚어내던 불화이므로 어머니의 맹목적 사랑에도 불구하고 그는 어머니에게 거리감을 갖고 있다.

어머니의 품 속이 따뜻하지 않다는 인식은 그로 하여금 대신 안주할 수 있는 공간을 찾아 집 밖으로 헤매게 만든다. 어머니나 현실적 공간에서 평안을 얻지 못했던 그는 자궁속으로 회귀하고자 하는 성향을 보인다. 곧 어린시절 짚단더미 속에 숨어 따뜻함을 느끼거나 자궁 속의 평안함을 상상함으로써 위안을 얻곤 하는 것이다.

> 내가 그리운 곳은 광장이 아니라, 부드러운 양수에 둘러싸여 온 몸을 순행원리에 따라 구부러지는 쪽으로 구부리고, 배꼽으로 숨쉬며, 눈은 닫고 귀는 여는, 어머니, 옳다고도 그르다고도 말하지 않는 무기(無記)의 자궁 속, 깊고 깊은 골방.
> ——「골방-흰소가 끄는 수레 3」, (이하 「골방」으로 표기), 125쪽

> 안쪽으로 깊이 들어가 누워 빈틈마다 짚단을 끄집어 당겨놓자 따뜻하고 아늑한, 어두운 방이 되었다. …(중략)… 어머니의 품보다 얼마나 따뜻한지. 나는 자주 부드러운 어둠에 둘러싸인 그 골방에서 잠들었고 자주 바람소리를 들었다.
> ——「골방」 146쪽

골방 안에서 안락함을 느끼는 것은 넓은 세상으로 나가 당당하게 대응하기 보다는 세상과 맞서는 것이 두려워 골방으로 숨고자 하는 소극적 성향을 의미한다. 이는 그가 맞부닥치는 세상 속에서의 삶이 조화롭지 못하리라는 것을 짐작하게 한다. 어린 시절, 다른 아이들의 행동을 따라

하지 못해 소외되는 것으로부터 그는 일찍부터 국외자의 삶을 시작한다.

> 다른 애들과 달리 나는 자주 발을 맞추지 못했다. 절름발이처럼.
> 그렇다고 우리들의 대장한테 반항하고 싶은 건 아녔어. 난 소심하
> 고 약빼한 소년이었다. …(중략)… 하나, 하면 오른발을 내밀어야
> 한다는 걸 알고 있는데도 어떤 순간 왼 발이 내밀어진 거야. …(중
> 략)… 그럼 강참봉 손주인 우리들의 대장은 냉큼 내게 벌을 내리는
> 거야. 넌 새꺄, 둑길로 돌아가. …(중략)… 무리들은 들 가운데에서
> 함성을 지르며 함께, 함께 나가고, 나 혼자 청죽같은 햇빛 아래, 활
> 처럼 휘어진 둑길을 가는 거야.
> ──「제비나비의 꿈─ 흰소가 끄는 수레 2」, (이하 「제비」로 표기), 82-83쪽

이 회상에서 나타나는 바, 무리에서 떨어져 텅빈 운동장을 홀로 걸어
가는 어린 소년의 초상은 작가의 일생에서 계속 되풀이됨으로써 그의 삶
은 '무리와의 불화'로 점철된다. 더욱이 무리와의 불화는 할아버지대로부
터 이어내려오는 통시적 속성으로[4] 이에서 그의 의지 이전에 운명적으
로 결정된 선험적 상황임을 보여준다.

무리와의 불화는 두가지 양상으로 나타나는데, 곧 같이 발맞추려 하는
데도 잘 되지 않는 위의 예처럼 편입을 원하지만 소외되는 경우와 아무
도 대항 못하는데 혼자 맞섬으로써 소외되는 경우이다. 후자의 경우는
무리로부터 영웅대접을 받을 수 있는 행위인데도 소외된다. 그가 옳다는
것을 알고 있지만 반대편의 힘이 더 세기 때문에 무리는 그에게서 등을
돌리는 것이다. 옳은 행동을 했음에도 고립되는 그의 모습은 불의에 맞

---

4) 무리속에서의 고독은 같은 성씨지만 파(派)가 다른 무리 속에서 홀로 살다가
   결국 쫓겨났던 할아버지의 삶, 새마을 운동으로 모든 집이 지붕개량할 때 홀
   로 거부했던 아버지, 그리고 그를 거쳐, 학교수업에서 젊은 강사가 아버지를
   비판할 때 친구들의 웃음 속에서 소외감을 느끼는 아들에게로 이어져 내려오
   고 있어 화자는 이를 가리켜 '통시적 속성'이라 부르고 있다.

서는 고독한 영웅의 이미지로 나타나므로 상대적으로 그를 배척하는 무리는 불의한 자들로 그려진다. 이에서 그의 입장을 우호적으로 바라보는 화자의 시선을 감지할 수 있다.[5]

한편 무리로부터 고립되는 소심한 외형 이면에는 정반대의 성향이 숨어있다. 그것은 불길과도 같은 강한 열정이다. 겉으로 심약해 보이는 그가 불의에 항거하는 용감한 투사처럼 변하는 것도 이러한 광기 때문이다. 무리로부터의 고독이 부계로부터 계승되는 속성이라면 열정적인 '싸움꾼'으로서의 기질은 어머니의 독기를 이어받은 것이라고 할 수 있겠다.

> 소심하고 약해빠져서 이립(而立) 전에 각혈하고 죽을 것 같은 껍데기를 쓰고 있었지만, 그것은 교활한 짐승이 위기 탈출을 위해 짐짓 죽은 척하는 것일 뿐, 내 핏줄 속엔, 내 갈비뼈 안쪽엔 스스로 데어 길길이 날뛰지 않으면 안될, 잔인한 불길이 화냥기처럼 솟구치고 있었다. 심지어 나는 살인도 할 수 있을 것 같았다. 십대 때 두 번 수면제 다량 복용으로 위세척을 했고 대학 때는 도루코 면도날로 대동맥을 내리쳤다. 젊은 날의 나는 언제나 살의 때문에 전신이 풍뎅이 모양 부풀어올라 있었다.
>
> ——「골방」, 130쪽

이러한 내면의 불길은 죽음에의 충동을 불러일으키기도 하고 아무도 대항못하는 상황에서 '미친 사람'처럼 대들게 하는 에너지가 되므로 그의 삶을 더욱 화해롭지 못한 쪽으로 끌고간다. 이와 같은 세상과의 불화는

---

5) 「제비나비의 꿈」의 화자는 홀로 체육교사의 강압에 맞섰던 고교시절 자신의 행동에 대해 "닭이 천이면 봉이 한 마리구나, 영웅대접 봉황대접 받을 만하고 말고"라고 평가하고 있다. 이러한 생각은 교사시절 교장에게 대항하는 경우에도 마찬가지로 나타난다. "사람이란 혼자 있으면 무섭고, 무리가 되면 몰강스럽고 멍청해져. 그들은 행여 내 편이라고 찍힐까 봐 전전긍긍하면서 역시 암묵적으로 맺어져...."(105쪽) 이러한 표현에서 그의 행위를 영웅적으로 해석하는 화자의 우호적 태도를 읽을 수 있다.

문학적 열정으로 탈바꿈할 때 비로소 생산적이 되는데, 곧 그를 괴롭히는 원인불명의 신열은 글을 씀으로써 발산되어 그가 죽지 않고 살아가게 하는 삶의 의의가 되기 때문이다. 이렇게 볼 때, 그의 작가로서의 삶은 선험적 고독과 예술가적 광기로 출발하여 강렬하지만 한편으로 위험하기도 한 요인을 내포한 채 시작되었다고 하겠다.

2.2. 불화로부터 벗어나기 : 글쓰기의 시작

무리와 섞이지 못해 고독하지만 내면에 불길을 감추고 있는 작가가 쓰는 글은 어떤 글일까?

「흰소」의 화자는 스물한 살 때 처음으로 소설을 쓴다. 60년대 후반 전기도 들어오지 않는 깊은 산골에서 소외와 그리움을 하나로 모아 글을 썼다고 했다.

> 천지간에 혼자 깨어앉은 스물한살의 내 가슴은 지옥불로 타고 그 소외, 그 그리움, 하나로 모아서 생전 처음, 나는 글을 썼다. 내가 처음으로 쓴 소설 아닌 소설의 제목은 「이 음산한 빛의 잔해」였다. …(중략)… 가슴 떨면서, 글을 쓰니, 이 유배지에서일망정 소원감을 내물리칠 수 있구나, 유배의 사슬을 창자 씹어 끊듯 끊어내면서, 갱지에 붉은 줄 가로세로 그어진 이백자 원고지 또박또박 채워 밤마다 쓸 때, …(중략)… 광채와 어둠에 대해 나는 썼다. 빛의 잔해에 대해.
>
> ──「흰소」, 58-59쪽

「흰소」에서 20대의 작가는 너무 가난하고 무의하고 고독해서 늘 자살에의 충동을 안고 살았는데 글을 써서 소원감을 물리칠 수 있음을 깨닫고 글쓰기에 삶의 의의를 둔다. 즉 작중화자 작가의 글쓰기, 또는 박범신의 글쓰기는 예술가적 광기에서 출발하여 불화와 소외감을 극복하고자 한 소외의 결과물이라고 할 수 있다.

그렇다면 이러한 글쓰기에서 묘사된 세계는 어떤 것일까? 위의 인용에서 나타난 바, '소설 아닌 소설' '이 음산한 빛의 잔해'라는 제목, '광채와 어둠'에 대해 썼다는 진술 등을 미루어 짐작하건대, 작품의 세계는 구체적인 현실세계가 아니라 비현실적 감성의 세계임을 추측해볼 수 있다.6)

감성의 세계에서 출발한 그가 설정한 방향은 시종일관 빛에 대한 추구이다. 그가 지니고 있는 작가관 역시 '별처럼 빛나야' 한다는 것으로, 스스로 빛을 내지 못하면 별이라고 할 수 없듯이 작가도 빛나지 않으면 작가가 아니라는 사고를 보여준다. 이에서 지속적 속성보다 찰나적 빛이나 천재성을 중시하는 낭만주의적 문학관을 엿볼 수 있으며 결과적으로 그의 문학세계는 꼼꼼한 세계 읽기나 정황분석보다는 순간적 감수성이나 현란한 수사에 의거할 것임을 예감할 수 있다. 원고지를 마주하고 앉았을 때 '나비떼'처럼 날아오르는 언어들이 그로 하여금 소설을 쓰게 하는 원동력이 되므로 그의 소설은 언어와 감수성에 기대 펼쳐지는 세계라고 하겠다.

「그해 내린 눈 지금 어디에」(이하 「그해」로 표기)에서 나타나는, 작가에 대한 의미 부여는 대단한 것이다. "회색빛 청춘의 고뇌와 자기분열을 모두 얹어서 무릎 꿇고 받고 싶었던 성찬"이 작가였다고 화자는 고백하고 있다. 가난과 소외의 삶에서 구원의 길을 열어준 것이 글쓰기였으므로 그에게 글쓰기는 인생의 전부이며 문학만이 살길이었던 셈이다. 문학이 인생의 모든 것이라는 태도에서 드러나는 문학에 대한 그의 열정에 숙연해지기도 하지만 한편으로 열정만으로 감당할 수 없는 부분에 대한

---

6) 실제로 박범신은 1973년 중앙일보 신춘문예에서 「여름의 잔해」로 등단했다. 외진 산 속의 재실(齋室)을 배경으로 하여 소아마비이며 화가인 오빠와 글쓰는 쌍둥이 언니의 기괴한 대립을 여동생의 시점으로 묘사한 작품이다. 오빠의 광기어린 행위를 주축으로 하여 암울한 환상의 세계를 드러내고 있다.

우려를 낳게 한다. 곧 열정이나 감성에 의한 출발은 자기중심적이므로 외부세계에 대한 객관적 통찰의 결여로 이어질 것에 대한 염려인데, 이는 후에 더이상 글을 쓸 수 없는 상황으로 끌고가는 요인으로 나타난다.

3. 대중소설 작가로서의 삶

3.1. 작가의 고뇌 : 생활과 문학

'황홀한 빛'이면서 '빛과 어둠 사이의 그 모두'라고 생각되었던 작가가 막상 된 이후에 부딪치는 어려움은 대부분의 작가들에게 공통된 경험일 것이다. 생활고에 여전히 시달리면서 글을 써야 하고 뜻하는 대로 글이 써지지 않을 때의 괴로움으로 고통받는다.

「그해」에서의 화자도 이러한 고통을 경험한다. 낮엔 직장에서 일하고 밤을 새우다시피 하여 써낸 소설들이 발표할 지면조차 얻지 못할 때 그는 절망할 수밖에 없다. '쓰는 것만이 모든 것의 종결이다'라는 릴케의 말과 작가에겐 자기의 시대가 '유일한 기회'라는 싸르트르의 말을 믿으며 작품을 썼던 그는 문단에도 불평등의 구조가 있음을 알고 분노한다. 열심히 작품을 써도 발표할 지면을 얻기 어려워 무력함을 느끼는 경험을 하게 되는 것이다.[7]

작가 박범신이 등단해서 작가의 삶을 걷게 된 때는 1970년대로서 유신

---

7) 문단에도 구조가 있음을 부정하긴 어렵지만 그의 작품이 일방적으로 피해를 입은 것인지에 대한 객관적 검증은 드러나있지 않으므로 이 부분에 대한 화자의 생각에 무조건 동의하기는 어려운 것 같다. 화자의 입장에서만 토로되고 있어 작품이 훌륭함에도 불구하고 불평등한 대우를 받은 건지 작품 질에 따른 문제였는가를 판단하기는 어렵기 때문이다. 이런 부분들은 한편으로 물 속에 비친 제 모습에 반해 뛰어들었다가 익사하는 불우한 운명의 소유자인 나르시서스를 연상케 하는 요소가 있다.

시대 독재로 인한 정치적 억압, 경제성장에 따른 변화, 산업화 이후에 발생하는 소외문제, 노동자문제 등이 사회이슈로 떠오르던 때이다.「그해」의 화자는 당시를 '급속한 산업화로 무질서한 장터같았'다고 표현한다. 그리고 '그 산업화의 필연적 산물인 구조적 불평등과 계급간의 갈등문제'에 자신의 중단편들을 바쳤다고 했다.

그런데 문제는 열심히 쓴 작품을 문단에서 받아주지 않는 데 있다. 자신은 열심히 썼고 최선을 다했는데 문단구조가 잘못되어 작품을 인정하지 않을 때 일어나는 허탈감. 또 밤새 코피까지 쏟으며 써낸 원고를 들고 잡지사에 갔다가 편집자에게 수모나 당하고 돌아올 때의 울분. 대부분의 작가가 경험해 보았을 이런 어려움 앞에서 어떤 길을 모색해야 하는가. 경제적 어려움을 포함하여 모든 고통을 감수하면서 자신만의 글쓰기를 계속할 것인가. 또는 상업적 유혹에 눈을 돌릴 것인가.

경제적 어려움과 문단으로부터의 소외는 그로 하여금 대중소설로 눈돌리게 하는 요인으로 작용한다.「그해」의 화자는 70년대 말 장편을 연재하라는 상업지의 주문을 '찬스'라고 표현한다. 그는 이 찬스를 이용해 '재미있고도 향기롭게 읽히는 대중성과 현실비판 의식을 저버리지 않는 문제성이라는 두 마리 토끼'를 동시에 잡고자 했고 '성공'했다고 했다. 작가로서 대중성과 문제성이 합치된 작품을 쓰고 싶은 욕구는 누구에게나 있다. 단 어디까지가 대중적이고 문제적인가에 대한 기준은 얼마나 엄정하게 작품을 판단하는가에 따라 달라질 수 있다.

작가 자신이 '성공'했다고 판정했을 때 그것은 무엇을 의미하는가? 그것은 문학성이나 문제성의 측면이 아니라 대중적 성공을 의미하며 결국 그가 문단에서 받지 못한 열광을 일반 대중들로부터 얻고자 했음을 뜻한다. '독자들이 기다리는 곳으로 나아'가는 것이 작가로서의 운명이라고 믿고 그들에게 위로가 되는 소설을 쓰면 된다고 생각하면서 일반독자의 반응에 큰 의미를 부여하고 있기 때문이다.

이후 그는 '타고난 이야기꾼' '감성의 황제'라는 별칭으로 불리며 쇄도하는 원고청탁속에 파묻힌다. 또 써내는 소설마다 베스트셀러가 됨으로써 물질적 안락도 누리게 된다. 계속 대중적 작품을 써냄으로서 생활과 문학 사이에서 생활을 선택한 그는 소설을 써서 인기를 누리고 밥먹고 사는 길을 확고히 다진 셈이다.

3.2. 대중소설 작가의 고뇌 : 대중성과 문제성

써내는 소설마다 베스트셀러가 되는 인기작가에게 작가로서의 고통은 어떤 것이 있을까? 인기작가로서 얻는 환호와 상처는 어떤 것인가, 상업적 성공 뒤에 가려져 있는 문학적 성취는 무엇인가, 또 사회적으로 혼탁한 시대에 대중소설이 보여주는 것은 무엇일까?

「그해」에서는 베스트셀러소설들로 대중들로부터 인기를 얻는 한편으로 문단에서는 폄하의 대상이 되는 작가의 모습이 그려지고 있다. '엊그제만 해도 나를 뛰어난 문제작가라고 추켜세우던 사람들이 오늘 갑자기 나를 대중적이라는 이름 하나로 시궁창에 밀어넣으려 하는 데 나는 처음 아주 당황'해 한다. 이 진술에서 드러나는 바 그는 자신의 소설이 문제성과 재미를 합친 성공적 소설이라고 확신하고 있으며 재미쪽에 좀더 치우친 것은 아닌가하는 식의 반성적 태도는 나타나지 않음을 알 수 있다. 평단에 대한 그의 입장은 대중성에 대한 검증없이 무조건 대중적이라고 몰아세우는 편파적 집단이라는 생각이다.

> 대중적인 것의 정체가 무엇이며, 내 작품의 무엇이 대중적인 것이고 또한 그것이 어떻게 나쁜가 하는 점에 대한 진지한 검증은 대부분 없었다. 어떤 군중들이 자기 판단 없이 내 소설을 찬양하는 것처럼 반대쪽에선 논리의 제복 속에 몸을 숨긴 사람들이 일방적으로 나를 십자가에 못박으려고 혈안이었다. 그들은 때론 근엄한 표

정을 때론 지사적인 포즈를 취하고 있었지만 내가 보기엔 상투성에
깊이 빠진 자객일 뿐이었다.

——「그해」, 241쪽

　공정한 평가를 위해서는 일방적으로 자신을 깎아내리는 세력에 대한
비판과 일방적으로 찬양하는 자들에 대한 비판이 함께 이루어져야 할 것
이다. 그러나 그는 그의 소설을 찬양하는 무리들의 편에 쉽게 편승함으
로써 자신의 문제를 엄정하게 바라보는 객관적 검증이 부족함을 드러내
고 있다. 이에 대한 그의 해명은 독자들이 그의 소설에서 위로를 얻고 있
으므로 이러한 독자들에게 나아가는 것이 작가의 운명이라고 믿는다는
것이다. 이는 독자들의 반응을 너무 쉽게 믿는 경향을 보여주며 '위로'의
개념이 무엇인가에 대한 성찰이나 왜 그러한가에 대한 탐구가 부족하고
자신이 입은 상처를 치유하는데 급급한 인상을 주고 있다.

　여기서 문학의 기능에 관한, 문학성과 대중성사이의 오래된 논쟁을 환
기할 수 있다. 이른바 문학성이 있다 하더라도 재미가 없어 독자가 외면
한다면 무슨 소용인가, 설령 문학성이 좀 떨어진다 해도 독자들이 그 소
설에서 재미와 위안을 얻으면 되지 않는가, 또 독자들 중에는 교육수준
이 낮거나 지적 능력이 떨어지는 사람도 포함되어 있는데 고급독자의 취
향만 중시할 필요가 있는지, 일반 대중독자가 원한다고 해서 수준이 낮
다고 할 수 있는가, 재미나 위안의 의미는 무엇인가 등 많은 질문을 안고
있는 문제이다. 쉽게 결론 내릴 수 없으므로 보다 진지한 성찰이 필요한
이 문제들에 대해 「그해」의 작가는 심각하게 고민하지 않는다. 자신의
소설이 독자들을 위로하고 있다는 사실에서 쉽게 소설의 존재 이유를 찾
을 뿐이다.8)

---

8) 실제 박범신의 장편소설 중 인기가 높았던 작품들을 분석해 보면 감각적 문
　체로 핵심적 사회현상을 다루되, 영웅적 주인공과 아름다운 여성인물들을 등
　장시켜 독자로 하여금 대리충족을 가능케 했음을 볼 수 있다. 이러한 것을 아

결과적으로 그는 많은 작품들이 베스트셀러가 됨으로써 생활의 레벨은 올라가지만 상대적으로 친구들은 떨어져나가는 경험을 한다.

> 이 땅에서 직업작가라는 것은 말야, 식솔의 먹이를 문학에 걸었다는 그 이유 하나만으로도 오욕의 짐을 져야 해. 특히 애비가 가장 많이 썼던 칠십년대 말, 팔십년대는 더욱 그랬어. 그 뒤틀어진 불행한 연대에 난 글써서 밥먹고 살았다. 베스트셀러를 내면 너희들 생활의 레벨이 한단계 올라가지만, 그러나 내게는 내 갈비뼈처럼 느끼던 믿는 친구 한명이 내게서 떨어져 다른 무리에 합류하고.
>
> ──「제비」, 81쪽

당시 현실이 '뒤틀어진 불행한 연대'임을 자각하면서도 대중적 소설로 '밥먹고 살았다'는 것은 결국 안락한 생활을 위한 것이었다. 예문에서처럼 '식솔의 먹이를 문학에 걸었다'는 생계유지의 차원이 아니라 '생활의 레벨'을 올리기 위한 것이므로 상업주의에의 유혹에 빠진 것에 가깝다. 따라서 찬사와 비난 사이에서 남몰래 피를 흘렸다는 작가의 고백은 깊은 공감을 일으키기에는 부족한 감이 있다. 자신의 작품에 대한 진지한 검증보다 상처를 덮으려는 쪽으로만 애쓴 것 같은 혐의가 있기 때문이다.

그렇다면 그의 작품에 대한 독자반응은 어떤 것일까. 독자들의 반응이 구체적으로 어떠했는지 드러난 바는 없다. 단지 「그해」에서 정신이상 증세를 보이는 30대 여성독자가 등장한다. 어느 해 겨울밤 그의 집을 찾아온 여자는 당시 연재하던 그의 소설 여주인공에 대해 언급한다. '그녀는 작고 이쁘기 때문에 슬프다. 너무 슬퍼서 잔인하다'라는 것이 그 여자의

우르는 세계관은 근거없는 낙관론에 의존하고 있으므로 왜곡된 사회지평을 그대로 반영하거나 확대 재생산하는 결과를 초래한다. 이렇게 볼 때 독자들을 끌어당긴 요소는 마취적 재미나 쾌감에 가까운 것이지 소설이 나아가야 할 진정한 방향이라고 보기 어렵다. 한만수(1993), "악의 나라, 악인이 없는…" 『작가세계』 1993, 겨울, 47-51쪽 참조.

감상이다. 이는 작품 속의 주제나 작가가 의도했다고 하는 현실비판과 같은 문제성과는 거리가 먼, 여주인공에 대한 관심이 전부인 감상적 반응이라고 할 수 있다. 따라서 이런 독자층에 기대어 소설을 쓴다는 작가의 주장은 공허한 것이 되기 쉽고 작가정신의 타락으로까지 보일 수 있다.

소설의 한 특성이 현실반영이라는 점을 생각할 때, 「그해」의 작가가 소설속에 그리고 있던 세계는 어떤 것이었을까? 당시의 실제현실은 광주항쟁이 진행되고 있을 때인데 그가 연재하던 소설은 '이슬같이 투명하고 새처럼 작은 한 젊은 여자'와 '삶에 집착하지 못하고 세상의 아웃사이더로 끝없이 부랑하는 키큰 남자와 칼날 하나 품고서 끝내 비극적인 절망과 맞겨루다 침몰하는 키작은 칼잡이 남자'의 삼각구도의 이야기이다.9)

연재를 시작할 때는 유신끝물로서 YH무역 여공의 죽음, 학생데모, 부마사태가 일어나고 고문에 대한 소문들이 떠돌고 있어 작가 자신의 말을 빌면 '개인개인이 갖고 있는 소중한 숨은 꿈들은 조금도 존중받지 못하는 시대'였다. 그런데 이러한 현실인식과는 별개로 그가 정작 작품 속에서 펼쳐낸 현실은 비현실적 사랑이야기이다. 형체없는 폭력을 다룬다고는 했지만 그것은 겉구조일 뿐, 실제 내용은 사랑이야기이며 실제의 삶에서 분리되어 있는 이야기이다. 독자로 하여금 '작고 이쁘기 때문에 슬프다'는 반응을 일으키게 만드는 여자주인공의 이야기란 낭만적이고 비현실적 세계 안에서 이뤄지는 것이다.

자신의 소설이 대중적이라는 사실에 당당했던 작가도 광주항쟁 앞에서는 모든 논의가 '허깨비짓'으로 보이는 변화가 나타나며 자신의 소설의

---

9) 실제 이 소설은 「풀잎처럼 눕다」라는 장편으로 '목적없이 방황하는 허무주의자'인 문도엽과 '세상에 적의를 지니고 살아가는' 칼잡이 정동오, 그리고 순진무구한 여자 유은지를 중심으로 펼쳐지는 이야기로서 도엽의 소영웅적 능력과 성취, 은지와의 사랑 등은 독자들에게 환상과 위안을 주게 된다.

무력함에 직면하게 된다. 하지만, 수백 수천명이 죽었다는 소문들이 들려오는 가운데서도 그는 연재소설을 계속 쓰고 있다. 광주의 현실 때문에 괴롭다고 하면서도 그는 여전히 사랑이야기를 쓰는 것이다. '끔찍'한 광주의 현실과 절망적 파국을 향해가는 소설 속 현실은 일면 닮은 듯도 하지만 '바다가 떠오르는 햇빛을 받아 순금의 비늘들을 수천 수만개 그 표피에 매달기 시작했다'나 '그녀는 눈물을 글썽이며 하모니카를 입에 물었다'라는 소설 속 감성적 수사는 현실과 거리가 있음을 보여준다.

극단의 갈등과 번민 끝에 그는 자신이 쓴 것들이 '허위의 세상이 빚어내는 허망한 거품'은 아니었는지, '침묵할 뿐인 가짜 신문에 기여하며 밥이나 벌고 있었던 게' 아닌지 하는 뼈아픈 자기반성을 비로소 하게 된다. 그리하여 문학에 대한 믿음은 사라지고 자신의 문학적 재능이자 인기의 요인이었던 감성적 수사와 능란한 기교를 증오하게 되고 그동안 썼던 작품들도 부정하게 된다.

그렇다면 어느 방향으로 나가야 할 것인가? 그는 그동안의 문학의 방향을 이탈하여 갑자기 '시대의 전면'으로 끌고 나갈 수도 없고 상업적 소설을 계속 쓸 수도 없는 딜레마에 빠진다. 당시 이데올로기 편향적 분위기 속에서 그는 속할 곳이 없었으며 새로운 출구를 모색하지 못하고 결국 신문연재소설로 돌아온다. '보통사람들에게 친숙한 언어로 그들과 가장 가까운 이야기를 향해 나아가자고' 한 결정이었다고 했지만 이는 변명일 뿐, 진정한 출구의 모색이 아니었다. 곧 자신의 작품들에 대해 좀더 반성하고 진정한 방향에 대해 좀더 고민했어야 했다.

이것이 변명이었음은 몇 년간 직업작가로서 신문연재소설을 쓰며 비교적 '행복한 작가'로 지내다가 45세가 되어 다시 지나온 삶을 고통스럽게 되돌아보는 것에서 확인된다. 다시 고민을 시작하게 된 그는 나이 50을 앞두고 '자신에 대한 혐오와 부정'으로부터 새로 시작하고자 결심하기에 이른다.

감성과 순수한 열정으로 출발한 그의 문학은 올바른 '우리'로의 방향을 잡지 못하고 대중적 소설로 나아감으로써 부와 인기는 얻었지만 평단으로부터는 소외되는 결과에 이른다. 광주의 충격으로 자기반성을 하지만 다른 출구를 찾지 못하고 다시 신문연재소설을 쓰던 그는 45세에 이르러 더 이상 쓰지 못하고 새로운 길을 모색하는 지점에 이르게 된다.

4. 절필로 인한 성찰

4.1. 절필의 원인

글쓰기가 본업인 작가가 글을 쓰지 않는다는 것은 존재의 부정이 된다. 절필의 원인이 무엇이든지간에 글을 써서 살아왔던 자가 글을 쓰지 못한다는 것은 비장한 일이다. 어떤 이유에서 절필하게 되는가?

「흰 소」에 나타난 절필의 원인은 무엇일까? 베스트셀러작가로 인기를 누려왔던 작가가 40대 중반을 지나면서 그동안 지니고 있었던 문학관과 세계관에서부터 빠른 속도로 이탈하게 된다. 대단한 열정을 가지고 쓰던 시절, 눈만 뜨면 써야 할 말들이 '형형색색 수천의 나비떼처럼 날아오르는' 경험을 했던 그가 어느날부터 나비떼는 보이지 않고 열다섯시간이나 책상에 앉아 있어도 단 한 줄도 쓰지 못하는 지경에 이른다. 그리하여 쓰고 있던 신문연재소설을 중단하기에 이르고 중단의 변을 신문에 발표하게 된다.

'지구의를 아무리 돌려보아도 세계를 알 수 없고 연대표를 아무리 외워보아도 역사를 알 수 없다', 소설이란 '습지 한복판에서 길을 잃었노라'고 썼지만 결국 그의 무기였던 언어와 상상력의 고갈 때문에 더 이상 글을 쓰지 못하는 것이다. 어느날 자신의 지나온 삶을 되돌아보고 자신이 쓴 본문이 형편없었음을 깨달으면서 그때까지 믿고 있던 문학관에 회의를 품게 된다. 상업적 소설이라도 독자들이 원한다면 필요한 것이라는 입장에 있었던 그가 비로소 문학본연의 의미를 탐색하게 되는 것이다.

여기서 소설로서 표상할 수 있는, 또는 표현해야 하는 세계는 무엇인가 하는 본질적 질문과 만나게 된다. 언어가 감각적이고 아름답다고 해서, 작중인물이 멋있고 예쁘다고 해서, 일반독자들이 환호한다고 해서 좋은 소설이 아니라면 좋은 소설은 어떤 것인가.『흰소가 끄는 수레』의 주인공이 감성적 언어로 표출할 수 있는 세계의 한계를 느끼고 직면하게 되는 질문들이다.

그에게 요구되는 것은 치열하면서도 정직한 현실인식이다. 현실의 상황을 객관적으로 꾸밈없이 바라보고 자신에 대해 준엄하게 바라보기부터 해야 할 것이다. 고난이나 절망적 상황을 묘사하면서도 그 원인이나 대책에 대한 관심보다도 감상적 처리에 치우치는 것은 낭만적 포장에 다름 아닐 것이다.

절필행위 역시 이런 맥락 위에 놓여있을 때 낭만적 또는 감상적 결단일 수 있다. 절필 원인에 대한 탐색보다는 비통한 심경묘사가 주가 되므로, 절필로 이르는 과정이 고통스러워 보임에도 불구하고 감상적 치기를 느끼게 된다. '임종사'라고 표현한 절필의 변이나 그것을 읽는 아내의 반응을 보면 현란한 수사와 감상적 태도를 감지할 수 있다.[10] 따라서 절필 기간에 그가 극복해야 할 첫 과제는 이러한 감상성과 낭만성의 배제이다.

소년시절부터 작가의 내부에서 솟구치곤 하는 죽음에의 유혹 역시 현실을 이성적으로 바라보게 하는 시각을 흔들리게 한다. 최선을 다한 후

---

10) '연재소설 중단의 변'에서 그는 문학이 '유일한 사랑'이었으며 끊임없이 유혹받았던 '까미까제식 통렬한 산화'등에 대해 말하고 있는데 '앞이 캄캄하고 등은 밤마다 식은 땀에 젖는 우매한 자의 가위눌림'이란 대목에서부터 아내가 울기 시작한다. 아내는 울면서 '당신 글이…아, 아직도, 여전히, 나를 울리네. 당신은 천생…작가야'라고 말한다.「흰소」, 35쪽

에 비로소 맞이하는 끝이 아니라 처음부터 끝을 향해 치닫는 열정이나 '차근차근 한걸음부터'보다는 장렬하고 비장한 것에 끌리는 성향은 객관적 현실관을 해칠 수밖에 없다. 욕망과 집착은 열정과 에너지를 끌어오지만 객관적 시야는 차단시킨다. 욕망이 관철되지 않을 때 쉽게 허무주의나 패배주의로 몰고 가게 된다.

작가가 생각하기에 작품의 겉구조는 사랑이야기라도 속구조는 현실비판이라고 하면서 '당시의 폭력적 시대상황과 이야기를 은유적으로 비끄러매는 구조'임을 강조하지만 실제 작품의 전개양상은 현실성과는 거리가 있다. 그 현실이란 사랑이야기를 하기 위해 깔려있는 배경에 불과한 것이 아닌가하는 혐의가 짙은 것이다. 즉 그의 작품세계를 뒷받침해왔던 것은 감수성이나 시적 상상력에 의한 감각적 문체로서, 이제 상상력이 고갈된 중년의 작가는 더 이상 글을 쓸 수 없는 상황에 이른 것이다.

그리하여 작가는 감수성이나 문체와 같은 수사적 측면이 아닌 본질적 질문에 직면하게 된다. 문학 또는 작가란 무엇이고 무엇이어야 하는가 하는 원초적 질문 앞에서 자신이 써왔던 문학이 보잘것 없음을 자각하면서 이러한 글을 더 이상 쓸 수 없다고 결심하기에 이르는 것이다.

4.2. 절필기의 성찰

절필을 한 작가에게 '다시 쓸 수 있을까'하는 질문처럼 두렵고 불확실한 것도 없을 것이다. 절필이란 작가에게 있어 죽음이므로 다시 살 수 있을까, 또는 이 죽음의 기간이 얼마나 될까 하는 불안, 다시 살아날 수 없을 것 같은 공포와 싸워야 할 것이다.

「흰소」에서 연재하던 소설을 더 이상 쓸 수 없어 중단한 주인공은 젊은 날 처음으로 소설을 쓰기 시작했던 무주 적상산에 가고자 한다. 이는 출발점으로 되돌아가 자신의 삶을 되짚어보기 위한 것이다. 그 산의 정수리에서 새로 산 면도날을 써서 죽기를 꿈꾸는 50세의 소설가는 비장하다기 보다 문학청년적 감상을 드러내고 있다. 20여년간의 작가생활을 마감하고 절망의 끝에 서있는데도 장렬한 죽음이나 빛나는 사멸에 대해 유혹을 느끼는 것은 그의 위기감의 절박함을 희석시킨다. 절필기간 중 그가 극복해야 할 것이 바로 이러한 감상적 사고임을 다시 한번 보여주는 예이다.

그가 무주로 가면서 만나게 되는 정체불명의 사내는 그와 너무 '닮았으면서 다른' 사람이다. 빠르게 직진하는 그의 걸음걸이에 비해 사내의 것은 느리고 완만하여 '행복한 느림'의 표상처럼 보인다. 그의 움직임이 '쏘고 사정하는' 수직적인 데 비해 사내는 '흐르고 퍼지는' 수평적 확산의 움직임을 보여준다. 또 질주의 열정으로 쓰는 대로 발표하고 곧바로 책을 펴내곤 하던 그에 비해 사내는 사만여매나 썼음에도 불구하고 발표하지 않았다. 같은 작품을 읽고 같은 감동을 얻고 같은 느낌을 갖는 것 같으나 결정적으로 다른 것은 사물을 바라보는 태도이다. 그가 지닌 조급함, 감상, 욕망에 비해 사내는 여유, 관조적 태도, 무욕으로 나타난다.

이러한 사내와의 대화를 통해 그는 점차 자신의 내부에 또아리 틀고있는 헛된 집착과 욕망을 깨닫게 된다. 사내는, 그가 죽고자 하는 것이 진정한 죽음에의 갈망이 아니라 욕망의 또 하나의 표현이었음을, 일종의 인기작전임을 지적함으로써11) 실제로 그가 욕망했던 것이 사멸이 아니라 불멸이었음을 인식하게 하는 것이다.

이와같은 과정을 통해 그는 불멸이란 것이 작가의 욕망의 대상이 될 수 없음을 깨달으면서 면도칼을 버리게 된다. 그리하여 문학에 모든 걸 걸고 살아온 그는 비로소 문학으로부터 자유로워진다. 문학으로부터 자유로워진 그의 눈에 삶의 구체적 모습이 들어오기 시작한 것이다. 그동

---

11) 김치수(1997), "부랑의 세계 혹은 깨달음의 길", 『흰소가 끄는 수레』, 창작과 비평사. 284쪽.

안 문학만을 위해 질주하느라 또는 자신의 성급한 욕망을 달성하기 위해서 관심의 밖에 놓여있던 가족들과 이웃의 삶이 의미있게 다가오는 것이다.

화려하고 우아한 나비가 되기 전에 여러번 탈피과정을 거치고 어둡고 답답한 번데기시절을 이겨내야 하듯이, 절필선언을 한 뒤 그는 용인의 작은 집에서 칩거한다. 그곳에서 지나온 삶과 문학을 되돌아보며 자신의 젊은 날을 상기시키는 자녀들과의 대화를 통해 그들이 현재 겪고 있는 아픔들을 이해하고 변덕이 들끓는 남편을 말없이 뒷바라지 해온 아내에 대해서도 고마움과 사랑을 느끼게 된다. 그동안 자신이 '사랑하는 방법'을 찾지 못했으며 자기중심으로만 살아왔음을 반성한다.

곧 '작가의 말'에서 드러나듯이 절필기간 동안의 화두는 '문학' 그것보다 유한한 '삶' 자체였던 것이다. 이제 그는 장렬한 죽음을 꿈꾸며 신열로 들끓던 과거의 모습을 벗고, 욕망을 잠재우고 평안에 이른 모습으로 변화되어 있다. 그리하여 이전에 그를 괴롭히던 문제들로부터 자유로워지고, 사물은 전과 같으나 바라보는 그의 시선이 달라졌음을 보여준다.

「제비」에서 나타나듯이 무리로부터 소외된다고 해서 무리를 떠나는 것만이 능사가 아님을 깨달으며 또 무리에서 떠났다고 소외나 죽음을 뜻하는 것이 아니라 그런 방식도 하나의 삶의 방식임을 인정하게 된다. 즉 누구에게나 각자 자신의 길이 있음을 인정하게 되는 것이다. 그리하여 '작가라는 이름이 나의 감옥이지 않을 때'를 눈물겹게 기다려 왔으나 자신의 생리는 '불화의 자식'이고 불화를 보면 작가가 되는 팔자임을 인정한다.

> 석삼년 암것도 쓰지 않고 생홀아비로 엎드려 살건만, 작가라는
> 이름이 나의 감옥이지 않을 때 눈물겹게 기다리고 있건만, 벙어리
> 로 살 수는 없어. 엄마가 날 그렇게 낳으셨는걸요. 나는요, 불화의

자식이에요. 불화를 보면 작가가 된다구요.

——「혼잣말」, 228쪽

자신과 정반대인 사내를 닮고 싶지만 그의 방법을 뒤쫓지 않고 자신의 길을 가겠다는 최종결론이 나온다. 이 깨달음에 이르러 드디어 그는 '깊고 어둡고 날카롭고 부드럽고 빠르고 느린' 상호 대립적인 요소들이 한데 섞이는 경지에 이르며 여기서 '글쓰기는 놀라운 행복을 품고 있'는 행위로 변화한다.

결국 자신의 글쓰기에는 자신의 방식이 있음을 깨닫기 위해 먼 길을 돌아온 셈인데 남는 문제는 이러한 깨달음이 실제작품 속에서 성취되어야 하는 점이다. 이러한 성찰이 문학작품에 투영될 때 박범신의 새로운 문학세계가 열릴 것이다.

5. 나오는 말

이상에서 박범신의 연작소설 『흰소가 끄는 수레』에 나타나는 한 소설가의 문학과 삶을 살펴보았다.

뛰어난 감성의 언어로 작품활동을 시작한 작가의 살아온 모습, 데뷔초기의 활동, 대중소설작가로 인기를 누리게 되는 연유, 더 이상 작품을 쓸 수 없어 절필선언을 하고 삼년간의 칩거생활 이후 다시 소설을 쓰게 되는 과정이 아름다운 이미지와 언어들로 펼쳐진다. 50이 넘은 나이에도 여전히 뜨거운 문학에의 열정, 절필의 고통을 딛고 새롭게 쓰고자 하는 의지 앞에서는 누구나 감동을 느낄 법하다.

박범신에게 문학이란 선험적 소외를 견디게 하고 내면의 광기를 생산적으로 변화시켜준 것으로 인생의 전부라고 할 수 있다. 그러나 문학만을 위해 질주해야 한다는 그의 문학관은 다른 방향을 보지 못하게 하는 일종의 강박관념으로 작용해, 진정으로 문학이 어디에 바쳐져야 하는지 인식하기 어렵게 했다. 즉 그는 '우주가 얼마나 넓은지, 부리로 알을 쪼아 깨뜨리고 나오는 어린 새가 얼마나 고통스러운지'와 같은 실제 삶의 구체적 모습들에 관심이 없고 '그저 작가라는 이름으로만 살고 싶었'던 소망으로 가득할 뿐이다. 이러한 소망이 '경박한 야망'이었고 '생명에의 참된 사랑'을 알지 못했던 '철없는' 행위였음을 뒤늦게 깨닫게 됨으로써 진정한 작가의 길을 다시 모색하게 된다.

문학만이 유일한 사랑이라는 생각은 문학에 대한 작가의 뜨거운 열정을 짐작하게 하는 것이지만, 문학과 작가에 대한 과도한 의미부여로 인해 문학이 모든 것을 가능하게 한다는 낭만적 신격화의 위험을 내포하고 있기도 하다. 작가에게 문학에 대한 열정은 필수이며 소중한 것이지만 지나치게 낭만화된 열정은 소설화작업에서는 견제해야 할 항목이다. 주변 현실에 대한 차분하면서도 총체적인 점검이 필요한 것이 소설이기 때문이다.

낭만적 열정과 감성으로 소설을 쓴다는 것은 객관적 거리 확보와 구체적 현실의식이 미흡함을 의미한다.12) 언제나 찬란한 빛을 볼 수는 없다. 폭발적이고 순간적 아름다움을 추구하는 이러한 태도는 서정적 몰입에 가깝지 객관적 거리에 의한 서사성 확보와는 거리가 있다. 찬란하게 빛나는 것만 보려는 눈으로 삶의 구석구석을 찬찬하게 탐색한다거나 진지

---

12) 1983년에 간행된 박범신의 작품집 『식구』의 해설에서 정규웅은 데뷔작 이후 박범신의 변화를 설명하고 있다. 곧 데뷔작에서 보인 감성을 최대한 절제하면서 삶의 어두운 단면들을 보여주었다는 것이다. 그런데 작가 자신이 현실의 이야기 속에 너무 깊이 빠져버린 것이 결함이라고 지적한다. 정규웅 (1983), "현실에의 직관과 투시, 그 감성의 조화", 『식구』해설 (나남), 455-456쪽. 여기에서 지적한 대로 작가가 작중현실에 빠진다는 것은 객관적 거리확보에 실패했다는 것이 된다.

하게 성찰하기는 어려운 것이다. 찬란하게 빛나고 싶은 욕망, 욕망을 빨리 성취하고 싶은 성급함, 아름다운 감성을 중시하는 태도는 그로 하여금 쉽게 대중소설을 택하게 했으며 독자들로부터의 성원은 진지한 자기반성을 막았다고 할 수 있다. 이와같은 작가의 여정은 감성 위주의 작가들이 빠질 수 있는 가능성에 대한 경고로 읽을 수 있겠다.

감성만으로는 글 특히 서사장르인 소설을 쓰기 어렵다는 것은 그가 40대 중반이후에 절필하기에 이르는 데서 확인할 수 있다. 빛을 추구하던 작가에게 어느날 찾아온 어둠은 더 이상 글을 쓸 수 없게 하므로 결국 임종사를 쓰고 절필을 선언하게 되는 것이다. 작가로서 죽음과 같은 절필기간을 통해 그는 그동안 깨닫지 못했던 것을 새롭게 발견한다. 곧 덤덤하고 무미하지만 사람들이 살아가는 삶이다. 가장 가까이에 있으나 눈길을 주지 않았던 가족들의 삶에 다가감으로써 그들의 고통을 자신의 것으로 받아들이기 시작하며 그들과의 대화를 통해서 새로운 소통의 길을 모색한다.

문학은 그에게 소외된 삶을 견디게 하는 생명수와도 같았지만 동시에 문학만을 좇는 삶의 방식은 일종의 억압기제로 작용해 왔다. 절필기간의 성찰은 이 억압의 풀림과정이라고 할 수 있다. 그를 묶고 있었던 빠른 질주의 삶, 비장한 죽음에의 열망, 열기와 빛을 추구하는 욕망과 집착의 삶은 각각 행복한 느림, 무심하고 평범한 삶, 덤덤하면서도 힌두교도처럼 아무것도 안남기고 죽는 삶으로의 지향으로 바뀐다. 문학도 삶을 그리는 것이므로 아름다운 언어나 빛나는 감수성 만으로 이룰 수 없다는 평범한 진리를 깨닫는 것이다.

글쓰는 태도에서도 변화를 보이는데, 글을 쓸 때 '모든 걸 걸고 젖먹던 힘까지 모조리 쏟아부어야' 한다는 생각은 '써도 그만 안써도 그만, 그게 젤 좋아'라는 생각으로 바뀌는 것이다. 작가란 창 안에서 밖의 세계를 바라보는 것으로 그쳐서는 안되며 지나친 욕망을 절제할 때 삶의 모습들을 비로소 그릴 수 있음을 인식하게 된다. 이제 남은 문제는 이러한 성찰이 그의 문학 속에서 구체화되는 것이다. 성찰과 소설화작업이 별개로 분리되는 것이 아니라 '행복하게' 합칠 때 진정한 소설이 탄생할 수 있을 것이다.

　결론적으로 『흰소가 끄는 수레』는 한 작가 개인에게 문학은 어떤 의미를 가지며 삶의 방식과 어떤 연관을 맺고 있는지를 보여줌으로써 문학의 본질적 문제에 대해 탐색하고 있다고 하겠다. 그 과정에서 대중소설가로 알려진 한 감성주의 작가의 문학적 여정, 50이 넘은 나이에도 문학에의 열정이 식지 않는 영원한 문학청년의 초상을 드러내고 있다. 박범신의 문학이 문학청년의 감수성에 객관의 여유있는 시선이 덧보태져 새로운 문학으로 꽃피어날 것을 기대해 본다.

VI. 메타픽션형 글쓰기

이인성, '당신'의 글쓰기

한 혜 선

1. 들어가는 글

이인성의 소설은 읽기 어렵다. 그는 왜 이렇게 읽기 어려운 소설을 쓸까? 쉽게 읽히는 게 아니라, 읽기 어렵게 함으로써 독자의 시선을 붙잡고, (오히려 시선을 놓치기도 하지만) 낯설게 함으로써 독자의 시계(視界)를 뒤틀고 변화시킨다.

이렇게 편안하게 읽을 수 없는 소설을 쓰는 이유는 작가 자신이 왜 소설을 쓰고 있는가를 확신할 수 없는 불안감에서 출발하기 때문일 것이다. 이인성은 "밥 벌어먹기 위해 몸을 움직여 일하는 것만이 구체적인 현실이고, 소설을 읽고 몽상하고 성찰하는 건 그렇지 않다는 건가요?"[1]라고 자문한다. 문학이 사회를 얼마만큼 변혁시킬 수 있는가? 소설읽기가 인간에게 무슨 도움을 줄까? 왜 소설을 쓰는가? 작가란 누구인가? 이러한 문제에 대한 회의에서 소설쓰기는 자기반성적 양상을 띠게 된다. 작가의 권위에 대해 회의하고, 또 독자의 역할을 새롭게 인식하면서, 소설가 자

---

1) 이인성(1989), 「당신에 대하여」, 『한없이 낮은 숨결』, (문학과지성사), 23쪽.

신이 소설 속에 나타나 끊임없이 질문하고 회의한다. 이 때 글쓰기는 자아반영적이 되며 허구와 현실을 구별할 수 없게 된다. 그러므로 이인성의 글에는 소설쓰기에 대한 반성과 소설읽기에 대한 성찰이 그려진다. 「당신에 대하여」는 독자의 소설읽기 행위를 그리고 있는 소설가소설 쓰기이다. 이인성은 작가와 독자의 역할을 새롭게 부여하며 새롭게 존재하게 한다.

수용미학이론에서는 독자가 텍스트의 불확정적인 틈을 해석하고 작품의 의미를 창출한다는 관점에서 독자의 책읽기를 중요시하였는데, 이인성은 직접 독자의 존재를 텍스트 안에 위치시켜 작가와 함께 작품을 창출하는 양상으로 전환시키고 있다. 소설읽기 행위 그 자체를 그리고 있는 소설쓰기인 것이다. 또 작가가 직접 등장하여 소설쓰는 이야기를 하고 있어서 마치 그림을 그리는 자기의 손을 그리고 있는 화가의 손처럼 보인다.

작가/작품/독자의 관계에서 작가와 독자는 텍스트 밖에 존재하는 작품 외적 조건들이었는데 이인성은 작가와 독자를 텍스트 안으로 끌어들여 새로운 시선을 부여하고 있다. 작가/ 작품/독자/의 경계를 와해시킴으로써, 작가는 보여주고, 독자는 수용하는 대응적 관계가 무너진다.

2장에서는 작가와 독자의 역할, 작가와 독자의 관계를, 3장에서는 작가와 독자의 만남, 독자와 작품의 만남을 조명하였다. 2,3장에서 분석한 특징들은 '나'의 진술과 독백을 통하여 드러나므로 이러한 서술양상을 4장에서 살펴보았다. 각 장들은 전체의 조각들을 나눈 것으로 그림조각 맞추기와는 반대로 그림조각들을 흐트러뜨려 놓은 것과 같다. 그러므로 2,3,4장은 밀접한 관계망을 형성하면서 총체적으로 결합되어야 의미를 드러낸다고 본다.

다른 평자들도 이인성의 '소설쓰기'에 주목하고 있다.

김윤식[2])은 이인성의 문학적 위치를 논하면서, 이청준은 '왜 쓰는가'에 관한 물음을 던졌고, 최수철은 '말이란 무엇인가'라는 물음을 던지며 몸짓언어의 본질에 관한 탐구를 하고 있다고 했다. 그리고 "이인성에 있어서는 '왜 쓰는가'에 있지 않고 '소설쓰기'에 있습니다. 그냥 '글쓰기'와 '소설쓰기'는 썩 다른 것이지요. 이인성은 '소설쓰기란 무엇인가'라는 물음을 처음으로 우리 문학에 던지고 있어 특이합니다. 소설가나 소설독자 어느 누구도 이런 물음을 모른 척할 수는 없을 것입니다."라고 말했다.

서종택3)은 "「당신에 대하여」는 작가의 쓰는 행위에 대한 자기진술이면서 그 진술내용에 대한 독자에의 확인과 진단의 과정 자체에 관한 소설이다. 소설이 시작되기 이전의 작가와 독자와의 해결되거나 묵인되어야 할 전제적 상황 자체가 소설의 중심을 이루고 있다."고 말한다.

정과리는 『한없이 낮은 숨결』에 실린 12편의 소설을 세 묶음 <나-당신에 대한 이야기> <그에 대한 이야기> <우리-그에 대한 이야기>로 분류하고 있다.4) 본고에서는 세 묶음 중에서 <나-당신에 대한 이야기>를, 그 중에 『한없이 낮은 숨결』 처음에 실린 「당신에 대하여」5)를 중심으로 '이인성의 글쓰기'를 살펴보려 한다. 「당신에 대하여」는 소설읽기 행위를 엿보는 '나'의 언어유희를 통하여 탐색되는 소설가의 소설쓰기이다.6)

「당신에 대하여」는 '당신'을 주인공으로 하는 소설이면서도, '당신'의

---

2) 김윤식(1989), "단편형식" 『80년대 우리 소설의 흐름』(서울대학교 출판부), 79~83쪽.
3) 서종택(1994) "포스트모던 소설의 의미와 한계" 『포스트모더니즘과 문학비평』(고려원), 211쪽.
4) 정과리(1989) "겹으로 놓인 허구" 『한없이 낮은 숨결』(문학과 지성사), 343쪽.
5) 「당신에 대하여」는 1985년 봄에 발표되었고, 작품집으로 『한없이 낮은 숨결』이 1989년에 출판되었다.
6) 메타픽션은 픽션메이킹을 통해서 픽션의 이론을 탐색하는 소설, 즉 소설을 창작하면서 동시에 그 소설의 창작에 대한 진술을 하는 형태의 소설이라고 할 수 있다.
  김성곤(1993),『포스트모던 소설과 비평』(열음사),52쪽.

구체적인 신상명세나 이력, 주인공의 행위에 대해서는 기록하지 않는다. 반대로 「나의 자기 진술, 당신의 심문에 의한」에서는 작가인 '이인성'의 구체적이고 사실적인 신상명세가 진술된다. 이인성은 주인공의 신상명세서, 행위나 서사 기록물, 줄거리 등, 재래식 소설장치들에 의존하지 않고, 그런 퇴색한 옷을 벗어버리고 '당신'과 함께 소설가 놀이를 하고 있다.

2. 작가와 독자의 역할

글을 쓰는 작가와 그 글을 읽는 독자는 수직적 또는 대응적인 관계라고 볼 수 있다. 그러나 이인성의 「당신…」에서는 이러한 전통적인 관계는 해체되고, 새로운 관계를 보여주고 있다. 이러한 새로운 관계가 형성된다는 것은 또한 작가와 독자의 역할이 새롭게 부여되고 있다는 것을 의미한다. 「당신에 대하여」에서 '나'는 작가, '당신'은 독자라는 역할이 어떻게 수행되고 의미화되는가를 살펴보겠다.

2.1. 나/ 소설가

이인성의 글쓰기에서는 이인성이라는 현실세계의 이름을 지닌 채, 작가 자신이 소설의 표면에 등장하여 이야기하고 있다.

> 독자여, 안녕하셨는가? 나는 이 소설의 작가 이인성이다. 다름아 닌· 당신에 대한 소설을 쓰며, 나는 지금…
> 인사를 적다가 문득, 나는 지금, 당신이 이 인사법에 주목해주었으면 좋겠다는 생각에 쏠린다. 나는 물론 이 소설의 이야기꾼이지만, 이 소설에선 이야기꾼으로서의 다른 이름을 가지고 있지 않다. 나는 본문 안에서도 여전히 이 책의 표지에 인쇄되어 있는 이름의

존재와 동일한 이인성이고자 하는 것이다. 이상하게 들릴지 모르겠
는데, 이점은 퍽 중요하다. 지금, 나는, 그동안 줄곧 그래왔고 앞으
로도 대개는 그럴 것이듯이, 내 소설 속에 나오는 다른 이야기꾼이
되기를 애써 피한다. (17쪽)

　여기서 '나'라는 화자는 자신이 '소설가'이면서, 실재하는 '이인성'과
동일한 존재인 '이야기꾼'이라고 자신을 밝히고 있다.「당신…」류의 텍스
트에서 '나'는 '이인성' '소설가' '이야기꾼'등으로 등장하고 있다. 여기서
작가는 텍스트 밖에 존재하는 것이 아니라, 텍스트 안에 존재한다. 허구
의 문맥 안에 현실세계의 작가가 등장함으로써 현실세계와 허구세계의
경계가 무너진다. "틀파괴는 픽션과 리얼리티(허구와 현실) 사이의 틈을
연결시켜주는 것 같으면서도, 실제로 그 틈을 그대로 드러낸다."7) 허구의
세계는 현실일 수 없다. 이렇게 이인성은 실재세계와 허구세계를 공유하
면서 자아와 이야기꾼이라는 이중의 역할 놀이를 하고 있다.
　'이인성'은 소설 속에 들어가 작가로서 작중인물인 '당신'에게 이야기
하고 있다. '나'는 '당신에 대해 당신에게 이야기하기 위해서' 쓰고 있는
작가 이인성이며, "그렇게 당신을 상상하는 나를 상상하면서"(12쪽)소설
을 쓰고 있다고 진술하여 소설가의 소설쓰기 행위를 보여주고 있다. 여
기서 '나'는 실제작가인 이인성인 체 하지만 실재세계의 인물은 허구세계
의 인물일 수는 없는 것이므로, '나'는 역할놀이를 하고 있는 허구적인
존재일 뿐이다. 책의 표지에 인쇄된 소설가 이인성은 실제적인 인물이지
만, 텍스트 안에서 생각하고 지껄이는 '나'는 소설가라는 작중역할이 부
여된 '이인성'이라고 보아야 한다.

　　나에게도 또 하나의 내가 있음이 느껴진다. 무엇보다도 만년필을

---

7) 퍼트리샤 워,『메타픽션』김상구 옮김, (열음사, 1989), 53쪽.

> 쥔 내 손놀림을 통해, 하지만, 나와 또 하나의 나 사이에서 씌어지
> 는 소설 속, 다른 이야기꾼들에 대한 고려는 차원이 바뀐 문제로
> 보인다. 작가와는 다른 이름으로 무수히 가능한 다른 이야기꾼들이
> 란, 새로운 두께로 겹쳐져, 나로 하여금 바로 나와 또 하나의 나 사
> 이를 오가게 하는, 그 사이 속에 개입해 들어오는 타인의 얼굴로
> 닥아오는 것이다.   (17~18쪽)

화자인 '나'의 목소리가 들리고, 또 그 곁에서 작가의 자의식이 드러나
는 이인성 자신의 음성이 겹쳐지고 있다. 이 때, 글쓰는 '이야기꾼'인 이
인성과 씌어지는 이인성인 '나', 두 개의 자아가 분리되면서 동시에 텍스
트 안에 존재한다. '나'는 소설가라는 사실을 의식하는 작가인 이인성의
일부이다. 글쓰는 자아인 이인성은 진술하는 자아와 분화되면서 텍스트
안에서의 현존을 회의하는 것이다. 나와 또 하나의 나, 이 존재의 틈 사
이에서 이인성은 타인의 시선을 의식한다.

결국 작가의 실체에 대한 회의를 표출하고 텍스트를 창조하는 작가라
는 유일한 존재를 희석화시키고 무수한 이야기꾼의 존재를 가능하게 한
다.

> 그런데 얼핏, 의혹이 든다. 내 주장이야 어떻든, 정말 내가 여기
> 서 이인성 그 자신으로 표출되고 있을까? 조금 전, 사설이 거창하
> 게 번진 것부터가 미심쩍다. 혹시 나는, 이 소설을 쓰는 이인성과는
> 다른, 다만 소설 속의 이름이 이인성일 뿐인 다른 이야기꾼이 아닌
> 가? 적어도 '나는 이 소설의 작가 이인성이다'고 했을 때의 나는 작
> 가라는 특정한 역할 속의 이인성이라는 역할을 맡은, 작가로서의
> '나'자체를 가장한 별개의 '나'라는 …그렇다면 '그 자신'이니'자체'
> 니 하는 표현보다는…,에, 그러니까… (18쪽)

작가 자신이 텍스트 속으로 걸어나와 자신의 모습을 보여주고, 자신이

이 소설을 쓰고 있는 작가라는 사실을 밝히며, 자신의 역할을 드러낸다. '나'는 이인성 자신인가, 소설가라는 역할을 연기하고 있는 '나'인가, 자아와 역할에 대한 갈등 속에서 자기 배역을 연기해야 하는 혼란스러움을 드러내는 반성적 자아이다.

한 문맥 안에서 자기를 타자화하는 진술은 작가 자신의 얼굴을 내밀고 자기를 이분화시키는 자의식을 노출시킨다. "누군가 - 또 하나의 나였을까, 내 속에 들어와 있던 엄연한 남이었을까 -가 낮게 속삭여댄 것이다."(20쪽) 이와같이 '나' 안에서 '또 다른 나'의 음성이 들리면서 자기 존재에 대해 의문을 드러내게 되고, '나' 속에 또 다른 나를 발견하고, 자아의 정체성에 대해 탐색하게 된다. 이런 이유로 자아는 타자화되고 있다. '나'는 자기 존재에 대해 다면적으로 인식하고, 자신을 '나, 이인성, 이야기꾼'등으로 다양하게 지칭함으로써 진술의 다음성적 양상을 띠게 된다.

「나의 자기 진술, 당신의 심문에 의한」에서도 "나여, 너는 과연 작가인가? 나여, 작가로서의 너와 작가가 아닌 네가 따로 있는가?"(44쪽) 이렇게 작가 스스로 자기의 글 속으로 걸어들어가 '나가 누구인가?'라는 자기 음성의 울림을 듣는다.

또 소설가 자신이 텍스트 안으로 들어가 "넌 누구지?"라고 묻고 자기 자신이 진술을 한다. "이인성", "천구백오십삼년 십이월 구일", 출생지는 "진짜는 경남 진해"라면서 자기는 이러이러한 사람이라고 진술한다.

「당신 자신인 당신을 향한 물음들」에서는 "이 소설을 쓰는 나는, 이 소설을 통해, 이 소설을 읽는 당신과, 당신 자신을 가지고 노는 놀이를 한판 벌였으면 합니다. 여기서 '당신 자신'이란 문자 그대로 당신들 각자의 자기자신을 뜻합니다."(59쪽)

"이 소설놀이는 허구가 아닌 현실 속의 당신을 그대로 허구 속에 불러들이려 한다는 점이, 나는 무엇보다도, 그때 당신이 내 부름까지도 현실로 착각할까봐 경계하는 중입니다.”(59쪽) 이러한 진술들에서 볼 때 이인성은 현실과 허구의 경계를 넘나들고 있다.

이와같이 「당신...」류의 글에서 작가는 전지적 존재이거나 텍스트 밖에 위치하면서 이야기에 개입하는 것이 아니라, 이인성 자신이 텍스트 안으로 내려 앉아 자기를 드러내 보이고 있다. 전통적인 작가들처럼 서사의 스토리를 꾸미는 것이 아니라, 실제 작가가 허구세계에 들어가 서술행위 그 자체를 진술함으로써 새로운 허구의 세계를 구축하고 있는 것이다.

이인성은 허구공간에서 ‘소설가’ 놀이를 하고 있다. 「당신...」류는 자신을 ‘자기허구화’하는 텍스트이다.

2.2. 당신/ 독자

이인성은 「당신에 대하여」의 주인공이 ‘나’가 아니라 ‘당신’이라고 말한다.

「당신에 대하여」는 독자인 “당신에 대해 당신에게 이야기하기 위해”(11쪽, 54쪽) 쓰고 있는 소설이다. 이인성의 글쓰기에 나타나는 특이함은 독자를 텍스트 안에 등장시키고 있다는 것이다. 첫 마디에서 독자는 “우선, 이 소설을 읽으려는 당신에게, 잠깐 동안 눈을 감도록 권하겠다.”라고 말하는 작가의 목소리를 직접 듣는다. 이렇게 처음부터 소설 밖의 독자에게 말을 걸고, 독자를 끌어들이려고 유도하고 있다.

독자를 친근하게 부르는 호격명사 <당신> <그대> <독자여!>는 텍스트 밖에 있는 독자를 환기시키는 기능을 한다. 그러나 곧 “당신은 눈을 감지 않았거나 너무 일찍 눈을 떴다.”고 “독자여! 속물이여! 개새끼여!”라고 욕을 하다가, 죄송하다고 변명을 하기도 한다. 이것은 작가의 존재를 의식하게 하며, 또한 ‘당신’이 순종하는 독자가 아니기를 바라는 것으로, 독자가 타성적으로 소설을 읽지 않도록 유도하는, 새로운 시선을 끌기 위한 전략이다.

　"당신은 왜 소설을 읽고 있는가, 왜? 움찔, 당황한 미소를 떠올릴 필요는 없다. 주위에 누가 있다 하더라도 이건 당신만이 읽고 있으니까, 마냥 자신에게 솔직하기만 하면 된다." (29쪽) 이인성은 글쓰는 실제 상황을 진술하고 있을 뿐만 아니라, 독서하는 실제 상황을 진술함으로써, 실제독자인 한혜선은 '당신'이라고 불리는 독자와 일치할 수 없는 괴리감으로 뒤틀린다. 왜냐하면 일반독자들이 이 텍스트를 읽고 있을 때의 상황과 똑같은 감정이 진술되고 있다고 보기 어렵기 때문이다.

　이인성은 책을 읽고 있는 '지금 거기 있는 당신'인 독자에게 "이것은 다름아닌 소설이므로 지금, 나는 소설을 쓰고 있는 것이다. 지금, 나는 당신과 만나 목소리를 나누고 있지 않은 것이다."(14쪽)라고 말하는데, 이러한 진술들은 '나'의 발화로, 이야기꾼인 이인성이 직접 텍스트 안에 들어가 독자에게 말하고 있는 것과 같다. '당신'이라는 존재는 '나'와의 관계에서 작가와 독자라는 관계를 형성한다.

> 　또 이 이후에도, 때없이, 당신은 무심코 나와 대화를 주고받는 듯한 착각에 빠져들었거나 빠져들기 쉽다. 여기서도 막바로, "아, 그럴지도 모르겠다."라는 서술형 대화체로 글쓰듯 혼자 대꾸하며, 어쩌면 그 역시 이게 소설이기 때문에 오랜 습관을 떨치지 못하고 어쩔 수 없이.　　　　　　　　　　　　　　　　　　　(15쪽)

　'당신'은 작가와 대화를 주고 받는 것이 아니라, 소설을 읽고 있는 독자라는 현실을 상기시킨다. 대화적 화법의 서술체이지만 '나'의 음성만 들리고 '당신'의 반응은 '나'의 상상에 의해서만 진술된다. '당신'이라는 '독자'는 가상적 존재이다. '나'의 진술은 독자에게 직접 말하고 있지만 상상적인 대화이므로 진실이라는 것은 착각일 뿐인 새로운 허구적 세계가 구축된다.

「당신…」에서 '나'의 글쓰기 행위와 독자의 읽기 행위만 서술되고 서사는 전개되지 않는다. 작가-작품-독자의 관계에서 중간단계인 작품은 빠지고 작가와 독자가 직접 마주치고 있다. 그러므로 「당신…」은 독자의 소설 읽기에 대한 글쓰기이다. 허구의 공간 안에 현실 공간의 독서행위를 끌어들여, 독서행위의 리얼리티를 전경화하고 있다. "당신이 어떠어떠하게 반발하리라는 것까지도 임의로 적었다. 하지만 그때 그때, 그 도처에서, 실제의 당신은 그 진술 내용을 벗어나 있었기 십상이다."(16쪽)라고, 텍스트 밖의 범주인 독서행위를 진술하고 있으므로 실제독자와 '당신'의 소설읽기가 겹치는 이중적 양상을 보이고 있다. 실제독자는 읽고 있는 중이라는 현실을 의식하게 되어 텍스트와 거리화되게 된다. 또 독자를 직접 조명함으로써 낯선 허구의 세계로 일반독자를 혼란시키고 있다.

'당신'의 독서행위에 대한 서술이 현실의 실제 공간을 서술하는 듯하지만, 사실은 "문학 속의 모든 진술은 실제로 존재하는 것이 아니라 다만 '상상적인 대상성'으로 리얼하게 존재할 뿐이다."[8] 그러므로 현실을 그린다는 것이 환상에 불과하고, 우리는 허구세계의 허상과 마주하게 된다. "내 상상 속에서, 당신은, 당신 자신을 바라보는 그런 자세로, 이 소설에 대한 순종을 거부하고 있는 것이다."(13쪽) 여기서 '당신'은 독자라는 역할이 부여된 한 인물이다. 이 텍스트에서 '당신'은 실제독자가 아니라, 작가가 상상하는 가상의 독자이다. 청자이며 가상의 독자인 '당신'과 실제독자를 분별할 수 없고, 소설의 현실과 소설 외적 현실의 경계는 무너지고 뒤엉킨다. 허구세계 독자와 실제세계 독자의 독서행위가 이중으로 중첩되어 그려진다.

　　　내가 아무리 이렇게 읽으라고 한들, 당신이 저렇게 읽으면 도리

---

8) 차봉희(1992), "작가 · 작품보다 독자 중심으로", 『수용미학』(고려원), 102쪽.

가 없다. 나는 당신이 내 말의 직접적인 수신자이길 바라지만, 당신
은 이미 '당신'이길 벗어나 나와 어떤 '당신'과의 관계를 관찰해보
려는 제 3자로 설 수도 있다. 그럼에도 조금 전의 당신이 만약 그
저 멍청히 내가 지시하는 대로 몸놀림을 따라했다면, 그건 또 얼마
나 역설적인 모순인가? 도대체 당신은 당신의 그런 자유를 스스로
깨우치고나 있었는가? 그리고 그 자유를 이때껏 충분히 행사해왔다
고 자신하는가?   (31쪽)

여기서 '나'는 독자의 독서행위에 주목하고 있으며, 독자가 더 이상 수
동적으로만 소설읽기를 하지 않는다는 사실을 말하고 있다.[9] 이야기꾼인
'나'에 의해서 진술되는 독서행위이지만, '당신'의 반발을 상상함으로써
독서의 방향을 능동적인 읽기로 참여시키고 있다. 독자의 독서행위의 자
유를 강조하고, 독자의 자율성을 부여한다. 여기서 독자인 '당신'은 살아
움직이며, 자의식을 지닌 존재가 된다. '나'의 자의식을 통하여 '당신'의
자의식이 인식되고, 자아와 타자가 거리화되고 있다. 여기서 '나와 어떤
'당신'과의 관계를 관찰해 보려는 제 3자로'될 수 있는 관찰자의 시선은
자의식으로 인하여 '당신'의 존재는 증산된다. 이렇게 '당신'은 '복수'화
된다.

　당신은, 앞자리의 대화를 거치면서 선명히 드러난 바, 단순한 단
수 2인칭 대명사의 대상이 아니다. '당신'은 일종의 집합대명사이다.
나는 '당신' 속에서 들끓는 복수를 본다. 하나의 중심 행위로 겹쳐
진 복수, 그러므로 '당신'속의 당신들은 책을 펼쳐 이 지면 위에 시
선을 둔 하나의 자세로 집중되어 있되, 또 하나같이 각양각색인 조

---

9) 독자반응 비평가들은 텍스트가 아닌 독자에게 관심을 보였으며, 독자가 텍스
　트의 의미를 창출하는데 중요한 역할을 한다고 본다.
　제인 톱킨스, "미국에서의 독자반응비평", 『수용미학』윤호병 옮김, (고려원,
　1992), 57-70쪽 참조.

각들일 것이다. (26쪽)

　여러 독자 중 하나인 당신에게 독자라는 사실을 확인시키고 강조하면서, 당신 자신의 존재를 의식하도록 한다. “보았는가, 바로 지금 거기서 이 소설을 앞에 둔 당신 자신을?”(13쪽) 바라보라고 말한다. 그러니까 이인성의 소설쓰기는 독자인 당신을 확인하게 하기 위한 것이다. “독자인 당신이 읽는 당신이 내가 그려내는 바의 당신이라는 사실에 있는 까닭이다.”(16쪽) 여기서 독서공간은 ‘당신’의 거울의 장(場)의 기능을 하게 된다.

　“당신은 진정 누구인가? 독자로서 이 소설 앞에 이르기까지,” 당신은 누구인가? 라고 몇 번씩이나 되풀이 질문하는 이유는 무엇일까? 타인에 의해서가 아니라, ‘당신이 당신에게 확인되기를’ 원하기 때문이다.

　동시에 ‘당신’이 누구인가를 인지함으로써, ‘당신’ 속에서 ‘나’의 존재와 위치를 확인하고, ‘당신’을 통하여 ‘나’를 볼 수 있기 때문이다. ‘당신’을 통하여 ‘나’는 존재의 실체와 만날 수 있으며, ‘나’의 존재가 증거되기 때문이다. 자기 정체성의 확인이다. ‘당신’이 허구가 아니면 ‘나’도 허구적 존재가 아니다. ‘독자’인 당신을 의식하는 것은 ‘소설가’인 ‘나’를 의식하는 것이다. ‘나’와 ‘당신’은 서로 ‘거울’이 되고 있다. 「당신에 대하여」에 나타나는 자아반영적 특징은 ‘나’뿐만 아니라 ‘당신’의 모습까지도 거울 속에 반사시키고 있는 것이다. 이인성은 소설가인 ‘나’가 독자에게 어떤 모습으로 나타날까 의식한다. 투사된 소설가를 생각하는 ‘독자’까지도 상상한다. 타인의 시선을 통해서 자기 자신을 바라보고 있는 것이다.

　소설가의 위치에서 독자의 존재를 상상하는 이러한 진술은 ‘나’에 의해 구체화된 독자의 영상이 반사되어 ‘소설가’의 존재를 되비춰 주는 상호 거울의 기능을 하고 있다. 독자인 ‘당신’이 존재하지 않으면 ‘나’인 소설가도 존재할 수 없는 관계가 형성된다.

이인성은 독자로 하여금 '당신'을 통하여 독서의 참의미를 발견하도록 하고자 한다. "작가가 일방적으로 제시해 주는 바를 그대로 주입받는 독서는 이상형이 아니며, 해방된 사회의 해방된 독자는 주체적인 사고인이자 몽상가"(24쪽)여야 한다고 말한다.

그는 '지금'과 다른 당신이기 위해서 어떻게 읽을 것인가에 대해 진술하고 있다. 독자의 자아가 투사되는 독서공간에 의해서 텍스트의 의미가 재창출되므로 텍스트와 독자의 관계는 새롭게 조명되어야 한다. 이런 점에서 작품과 독자의 관계를, 독자의 역할과 독서행위를 주목하여야 한다.

2.3. 나/당신/그/우리

'나'는 '또 하나의 나'로, '당신'은 '두 개의 나, 여러 개의 나'로 분화되는 자기 정체성에 대한 갈등과 확인작업에서 역설적으로 '나'와 '당신'의 거리는 해체되고 '우리'로 전환되고 있음을 볼 수 있다.

한 문맥 안에서 '나는(당신은)'(12쪽)이라고 두 존재를 겹쳐서 동시에 지칭한 것은 '나'와 '당신'이라는 다른 존재, 두 주체의 의식이 긴장하고 대화하다가, '나'의 의도, 생각이 '당신'의 의도, 생각과 같을 수 있음을 드러내는 진술이다. 여기서 나와 당신 사이의 틈은 모호하게 되고 혼류되면서, '나'는 '당신'으로 겹쳐지고 있다. 이것은 '나'에서 '당신'으로 그리고 '우리'에게로 확산되면서 동일한 관계를 형성하게 된다.

> 당신과 내 이야기꾼이 고유명사로서의 이름을 나눠 갖고, 그런데 아니다. 내가 여기서 실천하고자 하는 행위는, 소설이라는 형태를 매개로 최대한 가까이 접근하여 그 최소한의 간격만을 유지한 채, 즉 소설쓰기와 소설읽기라는 상황으로 우리 ─ 우리? 오, 우리!─를 수렴시켜, 모든 당신을 '당신'에게, 모든 나를 '나'에게 끊임없이 되

돌리며 되씹게 하는 일이다.   (21쪽)

쉼표로 이어지는 짧은 문장들은 '나'의 다급하고도 진정으로 호소하는 어조를 드러내며 독자에게 직접 말하고 있는 이야기꾼의 존재를 확인하게 한다. '당신'이나 '나'가 자기 자신으로 되돌아가, 자기를 투시함으로써 자기 역할과 존재의 가치를 발견하도록 한다. 그리하여 '나'는 '당신'과 다른 존재가 아님을 알게 된다. 소설을 읽고 있는 '당신'은 쓰고 있는 '나'자신일 수도 있다. 여기서 당신은 나와 통합되고, '우리'로 전환되면서, 소설가와 독자 사이의 거리는 무화되고 동일화 현상이 이루어진다. 글쓰는 이와 읽는 이가 겹쳐지면서 '우리' 모두가 텍스트를 생성하고 있음을 의미한다.

'우리'에는 '당신'과 '나' 이외에 또 3인칭인 '그'라는 존재까지도 포함된다. '그'는 '나와 또 하나의 나 사이'에 끼어드는 '타인의 얼굴'이기도 하고, 이외에 다른 의미로도 그려진다.

① '그'는 작품을 의미한다.

소설쓰기는 언제나 결단을 부른다. 그 낯익으면서도 낯선 무형의 얼굴을 위해 어떤 이름을 붙여 줄 것인가? 이름과 함께, 그는 나를 벗어나 독자적인 주체이자 대상이 될 테지. 나로부터의 분열이든 확산이든, 그때 하나의 실체인 그는 이미 그인 것이다. 그렇지만 오늘, 나는 그를 고스란히 나 자신으로 품고 싶다.   (18쪽)

② '그'는 작가이다. '나'와 이념이 다른 작가를 가리키고 있다.(표적과 좌표가 다른 작가이다.)

그를 그야말로 그의 방식으로 보지 않고, 내 방식으로 그의 문맥

속에서 정당한 한 인간으로서의 참 모습 그것만을 끌어안으려 했던
까닭에. 하지만 그와 나의 결합은 서로 다른 무기를 들고 같은 전
선에 나란히 선 전우 상상력 속에서나 이루어질 성질이었던 것이
다. (21쪽)

③ '그'들은 이인성과 사회적 계층이나 경제적 능력이 다른 노동자 계
층이다.

> 그들은 모두 쓰기를 선택한 나와 읽기를 선택한 당신들의 밖에 있는
> 것이다. (27쪽)

여기서 '그'는 이인성의 소설을 탐독하리라 상상할 수 없는 막노동판
인부나 리어커 행상, 봉제공장의 여공들을 지칭하고 있다.
이인성의 문학관에서 멀리 떨어져 있는 '그'들까지 포함하는 <나+당신
+그>가 <우리>이다. 이렇게 모두를 통합하는 '우리'가 함께 소설을 쓰는
것이다.
이인성의 글쓰기는 '나' 혼자만의 글쓰기가 아니다. 문학적 관습에 따
르면 '나'는 쓰는 자, '당신'은 읽는 자로 역할이 분리되지만, 이제 새로
운 글쓰기에서 작가와 독자는 분리되지 않으며, 수직적, 수여적 관계도
아니다.
<나/그/당신>의 경계는 해체되고, <작가/작품/독자>의 개념이 파괴된다.

「나의 자기 진술, 당신의 심문에 의한」에서도 "우리 — 아뿔사, 당신의
허락없이 이 어휘를 함부로 쓰다니 — 의 자식으로 잉태시키고 싶다는
내 육체적 정신을,…(중략)… 언어의 애무로 땀흘리겠다"(36쪽)고 진술하
고 있다. 이것은 '나' 혼자서 소설을 쓰는 것이 아니라, '우리'가 정신과
육체의 살을 섞어 함께 소설을 쓰는 것을 의미한다.

3. 시간과 공간

글쓰는 행위는 읽기 행위보다 시간적으로 선행하여 소설 쓰는 주체와 독서하는 주체가 한 자리에 함께 할 수 없으므로, 시간적 공간적 층위에서 거리화될 수밖에 없다. 그러나 이인성은 작가와 독자가 동일한 시간과 공간에서 만나기를 꿈꾸고 있다. 소설쓰기의 시간과 읽기의 시간이 일치할 수 없는 불가능성을 어떻게 '만남'으로 전환시키고 있는가를 살펴보겠다.

3.1. '지금'과 '언젠가'의 만남

소설을 쓰고 있는 '나'와 소설을 읽고 있는 '당신'은 '같은 시간 속에서 이 글을 주고 받고 있는가?' 그렇지 않다. 작가와 독자는 다른 공간에 존재한다. 소설가인 '나'와 독자인 '당신'은 시간과 공간에서 동시적으로 존재할 수 없는 관계이다. "그렇다, 그 '그 언젠가'를 향해 막막히 이 소설은 시작이 되고 있다. 아마도 멀고먼 그 언젠가, 당신을 다르게 참답게 만나겠다는 마음을 꾸면서,"(12쪽) 나는 글을 쓰고 있다. 독서공간과 쓰기 공간은 함께 할 수 없다. 그러므로 나와 당신이 동일한 시간과 공간에서 만남은 불가능하다. 쓰기가 <현재>라면 읽기는 <미래>이고, 읽기가 현재라면 쓰기는 과거이다.

> ① 지금, 나는 쓰고 있다. 지금, 당신은 읽고 있다. 변함없는 현재, 나는, 지금, 이 순간, '지금 이 순간'이라 쓰고 있는데, '쓰고 있는데'를 읽는 당신을, '당신을'을 쓰는 지금 이 순간에, (31쪽)
> ② 지금, 나는 쓴다. 지금, 당신은 읽는다. 이때 나와 당신은 정말 동시적인가? 당신과 나는 다른 공간의 같은 시간 속에서 이 글

을 주고 받고 있는가? (32쪽)
　　③ 당신이 이 소설을 읽고 있을 때, 내가 이걸 쓰고 있을 리 만무하다. 그때 나는 이미 썼다. (32쪽)

　여러번 되풀이되는 이러한 진술에서, 글쓰는 이와 독자와의 시간적, 공간적 거리를 의식하며, 감정적으로 일치할 수 없는 틈을 드러내고 있다. '지금 여기 있는 나'는 '언젠가 거기 있는 당신'과의 거리를 인식하며, 그 확인 과정을 통해 글쓰는 주체가 독서공간에 참여하고 독자와 만나려고 한다. 작가와 독자의 만남은 '지금'과 '언젠가'의 만남이다. 언젠가의 만남이 이루어지기 위해서는 '당신'은 '지금'이라는 시간의 단위 위에 있는 자신을 인식해야 하고, 이 소설을 읽고나서 지금과 다른 변화되는 당신이어야 한다. 그리하여 글읽기와 글쓰기는 한 자리에서 만나 시간적, 공간적 층위에서 함께 한다.
　「당신에 대하여」는 독서행위를 구체화하는 글쓰기로 독서공간을 진술의 대상으로 한 텍스트이다.

　　④ 나는 '나는 썼었다'라고 쓰거나 '당신은 읽을 것이다'라고 써야 할까? 그렇지 않다. 지금 나는 쓰고 있고, 당신은 읽고 있기 때문에, 도대체 어떻게 된 일일까? 간격이 있는데, 간격이 없다! 신비한 말의 모순이랄지, 현재가 과거로 불려가고 과거는 미래로 불려가 서로 엉겨 붙는다. 황홀한 반죽이다! (32쪽)
　　⑤ 이렇듯 당신이 이미 나의 과거이자 미래이자 현재라니!…그래서 당신은 내가 숨쉬는 공기 같은가? 등뒤를 돌아본다. 당신은 없다. 몸을 되돌린다. 당신이 등뒤에 있다. (32쪽)

　④⑤의 진술에서, <쓰다/읽다> <과거/현재/미래>의 경계는 무너지고 혼류되면서 '무수한 당신들'은 '시간과 공간의 거대한 좌표 위에 무수히 흩어진 점들이지만' 작가와 독자의 차별화된 시간과 공간을 재배열하여

'나'와 '당신'이 동일한 좌표에서 만나도록 자리매김하고 있다. 여기서 텍스트는 시간적, 공간적으로 확산되고 증폭된다. 그리하여 '나'와 '당신'의 소설공간과 소설 외적 공간인 현실의 경계는 지워지고 우리가 함께 공유하는 시간과 공간이 형성된다.

> 우리— 뚜렷이 이 어휘를 새겨 지니고 싶구나—의 '지금' 속에서 그 간격을 지울 것이다. 그래서 어느 날 함께 말하게 될 터, 서로의 이 몹시도 작은 사랑에 대해서, 모래알 하나에 하나가 덧붙여지고 그 둘에 또 하나가 덧붙여지듯, 더디게, 하지만 또 어느 날 무겁고 거센 모래사태로 몰아치려고, 나와 당신은, 당신과 또 다른 당신은, 또 다른 당신과 나는, (33쪽)

이인성은 '나'와 '당신' 사이에 시간적, 공간적 틈, 그 경계를 뛰어 넘기를 꿈꾸고 있다. 나와 당신 사이의 간격을 지우는 순간, '간격이 있는데 간격이' 없어지는 순간, 그 모든 경계를 뛰어 넘을 수 있으며, '이 몹시도 작은 사랑에 대해서' 우리는 함께 말할 수 있다. 시간적 공간적 거리를 메꿀 수 있는 그 신비한 힘이 나와 당신을 하나가 되게 한다. '지금'이라는 현재적 시간에서 절대적 시간으로 변환되면서 '나'와 '당신'의 만남이 이루어진다.

나와 당신의 만남은 "그 언젠가의 우리를 향해 가고, 그 우리는 그 언젠가의 우리가 될 '그'를 찾아가는"[10]소설들, 즉 「그를 찾아가는 우리의 소설기행」, 「이미 그를 찾아간 우리의 소설기행」 「다시 그를 찾아갈 우리의 소설기행」들이 쓰여진다. '그'를 찾아가는 소설 기행은 즉 <'나'와 '당신'들을 찾아가는 길>[11]이다. 창작은 자기 자신을 향하는 하나의 방식이기도 한 것이다.[12]

---

10) 정과리(1989), '겹으로 놓인 허구' 『한없이 낮은 숨결』, 문학과 지성, 342쪽.
11) 앞 글, 342쪽.

이인성은 '나는 누구인가' '너는 누구인가'라는 자기 확인의 물음들을 통하여 '나'를 찾아가고, 그리고 '당신'과의 만남에 이르는 길을 발견하고자 한다.

3.2. 어둠 속의 존재

이인성은 소설을 읽기 시작하려는 독자에게 "눈을 감도록 권"하였다. 그것은 "그 짙은 어둠의 응시가 이 소설 읽기를 지탱하도록" 하기 위해서라는데, <어둠을 응시하는 것>과 <소설을 읽는 것>이 어떤 관계가 있는 것일까? 독자와 함께 어둠 속에서 한 아이를 바라보기 위해서이다. 텍스트는 소설가의 자아와 독자의 자아가 상호교류 되는 만남 속에서 산출된다.

어둠 속에서 한 존재가 잉태되고, 아이의 영상은 어둠 속에서 점점 더 확실한 모습을 드러내기 시작한다. 어둠 속에서 울고 있는 아이의 영상은 구체화되면서 열려진 공간으로 확대된다. 이것은 텍스트의 이미지가 형상화되는 과정을 보여주는 것으로 소설가와 독자가 함께 만들어가는 텍스트임을 의미하는 것이다.

'나'의 진술과 별개로 어둠 속의 아이의 모습이 단편적으로 몇 장면 삽입되어 있다. 이 아이의 영상이 점점 구체적으로 드러나고 있는 것을 다음 예문에서 볼 수 있다.

> ① 캄캄한 햇살의 천지다. 이 빛의 어둠 속에 숨겨져, 한 아이가 울고 있다. 아이는 보이지 않고, 먼 울음만이 들린다…
> 번번히 밀려드는 이 환영을 번번이 내 몫으로만 가두려 하지 말아야지. 그래, 그러니 물어야 해. 당신은 이 환영을 통해 무엇을 떠올리고 있는가? (25~6쪽)

---

12) 부르노 힐레브란트(1993), 『소설의 이론』(현대소설사), 449쪽.

　② 캄캄한 빛이냐 환한 어둠이냐, 나는 더듬어지지 않는 허공만 더듬는다. 저 아이를 이 드넓은 공간 어디서 찾을 수 있을까? 울음소리는 분명한데, 혹시 그 아이를 내가 품고 있는 것은 아닐까? 그 아이가 내 속에서 울고 있는 것은 아닐까? (31쪽)
　③ 빛이 어둠인지 어둠이 빛인지, 내 어딘가의 여성이 내 어딘가의 남성과 섞여 아이를 낳았는가, 내 밖의 아이가 내 안에서 울고 있지 않으면 내 안의 아이가 내 밖에서 울고 있다. (33쪽)

　아이의 영상은 '나'의 독백과 분리되어 따로 서술되다가, 마지막(③)에서 '아이'의 모습이 '나'의 독백 속에 섞여서 진술된다. '당신'이 눈을 감고 바라보는 울고 있는 한 아이의 존재는 '당신'과 독자가 어둠 속에서 탐색하여야 할 텍스트의 숨겨진 의미이다. 아이의 울음은 바로 텍스트의 존재를 알리는 것이다. 단편적 이미지로 진술되던 어둠 속 아이의 영상은 '나'와 '당신' 속으로 응축된다. 여기서 '나'와 '당신'의 분별이 없어진다. 실체와 환상은 하나가 되고 여성과 남성을 분별할 수 없는 불투명한 세계에서 작품만이 허구가 아니라, 현실 자체도 허구가 될 수 있다.
　여기에서 작가의 소설쓰기라는 고정개념이 밀려나고, 나와 당신인 '우리'라는 집단이 공유하는 영상이 창출된다. 소설쓰기는 닫혀진 공간 안에서 이루어지는 혼자만의 행위였는데, 이인성의 글쓰기는 닫혀진 공간에서의 글쓰기도 일방통행의 글쓰기가 아니다. 여기서 작가/ 독자의 경계는 무너지고, 창작의 개념이 해체된다.
　작가와 독자는 각기 고유한 역할을 지녀왔다. 작가와 독자는 상호 교환되는 관계가 아니다. 그러나 「당신에 대하여」에서는 작가인 '나'와 독자인 '당신'의 역할이 고정되어 있는 것이 아니다. 나와 당신, 소설가와 독자, 쓰기와 읽기, 이러한 경계는 무너지고, 혼류되면서 '우리'가 함께 텍스트를 창출한다.

포스트모더니즘에 오게 되면 우선 텍스트의 허구성이 강조되고 독자가 저자와 더불어 텍스트의 의미산출에 적극 참여하게 된다. 그렇게 되면 독자는 일종의 공저자co-creator로서 하나의 문학작품의 창조과정을 저자와 더불어 경험하게 되고 또 그 과정에 참여하게 된다.[13)

독자가 공저자로서 참여하게 된다는 개념은 텍스트 밖에서의 행위이다. 그러나 이인성의 경우는 이러한 독자의 참여가 텍스트 안에서 일어난다. 글쓰기 주체자로서 유일자인 작가 이인성은 사라지고, 그 자리에 독자인 '당신'이 존재한다. '당신'의 역할이 '읽기'에만 국한된 것이 아니라 '나'와 함께 텍스트 창조의 과정에 참여하게 된다.

글쓰는 주체인 작가와 대상인 소설, 읽는 독자가 분리되던 전통적인 글쓰기의 구조는 해체되고, 작가−작품−독자 모두가 이인성의 소설쓰기의 내역으로 구성되고 있다. 이인성은 소설을 소설가의 전유물(창작물)로 보지 않고, 작가와 독자간의 상호교류에 의해 창출되는 결과로 보고 있다. 텍스트가 작가의 창조물이라는 개념은 파괴된다. 이인성은 독자가 텍스트의 불확정적인 틈을 채우거나, 문학적인 효과를 구체화하는[14) 역할을 수행하는 것으로만 본 것이 아니라, 독자도 함께 텍스트를 창출한다고 본다.

여기서 '나'는 '당신'으로 겹쳐지고, '나'의 역할이 '당신'에게 자연스럽게 연계되고 있다. 여러 '당신'들은 텍스트 안에서 '나'와 혼류되면서 함

---

13) 김성곤(1993), 앞 쪽, 62쪽.
14) 잉가르덴은 픽션이라는 문학텍스트 내의 '불확정적인 부분'을 제거하거나 채워나가는 것이 독자의 역할이라고 밝혀 냄으로써 독자의 중요성을 부각시켰다. 한편 이저는 이 '불확정적인 부분'을 제거, 보충하는 행위만이 아니라 이 불확정적인 부분들로 인해 야기되고 있는 '문학적 효과'도 독자가 구체화하고 있다고 본다.
   차봉희(1992) 앞 글, 105쪽.

께 글쓰기를 하게 된다.

4. 대화적 글쓰기

「당신에 대하여」는 인물의 성격 묘사나 행위의 인과관계를 서술하는 것이 아니라, '나' 혼자만의 말하기로 전개된다. 작품의 구성 자체가 플롯의 전개에 의존하는 것이 아니라, 텍스트 전체가 '나'의 진술에 의해서만 구성되고 있다. '나'는 '당신'에게 말하고 질문하고 대답하며, 또 진술하고 그것을 번복하기도 한다. '당신'과 나누는 이러한 대화는 '나'의 상상에 의해서만 이루어진다. 그러므로 '나'의 말하기가 내러티브가 되고 '나'의 독백이면서 대화인 이중적 서술기법을 보여주고 있다.

또한 이인성의 글쓰기는 언어유희와 진술의 다양성으로 텍스트를 형상화하고 있다.

4.1. 질문과 대답

「당신에 대하여」에서 대화체의 글쓰기는 질문과 대답이라는 구조로 이루어진다.

그것도 암담하기 그지없는 숨가쁨, 특히 마지막 질문이 덧붙여진 순간은, 갑자기 내가 나에게 당한 듯이 허망하게 무너지는 기분이었다. 당신의 대답이 전혀 들리지 않았으니까… 뭐? 당신의 대답이 들리지 않았다고? 그럼, 방금 내가 당신의 대답을 즉각적으로 듣고야 말겠다는 심산으로 그 질문들을 퍼부었단 말인가? 두말할 나위 없이 당연한 결과가 초래되리라는 것도 잊고?… 바보 같으니! 지금 여기서 당신의 대답을 판별해 낼 수 없음은, 뭐랄까, 애당초 절대적

인, 그리고 끝끝내 돌이킬 수 없는, 그래서 죽음처럼 숙명적인 현실
이요 조건이 아닌가. (14쪽)

1인칭 독백이지만 진술내용으로 보면 '당신'에게 질문을 던지고 있다.
그러나 '나'와 '당신'의 상호간의 대화가 아니므로, '당신'의 음성은 들리
지 않고 '나'의 목소리만 들린다. 이러한 대화체는 '나'의 독백이면서 질
문과 대답이라는 이중적 효과를 기대하는 담론형식이다. 독자에게 던진
질문이 다시 자신에게로 되돌아오는, 그래서 화자 자신이 대답하는 되묻
기형 독백체이다.

　　천천히, 다시 시작하자. 문제의 첫 질문으로 돌아가서: 보았는가,
　바로 지금 거기서 이 소설을 앞에 둔 당신 자신을? 그러면 무엇을
　보았는가, 당신 자신으로부터? 당신의 옷차림을, 당신의 자세를, 당
　신의 몸 생김새를, 이 책을 붙들고 있는 손 모습을? 또?…그리고
　그 보이는 것 너머로 무엇을?… (15쪽)

독백이면서 대화체이고, 대화이면서 독백체인 '당신'의 대답은 지워진
채 '나'의 음성만 들리는 허구적 대화이다. 그러므로 "당신의 직접적인
대답이 목적은 아니다."(15쪽)라고 말한다. '나'는 질문을 하지만 그 대답
은 자기 자신에게 있다. "무엇보다도 당신이 당신에게 확인되기를 원한
다."(15쪽)는 것, 이렇게 이미 대답은 준비되어 있다. 그러므로 대화자는
상상 속에 존재한다.
　텍스트 전체가 '나'가 '당신'에게 말하는 형식의 글쓰기인데, 그 중간
에(22~25쪽) '그'와의 대화가 끼어든다. '나'와 '그'가 질문하고 대답하는
토론 형식이다. '나'는 묻고 '그'는 대답하고, '당신'의 대답은 들리지 않
으므로 '당신'의 대답자리는 빈칸으로 비워둔다. '나'와 '그'가 나누는 토
론은 문학이란? 작가란? 독자란? 문학이 사회를 위해 무엇을 해야 하는

가에 대한 것이다. 이러한 토론체 대화는 '나'의 상상으로 꾸며지므로, '나'의 질문에 대답하는 '그'도 사실은 가상적 존재이다. 결국 '나' 혼자 말하기로, 질문과 대답이 텍스트의 틀을 형성하면서, '이야기꾼'인 이인성의 문학관이 점층적으로 밝혀지고 있다.

이렇게 이인성이 끊임없이 '당신' 또 '그'에게 질문하는 이유는 무엇일까? 바로 여기에 작가가 '당신들'에게 말하고자 하는 의미가 숨겨져 있다.

"이런 소설을 쓰는 건 바로 이 소설을 읽는 독자로서의 당신을 해방시키기 위해섭니다."

"해방된 사회의 해방된 독자는 최소한 주체적인 사고인이자 몽상가여야 합니다. 그 때 작가란 단지 그 사고와 몽상의 계기를 그답게 주체적으로 마련해 줄 뿐이지요."

위와 같은 것들이 이인성이 묻는 질문에 담겨진 대답들이다.

마지막으로 이인성은 "이 소설을 읽고 난 후의 당신은, 이전의 당신과 실오라기 간격만큼이나 달라진 어떤 당신일까?" 라고 묻는다. 당신이 변하기를 바라는 이러한 진술은 이인성이 궁극적으로 목표하는 핵심이다. '무엇인가 다른 존재'로 변하는 그 자체가 소설읽기의 목적이며 소설 쓰기 그 자체이다.[15] 독자가 소설을 읽고 달라지는 것이 바로 소설쓰기 그 자체이며, 참여이다. 나와 당신이 우리로 변화되고 성숙하는 것이다.

이러한 질문과 대답이 계속되면서 텍스트의 구조의 틀을 꾸미고, 의미를 산출하고 있다.

---

15) 문학텍스트는 수용자와의 소통과정에서 비로소 구체화될 수 있다. 한 편의 문학텍스트를 읽고 구체화하는 경우, '텍스트가 무엇을 의미하는가' 하는 질문을 내세우기보다는 '텍스트를 통해서 우리에게 무슨 일이 일어나는가'를 성찰해 보아야 할 것이다. 이것이 곧 텍스트의 <수용>과 <영향>의 과정이며, 작가-텍스트-독자-작품 간의 소통과정에서 완수된다.
앞 글, 113쪽.

4.2. 진술과 번복

이인성의 글쓰기에서 빈번히 나타나는 특징 중에는, 진술과 번복이 반복되고 있는 것을 볼 수 있다.

① 독자여! 속물이여! 개새끼여!

② 나 – 나? 나, 누구? –로서는 그러고 싶은 생각이 전혀 없다.

③ 아니, 아무래도 '전혀'라는 말은 좀 거짓이다. 죄송하다.

①②③에서 볼 수 있듯이 자신의 진술을 계속 번복하고 있음을 알 수 있다. '독자여!'라고 친근하게 부르는 목소리는 다시 '속물이여! 개새끼여!'라고 하였다가 그럴 의도는 전혀 없었다고 말하다가, 전혀라는 말은 좀 거짓이라고 고백하기도 한다. 이러한 진술은 독자를 가까이 끌어들이려는 의도를 지니면서 동시에 빈정거림을 드러내는 발화자의 이중적 심리를 노출하고 있다. 한 화자의 음성에 진술과 번복이라는 이중의 어조를 겹치게 하는 이러한 아이러니는 진술내용의 의미를 해체하고 있다.

이러한 자기 진술의 해체는 언표내용에 대한 의문을 표출하면서 의미화된다. 화자의 이러한 이중적인 태도로 인하여 텍스트 문맥들은 진실과 허위로 혼합되고, 진술내용은 모호하고, 애매성과 이질성으로 인해 다음성적 양상을 띠게 된다.

또한 진술과 번복을 통하여 나/당신의 역할과 정체성에 대한 자각과, 존재에 대한 인식의 과정이 표출되고 있음을 볼 수 있다. "그런데 또 한 번 뒤집자면, 다시 그럼에도 불구하고, 당신이 거기서 여기까지 계속 읽었다는 명백함이 놀라운 것이다."(16쪽)라고 독자를 의식하는 이러한 진술은 역설적으로 소설가의 자의식이 노출되면서 독자와의 거리감을 의식하는 것이다. 이렇게 화자의 부정적, 조소적인 태도가 드러나고 있다. 이것은 독자의 시선을 끈다. 독자의 저항감, 거부감 등을 역전시키며, 독자의 반응을 적극적으로 유도하는 효과를 기대하고 있다.

특히 '나'의 말하기(또는 이인성의 글쓰기)에서 '그러나, 그러므로, 그럼에도 불구하고, 그러면' 등이 자주 나타나는 문맥에서 볼 때, 화자는 처음 진술을 한 후에 다시 번복하거나 비판적인 진술을 겹쳐 놓는다. 번복은 반복의 또 다른 양상이다. 이렇게 이인성은 글쓰기에서 전언들이 단선적으로 의미화 되는 것을 거부하고, 복합적 채널로 전달되게 한다.

위에서 살펴 본 바와 같이 이인성의 「당신에 대하여」는 서사의 전개가 아니라, 진술의 다양성이 텍스트의 구성 요소로써 기능하고 있다.

5. 마무리 글

「당신에 대하여」는 텍스트 밖의 범주인 작가와 독자를 허구의 세계에 등장시켜 작가와 독자의 역할, 작가와 독자의 관계를 조명하고 있다. 실제작가 이인성이 '나'로 나타나 독자인 '당신'과 대화하는 형식으로 쓰여진 글이다. 그러나 '나' 혼자의 음성만 들리는 독백체의 대화적 글쓰기이다.

실제작가가 허구의 공간에 등장함으로써 현실과 허구의 경계는 무너지고 자기를 타자화하는 시선을 지니게 되며, '나'는 작가 역할을 수행하면서 자기 정체성에 갈등을 드러내는 자아반영적 소설이다. 또 이야기꾼인 '나'가 독자인 '당신'에게 직접 말을 하면서 독자를 텍스트 안으로 끌어들이고, '당신'의 역할에 대해서 이야기한다.

질문형식의 대화체 독백에 초점을 둔 서술전략을 사용하는 이인성의 글쓰기는 텍스트의 서술양식 그 자체를 전경화하여 텍스트를 의미화하고 있다. 그리하여 소설쓰기와 소설읽기가 계속 교차되면서 허구세계가 구성된다. 따라서 독자의 독서행위 그 자체를 진술하면서 한편으로는 텍스트가 생성되어가는 것을 보여주는, 그 자체를 창작의 대상으로 하는 소설쓰기의 소설이다. 수용미학에서 중요시하는 독자의 존재를 부각시키고, 독자를 텍스트 안으로 끌어들여 권위적인 작가와 동등한 위치에 놓았다.

이인성의 글쓰기에서는 작가의 자의식이 드러나고, 독자의 정체성에 대해 탐색하고 있다. 그리하여 이인성의 '당신'의 소설쓰기는 우리가 무엇인가 다른 존재가 되어가는 그 자체를 쓰고 있다. 그러므로 완결된 텍스트가 아니라, 소설쓰기와 소설읽기의 한 역동적인 구조물로서 진술되는 것이다.

「당신에 대하여」에 나타나는 '나는 누구인가?' '당신은 누구인가?'라는 질문들은 「나의 자기 진술, 당신의 심문에 의한」 「당신 자신인 당신을 향한 물음들」에서도 똑같이 되풀이 탐색되고 있다.

「그는 왜 그럴 수밖에 없었을까」 등 '그'에 대한 소설쓰기에서도 픽션의 외부세계에 존재하고 있는 현실세계의 허구성을 쫓아가고 있다.

지금까지 이인성의 텍스트 읽기를 하면서 낯설고 뒤엉킨 세계를 걸어왔다. 그래서 지금-나, 는 무엇인가 달라진 나를 발견하였는가? 글쎄, 아직 혼돈스러울 뿐이다.

이인성은 현실세계를 허구세계로 끌어들여, 현실과 허구의 경계를 무너뜨리고 있다. 이렇게 현실인지 허구인지 분별할 수 없는 세계에 살고 있는 우리들-나, 당신, 그-의 정체성을 확인하는 작업이 일회적일 수 없지 않는가. 나란 누구인가에 대한 물음은 끝날 수 없다.

최수철의 「화두, 기록, 화석」

한 혜 선

1. 들어가는 글

최수철은 '소설쓰기'가 아니라, '글쓰기'에 대한 문제를 파고들며, 왜 쓰고 있는가 라는 물음을 던지고 있다. 이러한 물음에 대한 의미찾기는 글쓰기 행위를 전경화시키게 되고, 글쓰기 그 자체에 관심을 가지게 한다.

최수철에게 있어서 글쓰기는 세계를 바라보는 통로이며, 삶의 현장을 인식하는 한 방식이다. 이러한 인식론적 탐구는 글쓰기를 자아의 존재론적 위상과 관련짓게 한다. 최수철은 거울을 외부세계를 향하여 놓았으나, 거울 속에는 자기 자신의 모습이 반사된다. 외부세계를 향하여 있는 거울 혹은 눈은 자기발견의 또 다른 통로이기 때문이다. 「화두, 기록, 화석」1)에서 최수철은 '글쓰는 이'에 투시된 현장, 그 대상을 충실하게 기록함

---

1) 최수철(1987), 「화두, 기록, 화석」『화두, 기록, 화석』, (문학과지성사), 198-270쪽.
  「화두, 기록, 화석」(1987년) 「알몸과 육성」(1988년) 「얼음의 도가니」(1993년)는 소설 속에서 글쓰기 또는 소설쓰기를 하고 있는 소설가소설이다.

으로써, 현실과 허구를 가르는 틀을 투명하게 하고, 글(말)의 근원으로 돌아가려 한다.

최수철의 이러한 글쓰기에 대해 김윤식은 "「화두, 기록, 화석」에서 인간에 있어 '말'이란 무엇인가, 곧 '의사소통이냐, 그 이상이냐'에 관한 형이상학적인 물음을 던지고 있다."고 하면서 또 "최수철은 글쓰기보다 일층 본질적인 것에 도전하고 있는데, 그것은 글(말)이란 무엇인가."2)를 탐색하고 있다고 하였다.

신범순은 "그의 글쓰기는 이청준에게서 시작되었던 새로운 글쓰기의 발전된 모습들을 담고 있으며, 말과 글쓰기라는 중심적 주제로 주인공이 지향하고 있는 것은 '행위의 글쓰기'이다. 육체의 언어를 이 소설에서 글쓰기의 궁극적인 목표로 내세우는 것처럼 보인다. 말 속에 스며 있는 제도화된 권력들에 대한 투쟁을 웅변적으로 외치지 않아도 이미 그 자체로 비판적이다. 최수철은 그것을 사유와 글쓰기의 뒤집힘을 통해서 이루려 한다."3)고 하였다.

서종택은 "최수철의 작품들이 보인 메타픽션적 실험기법은 일단은 포스트모던 소설의 한 징후를 드러낸 경우이다. 그것은 객관적이고 계획적이고 재현적인 사실주의적 언어관에 대한 회의 뿐만 아니라, 글쓰기의 불확정성과 휴의성 혹은 자족적 성격을 강하게 드러내고 있기 때문이다. 「화두, 기록, 화석」에서 현대사회에서의 쓴다는 행위에 대한 자아성찰의 한 모습을 보여준 이후, 그가 추구하는 바 이러한 언어적 존재로서의 인간 혹은 인간과 언어와의 거리 등에 대한 탐색의 방식은 그 나름의 의의와 가치를 지니고 있다."4)고 했다.

---

2) 김윤식(1989), 『80년대 우리 소설의 흐름 2』, 서울대학교 출판부, 79쪽, 150쪽.
3) 신범순(1993), "작은 시선의 해부학과 글쓰기의 경계", 『글쓰기의 최저 낙원』, 문학과지성사, 261~270쪽.
4) 서종택(1994), "포스트모던 소설의 의미와 한계", 『포스트모더니즘과 문학비평』, (고려원), 215쪽.

그러나 본고에서는 최수철 글쓰기의 중심찾기가 아니라, 글의 테두리 (틀)를 살펴봄으로써, '면밀히 읽는' 독자로서 최수철 글 따라가기가 아니라, 글 뒤집기(흩뜨러트리기)를 해 보고 싶다. 최수철은 겉이야기부터 썼을까, 속이야기부터 썼을까? 글쓰기 행위를 하고 있는 현장(현실)과 기록 (허구), 그 경계의 틀은 존재하는가? 어차피 읽는 이에게는 허구만이 있을 뿐이다. 「화두, 기록, 화석」이 소설인가, 글조각인가? 이러한 의아함과 혼돈 속에서 「화두, 기록, 화석」을 다음과 같은 관점에서 읽어보려 한다.

하나, 쓰기와 읽기의 경계.(텍스트와 작가, 텍스트와 독자의 관계)

둘, 글쓰기 행위, 그 자체에 집착하고 있는 '쓰기'의 담론.

셋, 메타담론(열림의 글쓰기)을 중심으로 들춰보겠다.

2. 겉 이야기의 글쓰기

2.1. 읽는 이와 텍스트 관계짓기

「화두, 기록, 화석」은 "이 글은 박창도라는 사내에 대한 이야기이다"라고 시작한다. 그러나 작은 암자에서 사라진 박창도라는 사내의 정체를 탐색하거나, 그에 얽힌 인간사를 이야기하고 있는 것이 아니라, 박창도의 글쓰기 행위에 대한 진술이다. 서사문학의 중요한 요소인 서사(이야기)가 전개되는 것이 아니라, 글쓰기 자체에 대한 행위와 언술만이 진술된다.

「화두, 기록, 화석」은 이중의 담론구조로 이루어진다. 하나는 박창도의 글을 읽고, 그 기록들을 엮는 역할을 담당하고 있는 '나'의 담론이다. 다른 하나는 글쓰기의 행위를 하며 기록하는 박창도의 담론이다.

"나는 이 글의 앞 부분에서만 서론적으로 몇 마디 나의 말을 늘어놓을 것이고, 나머지 부분은 직접 그가 쓴 글들로 대치할 것이다."(198쪽)라는 진술에서 보듯이 '나'의 담론은 처음에 위치하고, 박창도의 담론이 본론이 되는 서술구조이다. '나'의 담론은 겉 이야기를, 박창도의 기록은 속이야기를 이루는 액자형 구조이다. 이같은 박창도의 글쓰기 행위의 기록들을 모자이크한 것이 「화두, 기록, 화석」이다. 그러나 작가인 최수철이 직접 모자이크한 기록들을 독자들에게 제시하는 것이 아니라, 여기에 중간 매개자를 등장시키는 서술전략을 쓰고 있다. 이 중개자가 '나'라는 화자이다.

먼저, 겉 이야기의 담론구조부터 살펴보자.

첫번째 서술자인 '나'를 보면, 나는 박창도의 글을 읽는 자이면서 글을 엮는 자라는 이중의 역할을 담당하고 있다. '나'는 박창도의 글 조각들을 짜 맞추어 긴 이야기로 만든다. 그러니까 박창도의 기록인 글조각들은 '나'에 의해서 전체로 형성되고, 완결된다.

텍스트는 쓰여지는 것으로 완성된 것이 아니라, 읽힘으로써 완결된다. 텍스트는 불확정성이기 때문에 독자가 빈자리를 메꾸면서 읽음으로써 완결된다는 말이다.5) '나'는 박창도의 글을 읽는 독자이면서 동시에 글을 완결시키는 역할과 기능을 담당하고 있다. 여기서 최수철은 '나'를 단지 겉 이야기의 서술자로만 머물게 하지 않는다. '나'는 박창도의 글을 읽는

---

5) 독자가 텍스트 속에 들어있는 낯선 경험들을 자신의 경험과 연결시켜 주는 미정성에 근거하여 이루어지며 이 미정성이 담겨진 형식은 '빈자리 Leerstelle'라 일컬어진다. 이저는 텍스트에 빈자리가 생기게 하는 형식적 조건들의 목록을 제공한다.—절단기법, 몽타쥐기법, 단절기법, 서술된 이야기를 관점적으로 와해시키면서 독자에게 보다 넓은 평가가능성을 부여하는 화자해설, 서술의 초점세화, 넓은 의미에서의 낯설게하기 기법 등등, 이 빈자리에 의해 야기된 미정성은 그것이 독자에게 친숙한 것들의 배경과 관계지워질 수 있는 정도만큼만 그의 호소작용을 전개할 수 있다. 다시 말해 독서과정에서 소통적 미정성과 확정성의 보충적인 관계가 없이는 텍스트와 독자간의 상호작용은 일어날 수 없다.
이유선(1992), "작품의 수용과 영향, 독자의 능동행위", 『수용미학』, (고려원), 123쪽.

이, 엮는 이, 완결시키는 이라는 것을 분명히 밝히고 있다.

'나'가 '박창도'와 만나고, 그의 원고를 읽게 되는 과정은 다음과 같다.

작은 암자에는 고시공부를 하는 청년들이 있었는데, 나는 옆방의 박창도와 친하였다. 어느 날, 박창도가 사라진 후, 나는 그의 방에 들어갔다가 그가 읽는 책들이 철학서적, 문학서적, 교양서적들인 것을 보게 된다. 작은 암자의 다른 청년들은 세속적인 출세를 위하여 '세속적인 공부'를 하고 있는데 '그는 우리와 달랐던 것'을 깨닫게 되면서, 나는 부끄러움을 느낀다.

한달이 지나도 박창도의 행방이 묘연하자, 옥수사 주지의 부탁으로 나는 박창도의 소지품을 정리하여 보관하게 된다. 그의 서랍에는 '갖가지 필기도구'-만년필, 볼펜, 연필등 각 종류, 갖가지 색깔, 또 불에 타 이그러진 것, 부숴 놓은 만년필, 온갖 방법으로 파괴된 - 모든 쓸 것들이 총망라되어 있었다. 또 '온갖 종류의 종이' - 이백자, 사백자, 팔백자 원고지, 갱지, 타이프지, 미농지, 복사용지들이, 백지 또는 글씨를 빽빽히 쓴 것, 또 몇 개의 문장만 쓴 것 등이 쌓여 있었다.

나는 박창도의 물건들을 상자에 넣어 가능한 한 눈에 띄지 않게 벽 구석에 놓고 이불로 가린다. '마음의 평화'를 얻게 되지 못할 것이라는 불안감 때문에, 나는 박창도의 원고에 접근하기를 두려워한다. 그 물건 상자들을 이불로 가린다. 이불을 깔면 그 원고 상자들을 보게 되므로, 이불을 펴지도 않은 채 잠자곤 한다. 며칠 후, 나는 옥수사의 청년들과 시험 보기 전 마지막 술자리를 하게 되고, 혼자 남아 새벽녘까지 더 마신 후, 걸어 돌아오면서 박창도를 회상하며 그리움에 젖는다. 나는 피곤하여 이부자리를 펴고 자리에 누웠는데, 그 때 무슨 소리가 들린다. 무어라고 속삭이는 소리, 종이가 바스락거리는 소리, 펜이 그어지는 사각거리는 소리를 듣는다. 종이에 쓰는 '그 소리는 대단히 유혹적'이었으며, '누군가 달필임'을 알 수 있었다. 이렇게 해서 '나'는 박창도의 '기록'인 원고를 읽게 된다. 곁 이야기에서 독자와 '글'과의 만남을 진술하고 있는 것이다.

문학작품이 완성되기 위해서는 독자와 작가의 만남, 텍스트와의 만남이 있어야 한다. 독자가 텍스트를 읽어야만 비로소 그것이 문학작품으로 완성되기 때문이다.[6] '글'은 '나'의 세속적인 출세 지향적 삶에 부끄러움을 촉발시키는, 세속적인 가치에 대한 파괴본능을 되살아나게 하는 가치를 지닌다. '나'(독자)는 부끄러움을 느끼지만 마음의 평화를 얻지 못할거라는 불안감 때문에 '원고'들을 피하고, 이불로 가렸다. 그러나 '종이들이 바스락거리고' '펜촉이 사그락거리'는 그 소리의 울림을 피할 수 없었다. 그 글들이 '나의 존재를 압지처럼 빨아들이려 한다면 기꺼이 응해 줄 수도 있다.'는 생각으로 고시가 얼마 남지 않았는데도 법률서적을 모두 치우고 '원고'들을 읽기 시작한다. '나'는 박창도의 글을 읽으면서 '내밀한 기쁨으로 손끝이 떨리는 것을' 느낀다. "이제, 나만이, 오직 나만이 그들을 완성시킬 수 있는 것이었다."(206쪽) 이러한 만남을 거쳐 독자(나)와 텍스트(원고)의 소통이 이루어지고, 「화두, 기록, 화석」은 문학작품으로 완성된다.

"어차피 그것들은 글쓴이의 손을 떠난 이상 읽혀질 수 있는 권리가 있는 것이었다."(206쪽)라고 진술한 것은 박창도의 원고들이 박창도의 것이 아니라, 글 그 자체로 존재한다는 것을 의미한다. 글은 작가를 떠나서 독립된 존재로 되며, 독자와의 만남을 통해 작품으로 완성된다.

두번째 단계로 '나'의 책읽기를 끝낸 후, 어떤 일이 일어나는가를 살펴볼 수 있다.

텍스트는 독자에 의해 완결되고 문학작품으로 완성된다. 그리고 독자

---

6) 볼프강 이저는 문학텍스트와 문학작품을 구별하고 있다. 문학텍스트는 독자의 독서행위를 통해서만 완성된다는 수용미학적 견해이다. 작가가 창작해 놓은 지시적 제시물인 창작품을 문학텍스트라 하고, 이것을 독자가 읽고 이해하고 결국 새로운 개념으로 만들어 낸 것을 문학작품이라고 한다.
　이성호(1992) "영향과 수용의 상호소통" 『수용미학』, (고려원), 149-150쪽

가 문학작품에 의해 어떤 영향을 받았는지 하는 상호소통의 관계를 보아야 한다.7) '나'는 박창도의 글을 읽은 후, 물 한 모금으로 저녁 식사를 때우고 산책을 하는데 풀과 나무들이 '전혀 새로운 모습'으로 비치고, "사년, 혹은 오년 전의 나 자신으로 돌아간 듯한 기쁨"을 느낀다.

독서행위를 통해 자신의 변화를 체험한 '나'는 그 글들을 엮어서 알리고자 하는 욕구를 느낀다. 이것은 텍스트 읽기를 마친 후, 독자에게 무슨 일이 일어났는가를 진술하고 있는 것이다.

2.2. 읽기에서 글쓰기로의 전환

'나'는 박창도의 글 조각들을 짜 맞추는 '엮는 이'의 역할을 담당한다. 겉 이야기 화자인 '나'는 엮는 이의 글쓰기 과정을 진술하고 있다. 속 이야기의 '글'이 박창도가 쓴 기록이라고 진술하여, '엮는 이'와 엮어진 '기록' 사이에 서술적 거리를 확보한다. '나'가 박창도의 글을 엮는다는 것은 또 하나의 쓰는 행위가 된다, 여기서 '나'의 글읽기는 글쓰기로 전환된다. 독자의 글쓰기인 것이다. "나로 하여금 이 긴 이야기를 만들게끔 한 유일한 동기이다. 즉, 나 자신도 이 글을 쓴다는 행위를 통해서 그에 대한 보다 구체적인 이해에 접근하고자 하는 것이다."(198쪽)라는 진술에서, '나'는 독자이면서 글을 쓰는 이중의 행위자로 참여하게 된다. 나의

---

7) 문학텍스트는 수용자와의 소통과정에서 비로소 구체화될 수 있다. 따라서 우리는 한 편의 문학텍스트를 읽고 구체화하는 경우, '텍스트가 무엇을 의미하는가'하는 질문을 내세우기보다는 '텍스트를 통해서 우리에게 무슨 일이 일어나는가'를 성찰해 보아야 할 것이다. 이것은 곧 텍스트의 '수용'과 '영향'의 과정이며, 작가-텍스트-독자-작품 간의 소통과정에서 완수된다. 무엇보다도 문학텍스트의 특수성, 즉 심미적 효과의 조건이 되고 있는 텍스트 내의 '불확정성'은, 이것을 계속 축소 또는 보충해 나가는 심미적 독서행위 자체가 곧 '문학적 소통'의 기본 조건이 되고 있기 때문에 '문학적 소통'을 전제로 하고 있다. 따라서 '문학텍스트의 구체화'는 문학적 소통 과정에서 이루어지고 있다.
차봉희(1992) "작가·작품보다 독자 중심으로" 「수용미학」 (고려원), 113쪽.

'글쓰기'는 작가와 작품을 이해하기 위해서이며, 글쓰기를 통해 독서행위는 완결된다. '나는 그 글들을 통해 내 속에 있는 그의 모습들을 완성시킨 것이 아니라 그것들 자체를 완성, 혹은 완결시킨 것이었다.'(207쪽)에서 나는 단지 박창도를 이해하기 위해서만이 아니라, 글의 완결을 위해 나의 글쓰기를 행하려 한다.

겉 이야기의 서술자인 '나'는 속 이야기에 어느 정도 개입하고 있는가를 밝히고 있다. 다른 액자형 소설들에서도 겉 이야기의 화자가 속 이야기에 개입하는 것을 볼 수 있다.8) 또는 드러나지 않게 속 이야기를 정리 요약한다.9) 그러나 최수철은 '나'가 글을 읽는 이이면서 동시에 글쓰는 이라는 이중의 행위자로 참여하게 하는 새로운 전략을 보여준다. 그럼으로써 독자의 역할과 기능을 증폭시키고 있다.

'나'는 박창도의 글을 완결시키기 위해서 다음과 같은 서술전략을 쓰고 있다.

하나는, 단편적인 기록들을 엮어서 전체를 이루게 하는 방법이다. '나'는 속 이야기의 글들을 소설이라 지칭하지 않고, 기록이라 한다.

> 말하자면 이 글은 일종의 조각그림 맞추기에 다름아닐 수도 있는 것이다. 하지만 나는, 조각 그림들이 하나의 전체를 형성하듯이, 달리 말해서 각각의 색유리 조각들이 모여 하나의 훌륭한 모자이크화를 이루듯이, 이 글이 일단 완결이 되고 나면 평소에 그가 이루

---

8) 김동인의 「배따라기」, 「광화사」 등을 보면 겉 이야기의 화자는 속 이야기에 관여하여 설명, 편집, 요약하고 있다. 「광화사」의 겉 이야기 화자인 '여'는 소설가로서 솔거의 이야기 쓰기 과정을 진술하고 있지만, 「화두, 기록, 화석」의 겉 이야기 화자인 '나'는 엮는이로서의 글쓰기를 보여주고 있다.
   한혜선(1993), "김동인의 서술법 연구" 『구조와 분석』, 도서출판 창, 참조.
9) 나도향의 「벙어리 삼룡이」, 김동리의 「무녀도」등에서는 겉이야기의 화자는 속 이야기와 관련성이 적다. 겉이야기는 '나' 일인칭 서술자이고, 속이야기는 3인칭 서술자인데, '나'와 속이야기의 영향관계는 서술되지 않는다.

고자, 지향하고자 했던 바를 충분히 드러낼 수 있으리라 믿고 있다.
(198쪽)

속 이야기는 박창도의 일기, 메모, 기록 등 단편적인 글들을 엮은 것이
므로 모자이크, 또는 콜라쥐 형식을 취한다. 박창도의 단편적인 기록들은
불확정성의 텍스트이므로 '나'의 적극적인 글읽기가 요청된다. 이러한 틈
새에서 '나'의 글쓰기가 가능해진다.

여러 형태의 기록들을 짜 맞추어 열거하는 방식은 사건전개의 인과적
고리를 중시하는 전통적인 서사방식에서 벗어난다. 글의 형식이 단편적
기록들이라는 것, 또 부분적으로 발췌했다는 사실, 시간적 논리적 연계성
을 무시했다는 점들을 진술함으로써 처음부터 글의 구성전략을 드러내는
수법을 쓰고 있다. 이것은 단편적인 기록에 충실하여 그것에서 드러나는
효과, 전체적인 의미 포착을 중시하려는 서술전략이다.

둘, 서술전략과 주제를 먼저 진술하여 글쓰기의 의도를 드러내고 있다.

> 또한 이 글들은 대부분 삼인칭으로 되어 있는데, 간혹 글쓴이 자
> 신의 이름이 드러나고 있다. 이것은 내가 일부러 그렇게 한 것이
> 아니라 원래 원고에 그렇게 되어 있었다는 것을 염두에 두었으면
> 한다. 끝으로 사족이 될지 모르지만, 이 글의 주제는 결론삼아 맨
> 뒤에 배치하였는 바, 글쓴이는 이 글을 통해 글쓰기 그 자체, 혹
> 은 글쓰기 이전의 상태를 글쓰기의 대상으로 삼았다는 점을 이해
> 한다면 아마도 읽는 이로서 이 글에 초점을 맞추기가 한결 수월
> 할 것이라고 믿는다. (208쪽)

'나'는 박창도 기록의 서술 주체자의 인칭을 분명히 밝히고, 주제를
'암시'하는 것이 아니라 '명백히' 진술하고 시작한다. 이러한 전략은 작가
가 실제독자의 책읽기의 방향을 유도하는 것이다. 나는 단순히 기록의

조각들을 짜 맞추는 것이 아니라 '어떤 일관된 주제를 따르고' '중요한 것들만 발췌'하여 박창도의 의도를 충분히 전달하고자 한다. 또 '그 글들을 모아 그 누군가를 위하여 읽기 편하도록 일목요연하게 제시'하여 독자의 이해를 돕기로 결정한다. 여기서 '나'는 누군가 다른 독자를 생각하고 있음을 알 수 있다. 「화두, 기록, 화석」을 읽는 텍스트 밖의 실제독자를 위하여 일관된 주제에 따라 발췌하는 글쓰기 방법을 택하고 있다. 최수철은 작가, 작품, 독자의 관계짓기를 의식하고 있는 것이다.

'나'는 박창도 기록의 독자이고, 속 이야기에는 존재하지 않는다. '나'의 글을 읽는 텍스트 밖의 독자는 글 속에는 존재하지 않는다. 그러므로 내포독자에 의해서 실제독자가 텍스트 안으로 스며들어서 경계가 무너지는 것을 볼 수 있다. 실제독자와 내포독자를, 내포독자와 화자를, 화자와 내포작가를, 그리고 내포작가와 작가를 분리할 수 없게 된다. 이러한 경계들이 무너지면서 독자는 화자로, 화자는 작가로 전환되는 서술전략을 보여준다. 박창도의 글쓰기가 '나'의 글쓰기에 의해서 완결된다는 것은, 텍스트는 작가에 의해서가 아니라 독자에 의해서 완결된다는 해석을 가능하게 한다. 「화두, 기록, 화석」은 첫번째 서술자인 '나'의 읽기에 의해 완성된다.

셋, 열림의 글쓰기와 울림의 교감을 욕망한다.

> 아무쪼록 이 글을 읽는 이들이 독서를 마치고 났을 때, 내가 그러했듯이, 이 글을 읽은 이로서 밤늦은 시각 잠이 들기 직전에 여기에서 들려오는 사각사각 소리, 바스락거리는 소리를 들을 수 있었으면 하는 것이 이 글을 엮은 이로서의 한 가지 바람이었다.
>
> (208)

바스락거림은 독자와의 만남이며 소통이다. 글쓰는 이의 최종 욕망은 타자와의 교감이다. 글은 스스로 울린다. 바스락거림 - 울림의 글쓰기,

이 소리는 글쓰기의 욕망을 자극하고, 또 다른 글쓰기의 동기를 유발한
다. 다시 반복되는 열림의 글쓰기이다.

3. 속 이야기의 글쓰기

3.1. 글쓰기의 현장성

‘그’는 편집증일 정도로 글쓰기에 집착하여, 한 순간도 놓치지 않고 메
모하려고 한다. 그의 글쓰기가 소설이라기 보다 단순히 메모나 기록이라
고 하는 것은 단편적이며 그때그때의 현장성만 존재하기 때문이다. 글쓰
기의 현장을 구체적으로 살펴보면 다음과 같다.

① 차 안에서 글쓰기 — 달리는 차 안에서 볼펜을 꺼내 수첩에 글을
쓰려고 하나, 계속 흔들려 포기한다.

② 잠들기 전에도 — 글을 쓰려고 백지와 만년필 그리고 손전등을 준
비하고, ‘생각’이 떠오르기를 기다린다. 생각의 편린들은 의식의 포충망
을 벗어나고 있다. 부글부글 끓고 있는 상념들을 길어내지 못하고 있다.
글쓰기의 어려움을 넓은 호수에서 물을 모두 퍼내야 하는 소년에 비유하
고 있다. 막막함, 무기력함에 지치고 있다고 진술한다.

③ 행군을 하면서 — 군대에서 행군을 하면서도 어둠 속에서 메모를
한다. 어떤 기발한 생각이 떠 올랐을 때 그것을 메모하지 않는다면, 행군
이 끝나고, 기억하지 못하면 어떻게 할까하는 불안감에 빠진다. 행군을
하면서 얻는 경험들 중에서 상징적인 의미를 지니는 것들을 화두로 삼아
서 수첩에 적는다.

④ 어둠 속에서 글쓰기 — 행군을 하면서 어둠 속에서 메모한 글들이
나중에 그대로 전달되지 않는다면 무의미한 행위이다. 남들에게 읽혀지

기를 전제로 한 글쓰기이다. 글쓰기 자체에는 만족할 수 없다. 글쓰기는 읽히기라는 행위를 통해 보상을 받아야 한다는 것 등을 생각하며 불안해한다.

⑤ 맨 손바닥에 글쓰기 — 행군하면서 어둠 속에서 당장 생각나는 것을 '맨손바닥에 글쓰기'를 한다. 손바닥의 감촉으로 글을 정확하게 쓸 수 있었다. 그것은 관능적이고 성적 쾌감을 느끼게 하였다. '맨손바닥에 글쓰기 — 관능적'이란 글을 추가한다. 행군 도중 휴식시간에 플래시 불빛을 비추고 손바닥에 적었던 글을 수첩에 옮겨 적는다.

⑥ 그녀가 하는 말 받아쓰기 — 그녀를 처음 만났을 때, 그녀도 전철 안에서 글을 쓰고 있었다. "버스나 전철을 타고 메모하는 것, 드릴이 있거든요."라고 말한다. 그런 그녀도 박창도가 글쓰기에 너무 집착하여 모든 것을 왜곡시키고, 자학적이라고 비판한다. "당신은 미쳤어요. 마치 글쓰기의 마수에 사로잡힌 것 같아요. 당신이 불쌍해 못 견딜 지경이에요."(241쪽)라고 말하는 순간에도 박창도는 그녀의 말을 기록하고 있다. "조금 천천히 말해 줄 수 없겠어? 쓸 말이 너무 많아졌어. 차근차근 말해 줘."라며 현장의 기록, 글쓰기에 충실할 뿐이다. 박창도의 글쓰기는 단순히 메모나 기록의 단계를 넘어서 그때 그때의 현장성을 중시한다.

⑦ 몸에 글쓰기 — 메모를 하고 싶은데 종이가 없을 때, 육체는 훌륭한 종이가 된다. 그녀는 "내 몸에 글자를 적는 순간만은 당신이 평소에 추구해 마지 않던 그 글쓰기의 즐거움이라는 것을 느끼게 해 줄 거예요."(248쪽)라고 말한다. 그러나 그가 글을 쓰지 않자, 그녀는 싸인펜으로 그의 가슴에 글자를 쓰기 시작한다. 그는 싸인펜의 심이 자신의 '몸에 남기는 감촉을 즐기고' 있었다. '푸른색의 작고 차거운 혀'가 그의 몸 위를 달리면서 섬뜩할 정도로 낯선 감각과 동시에 묘한 관능적인 촉감을 주고 있는 것이었다.(249쪽)

⑧ 혀로 글쓰기 — 그는 혀[10]로 그녀의 몸에 쓴다. 인간의 혀는 가장

아름답고 예민하여 훌륭한 붓이었다. "그의 혀는 인간의 언어를 잊어버리고 있었다."(251쪽)

　⑨ 발가벗고 글쓰기 ─ 발가벗는다는 것은 자유로움에 대한 적극적인 의지의 표현일 수 있는 것인데, 이러한 의지는 궁극적으로 그의 글에도 반영될 것이다.(262쪽) 맨 손바닥에, 몸에, 혀로, 발가벗고, 글을 쓸 때 가장 행복했다. 그때 그 글자들은 그에게서, 육체적인 감각으로 살아 남아 있는 것이었다.

　이렇게 차 안에서, 잠 들기 전에도, 행군을 하면서, 머릿 속으로 끊임없이 화두를 떠 올린다. "어떤 대상을 철저하게 묘사하려는 시도는 그 대상의 환영이 아니라, 언어의 현존을 일깨워 준다."11) 최수철은 소설쓰기가 아니라 글쓰기 행위의 현장성에만 집착함으로써 말 또는 글을 놓치지 않으려 한다. 이것은 자기 존재의 확인과정이라 할 수 있다. 더욱이 말(글)의 탐색보다 더 근원적인 것은 몸으로의 언어이다.12) 말(글)로는 표현이 불완전하며 의사소통이 단절되지만, '몸으로 글쓰기' 또는 '몸에 글쓰기'는 언어를 넘어서 자기와의 만남을 가능하게 한다.

　최수철에 있어서 자기찾기는 몸으로 글쓰기를 통하여 자기존재의 밑바

---

10) 신범순은 '육체의 언어를 이 소설에서 글쓰기의 궁극적인 목표로서 내세우는 것처럼 보인다. 자기 애인과의 성애로서 승화되는 혀의 글쓰기는 자신의 내밀한 욕망과 글쓰기의 붓이 일치함을 뜻한다.'라고 해석하고 있다.
　　신범순(1993), 앞 글, 268쪽.
11) 퍼트리샤 워, 『메타픽션』, 김상구(옮김) (열음사, 1989), 129쪽.
12) 김윤식(1989), 앞 글, 80쪽.
　　언어란 기호체계이되 의사소통에 그 본질이 있다고 보는 학자로는 야콥슨이 대표적이라 할 것입니다. 한편 언어란 인간의 본성, 그러니까 인간의 육체와 분리되지 않는다는 쪽에 선 학자로는 크리스테바, 바흐친 등이 있습니다. …(중략)…최수철은 바로 이 빠롤 쪽(그는 몸짓언어라고 부름)에 서 있습니다. 말을 바꾸면, 최수철에 있어 글쓰기란 존재론적 과제입니다. 크리스테바의 이른바 내기호론(內記號論 몸 속의 기호체계론)이 그 것 아닙니까.

닥에 도달하고자 한다.

「화두, 기록, 화석」에서는 '소설가, 소설, 창작, 또는 허구성'이 아니라 '글쓴이, 기록, 글쓰기, 또는 현장성'이라는 용어를 씀으로써 보다 더 근원적인 글쓰기에 접근하고자 한다. 박창도는 소설가[13]라는 이름의 수식어를 거부하고 있다. 그는 글 그 자체를 쓰고 있을 뿐이다. 문예창작을 전공하다 군대에 왔다는 현일병은 '같이 대화를 나눌 사람'이 없어 외로왔다며, '박창도씨가 국문학과 출신'이라는 것을 알고 관심을 가졌다고 말한다. 국문과 출신이 네사람인데 그 중에 박창도만이 '때때로 볼펜을 꺼내 들고 수첩에 뭐라고 적는 것을' 현일병이 몇번 목격하고 호기심을 가지게 되었고, 대화를 나눠 보고 싶었다고 한다. 현일병이 문학을 전공한 사람들을 관찰하였고 그 중에서도 박창도가 '눈길'을 끌었다는 것은 박창도를 문학을 하고 있는 사람으로 본다는 뜻이다. 박창도는 '이렇게 삭막한 시간에 이런 대화를 나눌 수 있으리라고'는 생각하지 못했다고 말하며, 그런 쪽(문학)에 관심있는 사람이라면 군대에서 많은 '이야깃거리'를 얻는 법이라고, 또 '글쓰기'에 도움이 된다고 말한다. 이런 대화에서 보건대 박창도는 문학에 관심이 있는 사람이다.

---

13) 본격적인 정식 작가로 보지 않는다. 김윤식의 글에 보면, 최수철이 처음으로 작가를 정식의 주인공으로 삼았던 작품은 「얼음의 도가니」(1993)이며, 이전의 작품에 등장하는 주인공급의 인물들의 직업이 정식의 작가라 하기는 어려웠다고 말한다. "출판사에 근무하는 청년이거나 창작에 마음을 둔 소설가 지망생이거나, 한 때 소설을 쓰다가 지금은 그만둔 그러한 어정쩡한 인물들 투성이었다. 작가이면서도 작가 아닌자리, 글쟁이면서도 아닌 부류의 인간이야말로 어정쩡한 것이 아닐 수 없다. 어째서 이런한 인물설정이 불가피했을까라고 묻는다면 그 해답은 자명할 터이다. 패러독스, 그것이 그 해답일 터이다. 분명한 작가라면 작가로서의 분명한 세계인식이 전제되고 이 강요상황에 스스로 구속되게 마련인 것, 패러독스에 도전하고 있는 작가의 처지에 보면, 분명한 직업으로서의 작가를 내세울 수 없었다."
    김윤식(1993) "「머릿속의 불」에서 「얼음의 도가니」에 이르기까지", 『문학사상』 1993, 8, 80쪽.

박창도의 애인인 그녀는 "어머니가 무슨 일을 하는 사람이냐고 물으시길래 글쓰는 사람이라고 했어요. 그랬더니 무슨 글을 쓰냐고 하시더군요. 작가냐는 거예요. 그래서 그냥 글쓰는 사람이라고만 했어요. 당신 말처럼 글 자체를 쓰는 사람이라고 할 수는 없었어요."(240쪽)라고 말한다. 현일 병이나 그녀의 말에서 볼 때, 박창도는 작가라는 명칭을 붙일 수는 없으나 글을 쓰고 있는 사람이다. 박창도는 작가 또는 소설가라는 이름을 비껴감으로써 보다 더 근원적으로 글쓰기에 집착하고 있다. 허구적인 이야기를 만드는 것이 아니라, 그때 그때의 현장을 기록하고 있는 것이다.

기차를 타고 가면서 박창도는 그 순간 순간을 기록한다. 그는 '기차가 발차하자 종이의 맨 윗줄에 '기차가 떠나기 시작했소'라고 썼다. 기차의 흔들림이 차츰 심해지고 있었다.'(263) 박창도는 글쓰기 행위를 하고 있다. 글쓰기 행위의 현장성은 사실(reality)과 허구의 경계를 무너뜨린다. 박창도의 의식에 투사된 현장을 그대로 기록하고 있는 자의식의 글쓰기이며, 자아반영적 글쓰기이다. 경험적 자아와 서술적 자아의 거리는 없어지면서, 시간적 공간적 거리도 제로화되어 일치된다. 이것은 글쓰기(소설)와 글쓰기 행위(소설창작)를 동시에 진술하는 메타픽션의 특징을 보여준다. 글쓰기를 행위하고 있는 쓰기의 담론이다. 그의 담론은 '스토리의 쓰기라기 보다 쓰기의 스토리이다.'[14]

> 그는 다시 펜을 들고 기차의 흔들림에 유의하며 두 번째 줄 좌단부터 글을 써나갔다. …(중략)… '나는 지금 당신이 준 만년필로 이 글을 쓰고 있소, …(중략)… 이 펜은 달리는 기차 위에서 달리고 있으니, 그렇다면 내 손에 붙어 있는 가속도도 그리 만만치가 않은 것이오. 그런데 문제는 내 머릿속 생각의 속도가 나의 손의 속도보다, 그리고 지나치는 풍경의 속도보다 빠르지 않다는 것이오. 아마

---

14) 퍼트리샤 워(1989), 앞 책, 180쪽.

도 나는 그렇기 때문에 매사를 메모해 두려 하는 것인지 모르겠소.'
(264쪽, 중략은 필자)

'그'로 서술된 기록 속에 현재 '내가 당신에게 글을 쓰고 있는' 부분이 삽입된다. 3인칭인 '그'와 일인칭인 '나'는 분리되지 않은 채 진술되는 글쓰기이다. 이 때, 서술적 자아와 경험적 자아는 동일한 시공간상에 있다. 즉 글 속의 '나'와 글쓰기 행위자인 '그'의 시간적 차이가 무화되는 담론을 실행한다. 글쓰기의 현장과 행위를 그 순간 기록하고 있는 글쓰기인 것이다. 재현된 세계와 실재세계가 하나로 되어 경계가 무너진다.

속이야기 담론의 중심이 되는 서술자는 박창도이다. 박창도는 「주인물이며, 화자, 기록자, 저자, 읽는이」라는 역할을 통해 다층적 담론을 보여준다. 또 속 이야기의 단편적인 글 조각들에서 「박창도, 그, 나」로 바뀌며 진술되고 있으므로 자아생성적이 된다.

박창도는 글쓰기에 집착하고 있다. 박창도는 무거운 군검들을 메고 행군을 하면서도 글을 쓴다. 육체적 고통을 정신적으로 극복하기 위해서라고 말한다. 또 지루한 삶을 이겨내기 위한 것이다. 박창도는 글을 썼던 덕분에 기차여행의 지루한 시간을 수월하게 보냈다며, '그것은 그가 글쓰기를 통해 최초로 얻은 보상이었다.'고 말한다. 그러나 궁극적인 목적은 살아남기 위해서 글을 쓴다. 현일병에게 "생각의 고삐를 늦추지 않는 방법으로 메모를 그때그때 하는 것이 가장 좋다고 여겨지는데요. 뭔가 계속 기록하는 것 말입니다. 우리가 살아남기 위해서 말이지요."(233쪽)라고 말하는 박창도의 대화들에서 최수철의 고통을 엿볼 수 있는데, 살아남기 위해서 쓰는 글이기에 소설쓰기가 아니라 글쓰기일 수밖에 없으며, 또 이것은 글쓰기 이전에 글 자체를 쓰는 행위로 표현된다.

글쓰는 자아와 쓰여지는 자아가 분리되지 않은 채 혼입되어, 그때그때를 충실하게 종이에 기록함으로써 자신의 현재를 화석화하고 있다. 그는 글을 막 쓰고 난 그 순간 글들이 그 자리에서 화석이 되어버리는 듯한 착각을 한다. 메모들은 화석이 되어, 영원히 살아 남을 것이다. 살아남는다는 것은 곧 '자유'다. 그는 사람과 사유(思惟)의 자유를 위해서 글을 쓴다. 아니, 자신이나 자신의 사유보다도 '글 자체를 자유롭게 하고자 했다.'

3.2. 메타담론 —읽기의 글쓰기

텍스트 마지막에서, 박창도는 자신이 쓴 글들을 모두 다시 읽어보아야겠다는 결론을 내린다.

> 그 동안 자신이 쓴 글들을 모두 다시 읽어보아야겠다는 것이었다. 어쩌면 그는 쓰기보다는 읽기에 의해 구원받을 수 있을지도 모르는 일이었다. 그리고 바로 그때 그와 그의 사유와 그의 글이 구원, 아니 구제 받을 수도 있는 것이었다. 읽기는 쓰기보다 훨씬 완벽하고 자족적인 행위였다. 거기에서는 이미 확보된 글의 자유 위에서 사람과 사유의 자유만이 문제될 것이었기 때문이었다. (270쪽)

자신이 쓴 글을 읽는 것은 자신을 들여다보는 것이다. 타자의 시선으로 자기가 쓴 글을 읽음으로써 자기의 글을 객관화시키고, 거리화 한다. 글쓰기의 행위에 대한 자기 반성적 글읽기이다. 말과 사유, 그리고 글쓰기 그 자체에 대한 문제를 집요하게 자신에게 묻고 있다. 글쓰기의 불완전성을 메꿀 수 있는 글읽기, 자기성찰적인 글읽기만이 사유의 자유에 이르는 길이다. 박창도는 수첩을 꺼내어 마지막 장에 마지막으로 <'사유의 자유, 글 자체의 자유, 그로 인한 사람의 자유' '화두, 기록, 화석'>라고 썼다.

박창도가 사라지고, '나'는 박창도가 메모한 기록들을 읽은 후, 그 기록들을 엮어 「화두, 기록, 화석」을 완결한다. 사건의 결말로부터 글쓰기를 시작한 것이 아니라, 글쓰기의 결말이 글쓰기를 시작하게 만드는 요인이 되는 환상구조(環狀構造)를 이룬다.

　여기서 ‘나’의 글쓰기를 다시 재독하여야 할 필요가 있다. ‘나’는 박창도를 허구화하고 있다는 사실을 알아챌 수 있다. ‘나’는 박창도를 사라지게 함으로써, 박창도를 현실적 존재로 창조하는 것이 아니라, 허구적 존재로 탈바꿈시킨다. 독자의 환상 속에 자유롭기 위한 글쓰기를 하고 있는 박창도라는 존재를 각인시키고 있다. 박창도라는 인물이 진실인지, 허구적 환상인지 분별할 수 없다.

　박창도의 기록을 ‘나’가 엮는이라고 말할수록, 기록의 순수한 원저자가 ‘박창도’인지 ‘나’인지 분별할 수 없게 된다. 그러므로 ‘나’는 텍스트 밖의 존재가 아니라, 오히려 박창도의 글에 직접 개입한 존재로 의식하게 한다. ‘나’는 박창도가 사라진 후, 즉 옥수사에서 떠난 후 박창도의 기록을 읽고 엮는 것으로 진술하였다. 그러므로 ‘나’는 박창도가 옥수사를 떠난 후의 기록은 엮을 수가 없다. 그러나 속 이야기에는 박창도가 옥수사를 떠나 기차를 타고 서울로 가는 동안의 메모도 포함되어 있다. 이것은 마치 일인칭 화자가 죽은 후에도 그 다음 이야기가 서술되는 것과 같다. 1인칭 서술이 3인칭 서술까지 포함하는 서술의 불일치를 보이고 있다. 그러므로 ‘나’와 ‘박창도’는 분별할 수 없는 동일 화자라고 볼 수도 있다. 박창도와 분리될 수 없는 ‘나’와 ‘박창도’의 겹침, 즉 쓰는 이와 읽는 이의 겹침으로 완성되는, 그럼으로써 타자의 글이 아닌 나의 글로 전환되는 글쓰기이다. 박창도와 ‘나’는 자리바꿈이 가능하다. 여기서 두 개의 목소리가 가능해지므로 자기증식적 글쓰기가 이루어진다.

　이는 글쓰기 행위에 대한 박창도의 진술이면서, 동시에 그 글쓰기에 대한 ‘나’의 확인과정이다. 단순히 액자형 구조를 이루는 것이 아니라, 겉이야기에서 속이야기로 전환되면서 부분들이 겹치는 메타담론이 된다.

즉 '나'의 글쓰기와 '박'의 글쓰기가 상호침투하고 있음을 볼 수 있다. 이것은 텍스트의 중요한 요인인 <단편적 기록, 구성 양식, 바스락거림, 글쓰기, 작가의 사라짐> 등에서 볼 때 나와 박의 글쓰기 전략이 겹치는 메타담론인 것을 알 수 있다. 메타담론이 이루어지는 부분들을 보면 다음과 같다.

① 단편적 기록

<나> 말하자면 이 글은 일종의 조각그림 맞추기에 다름아닐 수도 있는 것이다. 하지만 나는, 조각 그림들이 하나의 전체를 형성하듯이, 달리 말해서 각각의 색유리 조각들이 모여 하나의 훌륭한 모자이크화를 이루듯이, 이 글이 일단 완결이 되고 나면 평소에 그가 이루고자, 지향하고자 했던 바를 충분히 드러낼 수 있으리라 믿고 있다. (198쪽)

<박> 메모들을 각각 독립된 이야기로 만들어 놓았다. 글 자체를 자유롭게 하고자 하기 위해 그가 택한 방법은 '양식상의 문제에 있어서 그 글들을 단세포화시켜 각각 독립된 자유를 누리게 함으로써 나아가 전면적인 자유를 지향할 수 있도록 한 것이었고', 내용적인 문제에서는 '자연적인 상태, 즉 글쓰기 이전이나 글쓰는 행위 그 자체를 글의 대상으로 삼음으로써 생성의 근원의 자리에 그것을 위치시킨 것'이었다. (269쪽)

'나'는 글 조각들이 전체를 이루는 양식을 택하였고, 박창도도 메모들을 독립된 단편으로 기록함으로써 단세포화시켜 글자체를 자유롭게 하는 양식을 택하였다. 박창도는 그것이 단편적 기록이므로 문학적 양식을 획득하지 못한다고 생각한다.(262쪽) 또 박창도는 문학적 양식을 거부함으로써, 현실의 모방이라는 허구세계에 들어가기를 거부한다. '소설은 이제 더 이상 리얼리티를 재현할 수 없으며, 더 이상 진실을 제시할 수 없다는

인식'15)을 보여준다.

「화두, 기록, 화석」은 서사에 갇힌 글쓰기가 아니라 서사로부터 일탈하는 자유로운 구성 양식을 이룬다.

② 구성양식 - 회상체 거부

<나> 일기체나 회상조의 형식을 싫어한다고 말하고 있기 때문에, 시간순에 상관없이 글들을 늘어놓기로 하였다. (207~8쪽)

<박> '그는 본능적으로 회상체나 일기체 형식의 글을 쓰기를 싫어하였다.' '그때그때의 현장성만이 존재하는 것이었다. 따라서 회상체 따위에서 파생하는 약점 따위는 사전에 피할 수 있었다.' '회상조의 한계는 사건이나 감정상의 그러한 무리스럽고 부자연스러운 논리성 속에 내포되어 있는 것이었다.' (241~242쪽)

박창도는 회상체의 글은 거짓 낭만과 감상, 은폐와 왜곡의 욕구가 있기 때문에 정직하지 못하다고 생각한다. 박창도의 기록은 행위예술처럼 행위 글쓰기를 지향하고 있으므로 현장성만 존재하고 시간적, 논리적 연계성을 무시하는 구성양식으로 되어있다. 그의 글쓰기는 현장의 단순한 메모나 기록으로 허구와 현실을 분리할 수 없게 한다. <현장성>의 리얼리티와 <회상체>의 허구성의 관계를 진술하면서, 박창도는 회상체를 거부하고 현장성만을 고집하는 정직한 글쓰기를 욕망하고 있다.

③ 글쓰기 이전

<나> 각각의 글들은 그 글의 성격에 맞추어 글씨의 색이나 필체가 확연히 구별되고 있는데, 활자를 통해서는 그러한 점을 드러

---

15) 김성곤(1990), 『포스트모더니즘과 현대소설』(열음사), 92쪽.

낼 수 없다는 아쉬움을 금할 수 없고   (208쪽)

　　<박> 글자가 종이의 질감에 따라 삐뚤삐뚤해지면서 애초의 모
래 자국을 더욱 강조해 주고 있더군. 아주 신선한 경험이었어 그럴
때는 거기에 무슨 내용의 글을 쓰는가 하는 것은 아무 상관이 없
어. 그리고 그 후에 얇은 종이를 땅바닥에 놓고 쓸 때도 그런 느
낌…종이가 글을 지배하는 듯한 느낌이었어…(필자 중략)…어떤 펜
으로 쓰는가 하는 것이 어떤 글을 쓰는가 하는 것만큼이나 중요하
다고 여겨지는 것이야. 이것이야말로 글쓰기 그 이전, 혹은 글쓰기
그 자체인 것이다. (239쪽)

　글은 문자화된 글만이 의미를 표출하는 것이 아니라, 문자화되기 이전
의 것도 중요하다. '어떤 펜으로 쓰느냐'가 '어떤 글을 쓰는가' 하는 만큼
이나 중요하다는 진술은 '글의 의미'만을 중요시하는 소설의 주제찾기를
거부하는 것이다. 글쓰는 이 + 종이 + 펜, 이 모두가 결합하여 의미를 산
출한다고 생각하는 박창도는 글쓰기 그 자체에 의미를 두고 있다.

　④ 바스락거림
　　<나> 아무쪼록 이 글을 읽는 이들이 독서를 마치고 났을 때, 내
가 그랬듯이, 이 글을 읽는 이로서 밤늦은 시각 잠이 들기 직전에
여기에서 들려오는 사각사각 소리, 바스락거리는 소리를 들을 수
있었으면 하는 것이 이 글을 엮는 이로서의 한 가지 바람이다.
(208-209)

　　<박> 물론 그에게 있어서는 기록 그 자체만으로도 충분히 의미
가 있을 수 있는 일이었다. 그러나 이미 그의 손을 떠난 그것들은
끊임없이 바스락거리고 사각거리면서 자기들의 권리를 그에게 주장
하는 것이었다.   (237쪽)

겉이야기에서 화자인 '나'도 박창도의 글들이 바스락거림을 듣는다. 여기서 글은 다시 쓰기로 열린다. 박창도의 텍스트를 읽고 불확정적인 부분을 채워나가는 과정에서 내포독자인 '나'의 글쓰기가 이루어진다. 이것이 독자의 일차적 역할이다. 다음으로 '나'의 글을 읽고 바스락거리는 울림을 교감할 수 있는 것이 실제독자의 역할이다.

박창도 기록들의 조각을 엮는 '나'의 글 엮기와 박창도의 글쓰기, 두겹의 글쓰기 행위가 이루어지면서 또 실제독자의 글쓰기가 가능해진다. 되돌이표와 같은 열림의 글쓰기이다.

다시 글쓰기가 시작될 수 있는 글쓰기의 열림, 글읽기에서 글쓰기로 연속될 수 있는 가능성을 보여준다.

그러므로 「화두, 기록, 화석」은 읽기에서 글쓰기로 전환된다. 글쓰기 자체에 의미를 두는 글쓰기이다.

⑤ 작가의 사라짐

<나> 이 글을 읽음으로써 그의 실종에 대한 일말의 실마리를 찾을 수 있지 않을까 하는 기대를 암암리에 하고 있었다. 하지만 나로서는 그러한 기대감을 충족시킬 수 없었음을 고백하지 않을 수 없다. 하지만 어쩌면 좀 더 면밀한 독서행위가 이루어진다면 그것은 아주 불가능한 일은 아닐 수도 있을 것이다.   (208쪽)

<박> 글쓰기에 지쳐서 바닥에 쓰러져 버리거나, 급기야 그가 죽어서 이 지구상에서 사라져 버리는 것이야말로 '글'이 살아남기 위한 필요충분 조건인 것이다. (263쪽)

박창도가 사라짐으로써 또 다른 글쓰기가 시작된다. 읽는이의 글쓰기이다. 「화두, 기록, 화석」은 결말에서 다시 앞으로 돌아와 '나'의 글쓰기

가 시작된다. 박창도의 글을 '나'가 다시 쓰는, 재콘텍스트화하는 글쓰기
이다.

이와같은 예문에서 보건대 <단편적 기록, 구성 양식, 바스락거림, 글쓰기, 작가의 사라짐> 등을 구체적으로 진술하여 글쓰는 이 스스로 창작방법을 진술 또는 비판하고 있는 메타담론의 글쓰기이다.

3.3. 작가의 사라짐

실종, 행방이 묘연, 떠남 등으로 진술되는 박창도는 글만 남기고 사라진다. 작가의 길은 사회로 들어감(入社)이 아니라 사회로부터의 탈출인 것이다.

> 당신의 글쓰기는 모든 것을 왜곡시키는군요. 그것이 바로 당신이
> 살아남을 수 있는 방법이라는 것이군요. 현실이 여의치 않으니까,
> 글쓰기라는 터무니 없는 방편으로 그 현실을 왜곡시키고서 그 안에
> 달팽이처럼 안주하려 드는 것이 아니예요? (241쪽)

사회에 적응할 수 없는 작가는 현실로부터 도피하여 자신의 세계 속으로 들어간다. 박창도의 사회와의 불화관계는 먼저 군대시절로부터 봐야한다. 군인들은 소대의 불미스러운 구타사건을 연대본부 보안부에 알린 스파이를 찾아내려고 혈안이 되어있는데, 박창도는 선임하사가 말하는 행위를 군인수첩에 메모하다가 들킨다. 박창도는 병사들의 대화를 수첩에 적는다고 의심을 받고, 결국 제대를 한 달 앞두고 불명예 제대를 하게된다. 그가 군대사회로부터 추방당하는 것도 기록하는 습관때문이다. 현장에서 '메모를 하는 행위는 현실적으로 매우 불편한 일이 될 수'(257쪽) 있는 일이다. 자유를 갈망하는 작가에게 규격화된 집단은 적합하지 못한

공간이다.

　다음으로 그는 서울에서 떠난다. 박창도는 글쓰는 이가 사회에 적응하여 살아가기가 힘들다고 생각한다. 그는 사회 속으로 들어가는 것이 아니라, 사회로부터 떠나는 길을 택한다. 박창도는 고속버스를 타고 가면서, 수첩을 꺼내는 대신 손가락으로 유리창에 ‘달과 함께 여행을’이라고 썼다. 낮의 여행이 아닌 ‘달과 함께 흘러가는 이동’은 일상적이라기 보다 몽환적인 일탈자의 삶을 보여준다. 자유로운 일탈자의 모습이다. 박창도는 서울 대도시를 떠나 절연된 작은 암자를 찾는다.

　작은 암자인 옥수사(玉水寺)로 가서 일년 쯤 지난 후, 박창도는 그 곳도 자유롭지 못하다는 것을 알게 된다. 옥수사에서 박창도는 장용준이 떠들고 있는 말을 들으면서 종이 위에 글자를 써나가고 있었다. 갑자기 장은 “박형은 매일 뭘 그렇게 끄적이는 거야?”라는 말과 함께 종이를 빼앗아 간다. “박형, 정말 이럴 수 있는 거야? 박형이 그동안 종이에 끄적거리던 것이 다 이 따위 내용이었나?”라는 말을 하며 장은 종이를 찢어버린다. 상대방의 대화를 현장에서 기록하는 것은 오해받거나 불화를 일으키기 쉽다. 박은 찢어진 종이를 보며 그렇게 그의 머리를 떠나지 않던 것들이 이렇게 보니 아무것도 아닌 것이었으며, ‘그동안 글쓰기의 마수에 사로잡혀서 너무 불편한 삶’을 살았다는 것을 깨닫는다. 볼펜이 꺾이고 메모지가 찢겨진 것을 보며, “그는 이 산 속에서도 자유로울 수 없었다. 그는 물론이고 그의 글도 자유롭지 못했다.”는 것을 깨닫고, 이 곳을 떠날 수밖에 없다고 생각한다. 작은 암자 옥수사에서도 타인들 속에 있을 수 없게 된다. “글쓰기에 지쳐서 바닥에 쓰러져 버리거나, 급기야 그가 죽어서 이 지구상에서 사라져 버리는 것이야말로 ‘글’이 살아 남기 위한 필요충분 조건인 것이다.”(263쪽)라는 결론을 내리고, 그는 옥수사를 떠나 서울로 가는 기차를 탄다. 박창도는 옥수사에서 사라진다.

이 사회는 아직 무언가를 쓴다는 행위를 경원하고 있는가 보오.
따라서 나 같은 사람은 살아가기가 매우 불편하오. 과장된 말로만
듣지 말기를 바라오. 내가 문자 행위를, 즉 글쓰는 것을 포기한다면
바로 그러한 불편함에서 비롯되는 피로감이 누적된 결과라는 것도
그 여러 이유들 중의 하나가 될 것이오. 그렇다고 나는 추상적이고
상상적인 글을 쓸 수는 없소. 그런 건 내 취향에 맞지 않기 때문이
오. (268쪽)

작가는 아웃사이더이다. 사회에 적응하기 힘들고, 그는 현실적인 삶이
불편하고 피곤하다. 그렇기 때문에 작가는 더 자유를 갈구한다. 박창도는
이 사회에서의 글쓰기의 어려움을 고백한다.

엄격한 규율을 지켜야 하는 군대는 억압적이고 규격화된 집단이므로
자유롭지 못하다. 작가는 이러한 획일적인 삶에는 적합할 수 없다. 전형
화된 사회의 규범 속에 어울리지 못하는 박창도는 일탈자이다. 옥수사에
서도 메모하는 습관때문에 타인들의 경직된 시선을 받는다. 타인들 속에
서 자유로울 수 없는 박창도는 사라질 수밖에 없다. 박창도는 자유롭지
못한 공간에 머무를 수 없다. 박창도가 사라진 이유는 결국 글쓰기에 자
유롭지 못하기 때문이다.

그는 자유롭기 위해서 그곳을 떠난다. 글 그 자체의 자유를 위하여, 작
가는 사라짐으로써 글만이 남고, 글로 화석화됨으로써 영원히 자유롭게
존재한다. 작가의 부재는 역설적으로 작가의 존재를 인지하게 한다. 작가
는 사라지고 독자가 살아난다. 그가 남긴 글은 읽는이의 몫이다. 작가의
손을 떠난 글은 자유롭다. 작가의 사라짐으로 글은 자유로워진다.

작가가 사라지는 것은 자유롭지 못한 공간에서 글쓰기를 할 수 없기
때문이며, 또 작가가 사라짐으로써 글 그 자체는 자유롭게 된다는 양가
적 의미로 해석할 수 있다. 글과 작가의 관계는 글 조각들이 텍스트가 되
기 위해서 작가는 실종되지만, 글쓰기 행위가 있음으로 해서 작가의 존

재는 증명(identity)될 수밖에 없다는 역설적 관계이다.

4. 나오는 글

이 텍스트는 소설쓰기가 아니라 글쓰기를 하고 있으며, 소설적 관습을 벗어나는 글 자체의 단편적 기록이다. 글쓰기 그 자체와 글쓰기 행위에 대한 진술을 통하여 글의 화두를 붙잡고, 글쓰기 현장성이란 특이한 상황에서 기록하며, 그 순간 글은 영원히 화석이 된다.

본 논의를 요약하면,

하나, 최수철은 소설적 글쓰기로부터 일탈하려는 욕망을 보여주고 있다. 이야기 또는 인과적인 연결 고리를 거부함으로써 이야기나 사건이 지배하는 소설이 아니라, 그 순간을 글 쓰고 있는 단편적 기록이다. 서사에 갇힌 글쓰기가 아니라 서사로부터 일탈(조각글)함으로써 글자체를 자유롭게 한다.

둘, 왜 그는 글쓰기 그 자체에 집착하고 있는가? 그것은 자유롭기를 꿈꾸는 자의 욕망이다. 글 그 자체로 화석이 될 때, 그것은 영원히 자유로워진다. 그는 '사유의 자유, 글 자체의 자유, 그로 인한 사람의 자유'를 갈망하고 있는 것이다.

셋, 글쓰기의 완결은 글읽기에 의해서 완성된다. 소설은 작가의 창작에 의해서가 아니라 독자의 독서를 통해 완결된다. 텍스트와 작가, 텍스트와 독자의 관계 속에서 산출되는 텍스트의 완결을 글쓰기의 마지막 완성으로 보고 있다. 최수철은 다시 글쓰기가 시작될 수 있는 글쓰기의 열림, 글 속의 글들이 연속될 수 있는 메타담론의 가능성을 욕망하고 있다.

넷, 「화두, 기록, 화석」은 글쓰는 이가 글쓰기 행위를 진술하고 있는 동시에 자기의 글읽기를 통해 다시 쓰기로 전환되는 자기증폭적 글쓰기이다. 쓰기와 읽기가 서로 스며들어 계속 씌어질 수 있는 되돌이표 구조로, 열림의 텍스트이다.

다섯, 글쓰는 이 스스로가 글쓰기의 창작과정을 진술 또는 비판하고 있다.

최수철은 작가의 글쓰기의 현장을 그대로 보여주고, 독자의 읽기의 현장을 그대로 보여주어 글 그 자체의 존재를 더 인식시키는 글쓰기를 탐색하고 있다.

필자소개

한혜선
이화여대 국문과, 동 대학원 졸업(문학박사)
현 경문대학 문예창작과 교수
『시간구조와 공간구조에 나타난 事象性 연구』
『한국현대소설의 인물 연구』, 『현대소설의 언어와 현실』(공),
『한국 패러디소설 연구』(공), 『그물코 한국문학』(4권) 등

오경복
외국어대 한국어교육과, 이화여대 대학원 국문과 졸업(문학박사)
현 외대·이화여대 강사
『박태원 소설의 서술기법 연구』
『「심청전」과 「달아달아 밝은 달아」에 나타난 再生原型연구』
「성장소설로서 은희경의 『새의 선물』 읽기」 등

김현실
이화여대 국문과, 동 대학원 졸업(문학박사)
현 용인 송담대학 겸임교수
『한국 근대 단편소설론』, 『한국 패러디소설 연구』(공)
「<사평역에서>, <사평역>, <문산행 기차> - 그 상호텍스트성 고찰」,
「우부현처 모티브의 서사적 변모와 의미」 등

박혜주
이화여대 국문과, 동 대학원 졸업(문학박사)
현 이화여대 강사
『염상섭 단편소설 연구』『한국 패러디소설 연구』(공)
「최인훈 소설의 사실성과 비사실성 연구」,
「<전화>의 의미구조 분석」, 「글 읽기와 글 쓰기」 등

한혜경
이화여대 영문과, 동 대학원 국문과 졸업(문학박사)
현 명지전문대 문예창작과 교수
『채만식 소설의 언술구조 연구』, 『한국 패러디소설 연구』(공)
「<광장>의 서사구조 연구」, 「죽음을 극복하는 글쓰기」,
「1930년대 비평에 대한 일고찰」 등

황도경
이화여대 영문과, 동 대학원 국문과 졸업(문학박사)
현 이화여대 강사
『이상의 소설공간 연구』『한국여성시학』(공),
『우리 시대의 여성작가』「존재의 이중성과 문체의 이중성」,
「뒤틀린 성, 부서진 육체」 등

소설가소설연구

인쇄일 초판 1쇄   1999년 05월 25일
         2쇄   2015년 03월 11일
발행일 초판 1쇄   1999년 06월 05일
         2쇄   2015년 03월 24일

지은이 한 혜 선 외
발행인 정 찬 용
발행처 국학자료원
등록일 1987.12.21, 제17-270호

서울시 강동구 암사동 463-25 2층
Tel : 442-4623~4 Fax : 442-4625
www. kookhak.co.kr
E- mail : kookhak2001@hanmail.net
ISBN 978-89-8206-385-5 *03810
가 격 15,000원